讀小說
Reading Novel

神之子
かみのこ
（下）
藥丸岳
瑞昇文化

走在昏暗的小巷中，張望著四周。很熟悉的景象。之前就是在這附近跟惠理香聯手設局仙人跳，搜刮了不少男人的錢。不過才過了一個月，感覺卻像久遠的往事。

往前走了一段路，看到公園。雨宮跟著小杉走進去。公園裡靜悄悄，絲毫沒有動靜。只見角落有幾間用藍色塑膠布跟夾板搭起來的小屋。小杉直接走向那幾間小屋。

「有人在嗎？」

小杉在外頭一喊，只見藍色塑膠布一掀開，有名男子從小屋裡探出頭。頭髮花白的男子，看起來年紀比小杉大上一輪。

「哎呀呀，老大回府啦？」男子笑道。

「讓你看家這麼久，不好意思啊。」

「這小子……就是那個小兄弟？」男子指著雨宮問道。

「對啊。他叫信二。」

「地方很小，不過先進來再說吧。」

小杉聽了點點頭，脫下鞋子，彎下身子走進小屋。

「你也進來啊。不方便的話，不必脫鞋也無所謂。」小杉在小屋裡招招手。

雨宮假裝右半身行動不便，拖著腳步進入小屋。裡頭的空間很窄，大概只有一坪。雨宮只藉著從天花板垂掛的一只手電筒的亮光，勉強縮著身子坐在小杉旁邊。

「抱歉啊，這小子身體右半邊不方便。」

小杉看著雨宮的鞋解釋，男子點點頭，「無所謂啦。」

「這位是芝田，這邊的重量級人物，也是我最信任的人。」

「我叫信二……請多指教。」

「現在是什麼狀況？」盤腿坐下的小杉，用手托著臉頰問芝田。

「目前還沒有小澤稔的線索啊……」

一聽到芝田口中提到稔的名字，讓雨宮大吃一驚。

「你說稔……這是怎麼回事？」雨宮問道。

「杉哥拜託我們的，要這裡的人分頭去找小澤稔。」

「這裡的人……」

「是啊。這裡除了我跟杉哥以外，還有十個遊民。這群人到處去打聽消息，不只東京都，搜尋的範圍還拓展到神奈川、埼玉跟千葉。這段期間就由我留守。」

雨宮忍不住看看小杉。小杉竟然這麼費心？

「就算特徵再明顯，光靠我們倆的力量畢竟有限。總之，我把消息發出去，有看到類似符合的人，或是有用的消息，就聯絡我或芝田。」

雨宮始終不了解，為什麼他要付出這麼多來幫陌生人尋人。要不是本身特別瘋狂，就是有什麼其他更有說服力的原因。

「接下來有什麼打算？」芝田問小杉。

「我想先在這裡待一陣子，我們不要到處亂跑比較好吧。」小杉瞄了雨宮一眼。

「杉哥的小屋還保持原狀。」

「欸，狀況有變化。我先到祕密基地看看情形，有什麼事就打我手機。」

「好。」芝田回答。

「小信，走吧。」

小杉起身走出小屋。

「祕密基地是怎麼回事？」雨宮忍不住問芝田。

「去了就知道。」

「芝田——你有沒有想要什麼？」小杉在外頭問他。

「這個嘛……想喝點小酒。還有啊，打從杉哥上次離開之後，我就沒吃過壽司啦。」

「好。待會幫你帶。」小杉對雨宮招招手，要他走了。

雨宮抱著對小杉的質疑，慢慢起身走出小屋。他跟在小杉後面往公園出口走，看到了公共廁所。就是之前他設局仙人跳時威脅男方的那間廁所。

想起當時的情景，腦中閃過一道電光。

他一直覺得好像在哪裡見過小杉。向來對自己的記憶力很有信心，至今卻仍想不起來是在哪裡碰過面。

原來當初在威脅那個人時，曾在這個公園裡見到貌似小杉的人。

雨宮想起坐在公廁外的長椅上，有個遊民看著自己的那雙眼。

好像，不對，根本就是小杉！錯不了！

完了——

雨宮拚了命忍住沒罵出聲。

當時自己沒裝作右半身行動不便。豈止如此，他還大聲恐嚇那頭肥羊，朝著對方的心口出了右拳。

小杉對雨宮當時的樣貌有印象嗎？不，他不可能記得。就算那件事令人印象深刻，對於只見過一次的人不可能記得住吧。再說，雨宮跟當時的模樣也相差許多。

況且，要是小杉知道雨宮就是當時那個人，應該不會像這樣跟他這個騙子一起尋人吧。

小杉走出公園，往賓館區走去。接著走進賓館區角落的一棟住商混用大樓。走進電梯按下六樓的按鍵。

「這裡是……？」

聽到雨宮問了，小杉仍默不作聲。電梯到了六樓，雨宮跟著小杉走出去，沿著走廊來到標示六〇三號門牌的門前停下腳步。小杉開了門進到屋內。

「怎麼了?進來呀。」

看到在門口猶疑不定的雨宮，小杉挺了挺下巴要他進去。

雨宮慢條斯理脫了鞋，走進玄關，跟著小杉沿著走廊進入客廳。七、八坪大的空間裡，有座電視櫃跟沙發組。其他還有幾道房門，看來大概是三房兩廳附廚房的住宅。

小杉立刻進入廚房，開冰箱拿了罐裝啤酒走回來，遞給雨宮一罐。

「別杵在那裡，坐啊。」

小杉在一張凳子坐下，要雨宮坐到對面的沙發。

雨宮依言在沙發坐下後，直盯著小杉。

小杉拉開拉環，「乾杯——」示意跟雨宮手上的啤酒罐碰一下，大口喝起啤酒。

「怎麼?你不喝啊?這陣子一直都只能喝發泡酒吧?」小杉微笑說道。

「杉哥，你到底是何方神聖啊?」雨宮很乾脆地問他。

「我只是個有點錢但無家可歸的遊民啦。」

「才不是無家可歸呢!你明明有個這麼氣派的家。」

「這不是我家哦。」

「那這是誰的家?」

「是誰的家都無所謂啦。總之，人家告訴我，需要的時候就儘管來。」

「你剛才說……從以前就習慣被人追著跑。是被什麼人追?需要喬裝得這麼徹底……」

「總之有很多苦衷啦，所以我平常行事比較謹慎。一旦在帳棚或小屋裡覺得可能有危險時，就會到這裡來。誰曉得會不會突然有莫名其妙的傢伙來攻擊我。」

纏著小杉的人跟室井的組織有沒有關係呢？

「你是為了躲避追兵才走遍各地嗎？」雨宮問他。

「不是。我的狀況的確不得不謹慎行動，但今天纏上我的人跟我沒關係。倒是你才有事瞞著我吧？」

小杉直瞪著雨宮。

「我沒瞞什麼事呀。我只是想找小澤稔這個人。」

「你要肯好好講清楚，我就能幫你了。」小杉稍微探出身子。

他露出對雨宮同時帶有親切及質疑的表情。

想到此刻的自己孤立無援，的確有些不安，眼看差點要說溜嘴，卻在最後忍住。

不可能對小杉說明室井的組織。就算小杉過去曾是黑道幹部，也不是室井組織的對手。萬一說出這個組織的事，應該會更難讓他幫忙找出小澤稔吧。

「你已經幫我很多了。」雨宮避重就輕。

「是嗎……好吧，你不想說的話，我也不勉強。等你想說再告訴我。總之，我只能說，你待在這裡很安全，也有助於你找人。」

你待在這裡很安全——

小杉似乎多少了解了雨宮的背景，知道他並不是單純要尋人，而且雨宮周邊還有一些來路不明的人跟著。既然這樣，為什麼還願意繼續幫忙？

不是單純出於親切。雨宮也察覺到，小杉似乎別有用心。

不知道對方具體的目的是什麼。但除非自己亮出底牌，否則就算逼問小杉，他也不會吐實吧。這一點雨宮倒很清楚。

自己好像對眼前這個人看走了眼。不知道他究竟為了什麼待在雨宮身邊，但可以確定的是，他絕對不只是個好管閒事的遊民。

他到底是什麼人——

雨宮想到一個可能性，大感錯愕。

難不成小杉也是室井組織裡的人？

說起來，室井當然也很清楚，要靠雨宮一己之力找到小澤稔很不簡單。會不會是想安插個人來幫他呢？

幫手在陪同時還能兼顧監視雨宮的一舉一動，一方面派手下搜查稔的下落。這麼一來，到時一找到稔，就能通知雨宮稔的所在地，同時要求雨宮完成原先設定的任務——跟稔交朋友。

小杉起身，走向牆邊的櫃子。他打開抽屜拿個東西走回來，遞給雨宮一支手機跟鑰匙。

「沒手機很不方便吧。通訊錄裡已經加了我的電話號碼。」

雨宮抬起頭默默盯著小杉。

「還有啊，這間屋子的鑰匙。玄關旁邊的房間裡有床，有換洗衣服。廚房、浴室，你也可以隨便用。冰箱裡的存糧還夠你撐好一陣子，你現在不方便到外面拋頭露面吧。需要什麼就打給我，我幫你帶來。」小杉說完後就往大門口走。

「杉哥呢？」
雨宮一問，小杉便停下腳步轉過頭。
「我還有其他基地，我去那邊住。我猜你大概也一樣吧，就算再麻吉的人，整天大眼瞪小眼也會覺得煩。再說，我已經好一陣子沒碰過女人啦。」
小杉笑道。接著指了指櫃子。
「這裡頭放了點錢。你要是也想找女人，就自己叫進來吧。」
說完之後小杉就走出客廳。沒多久聽到玄關大門關上的聲音。
雨宮站起來走向玄關，門已經上鎖，但保險起見他又把門鍊拴上。
走回客廳，打開櫃子的抽屜。裡頭隨便扔了一疊萬圓鈔票，大概有三十萬吧。
他環顧室內，思考著接下來該怎麼辦。
萬一小杉也屬於室井的組織，待在這裡就危險了。
雨宮突然想到，小杉把他帶來這裡，說不定也是因為在這裡比較方便料理掉背叛組織的雨宮。
但是，就算離開這裡也無處可去。先前跟惠理香同居的公寓應該還在組織的監視下吧，無論逃到哪裡，想必組織還是會對他窮追不捨，遲早會被抓到。
自己只剩下一條路，那就是得想盡辦法比組織早一步找到稔，然後直接跟室井談判。
小杉究竟是敵是友——
外頭傳來窸窸窣窣的聲響。

剛才在進來之前在走廊上撒了洋芋片碎片，聽來就是踩碎洋芋片的聲音。

看來自己果然識人不清——

他差點要嘆氣，但事到如今後悔也於事無補。

雨宮抓起藏在棉被裡的刀柄，在黑暗中聚精會神，豎起耳朵。

對方也會發現撒在地上的洋芋片吧，發現雨宮有了戒心，照理說不會貿然闖進來。來了幾個人呢？如果不到三個人，趁對方一進到屋子的瞬間，把手邊三把刀子丟出去，還能勉強應付。

雨宮稍稍睜開眼，盯著房門，一邊在腦中模擬接下來的動作。

門把靜靜轉動，門慢慢打開。他看見走進屋裡的人影，遲疑著沒把手上的刀子丟出去。好像是個女人，而且他對那個身形有印象。女人一隻手上拿著什麼工具，似乎不是手槍。

女人手中拿著工具緩緩走近。

雨宮坐起上半身，一把抓住女子的肩膀，用刀鋒指著她的咽喉。卻在千鈞一髮之際停下來。

在昏暗中看到對方閃爍的眼神，雨宮慌了手腳。

是美香！

美香的喉頭被刀子抵住，卻也絲毫不為所動。就在雨宮要開口時，美香在一瞬間伸出左手遮住他的嘴。只見美香把手上像手機的東西往床上一扔，豎起食指擋在自己嘴前。

意思是——不要說話嗎？

美香甩開雨宮抓著自己肩膀的手，又拿起了那個外型像手機的東西。這東西上插著耳機，塞在美香的耳朵裡。
美香抓起雨宮扔在床邊的外套，伸手進到口袋裡摸了摸，掏出小杉給雨宮的那支錶。然後拿著手錶走到外頭。
雨宮起身窺探著屋外的狀況。
看來似乎除了美香之外沒有其他人。
他打開燈，坐回床上時，美香又走進來
美香把耳機拿下來，順勢將手上的東西拋到床上。這時雨宮才發現那是一台竊聽器偵測器。
「那支錶上裝了竊聽器？」雨宮問她。
「嗯……」
聽到美香的回答，雨宮露出苦笑。
講什麼買來送給兒子的——
他想起先前小杉溼潤著雙眼講起兒子離家的事，全是在演戲。
原本自己想騙他，卻先被騙得團團轉。
「他是組織派來監視我的人嗎？果然是遠在天邊近在眼前。」
「他不是組織的人。」美香說。
「那他是什麼人？」
「我才想問你呢。室井先生指示我，要留意接近你的人。我派了三個人假裝跟蹤他，但他好像沒發現我。」

「所以妳就自己闖進來？」

「這個人好像戒心很重，這種破公寓還用了很難開的鎖。」

不過，美香還不是輕輕鬆鬆就摸進來了？

還說什麼你待在這裡很安全。

「找我有什麼事？」雨宮問道。

「我是來勸告我的笨弟弟最後一次，趁他還沒冒險。」

「勸告？」

「對啊。你到底在想什麼？你知道背叛組織會有什麼下場吧？」

「這種事情我當然很清楚。」

「那為什麼還——」

「我只是覺得永遠得對那傢伙百依百順很莫名其妙。就算我完成任務，也沒有任何保障。一旦找到小澤稔，說不定我就沒有利用價值，直接被料理掉。」

「才不會這樣！室井先生不可能這樣對待為自己工作的同志。你不要胡思亂想，快回到組織裡，雖然可能會受到相對的制裁，但我會幫你跟室井先生說情，請他從輕發落。這樣吧，只要你把這個人交給室井先生，說不定就能讓這次背叛組織的事情一筆勾銷。就說你是為了查出這個人的真面目，才假裝躲避組織的監視。室井先生很想知道這人的來頭，還有他接近你的目的。」

「不好意思，我不幹。」

「為什麼!?」美香一臉不敢置信，直盯著雨宮。

「我已經受不了被那傢伙呼來喚去。」

「怎麼會是呼來喚去呢？是要完成重要的使命啊。」

「哪門子的使命？妳也一樣，只是被呼來喚去。全身上下都動過手術，現在成了這副鬼樣子……難道為了揭露政治人物的祕密，派妳去當人家情婦嗎？」

「沒錯。」美香回答得若無其事。

看著一派理所當然的美香，雨宮感到一股強烈的憤怒與悲哀湧上心頭。

「為什麼妳讓他這樣擺布還無所謂？為什麼他要妳做這種事，妳還相信他？」

「你要我講幾遍？這就是我的使命呀。為了改善這個國家……為了實現室井先生的理想，就必須這麼做。」

「什麼狗屁理想！那傢伙的理想到底是什麼？」

「到了這時候你怎麼還說這種話呢？室井先生追求的是一個平等的社會呀。沒有富人，也沒有窮人，摒除一小撮靠大眾的不幸來成就的特權階級。讓所有人同樣不幸的幸福社會。」

「妳覺得這種因為犯罪讓幸福的人陷入不幸的社會，真的理想嗎……？」

所謂的犯罪，就是讓不幸的人多少得到一點幸福，而讓幸福的人變得稍微不幸。為了保持社會平衡，這是必要的手段，室井曾說過。

雨宮過去也曾對室井的這個想法非常著迷。不過，現在他不再認為那是個真正理想的社會。

「你忘了嗎？我們認識室井先生之前過得有多苦……我們為了好好過日子，拚命在社會底層掙扎。可是，當時的我們哪覺得有半點幸福？除了室井先生，還有人願意拯救身在無底深淵的我們嗎？」

那時候姊弟倆的確活在社會的最底層。不，應該說從出生之後就一直這樣。姊弟倆除了相依為命，沒有其他能倚靠的人。強忍著貧困、受盡委屈活下去。但是……

「至少比現在幸福。」

只要美香在身邊就是幸福。

「那是因為你不必去舔男人的老二。」

美香冷冷丟下這句話，冷不防刺進雨宮的心。

「我整天得舔男人的老二，一天過一天，就為了養你。無論是來店裡的客人，或是店裡的員工，從來沒人把我當人看。在客人眼中，我不過就是他們洩慾的公共廁所，對員工來說，我只是一壞掉馬上就能被取代的廉價商品。只有室井先生當我是個人，他願意接納我，尊重我。」

「那只是因為他要利用妳吧？表面上讓我們認為受到重視，標榜看似崇高的理想，其實他的行為是不折不扣的犯罪。難道殺人可以讓這個社會走向理想嗎？靠詐騙賺錢會讓這個國家變得更好嗎？我還聽從他的指示殺了無辜的人。」

雨宮感到不屑。

「或許這些對你是很痛苦的經歷，但為了實現一個理想的社會，本來多少就需要犧牲。」

「妳還沒搞清楚嗎？妳知道就為了那傢伙無聊的痴人說夢，讓多少人陷入不幸！那傢伙只是個騙子，就像以前那種莫名奇怪的宗教……他自以為是教主，對妳洗腦。妳快醒醒啊！跟我一起逃吧！去個那傢伙找不到我們的地方！」

雨宮拉著美香的手，努力想說服她。但美香只是冷冷瞪著他，不發一語。過了好一會兒才甩掉雨宮的手。

「這輩子不會再見了吧。」

美香直盯著雨宮低聲喃喃，然後便轉身走出屋子。

一聽到玄關大門關上的聲音，雨宮感到一股強烈的焦躁。

得快離開這裡才行——

雨宮從床上起身。他把手上的刀子塞在床墊跟床架的縫隙間，然後抓起扔在地板上的外套披在身上，走出房間。

他看看玄關大門。門沒上鎖，門鏈也沒拴上。他先暫且鎖上門，穿了鞋走向客廳。這時，看到桌上的手錶跟手機，兩件東西都是小杉給他的。

既然手錶裡藏了竊聽器，最好也當作手機一樣被動了手腳。總之，應該不會再跟小杉聯絡了吧。

雨宮氣呼呼地將目光從桌上移到櫃子。

他身上雖然帶著提款卡，但不確定還有沒有時間繞去提款機。

他隨手一把抓起抽屜裡的鈔票，塞進外套的口袋裡，隨即走出那間屋子。

一到電梯前面，就看到電梯正從一樓往上。

雨宮心想，難不成是組織的人，於是他轉身離開走向樓梯。

提心吊膽下了樓梯，走出大樓，左顧右盼警戒之下走進昏暗的小巷。

「欸──」

後面突然有人叫住他。雨宮一驚之下轉過頭，看到小杉走過來。

「多謝你的照顧。」

在這麼緊急的狀況下，雨宮依舊立刻裝作右半身不方便，拖行著步伐。

「等一下啦。」小杉從背後抓住雨宮的肩膀。

「你到底是什麼人啊！」

雨宮用力甩掉小杉搭在他肩上的手，在這股氣勢下，小杉縮了下身子。

「那支手錶裡裝了竊聽器吧？你究竟有什麼目的！」

雨宮一吼，小杉立刻露出尷尬的表情搔搔頭。

「哎唷，你先冷靜……我會解釋清楚。倒是現在你要趕快換到另一個基地。」

「別開玩笑了！」

雨宮甩開小杉，就在要繼續往前走時，一輛開過來的車子，車頭燈的亮光愈來愈近。

那輛車在雨宮跟小杉前方停下來。後座的左右車門一開，兩名男子走下車。都是身材壯碩，一身西裝打扮還戴著墨鏡。

可惡──都是因為剛才在這裡耗掉時間。

「要幹嘛……？」

小杉一臉莫名其妙看著兩名男子。

「你最好快點離開。」雨宮看著小杉對他說。

這些組織裡的成員，為了目的可是不擇手段。
事到如今，他對小杉只感到不信任，但即便如此仍然不希望讓他捲進自己的事。
雨宮轉過頭，想看看能不能趁隙逃走。但後方也有一道愈來愈近的車頭燈燈光，然後車子緩緩停下，從前後包抄雨宮兩人。後來的那輛車上也走下兩名男子。
包括開車的，一共六個人——
雨宮心想，這狀況的確很棘手，一邊將手伸進長褲與皮帶之間，握緊菜刀的刀柄。
「雨宮一馬——我們奉命來帶你回去。上車吧。」
面前的男子說道。
雨宮瞥了旁邊的小杉一眼。但小杉對這句話似乎毫無反應，仍不住打量身旁這幾個人。
「只要你乖乖上車，我們就不為難你。」男子往前踏出一步。
「你以為我會相信你的鬼話嗎？」
「我們收到的指令就是帶你回去，然後請這位說明狀況。」
說明狀況——意思就是拷問一番，讓他吐實吧。
「這件事跟他沒關係。這個大叔只是單純的遊民。沒你的事了，你快走吧。」
雨宮揮了揮手，同時用眼神對小杉示警。
但小杉似乎不懂雨宮的意思，仍舊不肯離開。
「快上車吧。你要是不肯聽話，待會兒就有苦頭吃了。」
男子把手伸進外套胸口。這表示他帶了槍，這下子雨宮就算反抗也不是他們的對手。

自己被帶回去之後，室井會有什麼打算呢？一想到接下來的狀況，雨宮就感到絕望。

「那好吧。不過，這個大叔不相干，先讓他離開我就上車。」

雨宮放棄抵抗了。

「我們不受你指揮。你上這輛車，然後他得上後面那輛車。」男子將手插在外套內的胸前口袋，一步步靠近。

「小哥，難道你想在這種地方亮出這麼危險的玩意兒嗎？」

雨宮聽到聲音，轉過頭看著小杉。只見他一臉笑咪咪，似乎還沒意會過來眼前的狀況有多緊迫。

「你們在我的地盤上撒野，讓我很難做耶。」

男子停下腳步。

「我管你這是哪裡。反正你要是不聽話，我們只好動手。」

「看來我高估你們了。真是的，本來還以為是個有腦袋的組織，看來根本是一群烏合之眾。」

小杉戳戳自己的頭冷笑著說。男子臉色一變，「你說什麼！」不過立刻恢復平靜，朝旁邊其他男子使個眼色。幾個人同時慢慢逼近。

「看起來你們也不管周圍的狀況嘛，其實你們的腦袋都被瞄準啦。」小杉抬頭看看四周。

他一說完，幾名男子停下腳步，抬頭觀察起周邊的大樓。

雨宮也跟著抬起頭，看看周圍幾棟大樓，卻沒發現有像是來福槍或其他武器瞄準這幾個人的樣子。

「少在那裡亂唬人！」

男子抬頭張望了周邊大樓一會兒，又盯著小杉說。

「那你們就試試看哪。看是要再走過來一步，還是要掏出藏在胸口的玩意兒對著我。話說回來，要先抱著必死的決心就是。」

小杉環顧幾名男子，冷冷說道。

幾個人即使戴著墨鏡，也看得出他們聽到小杉的話感到倉皇。四個人圍著雨宮跟小杉，面面相覷。

「總之，建議你們先暫時回去吧。不必白白送命。」小杉直盯著面前的人說。

男子把手放在胸口，似乎陷入苦思。臉上已經看不到之前胸有成竹的表情，反倒一臉懊惱癟著嘴。一會兒之後，他終於慢慢抽出伸進外套裡的手。手上並沒握著槍。

「你一定會後悔這麼做！」

男子對雨宮撂下話之後，向其他人使了個眼色，一行人便回到車上。

雨宮被小杉拉著手走到路邊的同時，那群人開的車揚長而去。等到看不見車子，雨宮才深深嘆口氣。

「上面真的有人在瞄準他們的腦袋嗎？」雨宮問他。

「當然是嚇唬人的啊。」

小杉笑著仰望旁邊的大樓。看起來又像是對人使眼色。

「你究竟是……」

小杉沒讓雨宮講完就掏出手機，撥了通電話。
兩三分鐘後，車頭燈的燈光又慢慢接近。一輛黑頭車停在雨宮兩人旁邊。
小杉打開後座車門，對雨宮說了聲「上車」。雨宮卻沒能立刻邁開腳步。
「我不會害你的。」
聽到小杉這句話，雨宮做好心理準備，拖著右腳坐上車。
「不必再演這種蹩腳戲了。」
小杉鑽進車子裡在雨宮旁邊坐下，關上車門後車子立刻開動。
「那你也一樣，別裝啦。」
雨宮動了動肩膀，放鬆身子說道。
「好吧。」小杉露出苦笑。
「你到底是什麼人？你不是熱心助人才跟著我的吧？」
「沒錯。」小杉乾脆地點點頭。
「我已經監視你很久了，從你離開少年院開始。雨宮一馬。」
從離開少年院就一直監視著自己──
所以之前在那個公園看到他也不是偶然嘍？
「為什麼……」雨宮問他。
「奉了某個人的命令。」
「某個人……？」

「對。現在就是要去見那個人。」

「那個人是誰？」

「我不能在這裡說。得先確定你不會與我們為敵。」

「我不早就躺在砧板上待宰了嗎？」

「這麼說也沒錯。不過，跟躺在另一塊砧板比起來，算是聰明多了的選擇。」

「是嗎？」

雨宮感到很不是滋味，別過頭去。

「能夠輕輕鬆鬆打開那間房子的鑰匙，看起來你姊姊也不是省油的燈啊。」

聽到這句話，雨宮心頭一驚轉向面對小杉。

「你以為只有手錶？」小杉盯著雨宮的反應似乎感覺很逗趣。

「房間裡也動了手腳嗎？」

「不是竊聽器，但每個房間都裝了微型攝影機跟麥克風。為了不被偵測器查到所以是拉線，在樓下的房間監看。」

「費這麼大工夫也是為了監視我嗎？」

「你的一切我已經查得清清楚楚，當然包括你那個下落不明的姊姊。剛才我發現有個女的跟蹤我，就猜到該不會就是她。」

「你早就發現有人跟蹤，卻假裝沒這回事，讓我姊姊放下戒心嗎？」

「沒錯。」

看著小杉點點頭，雨宮忍不住苦笑。

美香說自己安排了幾個人當煙幕彈跟蹤小杉，讓小杉沒發現她，不過看來這個人似乎技高一籌。

「多虧你們倆，讓我聽到不少趣事啊。」

「的確是平常難得一見的姊弟爭執吧。」

這時也只能以自嘲來回答。

「我對你家庭狀況沒興趣。只是這樣能對那傢伙稍微了解一點。」

「那傢伙……」

雨宮問了小杉，但他閉上雙眼，不發一語。

「該不會又要換車吧？」

看到車子開進地下停車場，雨宮不耐煩地看看小杉。

自從跟小杉上了車後，已經換過三次車子。雖然知道是想甩掉跟蹤的人，但換這麼多次不會太誇張嗎？

「這是最後一次。」小杉說完，轉頭望向窗外。

「那位某人還真是用心良苦啊。」

「那個人萬一有任何三長兩短都會讓日本動搖國本。雖然不可能上新聞，但他的影響力比總理大臣還巨大。他就是這麼重要的人。」

難道他是掌握檯面下的什麼白手套嗎？

車子一停下來，雨宮跟著小杉走下車，面前停了三輛顏色、車款都相同的廂型車。三輛車的車窗上都貼了黑色隔熱紙，看不出來後座的樣子。

「中間那一輛。」小杉看看四下無人後才說。

「唉唉……」

雨宮嘆著氣，一邊打開廂型車車門。裡頭除了駕駛之外還有兩名男子。雨宮跟小杉鑽進車裡，剛好跟那兩人面對面坐下。

「戴上這個。」小杉遞出一副眼罩。

「哇！你們是不是電視看太多啦？」

雨宮無奈地戴上眼罩。

「可以拿下來嘍——」

聽到男子的聲音，雨宮便拿下眼罩。

一瞬間，刺眼的光線讓他忍不住閉上眼睛。接下來他才慢慢睜開眼睛，環顧四周。發現自己身在一處寬敞的空間，除了自己坐的椅子之外沒有任何家具，四面是混凝土外露的單調房間，天花板四個角落則裝設了小型攝影機。

小杉不在房間裡。剛才在車上坐在對面的兩個人就站在面前。

「杉哥呢？」雨宮問面前的男子。

「他要你等一下。」

「這裡是……」才一開口就閉上嘴。

想問這裡是哪裡，但對方也不會回答吧。

先前戴上眼罩之後車子還開了很久，沒看到時鐘不太清楚，但車程恐怕超過兩小時。

忽然一聲開門聲，雨宮轉過頭。看到小杉在外頭對他招招手。

「終於要面對面了嗎？」

雨宮站起身，走向小杉。出了房間之後，他跟著小杉走在混凝土走廊上。

「聽你說是遊走政界跟財經界的白手套，害我以為是住在高級日式料亭那種房子裡呢。」

「你才是電視看太多。再說，赤城先生並不是白手套。」小杉面不改色說道。

原來那個人叫赤城啊——

「不然他是什麼？」

「他的地位遠遠在白手套之上。你如果還想保住小命的話，待會說話最好謹慎一點，不要太粗魯。」

小杉來到門口停下來。上方設有攝影機。

「我把雨宮一馬帶來了。」

小杉看著攝影機鏡頭一說完，看似厚重的大門自動打開。

雨宮跟著小杉走進房間。這裡比剛才那個房間還大，正中央有一組沙發，雨宮跟坐在沙發上的男子四目相交。

從小杉的敘述聽起來，雨宮先前想像對方是個年紀很大的老頭，但面前這個人看起來了不起六十出頭吧。全身上下的打扮很氣派，乍看之下會以為是哪家公司的社長，不過，他盯著自己的眼神卻讓雨宮感到前所未有的威嚴。

「你就是雨宮一馬？」男子問道。

「你就是赤城先生？」

雨宮為了不被那股氣勢壓過，虛張聲勢。

男子癟了癟嘴，點點頭說，「正是。」

「我只想先問一件事。我算是你的客人還是俘虜？」

「我希望你把自己當客人。如果來這裡的路上種種行為讓你不舒服，我跟你道歉。都怪這些部下太神經質了。來，坐吧。」

赤城使了個眼色，雨宮便走過去一屁股在沙發上坐下。小杉則在旁邊站著不動。

「我聽說過你的事，你這個人挺有意思的。」

赤城說完，小杉嘆口氣，輕輕點了點頭。

「聽說你要人監視我，到底是想怎樣?你為什麼要監視我？」

雨宮想到剛才差點丟了一條命，整個人豁出去。

「因為我對你很感興趣。不對，其實不是你，而是我對室井有什麼打算很有興趣。」

「室井?你……」

雨宮才一開口，「喂！」小杉就呼喝他。

他轉過頭，看到小杉的表情提醒他注意自己的用詞。

「知道啦——您認識室井嗎？」雨宮重說了一次。

「什麼認不認識，室井是我的手下啊。話說回來，他本人說不定不這麼想就是了……」

「什麼意思？」雨宮反問。

「我知道他很優秀，所以出點錢讓他開心玩玩，沒想到他居然愈搞愈大。撿一群像你這種年輕人弄個匯款詐騙倒還算有意思，不過……玩過頭我可就不能再睜一隻眼閉一隻眼了。」

赤城說到這裡，對小杉使個眼色。小杉從櫃子上拿出一疊資料夾，遞給雨宮。

雨宮一打開，裡頭貼了幾張照片。每一張看來都是在男女幽會的現場拍攝到的。

「這些照片上的男人都是在霞關①的人物，每一個都握有國家級的重要資訊。」

雨宮翻閱著檔案，突然發現照片裡出現美香，忍不住停下手。

他對那個把手搭在美香肩上的男人有印象，不記得叫什麼名字，但知道是個常上新聞的政治人物。

「我看需要快點在他脖子上套著繩子拉回來才行，不過老是抓不到這傢伙。不只這樣，那小子的組織好像還不斷擴大，而且連組織的樣貌也掌握不出個所以然。」

雨宮邊聽赤城的話，眼睛直盯著美香的照片。

「你脫離那小子的組織了吧？只要跟我合作，我就保護你的安全，不用怕他追殺，而且我還能幫你達成心願。」

雨宮的心願只有要室井把美香還給他。
「我能怎麼合作呢？」雨宮抬起頭。
「首先，我想知道那小子組織的全貌。」
「我不曉得。」
室井組織的全貌，雨宮自己也不清楚。
「我在組織裡只不過是一顆棋子。」
就算除掉也還有很多人能替代的棋子。
「那傢伙究竟有什麼企圖？」赤城繼續問。
「這個我也不曉得。搞不懂那個人究竟有什麼企圖，要追求什麼……」
雨宮坦白說。
「你在尋找那個叫小澤稔的人吧？這是那傢伙下的命令嗎？」
「對。」
「為什麼那傢伙要找這個人？」
「為了想拉攏一個叫町田博史的人。」
雨宮一說，赤城就發出低沉的笑聲。

①位於日本東京都千代田區的地名，由於很多行政機關都在此地，常用來暗喻是行政樞紐、權力中心。

「室井對那個人還沒死心啊？」

「您認識町田博史嗎？」

「只見過一次。說什麼他是個沒有戶籍的人。對吧？」赤城看看小杉。

「對。還有，他的記憶力非常好。」

「當時他只說名叫『博史』。我後來想起來，室井對這個人另眼相待，就調查了一下。才知道他在大概三年前因為涉嫌殺人被逮捕，而且那個人是不是還跟同伴策劃從少年院逃走，結果失敗？我猜一定是室井派了人進去，然後鼓動他逃走吧。」

「所以你就找人監視當時其中一個同伴，也就是我嗎？」

「沒錯。話說回來，監視的也不只你一個。」

「什麼意思？」

「除了小杉之外，到處都有我的部下扮成遊民。只要一懷疑可能是室井組織裡的人，就觀察對方的行動。」

原來是這樣，小杉才到處跟遊民都很熟。

「到現在除了你跟你姊姊之外，還沒能確認其他組織裡的人。不過，多虧了你對室井造反，讓我們能多掌握到幾個人。」小杉說完笑了。

自己竟然就被這些人玩弄在股掌之間。

「我們現在連想跟室井接觸都辦不到了。現在的他，就像潛入深海的怪魚，即使用我們的力量也抓不到他，更別說想控制他。所以我們才想到，既然你是個讓他交付重要任務的人，是不是掌握了一些室井、還有組織相關的資訊呢？」

「真可惜。他並不是交付重要任務給我，只因為我碰巧跟町田進了同一所少年院而已。」

「是嗎？」

雨宮轉頭看著說話的小杉。

「如果不是特別在乎你，他當初又怎麼會刻意找你進組織呢？」

「我也不曉得……」

雨宮可不這麼認為。那只是室井一時興起吧。

「今天謝謝幫我解圍，但看起來我好像幫不上什麼忙。可以容我告退了嗎？」

雨宮起身走向門口。

「等一下——」

赤城叫住他。

「你不想救你姊姊嗎？」

◆

25

「坦白說，你的行動力連我看了都嚇一大跳。」

聽高垣教授語帶感嘆，為井有些難為情，搔了搔頭。

一星期之前，接到前原悅子的聯絡，答應讓他使用前原家的二樓以及工廠一部分的空間，接下來為井等人就正式朝著創業行動。話說回來，包括制訂組織章程、製作調查報告書等這類開公司必須經歷的流程與實務，幾乎都由町田一手包辦。

今天為井來找高垣教授就是向他報告現況，同時也要謝謝他當初在討論創業時給予的建議。

「不過，會不會操之過急呢？這或許是我多管閒事，但聽到這個時程不免感到擔心。」

「呃……」為井只能含糊回答。

為井本身也跟高垣教授有同感。但為了要讓町田合作創業，其中一項條件就是要立即成立公司。

成立公司這件事應該沒問題吧，但一想到接下來的發展，就令為井感到不安。雖然他跟町田聯手製作出業務企劃書給悅子看，但就連為井自己都懷疑，是不是真能依照企劃書上寫的這麼順利。

「町田也參與創業嗎？」高垣教授問道。

「是的。」

「這樣啊？這就令人放心多啦。」高垣教授微笑說道。

「町田究竟是個什麼樣的人啊？」

為井終於問了好奇很久的問題。

「什麼樣的人……你的意思是？」高垣教授反問他。

「他完全不提自己的事情。比方是哪裡人，家裡的人是做什麼的……」

「他沒有親人哦。」

聽到高垣教授的回答，為井感到困惑。

「沒有親人……他不是哪裡的小開嗎？」

「那是你吧。町田沒有家人。」

「還是他父母留給他龐大的遺產呢……」

高垣教授聽了感到不解。

「如果有大筆財產，就不必寄居別人家了吧？」

「前原太太不是町田的親戚嗎？」

為井一問，高垣教授搖搖頭。

「不是哦。聽說只是因緣巧合才寄居在前原家。但你怎麼會認為他有一筆財產呢？」

為井沒吭聲。他盯著高垣教授，感到滿腦子不解。

町田交給為井兩千萬，當作創業的資金，但他事先跟為井約定了使用這筆錢的條件。

就是絕對不能向任何人透露這筆錢是町田出的。他再三叮嚀，跟其他人就說是向銀行貸款，或是為井接受父母的幫忙。

雖然為井問過好幾次，為什麼不能提起出資的是町田，但他的回答都是隨口蒙混。只說如果不能遵守這項約定，就當作沒這件事。為井無法釋懷，卻也只能接受。

如果舉目無親，身無恆產，町田究竟是怎麼準備這麼大一筆錢？

二十歲的大學生——

為井在離開高垣教授的研究室之後，對町田的質疑依舊未解。

聽高垣教授說，町田獲得獎學金上了大學，而且寄居在非親非故的前原家，然後在他們家的工廠幫忙，賺取生活費。為井也嘗試詢問町田畢業的高中，還有他寄居到前原家的經過，但高垣教授似乎也不是很想講太多。

看著高垣教授吞吞吐吐的樣子，為井腦中對町田的質疑又更深了。

之前只覺得他是個頭腦稍微好一點，但個性偏激的人，但看來似乎沒那麼單純。

為井開始認為，町田這個人似乎有著為井等人所不了解的複雜背景。

但究竟是什麼呢——

在短時間的相處中，為井發現到幾件事。

當初硬拉著繁村去見町田時，繁村曾挖苦他，可能得重新唸一次小學的國語課時，町田回答說他不巧沒能上學。

當時為井以為他可能是生病或不肯上學，但真是這樣嗎？

最好不要跟他走太近啦——

為井想起來，不確定是何時，但楓曾說過這句話。

不要跟他走太近，是什麼意思呢？之前為井沒把這句話放在心上，但現在收到了兩千萬這麼大一筆錢，對這句話背後的意義實在好奇得不得了。

此外，町田為什麼要對自己出資這件事格外保密，也讓為井感到不解。

這沒什麼好隱瞞，正大光明說是自己為了創業而出資不就好了嗎？但町田無論如何都要為井跟他約定。

左思右想了好久，為井想到一個不願相信的結果。

該不會那兩千萬的背後有什麼不可告人之事吧——

但他立刻就把這個想法趕出腦袋。不可能吧。一名小小的大學生，無論用什麼非法手段也弄不到兩千萬這麼大一筆錢。

話說回來，這次創業的事是為井一行人先提議，當時町田不是還漠不關心嗎？實在無法想像他會為了實現為井等人的夢想來鋌而走險。

心裡這麼想，但仍無法完全排除對町田的質疑。

待會要去前原家，跟裝修業者開會。

雖然不能談起町田為什麼會有這麼多錢，但似乎可以不著痕跡問問悅子町田這個人的來歷。這麼一來應該多少能了解。

為井邊想邊往學校餐廳走去，打算到前原家之前先填飽肚子。

一到了餐廳，大概是放暑假的關係，只有零星幾個人。

走到餐券販賣機前面，正想一如往常按下「咖哩」的按鍵時，卻忍不住縮手。

每次到這裡來，為井大多會點咖哩飯，但自從在繁村家吃了他招待的那鍋神祕液體之後，光是看到、聽到咖哩兩個字，都會忍不住起雞皮疙瘩。為井多想了幾秒鐘，按下天婦羅烏龍麵的按鈕。

端著天婦羅烏龍麵到桌上後，為井從皮包裡掏出記事本。真皮材質封面的萬用手冊價值不斐，對現在的自己來說算是一大開銷，但考量到接下來要正式朝創業邁進，心一橫就買了。

他看著記事本一邊吃飯，突然覺得自己好像已經是個事業有成的經營者。

為井挾著烏龍麵，同時在腦中整理著接下來該做的事情。

開設公司所需要的資料，幾乎都由町田製作，除此之外的工作主要由為井來負責。

首先，要將前原家的二樓重新裝潢成方便使用的辦公室格局，得準備工作需要的桌椅跟電腦。

繁村一邊挑選要放在工廠的器材，一方面就跟之前一樣，繼續在家裡研究合成樹脂。晶子則是繁村的助理。

一星期之後，四個人集合再報告各自的進度。

「請問──」

一聽到聲音，為井抬起頭。

有個短髮女孩一手拿著馬克杯，站在他的面前。

「我可以坐這裡嗎？」女孩指著為井對面的位子。

「請……」

為井說完，女孩便輕輕露出微笑坐下。

他心想，好像在哪裡看過這個女孩。回想一下，是跟自己同樣都是理工學院一年級的學生。不知道她叫什麼名字，也沒交談過，只是好像在課堂上見過幾次。

女孩在冰咖啡裡加了牛奶跟糖水，用吸管攪拌。她似乎有些難為情，避開為井的目光。

明明還有那麼多空位，為什麼她特地要來坐在為井的對面呢？

難道她對自己有意思嗎？嗯，絕對錯不了，否則就不會刻意跑過來。

為井一顆心七上八下，他趕緊把自己的目光從女孩身上移回到記事本。

怎麼辦？對方是個很迷人的女孩。不過，自己的心裡不是已經有了晶子嗎？但面前這個女孩如果對自己表白，說「我喜歡你」，他能不能理性回絕呢？這樣實在太可惜了。

兩眼雖然直盯著記事本，上頭的文字卻一個也沒看進去。心浮氣躁。

「你是理工學院的為井吧？」

女孩一開口，為井嚇了一跳抬起頭。

「我、我是……」在女孩的注視下，為井心中小鹿亂撞。

「你在忙嗎？」

「沒、沒有啦……沒那麼忙……只是，還沒，心理準備……」連自己也聽得出來聲音怪怪的。

「我是理工學院一年級的相原里紗。」

「好、好像有幾堂課一起上。」

「你記得我嗎？真開心。」

里紗雀躍地笑著說。

「我這麼突然跑來跟你交談，你可能覺得莫名其妙吧……不過，我有件事說什麼都要告訴你……」

「要不要換個地方比較好？」為井問她。

就算人很少，旁邊還是有幾個學生在。萬一女生在場主動表白遭到回絕，為井擔心日後學校裡會針對她冒出亂七八糟的傳聞。

「不用，我覺得在這裡無所謂。」

「真的好嗎？」
「是啊。」她露出親切的微笑。
「那……」
為井把雙手放在大腿上，端正坐姿。
「我想請教你創業的事情。」里紗說道。
「創業？」
為井一瞬間沒搞懂這是什麼意思。
「是啊。聽說你……最近要創業了吧？」
「妳是在哪裡聽說的？」為井稍稍探出身子問她。
創業的事情只跟高垣教授，還有同個社團的水木加奈子提過。
「在學校裡有不少人討論哦。」
「真的嗎？」
里紗點點頭。
「聽說你跟同樣是理工學院的町田要一起開公司，你們倆都跟我一樣才大一，好厲害哦，我真的很佩服。所以，說什麼都想問問你這件事……」
「這樣啊……」為井失望嘆口氣。
「你們要開什麼樣的公司呢？」
里紗激動地探出身子。眼看著跟里紗的距離突然縮短，為井嚇了一跳趕緊往後退一點。

「妳不知道嗎？」

「嗯。只聽說你們倆要合開公司，但完全不知道具體內容。」

為井有點猶豫，不知道該告訴她多少。繁村再三強調，在取得合成樹脂的專利，成立公司之前，最好不要張揚創業的計畫。他對商業間諜之類的特別提防。

「不能隨便告訴我吧……」

看到為井躊躇的表情，里紗語帶落寞說道。

「呃……也不是這樣啦……」

里紗不可能是商業間諜，透露一點應該沒問題吧。

「只是在公司成立之前，希望妳不要告訴別人。妳能答應我嗎？」

「那當然。」里紗點點頭。

為井得到她的承諾後，從包包裡拿出合成樹脂貼片，放在里紗的面前。

里紗一臉驚訝，直盯著貼片。

「這是這所大學的學生發明的合成樹脂。」

「合成樹脂？」里紗一臉不解，用手指戳了戳貼片。

「是一個叫繁村的學長發明的。這可是前所未有的劃時代合成樹脂唷。」

「這個名字……好像在哪裡聽過。」

「他在學校很有名，是個專門發明一些怪東西的怪咖。」

「對……」里紗似乎想起來，點了點頭。

「不過，這個倒是貨真價實的偉大發明。」

為井向里紗說明這款合成樹脂的特色。

「竟然真的有這種合成樹脂……」

果然，里紗也一副不敢置信的態度，拿起了貼片。

「我們想用這款合成樹脂打造前所未有的產品，所以決定成立公司。」

「然後町田也一起嗎？」

為井點點頭。

「還有理工學院三年級的夏川晶子，總共四個人。」

「這樣啊……」里紗低聲喃喃，隨即低下頭。

「怎麼了？」

「那個……我想……」

里紗說起話來突然吞吞吐吐，似乎有什麼難言之隱。

「妳是不是覺得，光憑我們幾個學生要開這樣的公司實在太魯莽？」為井揣測里紗的心思問道。

「不，不是這樣……」

里紗抬起頭，用力猛搖了幾下。

「光靠學生要成立這樣的公司，我真的覺得好厲害，也非常尊敬。只不過，我原先還以為一定是資訊相關的公司……還想說不定有機會……」

「機會？」

「我對寫程式還滿有自信，所以想說……能不能參一腳……」

「參一腳……妳是想加入我們公司嗎？」

聽到意料之外的回答，讓為井反問。

「是的。」里紗輕輕點點頭。

工作上當然會用到電腦，如果有個懂電腦的人加入實在很棒，但在業務上軌道之前，應該沒有餘力聘人吧。

「難得妳這麼看得起我們……」

「我不只對寫程式有自信！」

里紗打斷為井的話。

「我還有簿記認證！一定可以發揮用處。能讓我在這間公司幫忙嗎？」里紗深深低下頭懇求。

「呃……話是這麼說……但現在實在沒有餘力聘人。就連我們幾個，在等到實際有利潤之前應該都得做白工吧。」

「我不要錢。當然……要是公司有利潤，我就拿合理的報酬……不過，這不是最重要的事。」

為井看著苦苦哀求的里紗，陷入沉思。

他實在搞不懂里紗的想法。

為井跟晶子是受到繁村發明的吸引才決定創業，所以可以把眼前各自的利益先放一邊。但里紗不一樣吧？在這之前她根本連繁村的發明，還有為井他們要開什麼樣的公司都不曉得呀。

「妳為什麼這麼想進我們公司？」

為井一問，里紗一副欲言又止的模樣，低下了頭。

「就將來性來說，我認為這個公司當然會有利潤，不過，至於要多久才能達到這個將來，現在完全沒概念。但因為是我們自己想做的事，所以可以忍耐。不過，妳的話……」

「我也可以忍耐。」里紗抬起頭。

「我搞不懂耶。為什麼妳……」為井一臉茫然問道。

「只要能跟町田在一起就好。」

「啊——？」

為井拉高了聲調，里紗難為情地別過視線。

「妳說只要能跟町田在一起……」

為井低聲喃喃，里紗撇開目光輕輕點點頭。

「我一直很喜歡他……好幾次想跟他表白，但町田那個人總覺得拒人於千里之外。然後剛好就聽到你要跟他一起開公司的事……」

「那個人到底哪裡好啊？」

差點就要衝口而出說了「那傢伙」，還好忍住了。

「你不覺得他很酷很帥氣嗎？」

聽到這句話，為井突然覺得一肚子火。他想起來，晶子似乎也說過對町田有類似的感覺。

「我家裡會固定寄錢給我，所以不用為我擔心錢的事。我的目的當然不只為了想跟町田交往，也會認真幫大家的忙。」

為井將目光從里紗身上移回碗裡的天婦羅烏龍麵，看來已經被湯汁泡軟了。他忍不住深深嘆口氣，幹嘛浪費這麼多時間呢？

「真的不行嗎？」

聽到里紗一問，為井又抬頭看著她。

不行啦——這句話正要脫口而出時，腦中突然閃過一個念頭。

說不定這對自己來說是件好事啊。

看看晶子最近的態度，讓為井感到有些擔憂，說不定晶子對町田也有好感。如果里紗跟町田交往的話，一切不就能圓滿解決嗎？雖然繁村似乎也對晶子有意思，但那種人不會是他的對手。

「那好吧。」

聽為井這麼說，里紗的臉上突然神采奕奕。

「不過，這不是我一個人能決定的事，我會跟大家商量看看。妳可以先寄一份簡歷給我嗎？」

為井拿出筆記本上的便條紙，寫了自己住處的地址。

「大概要多久時間？」

為井問環顧室內的裝潢公司工人。

「這個嘛……要說比較大的工程，就是把這堵牆打掉吧，這不會花多少時間。我看，五天應該夠了。」

「是嗎？」

為井點點頭，看著工人給他的設計圖。

前原家的二樓有四間三坪大的房間跟廁所。目前打算町田的房間維持原樣，將剩下三間房的其中一間當作休息室，另外兩間打掉牆壁，變成一間六坪大的辦公室。當然，已經得到悅子的許可。

「明天就可以動工。」

「麻煩你了。」

為井送了工人到玄關，又馬上準備要外出。

接下來要到神田的二手商店買辦公桌跟櫃子。

為井一邊穿鞋，朝町田的房間瞄了一眼。

剛才為井來的時候，町田並不在房間裡。他會在工廠嗎？如果不在工廠，為井倒想找悅子稍微聊聊町田的事。

為井離開之後，先往工廠去。經過工廠門口時，看到悅子正在裡頭作業。

「哦，是為井啊——今天有什麼事？」

一看到為井，悅子就跟他打招呼。

「剛才在跟裝潢工人開會。對方說工程大概會花五天，這幾天可能會影響到你們，還請多多包涵。」

「我已經叫楓這幾天到圖書館唸書了，不要緊。」

「對了，町田呢？」為井朝工廠裡探了探問道。

「他在裡面。要叫他嗎？」

「不用，我還得馬上去一趟神田呢。」

為井輕輕點了一下頭告辭，隨即離開。

往車站走的路上，看到穿著制服的楓迎面走過來。

「楓──」

為井邊開口邊走過去，楓抬起頭看著他。

「你好。」她臉上毫無表情，輕輕點了一下頭。

看來她對將二樓當作辦公室這件事不太高興。

可以了解她的心情。眼看著明年春天就要考高中了，如果樓上冒出一群不太認識的人，一定很難專心唸書吧。

「樓上的房間明天要開始施工五天，不好意思，造成你們的不便。等到完工後我們會盡量保持安靜。」

「無所謂。」

楓愛理不理說完之後，就跟為井擦身而過。

「呃，那個……」

為井開口叫住她，楓轉過頭。

最好不要跟他走太近啦──

很想問這句話到底是什麼意思，為井卻說不出口。後來開口的是──

「我問妳哦，聽說町田不是你們家的親戚啊？」

「嗯。你問這個幹嘛？」

「那為什麼他會寄居在你們家呢？」為井刻意保持輕鬆的口吻。

「我爸的朋友拜託我媽，問願不願意收留他。」

「妳爸爸的朋友是町田的親戚嗎？」

「不是。」

「那為什麼……」

「我不知道啦。你直接問他本人不就好了嗎？」

「哦，對耶。」

面對這麼冷冰冰的態度，為井也只能這樣回答。

「我也想問一件事……」

「什麼事呢？」

「付給我們家跟工廠的那筆錢，真的是你出的嗎？」

楓直盯著為井問道。看來她似乎對這件事感到懷疑。

「是啊……但說起來出錢的是我爸爸啦。」為井撒了謊。

「是哦？」

她顯然不太相信為井的話。

「那麻煩幫我跟你爸爸道謝。多虧有這筆錢，我們才能待在這個家。」說完後她就跨著大步離開。

多虧有這筆錢，我們才能待在這個家——

這是什麼意思？

凝視著楓的背影，為井在心中問道。

「你從剛才都在想什麼啊——？」

聽到這個聲音，為井才回過神來看看晶子。

「沒有啦……在腦子整理一下接下來要跟大家報告的內容。」

接下來四個人集合，準備各自報告目前的狀況。但為井腦袋想的不只這件事，他一直很好奇一星期前楓說的那句話。

楓似乎對於為井支付住家跟工廠的租金來源感到質疑。

難道她認為是町田出的錢嗎？不過，如果這樣，又是什麼事讓她這麼想呢？

總之，等到有機會跟町田兩人獨處時，為井打算要問問他兩千萬是怎麼籌來的。

如果不能釐清這一點，繼續抱著懷疑，接下來應該很難跟町田攜手創業。

腦中千頭萬緒，不知不覺已經來到前原家。

「好期待哦。」

晶子雀躍地上了樓梯，為井則跟在她後面。

玄關放了兩雙鞋，看來繁村已經到了。為井跟晶子脫了鞋走進玄關。

為井打開門，踏入接下來將會是自己當作大本營的辦公室。室內瀰漫著全新建材的氣味，在心跳加速下環顧室內。實在稱不上美觀的兩間房間打通，成了一處六坪大的乾淨空間。現在還沒放入家具，看來還挺寬敞。

町田跟繁村盤腿坐在地板上。

「比想像中來得寬敞耶。」跟在為井後面走進辦公室的晶子說道。

「嗯……不過這裡如果放了桌子跟櫃子，說不定就會變得很窄。」

「不過，只要想到這裡將來是我們的大本營，就覺得好興奮哦。」

看著情緒激動的晶子，為井也點點頭，表示同感。

「興奮是無所謂啦，但現在什麼都還沒開始耶。快來討論吧。」

町田立刻潑了桶冷水，晶子才說「也對。」趕緊坐到地上。

為井也在晶子旁邊坐下，四人圍坐成一圈。

「這個，大家請用。」晶子把剛才在便利商店買的瓶裝茶分給其他人。

「好啦，要從哪裡開始呢？」

為井喝了口茶潤潤喉問道。

「那，就從我開始吧。」

町田一開口，眾人的目光就集中在他身上。

「目前正在制訂組織章程，但有件事得先決定才行。」

「什麼事？」

「就是商號該怎麼辦。」
「商號是什麼？」
晶子一問，町田立刻露出無法置信的表情。
「就是公司名稱啦。」為井在一旁補充。
「哦哦……原來公司名稱叫做商號啊……不好意思，我都不懂。」晶子難為情地對町田說。
「要怎麼辦？」町田看著為井問道。
坦白說，為井完全沒概念。雖然一直以來都有自己開公司的願望，但這次創業這件事來得實在太快，每天為了籌備忙得暈頭轉向，根本還沒餘力考慮到公司名稱。
「公司名稱非常重要啊，為井你有什麼好點子嗎？」
連晶子也問了，但一下子想不到什麼好名字。
「還不簡單，叫繁村研究所就好啦。」
繁村推了推眼鏡，一派理所當然的模樣。
死都不想取這個名字。
為井看看旁邊，晶子似乎也有同樣的看法，苦笑著看看為井。
「我是無所謂啦……不過，CIA那些組織都已經盯上你了，這樣大大方方把你的名字當作招牌好嗎？」
町田一說，繁村便陷入苦思，「這麼說也有道理……」
町田絕妙的回應，讓為井頓時放下心中大石。

「比方說……」

聽到晶子帶著遲疑的聲音，為井轉頭看著她。

「我只是打個比方，像是……『T．S．M』怎麼樣？」

「『T．S．M』……是什麼意思？」為井問晶子。

「為井的『T』，繁村學長的『S』，還有町田的『M』……會不會太簡單了啊？」晶子沒什麼自信笑著說。②

「怎麼沒有夏川的『N』③？」

「『T．S．M．N』實在太長了，而且又繞口。加上這家公司本來就是憑你們三個人的力量……我只是搭個便車一起實現夢想而已啦。」

「不對。妳才不是什麼搭便車，這是我們四個人共創的公司。」

「我也可以提個建議嗎？」

繁村一開口，為井就望向他。

「如果依照這種原則，照理說應該是『S．T．M．N』才對吧？為什麼我的名字要排在這小子的後面？而且『S．T．M．N』唸起來絕對比『T．S．M．N』順口。不然你們試著連續唸十次看看。」

聽了繁村的話，町田冷笑了一聲，似乎覺得莫名其妙。

「哪一個字母在前面又怎麼樣呢？像你們這樣討論，光是決定個公司名稱，一個月很快就過去了。就決定叫株式會社『S．T．N』，可以吧？」

町田不等其他人的意見，直接在筆記本上寫下這個公司名稱。
「沒有町田的『M』呀。」
町田看著開口的晶子。
「我已經說過很多次了，這場開公司的遊戲我只陪你們玩一下。」
晶子似乎很害怕町田冷冰冰的眼神，低下了頭。
「開公司的遊戲……等到這家公司變成大企業，你再哭著跑來求我們在公司名稱上加個『M』，可沒人要理你唷。」繁村說。
「放心吧，不會有這種事。」
町田輕描淡寫回答。
「你是說這間公司不會成功嗎？」繁村的語氣變得激動。
「不是。只要有你的發明，這間公司就會成功吧。這一點不容置疑。不過，對我來說，活在世界上的一切都是『遊戲』。」
「你這傢伙講的日文還是一樣那麼奇怪。」繁村挖苦他。
「我要報告的就是這些——」
町田說完後，啜了一口瓶裝茶。

②「為井」的拼音為「Tamei」，「繁村」是「Shigemura」，「町田」是「Machida」。
③「夏川」的拼音為「Natsukawa」。

「接下來輪到我吧。」

繁村使了個眼色，晶子就從皮包裡拿出一疊資料分給其他人。

那是要製作合成樹脂的器材簡介，還有估價單。購買器材到安裝好，得花費超過一千萬。

「這是很特別的設備，實際上到工廠安裝好，正式上線，大概要花兩個月吧。」

「要花那麼久的時間嗎？」為井忍不住探出身子。

町田說要一個月之內完成公司登記，但就算成立公司，接下來將近一個月什麼也做不了。

「嗯，看來就是這樣。」町田沉穩答道。

「可是，這麼一來……」

「重點是，就連要用這款合成樹脂做什麼都還沒決定，還沒決定製造什麼產品，光有設備也沒用吧。」

「這倒是……」為井點點頭。

「接下來的兩個月，大家要絞盡腦汁想想有什麼好點子。」晶子說道。

「對啊。而且我們也必須定期開會討論，加上營運資金沒那麼充足，在機械正式上線生產之前，得開發產品，也得跑業務。好不容易得到為井的爸爸拿出這麼一大筆錢，要是沒做出能賣的東西就等於把錢丟進海裡了。」

為井聽到町田的話，心情很複雜。

「好啦，最後輪到你。」町田指著為井。

「我要報告的事情並不多……目前正在準備辦公室要用的家具、電腦，還有一些備品，其他還需要什麼嗎？」

「我沒有。」町田搖搖頭。

「我只要有祕書夏川學妹就夠了。」

繁村看著晶子笑了笑。

「有台冰箱可能比較好。」晶子忽然想到。

「冰箱？」

「二樓雖然有洗手間，但沒有廚房吧。公司成立之後會有訪客，而且我們自己也用得上吧？」

「也對。」

為井拿出他引以為傲的記事本，寫下「冰箱」。

「其他還有嗎？」

他又問了一次，但看來沒有其他需要的東西。

「那就解散吧。」

町田說完正準備起身。

「我可以再說一件事嗎？」

為井一說，町田露出一絲不耐煩又坐回地板上。

「有件事我想跟大家商量。」

說到這裡，他停頓下來思考該怎麼開口。

「有話就快講。」町田催促他。

「其實有個人想來我們公司幫忙。」

為井一說，不出所料，繁村頓時露出質疑的眼神。町田的表情倒是沒有變化。

「什麼人啊？」晶子有些疑惑問道。

「學校的學生……我們理工學院一年級的女生，叫相原里紗……町田可能也在課堂上見過吧。」

為井從包包裡掏出里紗寄給他的簡歷，遞給町田。

「不認識。」町田接過簡歷瞄了一眼說道。

「你該不會跟這個女的說了公司的事吧？」

繁村板起臉，直瞪著為井。

「不是啊……不是我主動提起……是她跑來問我的。她知道我們要創業，說希望能跟我們一起工作。」

「為什麼她會知道我們創業的事？我只跟水木學姐講過呀……你們應該也沒告訴別人吧？」晶子看著眾人問道。

「怎麼可能！誰知道哪裡會有間諜潛伏，等著想偷我的發明。」

繁村回答得斬釘截鐵，町田則毫無反應。不過，為井也不認為他會在學校裡跟誰說，他只是對這件事沒什麼興趣吧。

「我也只跟高垣教授說過，當時旁邊沒有別人……但聽說這件事已經在學校傳開了。」

「真的嗎？」繁村的臉色變得更難看。

「嗯……不過，好像只知道我們要創業，不了解具體的業務內容。」

「水木學姐跟高垣教授都不像是那種大嘴巴的人啊……」晶子似乎無法釋懷。

「該不會——」

繁村探出身子。

「她是 CIA 之類的爪牙嗎？」

町田打斷繁村的話，用手指彈了一下簡歷。

「不可能啦。」

為井從町田的表情知道他其實不這麼想，但還是先回答了。

「你憑什麼能確定？」繁村眼神犀利瞪著為井。

「她只是個很普通的十九歲女孩啦。具備簿記認證，聽說也很懂電腦。我認為對公司來說應該是個有用的人才。」

為井雖然想讓里紗進公司，卻不希望惹得晶子起疑，所以沒有太大力推銷。

「不過，就算公司要聘人……但剛才町田說過，我們現在的營運資金也沒那麼充足……」

從晶子的口氣聽得出她對這件事不怎麼贊成。

「對方說在公司獲利之前她可以當義工。」

「愈聽愈詭異！」繁村說完，一把從町田手上搶過簡歷。

「町田有什麼想法？」

晶子轉頭看著町田問他。

「都可以啊。」町田冷冷答道。

「我原先想，說不定會想要面試，所以已經要她到附近了……但如果大家沒什麼意願……」

為井從包包拿出手機，準備打給里紗拒絕她。

「既然這樣，我來面試她！」

從剛才就直盯著簡歷上照片的繁村，抬起頭來說。

「繁村學長會不會錄取她呢？」

走出咖啡廳之後晶子問道。

「不知道耶……但他看起來好像挺滿意的。」

「對啊，而且對方又是個正妹。」

晶子腳步加快，為井匆忙緊跟在後。

剛才為井打了電話給里紗，告訴她接下來面試，要她到大森車站附近的一間咖啡廳。

町田說還有事要忙，於是回到自己的房間，就由為井、繁村和晶子三個人前往咖啡廳。不過，四個人談了將近十分鐘，繁村就說「接下來交給我」，把另外兩人趕走。

「男人真是……」晶子低聲喃喃，夾雜著嘆氣。

「夏川……妳反對讓她進公司嗎？」

為井一問，晶子露出有些落寞的表情看著他。

「我不反對呀。她看起來人不錯，而且還擁有好幾項認證，對公司應該很有幫助。我甚至覺得公司比較需要她而不是我呢。」

是這樣的心情讓晶子感到落寞嗎？

「妳是公司絕對少不了的人呀！」為井語氣肯定。

「是嗎……」

「是啊。要不是妳，根本不會有這間公司吧？無論是繁村學長的發明，或是町田，都是妳牽的線呀！」

「我只是覺得很有意思，順水推舟而已。但一旦公司成立，接下來就不是只為了好玩。我對公司經營一竅不通……」

「我也什麼都不懂啊。雖說要開公司，但大大小小的事都是繁村學長跟町田負責。不過，我希望從現在開始加油，當個好的經營者，跟大家攜手把公司做起來。」

「我想我只是太貪心吧。照理說，她進來公司我應該很開心，但是……總覺得……好像分到的蛋糕變少了，有點難過……」

「分到的蛋糕……？」為井不明白是什麼意思。

「假設有一塊看起來很好吃的蛋糕，只要想吃的人愈來愈多，自己能分到的量不就減少了嗎？總覺得每增加一個人進到公司，當初我們四個人懷抱的夢想，還有那股興奮，好像就一點一點變少了……」

晶子的心情為井也不是完全不了解。

「假設有一塊看起來很好吃的蛋糕……相信有更多人分著吃會更開心吧？況且，我們對公司的夢想和熱情跟蛋糕不一樣，並不會減少呀。現在雖然只有四個人……但能有一天跟幾百人、幾千人一起分享同一個夢想，朝同樣的目標邁進，一定會更開心。」

晶子聽完忍不住笑了。

「你能這麼想，一定會是一個好的經營者。」

「會嗎？」為井難為情地搔搔頭。

「你父親不就是因為覺得你有這份資質，才願意貸款給公司嗎？」

一聽到晶子這句話，先前的好心情頓時蒙上陰影。

那兩千萬究竟是怎麼弄來的——

這下子才想到，這件事得問問町田才行。

「妳可以先回去嗎？」為井問晶子。

「怎麼啦？」

「我有點事要找町田。」

為井在車站前跟晶子道別後，又回到辦公室。辦公室沒半個人，他直接走到町田的房門口敲敲門。

「誰——」裡頭傳來町田的聲音。

「我是為井……有點事想找你。」

沒聽到町田的回應，為井便擅自開了門。

「我在忙，你有話快講。」町田坐在書桌前埋頭書寫。

「有件事我一定要問問你。」

為井一走進房間，町田就轉過頭，兩人雖然直盯著對方，但町田又是那種拒人於千里之外的眼神。

「我想問你，那兩千萬是怎麼籌來的？」為井下定決心。

「跟你無關吧？」町田把視線移回到書桌上。

「怎麼會無關！」

大概是對為井的大吼感到意外，町田好像有些震驚，又轉過頭來。

「這是我們公司要用的錢，怎麼會無關呢？我之前以為一定是你家人出的，但看起來不是這樣。你一個舉目無親的二十歲大學生，是怎麼弄到這麼大一筆錢……」

「你懷疑這筆錢是犯罪所得嗎？」町田冷笑。

「我沒這麼想……雖然沒這麼想，但如果這件事沒清楚，我沒辦法跟你一起開公司。如果，我是說萬一那筆錢有問題，還會牽扯到夏川跟繁村學長。如果你不肯說出這筆錢是怎麼來的，開公司的事就算了。」

聽為井說得堅決，町田輕輕嘆了口氣。他從桌上拿了一本書，丟到為井面前。為井從地板上撿起來，是一本跟「股票」有關的書。

「是靠晚場交易賺的錢。」町田說道。

「也就是買賣股票賺來的？」

「對。」

「靠股票能賺兩千萬這麼大一筆錢嗎？」為井不敢置信。

「要看怎麼投資。話說回來，要能看出價格波動的趨勢還得花不少工夫。」

町田說的是真的嗎？

「如果你連你們口口聲聲的『朋友』都不相信，我可以拿證據給你看。」

面對町田似乎強調信念的這句話，為井無言以對。

「事情就是這樣。」町田揮了揮手，要為井離開。

「不過……這樣根本不需要瞞著大家呀。只要是正當取得的財產，跟大家說錢是你出的不就好了嗎？」

「我不想有借貸。」

「借貸……？」為井反問。

「太麻煩了。」

「我不懂你的意思。你指的是對我們借貸？」

「我是說這裡的人。」町田用腳輕輕踩了幾下地板。

「前原太太？」

「前原製作所欠了一筆債，要是付不出錢公司就得倒閉，也要被迫搬出這個家。」

多虧有這筆錢，我們才能待在這個家——

為井想起楓說過的這句話。

「所以才決定在這裡成立我們的公司嗎？要我們預先支付一整筆租金，就能讓前原製作所脫離負債……」

「沒錯。」

「不過，既然這樣，何必用開公司這種繞圈子的方式，你自己把這筆錢給前原太太不就好了嗎？告訴她這是你買股票賺的錢……」

「我就說了不想有借貸呀。」

町田不耐煩啐道。

「我再也受不了這麼煩的事。前原社長根本把我當成她兒子，要我把他們當作自己的家人。莫名其妙，光聽她講那些話我就快吐了。我其實只把她當作寄宿住處的管理人啊。萬一我親手拿這筆錢給她，我看這層煩人的關係會愈來愈難切斷。」

「這樣講太過份了吧？」

為井嘴上這麼說，心裡卻覺得這不是町田的真心話。

如果町田對前原家沒有任何感情，又何必幫她們設法解除債務呢？

「要是這麼煩，搬出去不就好了嗎？你手上有兩千萬，到哪裡都能生活吧。」

「或許吧。不過，這裡對我來說是個很方便的地方，有現成的住處，還有一份能維生的工作。而且要找個新地點好麻煩，剛好可以利用你們……」

「你只是利用我們嗎？」

「不然還為了什麼？」町田面不改色答道。

町田為什麼會這樣刻意拒人於千里之外呢？

不只是因為他討厭與人相處。

活在世界上的一切都是『遊戲』——

這是什麼意思？是他對於活在這個世界上沒什麼真切的感受嗎？還是，他根本認為自己的人生毫無價值呢？究竟是有過什麼樣的人生歷練，才讓他悲觀到這個地步？

「你不覺得孤單嗎……」為井忍不住脫口而出。

「孤單？」

「就是像這樣想一個人活下去啊……」

「不會。」町田冷笑一聲。

「我聽說你沒有親人。」

「那又怎樣。」

「你父母是生病過世的嗎？還是遭遇意外？」

為井問了，但町田什麼也沒說。

「你是什麼時候一個人……」

「什麼時候都無所謂吧。」町田冷冰冰地說。

「我有父母，而且在上大學之前什麼都不缺。所以我無法理解你的辛苦跟孤獨，也不會說什麼冠冕堂皇的話。」

「那就閉嘴。」

「不過，我只想說一件事。人是不可能一個人活下去的。」

「我就是一直一個人活。」

「現在不一樣了吧！」

「無論現在或以後都不會變。」

「這種想法太不幸了。你身邊明明有很多人啊，像是把你當成一家人的前原太太和楓……我跟夏川還有繁村學長也需要你。為什麼你要刻意拒人於千里之外呢？或許跟人相處的確很煩，其實我剛認識你和繁村學長時，也覺得你們很煩。但就算這樣也絕對好過孤獨。」

「那是因為你太無能。只不過沒有一個人活下去的能力，才想到靠近一群人希望有人能幫你。像你這種經營者，我看這家公司的未來也料得到不怎麼樣了。」町田帶著嘲諷的語氣。

或許吧——

自己不像町田有這麼出色的頭腦，也不像繁村能夠發明。況且也缺乏經營的才能。

然而，有股強烈的想法從他心底湧現。

無論如何，他都要改變町田——

他要掃除在町田心中盤據已久的絕望孤獨，讓他成為一同分享喜怒哀樂的真正夥伴。

◆
26

「可以拿下來嘍──」

聽到小杉的聲音，雨宮便拿下眼罩。

雨宮跟小杉面對面坐在廂型車的後座。雨宮望向車窗外，有個公園，就是前幾天他跟小杉到過的那處位於池袋的公園。

「這裡就可以了嗎？」

小杉看著雨宮問道。

「嗯。不知道哪裡會有室井組織裡的人，我就從這裡隨便晃晃吧。」

「臉不要這麼臭嘛。」小杉微微笑道。

「你們或許感覺像是釣客，可以很輕鬆，但我可是接下來被丟進大海的誘餌耶。臉臭也不能怪我吧。」

「還是你想喊卡？」小杉問他。

「我早知道自己沒有選擇的餘地，這是你老闆交代的任務吧？」

「是啊。」

「算啦，這兩個禮拜也讓我爽夠了……」

這兩個星期，他在赤城的豪宅裡被奉為上賓，接受了堪稱最高級的招待。端到面前的是從來沒看過也沒吃過的昂貴料理，每天換不同的美女服侍他。不過，這簡直就像死刑執行前最後的享受，實在很難盡情享用。

「我對這世界沒什麼留戀了。」雨宮有些自暴自棄。

「別想得這麼嚴重啦。」

小杉從口袋裡掏出個東西。好像是一張記憶卡。

「被室井組織裡的人逮到後，就告訴那人把這個交給他們老大。只要看過裡頭的內容，諒室井不會對你輕舉妄動。」

雨宮直盯著掌心上的記憶卡。

「真的嗎？」

不知道裡頭存了什麼樣的資訊，雨宮憂心盯著那片小小的記憶卡，露出苦笑。

「就祈禱他不是個笨蛋。當然，也祈禱你平安無事。」

雨宮把記憶卡放進外套的口袋。

「一旦自由之後就打這個號碼，我會馬上來接你。」

小杉把寫在紙上的號碼拿給雨宮看。

「記下來了嗎？」

雨宮點點頭，打開廂型車車門。一走出去，就感覺有股悶溼的熱氣籠罩。

「雨宮——」

聽到小杉叫住他，雨宮轉過頭。

「你可別這樣就跑嘍。要是你不回來，就要爆發戰爭了。」

「戰爭……」

雖然不太懂得是什麼意思，雨宮仍然點點頭把車門關上。

直到再也看不到離去的廂型車，雨宮當場嘆口氣，四周張望盤算著接下來該怎麼辦。

做為誘餌的自己，總之也只能先到處晃蕩等魚兒出現。

你不想救你姊姊嗎？——

不懂得這句話的意思，雨宮直接反問赤城。

赤城說，繼續讓室井這樣為所欲為下去，遲早他會跟赤城全面宣戰。

赤城掌握了全日本檯面下的世界。不僅如此，他在財經政界也很有影響力。赤城信心滿滿地說，要是他認真起來，要殲滅室井的組織簡直易如反掌。

雨宮還不了解赤城究竟有多少份量，但至少回想在小杉祕密基地外頭跟室井的手下面對面時，就當時的狀況看來，就能知道赤城說的話並不誇張。

不過，一旦跟室井的組織全面對決，一舉擊潰的話，赤城表示，到時候自然有人不會放過身為重量級政治人物情婦的美香，因為她手上可能握有重要情資。

聽到赤城這番話，雨宮嚇得臉色蒼白。

赤城的眼神在說，有人不希望這些情資外洩，非得除掉美香。

不過，赤城並不希望跟室井的組織對戰。只要能圓滿順利在室井的脖子上套上韁繩，讓他乖乖聽話，彼此陣營都不要有無謂的犧牲就好。

赤城提出建議，如果雨宮肯幫忙，他會保障美香今後的人身安全。講密使聽起來很好聽，但實質上就是誘餌。為了要傳遞赤城給室井的訊息，必須刻意讓組織的人逮住。

雨宮在之前跟組織成員對峙的住商混用大樓跟那一帶徘徊一陣子。不過，看來並沒有人發現自己，也沒看到貌似組織成員的人。

之前沒事的時候一大群人跟著自己煩得要命，但現在要找人又沒見到半個鬼影子。

不過，切忌掉以輕心。在接觸到棲息深海的怪魚之前，也可能一不小心就被哪裡冒出來的蝦兵蟹將消滅了。

雨宮提高戒備，在池袋街頭來回晃蕩。

然而，在街上閒晃了好幾個小時，也完全沒有遇見組織成員的動靜。

正納悶究竟是怎麼一回事時，腦中靈光一閃。

說不定之前他跟惠理香同居的那個住處，現在仍有組織的人在監視。

在江古田車站下車後，雨宮忽然想起來，先繞到附近的甜點店。

打從那天美香突然在雨宮面前現身，他要惠理香先離開後，已經一個多月沒跟她聯絡。她一定很氣吧。

買了討她歡心的蛋糕後，前往步行十分鐘左右的惠理香的住處。

愈接近公寓，雨宮愈提高警覺。不過，他若無其事左右張望一下，也沒看到貌似組織成員的人。

惠理香的住處亮著燈光。

如果是組織的人，要潛入惠理香的住處裝設竊聽器，這種事也是輕輕鬆鬆吧。

到惠理香家裡提出借住一晚，相信話還沒說完就會有人找上門。

雨宮上樓走到惠理香的家門口敲了幾下。門一打開，惠理香探出頭。

「一馬——」惠理香驚訝地睜大了眼。

「抱歉這麼久沒跟妳聯絡。這是伴手禮。」

雨宮抓住門把將門敞開，把蛋糕盒遞到惠理香的面前。

這時，雨宮看到玄關有雙男鞋，裡頭的房間好像有人。他看了惠理香一眼，她立刻露出尷尬的神情低下頭。

「都要怪你……」

聽到這句話，雨宮就了解是什麼狀況。看來她已經有新的男人。

「明明說跟你姊談完就會跟我聯絡，結果一個多月跑哪去了？手機怎麼打也打不通……正常人都會覺得自己被甩了吧。」惠理香似乎顧慮到房間裡頭的人，壓低聲音說道。

「也是啦。」

雨宮沒有責怪惠理香的意思。況且，雨宮對她也沒什麼特別的感情。

「誰啊——？」

裡頭的房間傳來男人的聲音。

「沒事，推銷報紙的。」惠理香朝裡頭的房間說完，對雨宮使了個眼色要他快走。

雨宮正要轉身離開時，裡頭的房間有個男人走出來。從背心裡露出的一雙粗壯手臂上，有著密密麻麻的刺青。

「你是幹嘛的？」

男子瞪著雨宮走過來。

「推銷報紙。」雨宮道。

「少來，推銷報紙是鬼扯的吧。你跟惠理香是什麼關係！」

「火氣別那麼大嘛。天氣很悶熱。」雨宮冷笑說完，轉身背對男子想離開。

「等一下──」

一感覺到背後有隻手伸過來，雨宮想都沒想就回頭甩開男子的手。

「你這傢伙──」

男子情緒激動，想出手揪住雨宮的領口。雨宮撥開男子的手，往他的下巴出拳，男子跟雨宮手上的蛋糕盒一起倒在地上。雨宮順勢騎在男子身上，朝他臉上再補一拳。

「住手！」

聽到惠理香的大喊讓雨宮回過神來，拳頭就在快擊中男子之前停下來。

雨宮撿起掉在地上的蛋糕盒起身，惠理香趕緊蹲下來，「你還好嗎？」照顧暈過去的男子。

「你幹嘛這樣！明明是你的錯吧？自己突然搞消失，然後又大搖大擺跑回來……」惠理香抬起頭，惡狠狠地瞪著雨宮。

「抱歉……我沒想到會這樣。是這小子先動手，我直覺就……」

雨宮心知肚明不是這樣。他只是發現自己似乎再也沒有個棲身之所，頓時煩躁不已。

「你走……！不要再來了！」

聽到惠理香丟下這句話，雨宮便離開了。

他走到車站，搭上往池袋方向的電車。感受著無法言喻的煩躁，一邊思考接下來該怎麼辦。

總之，身上還有點錢，今天就找個旅館先過一晚。正在盤算時，看到坐在對面的男子手上的錶。

雨宮在赤羽車站下車後，相隔一陣子再次假裝右半身不遂，拖著腳步走向公園。

賢已經知道自己在演戲，這麼做其實沒什麼意義，但為了不讓阿松跟其他遊民起疑，也沒別的辦法吧。

雨宮克制著想趁早拿到手錶的激動情緒，一邊勉力來到公園之前。

走進公園，他環顧四周。昏暗的公園裡沒什麼人，走到一角的草叢邊，看到有幾個紙箱小屋。

看來阿松他們還住在這裡。

雨宮在心裡暗禱，希望賢也還在這裡，然後在長椅上坐下，等他們回來。

一會兒之後，看到有人影走進公園，雨宮便起身。等到人影走近，看得出是阿松。

「哦！這不是信二嗎？之前沒交代一聲人就不見了，害我們有點擔心。」

阿松一看到雨宮就主動打招呼。

「臨時有點事要處理……」

「嗯。後來我打給杉哥時聽說了。說你們聽到稔的消息跑到大宮，結果撲空了？」

雨宮點點頭。

「杉哥呢？」阿松四周張望一下問道。

「我們現在分頭行動。我想暫時在這裡打擾一下……」

「哦哦，沒問題啊……那邊還有空的紙箱，你就自己拿去用吧。對了，之後還有稔的消息嗎？」

「沒有，完全沒有……」雨宮搖搖頭。

「這樣啊。欸，別太氣餒……我們也會幫忙。」

「賢還在這裡嗎？」雨宮問道。

「還在啊。他出去找晚飯了，等他回來一起吃飯吧。」

阿松拍拍雨宮的肩膀，就起身往紙箱小屋走去。

雨宮再次坐回長椅上等賢回來。一會兒之後，賢雙手提著塑膠袋走進公園。雨宮對他揮揮左手，賢似乎看到了就走過來。

「上次多謝你啦。沒害得你太慘吧？」

雨宮對賢說完，看到他只是一臉茫然，不發一語。

對啊！雨宮想起來賢聽不見，趕緊從背包裡拿出紙筆。

「上次多謝你啦。沒害得你太慘吧？」

雨宮寫在紙上給賢看了後，他搖搖頭表示不要緊。

賢把塑膠袋放在地上，從口袋裡掏出東西要遞給雨宮。

那是當時在廁所裡，雨宮為了謝他幫忙而塞進他口袋的一疊鈔票。

「這個你收下。多虧有你幫我。你拿去自己用吧。」

雨宮把便條拿給他看，賢就用另一隻手遮住手中的鈔票放回口袋裡。

「上次我給你的那支手錶還在嗎？」

賢點點頭，高舉一下裝了便當的塑膠袋，然後轉身往紙箱小屋走去。

雨宮也跟在他後面。進到紙箱小屋中，賢翻找了一下，拿出手錶。

「謝謝你。」雨宮低頭道謝後，戴上組織的手錶。

吃完便當後，雨宮忽然想起來，拿起旁邊的蛋糕盒交給賢。

賢一臉好奇，打開盒蓋。不過，先前雨宮拿著盒子痛毆那名男子，裡頭的蛋糕也在撞擊下摔爛了。

「不好意思……明天我再買新的給你。」

雨宮下意識說完，想收回蛋糕盒，賢卻搖搖頭，抓起撞爛的蛋糕。

賢不顧手上嘴邊沾到鮮奶油，津津有味吃了起來。看著他這副模樣，雨宮覺得有股奇妙的感覺。

每次這個人一到身邊，心情總感到莫名的平靜。

這幾年來都沒有過這樣的感覺。

雨宮拿起筆記本寫了一句話。

「你為什麼會過這種生活？」

他把便條給賢看，賢看看手上的蛋糕跟便條，似乎陷入尋思。

「沒關係，你慢慢吃。」

雨宮打個手勢，賢繼續吃著蛋糕。
吃完蛋糕，賢把沾在手上的鮮奶油舔乾淨，搶過雨宮手上的紙筆寫了字。
「我被原先工作的工廠炒魷魚。」
雨宮從賢手上接過紙筆又寫。
「你家裡的人呢？」
「沒有。」
沒有——？
賢似乎察覺到雨宮的表情，繼續寫道。
「我小時候就被送進孤兒院。跟我哥一起。爸媽不知道在哪裡。」
「你哥哥呢？」
「死了。」
寫完之後賢的表情變得有些落寞。
「是生病嗎？」
雨宮遲疑了一下是否該繼續問，但還是寫了。
「被殺死的。」
據賢的說法，兄弟倆離開孤兒院一起生活，哥哥在打工擔任保全人員時跟強盜撞個正著，就被殺了。
保全人員——強盜——瞪著這幾個字，雨宮的心情激動了起來。

「什麼時候的事？」

雨宮用忍不住快要發抖的手寫下。

「大概五年前。」

雨宮看到回答後稍微鬆一口氣。自己跟這件事無關。

但就算心裡這麼想，那股湧現的不安卻沒有這麼容易平復。

為了完成室井交辦的任務，雨宮曾殺了一個人，這是改變不了的事實。

那個保全人員的家人，現在怎麼樣了——

這是雨宮第一次想起這件事。

推著腳踏車的賢指著另一邊。

意思是要到那邊去找空罐嗎？

雨宮則指著反方向，表示到另一頭找。

賢又指了指旁邊的自動販賣機。意思是待會兒在這裡碰面吧。

雨宮輕輕點了點頭，賢就騎上腳踏車揮揮手。賢離開之後，雨宮走到販賣機，打開旁邊的垃圾桶蓋，撿起裡頭的空罐放進塑膠袋裡。

他戴回那支手錶已經過了四天，卻完全沒看到組織的成員現身。

對方應該知道雨宮此刻住在這個公園裡，但別說是公園四周，就算到外頭各個地方也沒見著人影。難道是起了戒心？

曾經逃脫的人，又再次回到自己手掌心，所以對方覺得不對勁嗎？

就在雨宮伸長了手要撿起垃圾箱底的空罐時，一股強烈的衝擊從他的背脊直往上竄。

一陣劇痛讓雨宮連呻吟都發不出來，直接倒地。想要爬起來，全身痙攣根本不聽使喚。

有個面熟的人低頭看著雨宮，一手還握著電擊棒。

雨宮忽然想起來，眼前這個就是有一次在小巷裡被他的鎖喉手弄暈的人，一瞬間臉上已經被對方用力踹了一腳。

接下來立刻有另一個人跑過來，兩人粗魯地將雨宮翻個身，然後將他的雙手從背後銬上。兩個人扶著雨宮，把他帶到停在旁邊的廂型車。

這時聽到一聲撞擊聲響，雨宮卻沒辦法立刻轉過頭看。

只見廂型車裡又有人走下來，朝著聲音發出的方向走過去。

雨宮勉強回過頭，看到賢把腳踏車一扔，正朝這邊走來。

「沒事！你別過來！」雨宮對著賢大喊。

但賢在男子的制伏下仍掙扎著想幫助雨宮。

「別碰他！他只是個遊民。」

雨宮被押上廂型車後座，車門立刻關上。

他擔心賢，直盯著車窗外。只見男子輕輕鬆鬆從後面架住賢的雙手，讓賢躺在地上。然後自己回到廂型車，車子立刻開走。

「聽說你休養了一陣子啊？已經沒事了嗎？」雨宮嘲諷著面前的男子。

「你不用太囂張。馬上你就知道背叛組織有什麼下場了。」男子惡狠狠瞪著雨宮。

「你要是敢動我，可是會被老大狠狠修理哦。」

聽雨宮這麼說，男子只是瞪著他，似乎搞不懂什麼意思。

「我外套口袋裡有一張記憶卡。你把它交給室井。」

男子小心翼翼把手伸進雨宮的外套口袋，拿到記憶卡後，「你就睡一下吧！」說完就往雨宮的頸子上使了一記手刀。

雨宮眼前頓時一片黑。

「拿掉吧——」

聽到一個女人的聲音，然後罩在臉上的東西就被拿掉。

一瞬間，視野籠罩刺眼的強光，忍不住瞇起眼睛。接著，站在面前的女子輪廓逐漸清晰。原來是美香。

在一個宛如牢房的單調混凝土房間裡，美香跟另外兩名男子帶著同情的眼神直盯雨宮。

雨宮雙手被銬在背後，坐在一張椅子上。

「蠢蛋一個。還以為你背叛了組織逃跑，結果這下子居然當了信鴿跑回來？」

美香語帶嘲諷。

「差不多就是這樣，算是祈求世界和平的親善大使吧。」雨宮隨口回答。

「室井先生說想見你。」

美香說完，兩旁的男子撐著雨宮的兩側把他整個人拉起來。在兩名男子的戒護下走出房間，通過走廊，在盡頭的一扇門前停下腳步。

「雨宮一馬帶來了。」男子按了門邊的按鈕後說道。

自動門一打開，一行人便走進房間。

十分寬敞的空間，差不多快跟一面網球場一樣大。房間中央有一組坐得下十個人的沙發組，牆邊是一組大電視櫃及放滿酒的櫃子。

遠處有個穿著西裝的男子，背對著眾人。

本來以為他直盯著黑漆漆的牆壁，但仔細一看有好幾個閃爍的光點，才知道他是隔著整面玻璃牆望向漆黑的深夜。

男子轉過身。即使有一段距離，從那股宛如刺骨般強烈的氣勢，依舊感覺得出他就是室井。

「把手銬解開吧。」

「這樣好嗎？」男子聽了室井的話有些猶豫。

「嗯。」

男子解開雨宮的手銬，室井慢慢走過來。

「我想單獨跟他談。」

室井說完，兩名男子對他行了一禮後走出房間。

「好久不見啊，看你好像過得不錯，很好。」

室井從櫃子裡拿出酒瓶，倒了兩杯酒，將其中一杯放在沙發前的茶几上。

「你以為我會下毒嗎？」

看到雨宮愣在原地不動，室井笑著拿起酒杯啜了一口。雨宮也走到沙發旁，拿起酒杯。

「來，坐吧。」

雨宮跟室井隔了一段距離坐下，也啜起酒。

「我很佩服你的勇氣。拚了命只為了送這個小玩意兒。」

室井拿起遙控器，按下開關，牆邊的大螢幕電視上立刻出現了赤城。

這應該是剛才交給組織成員的那張記憶卡，存在裡頭的影像吧？

雨宮看看畫面上的赤城，再轉頭看看坐在旁邊的室井。

「室井仁——別來無恙。」

畫面裡的赤城對室井說。

「算算你銷聲匿跡也過兩年了吧。你到底在哪裡？在做什麼呢？這段時間我也聽到很多關於你不太好的傳聞。像是你擅自成立組織，不知道有什麼企圖；還有你似乎做足準備，為了要跟我們兵戎相見，大概都是這一類的消息。真相就不得而知了。畢竟你完全不在我面前亮相，你究竟在做什麼，想些什麼，我也無從問起。我身邊這些人似乎感到不安，不了解你的企圖，我本身倒認為沒什麼好擔心，我知道你的腦袋很清楚。」

雨宮望向室井。只見他盯著畫面，嘴角泛起微笑。

「我想你也很清楚，跟我為敵是贏不了的。你原本是我最信任的左右手，所以我才給你相對的權限，讓你自由發展，對你的很多行為都睜一隻眼閉一隻眼。不過，看來不能再這樣下去了。一旦聽到自己養的狗想去咬鄰居，就只好給牠套上項圈牽回家啦。我身邊陸續也有一些人開始放狠話，說要盡快把你揪出來制裁。你現在只剩一條路可走，就是乖乖現身，然後對於先前的任性妄為做個恰當的了斷。」

室井直盯著畫面，同時啜口酒。

「唉……說是說了斷，倒也不會要你砍根指頭之類，我知道你很討厭這種老派的規矩。只要你現身，到我面前賠個禮就行了，這些日子的事就當放水流，而且我也會安排適合你的位子，你就在我手下盡情發揮一己之力，我當然也會賦予你適當的權力。至於你的那群部屬，我會好好照顧他們。怎麼樣？這個提議還不差吧？」

室井再次揚起嘴角。

「我可不希望跟你引起無謂的爭執，因為我不想輕易失去優秀的下屬。不過，如果你拒絕我的提議，接下來我可就不得不採取強硬的手段了。這麼一來，你就沒有明天。不但組織會毀了，你本身也將受到生不如死的痛苦制裁。這是我給你的最後通牒。你就把回覆告訴雨宮那個年輕人，立刻釋放他。」

室井瞥了雨宮一眼，立刻又把視線移回畫面上。

「如果那個年輕人在被抓到之後四十八小時內沒被放回來，我就當作是你對我正式宣戰。」

雨宮這才懂得，原來自己沒回來代表戰爭開打，是這個意思啊。

在雨宮被抓到之前，小杉他們都在暗處監視嗎？

「期待能見到你。」

最後說完這句話，影像就此結束。

雨宮的視線從漆黑的畫面移到室井身上。室井把酒杯放到桌上，轉頭看著他。

「好啦，該怎麼辦呢？」室井平靜說道。

雨宮默默窺探著室井的表情。但完全看不出來室井在想什麼。

「你為什麼會拿這東西來給我呢？」

雨宮不發一語，室井又問他了。

「你沒想到背叛組織要受到制裁嗎？」

室井直盯著他。雖然臉上帶著微笑，卻讓雨宮有一股莫名的壓迫感，喘不過氣。

「你不能制裁我吧？萬一我沒回去，不就等於你要向赤城宣戰了？」

「赤城可沒說一定要你毫髮無傷回去呀。雖然這不是我的作風，但一樣可以先卸了你的雙手雙腳再讓你回去。」

室井的這番話讓雨宮毛骨悚然。

「這就是你的答覆？要是我有三長兩短，赤城會認為這是你在宣戰吧？他不是掌握了全日本檯面下的世界嗎？這樣你有勝算嗎？」

「所以你才決定跟著他嗎？」

「我沒有要跟著誰。我已經不是你的手下，但我也不算赤城的部屬。赤城說……他不會害你。只是萬一你始終不肯現身的話，他也揚言會把你跟你的組織徹底擊潰。希望你能避免走到那一步。我只是來告訴你這些。」

「是為了你姊姊嗎？」室井露出微笑。

「對。」

雨宮根本不清楚室井跟赤城之間的權力鬥爭，他只想救美香。

「要是你的組織被殲滅，美香也不可能全身而退……他答應交換保障美香的人身安全，所以我才過來。」

「真是令人動容的姊弟之情。」

室井的目光似乎變得有些柔和。

「我不要讓美香跟你同歸於盡。一切都是我的錯，因為我認識你，進了組織……所以我要靠自己的力量讓美香恢復正常的生活。」

「同歸於盡嗎……的確，正常人都不會想跟赤城先生為敵。」

室井說完，起身走向櫃子，在紙上寫了東西之後走回來。

「你把這個交給赤城先生。」室井把紙條遞給雨宮。

紙上寫了四個人的名字，下方寫了像是電話號碼的數字。

「如果能找齊這上面寫的幾個人，我就出面。」

「這些人是誰？」

「他們都是跟赤城先生很熟的財經政界重量級人物。我想在赤城先生的見證下，對我過去的行為向這幾位道歉，帶給他們不少困擾。」

聽到室井的話，讓雨宮感到有些掃興。果然就算是室井，一樣不敢忤逆赤城還有他身邊那些大人物啊。

「這是我的保險。」

「保險？」雨宮反問。

「我很相信赤城先生。不過，沒人敢保證我乖乖出面會平安無事。這兩年來，我獲得龐大的資產。所謂的資產不只是金錢，其中還包括赤城先生跟這上面的幾個人非常想得到的各種機密資訊。如果他們能保障我往後的地位跟性命無虞，我可以將資料原封不動全還給他們。我希望可以當場承諾。」

原來想求保命啊。

為了累積這些資本，他究竟玩弄了多少人的人生，害多少人陷入不幸呢？

想到這個，加上對室井的失望，忽然冒上一肚子火。

這人果然就跟自己想的一樣，根本像個腦筋有問題的宗教領袖吧。

過去室井那股令人敬畏的氣勢瞬間消失無蹤，展露出的是一文不值的本性。

「你似乎對我的話感到很失望？」

「是啊……想想自己當初對你所說的使命大受感動，真是蠢透了。」雨宮不屑說道。

在自己心中，眼前這個人已經不再是敬畏的對象。

「我也要顧性命的啊。找齊這四個人是我絕不讓步的條件。如果不答應這個條件，我到死都堅守在這裡。」

真希望能盡早解救美香離開這種無聊男子的身邊。

「我知道了。」

只要把室井這副窩囊樣告訴赤城，他應該會接受這項條件吧。

「告訴赤城先生，會面的地點就由他決定。」

「打這個電話就可以了？」

「對。」

「好，我會轉達。」雨宮把紙條塞進褲子的口袋裡。

「還有一件事——」

雨宮轉頭望向室井。

「這場會面你務必要在場。」

「為什麼要我……？」

「我剛說過了，我十分敬佩你的勇氣。就跟赤城先生他們一樣，我希望給你一份心靈贈禮。」

「我對那種東西沒興趣。」雨宮回絕。

「你在場也是另一項必要條件。看著打亂自己人生的人露出一副可憐樣，就當作負面教材吧。」

這麼一想，的確也想看看室井在赤城等人面前搖尾乞憐的模樣。

「那好吧。」

雨宮說完，室井就拿起電話撥打。

一會兒之後，「我進來了——」門一打開，美香走了進來。

「貴賓要回去了，謹慎送他離開。」

室井說完，美香回了一句「好的」，望向雨宮。

「好無聊哦，可不可以說句話啊？」

雨宮在一片漆黑中說道。

但周圍沒有任何反應，只有汽車的震動聲。

「欸……設身處地為我著想一下吧？我頭上罩著袋子已經在車上坐了幾個小時，陪我聊聊天還好吧？」雨宮又說。

「你跟室井先生講了什麼？」

總算聽到美香的聲音。

「我告訴他Game Over了。」

「Game Over？」美香語氣中帶著狐疑反問。

「是啊……室井的遊戲結束了，他要向大頭目低頭，解散組織。」

一說完，感受得到美香啞口無言。

「這、這……怎麼可能……」美香的聲音顫抖。

「室井也是人啊。真的惹到掌握日本權力核心的那些人生氣，他也嚇到了吧？」

不久之後，一切終將結束。室井向赤城低頭，組織瓦解，美香也得以自由。

雨宮思索著未來。

什麼組織，什麼使命，什麼戰爭，那些危險恐懼都不再有，可以跟美香活在安安穩穩的世界。
腦中不經意閃過賢的身影。
他唯一的親人——哥哥被強盜殺害。
聽過賢的身世之後，雨宮一直受到心痛的折磨。第一次感覺到這種不舒服。
等到一切塵埃落定，或許也可以找賢來一起生活。
他知道自己犯過的罪永遠不會消失，但至少可以藉此來贖罪。
美香大概是聽了雨宮的話大受刺激，之後再也沒說一句話。
「可以拿下來了。」
聽到美香呆板的聲音，雨宮把套在頭上的袋子拿下來。
和美香四目相交，她的眼神好落寞。
「再見了。」
或許想到組織瓦解後自己渺茫的未來，美香低聲道。
「改天見。」
雨宮在心中暗誓，一定會來接走美香，同時走下廂型車。
美香關起車門，立刻離開。
雨宮四下張望，才知道自己身在新宿車站前的廣場。
他走進車站大樓尋找公用電話。拿起話筒，投入硬幣，撥打了小杉要他記下的號碼。
「喂……」是小杉的聲音。

「我是雨宮，現在人在新宿車站。」

話一說完，就聽到話筒另一端傳來嘆氣聲。

「好。半小時左右到。」

通話結束後雨宮掛上話筒，看到手上的錶。

他摘下手錶，丟進旁邊的垃圾桶。回到車站前的廣場等待小杉。

「我把雨宮一馬帶來了。」

小杉對著攝影機說完，門就打開。

雨宮跟小杉走進房間後，坐在沙發上的赤城看著他。

「辛苦啦。」

雖然態度不可一世，卻顯得有些焦躁不安。

「來，先坐吧。」

雨宮在赤城指的對面沙發上坐下。

「你見到室井了？」赤城問他。

「嗯……多虧你的氣勢，讓我能毫髮無傷回來。」

「室井看了我給他的影片？」

雨宮點點頭。

「他願意見面。」

一聽到這句話，赤城的表情稍微放鬆。

「不過……」

雨宮從口袋裡掏出紙條給赤城。

「他要你找來這上面的四個人。」

赤城接過紙條，露出一臉為難。

「什麼意思？」原先看著紙條的赤城抬頭望向雨宮。

「室井很怕你。他說就算聽你的話出面，也不能保證他平安無事……所以他希望提出能自保的交換條件。」

「交換條件？」赤城質疑問道。

「室井說他在這兩年內獲得了龐大的資產，不只是錢，他說還包括你，以及這上面的幾個人，非常想要的許多機密資料。他願意全盤托出，只要能換回自己的小命一條。他希望到時當場能承諾他。」

赤城看看站在旁邊的小杉。

「那小子手上有什麼樣的機密資料？」

赤城問了，小杉搖搖頭說「不曉得。」

「會不會是那小子設的圈套？」

「倒也不是不可能……」小杉回答。

「他說見面的地點交給你決定。還有……要我也在場。」

「你？」赤城反問。

「我看他只是一時興起吧，不過，據說這也是條件之一。」

赤城跟小杉相視了一眼。似乎他仍在推敲雨宮究竟還是不是室井的手下。

「不要緊吧。我相信雨宮。」

就算小杉這麼說，赤城似乎依舊存疑。

「你在怕什麼啊？就算我跟室井聯手，我們倆能幹嘛呢？他都說了見面地點由你決定。只要有你們這種實力，室井還能設什麼圈套？」

「雨宮！講話小心點！」小杉訓斥他。

「本來就是這樣呀。室井說，要是沒找齊這些人他就不出面，然後一直待在組織裡到死。這不就跟害怕惹父母生氣結果躲在櫃子裡的小鬼一樣嗎？實在不知道像你這麼有權勢的人，為什麼要怕他這種幼稚鬼。」

「見面的地點選那裡怎麼樣？」小杉問。

「這倒是……那裡的話，室井的人也沒辦法動手腳吧。」

「那裡是哪裡啊？」

雨宮好奇一問，赤城轉過頭看著他。

「現在還不能說。不好意思，現在我對其他人都不相信。我先來聯絡這些人。」

赤城說完起身，走向放著電話的桌子。

「等一下！」

雨宮一喊，赤城回過頭。

「你會遵守跟我的約定吧？」他瞪著赤城。

「嗯。我會保證你姊姊的人身安全。剛才要是讓你不愉快，我跟你道歉。一想到那小子就忍不住有氣。在跟他見面前，你就繼續待在這裡放輕鬆吧。」

看到小杉使了眼色，雨宮便起身走出房間。

「雨宮——我有事跟你講。」

聽到小杉的話，雨宮轉過頭。

「昨天芝田跟我聯絡了。」

「芝田……」

雨宮想起來了，這個人是小杉的夥伴，在池袋的公園裡當遊民。

「他說好像有其他幫忙找小澤稔的同伴回報消息，在仙台市區看到很像小澤稔的人。」

「仙台……這個消息有多少可信度？」雨宮問他。

「聽到傳了幾手的消息，雖然沒有確認對方的名字叫小澤稔，但那個人好像自稱叫『稔』，而且跟你講的幾個特徵都符合。據說一個星期前還在仙台市區的公園裡當遊民，但突然又不見蹤影……怎麼樣？」

現在既然室井已經對赤城臣服，自己似乎也沒理由非要找到小澤稔了。

「已經沒必要了吧？這樣的話，我跟其他人說，要他們撤了。」小杉似乎察覺到雨宮的心思。

「不……」

事到如今，找到小澤稔對自己實在毫無意義，但畢竟曾經尋找這麼久，現在聽到有線索還是忍不住好奇。

「都找這麼久了，就跑一趟吧。」雨宮說。

◆

27

從大森車站前的沖印店走出來後，為井忍不住輕輕打開袋子，從裡頭拿出一只小盒子。抽出一張名片後，雙眼直盯著上面的文字，目光快穿透了名片。

株式會社ＳＴＮ　代表取締役社長　為井純

代表取締役社長④——聽起來好悅耳。

從今天起，自己就是社長了。好不容易等到這一天到來，心中萬分感慨，他按著眼睛，因為差點當場落淚。

「為井——」

聽到後面有人叫他，一轉過頭，看到晶子正走過來。

「你在這裡做什麼？」晶子問。

「我來拿名片。」

為井從袋子裡拿出晶子的那盒名片遞給她。晶子也立刻從盒子裡抽出名片，感慨萬千直盯著。

「我們終於成立公司了耶。」

為井聽了晶子的話點點頭。

「不過，取締役⑤……感覺跟我很不搭呀。就算拿起名片看看，也沒什麼真實感。」晶子有些難為情。

晶子跟繁村都是取締役。至於町田，雖然心不甘情不願，最後還是請他擔任監查役⑥。

「我光看到名片就想哭了。」

「為井，你在說什麼呀。現在哭還太早了吧？接下來的營運會比開創辛苦多了吧。」晶子柔聲提醒。

「這倒是。接下來得打造出一間大家都說好的公司。」

一定要讓這家公司比 TAMEI DRUG 還要好。為井在心中默默決定，同時跟晶子前往辦公室。

「桌椅都備齊了吧？」走上通往二樓的樓梯時，晶子問道。

晶子只看過之前空蕩蕩的辦公室。

「是啊。只是為了節省開銷，幾乎都是二手貨。不過，電腦都是新的哦。還有……妳說的冰箱

---

④相當於「董事長」的職稱。
⑤相當於「董事」的職稱。
⑥相當於「監查人」、「監事」。

也準備好了。」

「還要貼上公司的門牌。」來到了門口，晶子說。

「這我當然也想到了。待會兒大家一起來貼。」

為井提起裝了公司門牌的包包。

一打開辦公室的門，繁村跟相原里紗已經到了，兩人有說有笑。

結果繁村一個人壓倒其他人的意見，就讓里紗也進了公司。

「早。今天起請多多指教。」

為井跟晶子一進來，里紗就從椅子上站起來。

「彼此彼此，請多指教。」為井偷偷地觀察晶子的反應說道。

「接下來大家一起努力哦。」

先前晶子對於讓里紗進入公司似乎在心情上有些複雜，但看到她此刻的笑容，為井就放心了。

「咦？町田呢？」為井問繁村。

「不曉得，好像也沒在房間裡。」

「真是的……明明說好了三點集合呀。」

為井看看牆上的時鐘，剛好三點整。

「這傢伙……第一天就想耍大牌啊？」

「會不會在工廠呢？」晶子說。

「真拿他沒辦法。」

為井嘆著氣走出辦公室。一到工廠，就看到悅子正操作著機器。

「您好。」聽到為井打招呼，悅子轉過頭來。

「町田在嗎？」

「他在裡面。」悅子指著工廠裡頭。

走進工廠往裡頭走，看到機械前方的町田，背對著自己。

「町田──」

為井開口一叫，町田便轉過頭。

他拿著義手，看來正在進行義手的改良。

「你在幹嘛啊？不是說好三點要慶祝公司成立嗎？」

「我的工作只到公司成立為止，之後你們自己隨便愛怎麼樣就怎樣。」町田板著撲克臉說。

「什麼啊，你也是公司的一份子啊。哪有人對自己提議的事情半途就丟下不管啊？」

「你太大聲了。」大概是顧慮到悅子，町田瞪了為井一眼。

他們沒讓悅子知道，當初是町田提議要把公司設在這裡。

「今天是公司成立的紀念日，要是沒有全員到齊就沒意義了。」

為井一說，町田雖然一臉不甘願，還是把義手收回櫃子裡。

為井在跟町田回到辦公室的路上打了電話給晶子，要大家出來外頭等他們。

一到辦公室，晶子、繁村跟里紗都在二樓門口等著。為井跟町田一起爬上樓梯。

「真是的……我看前途堪憂。」繁村看著町田一邊嘟噥。

「是這個吧？」

為井接過晶子遞給他的包包，從裡頭拿出印有公司名稱的門牌。在眾人的注視下，為井戒慎恐懼地把門牌貼在門上。

株式會社ＳＴＮ——

不銹鋼的門牌在陽光照射下閃閃發亮。

「町田要喝什麼——？」

打開居酒屋的菜單，里紗問坐在對面的町田。

「烏龍茶。」町田愛理不理答道。

「町田不喝酒的嗎？」

晶子朝町田探出身子問。

「我待會回去還有事情要做。我依照約定只來乾杯，然後馬上就要回去。」

剛才討論完辦公室的工作，大家就說要為公司成立乾一杯。但只有町田一個人露出不耐煩的表情。為井幾乎是用一半硬拖的把町田拉出來，說至少跟大家乾杯。

「就今天一天有什麼關係嘛。這可是難得的紀念日耶，怎麼能不喝酒？再說，並不是只有窩在辦公室裡才算工作啊。」

為井說完，晶子跟里紗頻頻點頭，「對呀對呀。」

「沒錯。連這裡頭最忙的我都參加了，你可不准給我中途落跑！」

聽到繁村這句話，町田毫不遮掩嘆口氣。

「啤酒就不必了，好苦……」

「你怎麼跟小孩子一樣。」

發現町田出人意表的一面，為井輕輕笑了。

「那就點個烏龍茶黑醋栗調酒怎麼樣？滿順口的哦。」里紗說。

「就點這個吧。」

一會兒之後，店員端來三杯生啤酒，還有兩杯烏龍茶黑醋栗調酒。

「那麼，就請這次促成公司成立最大契機的繁村學長，來帶頭乾杯吧。」

晶子說完，繁村喜孜孜站起來。

「哎呀，的確啦……正如夏川學妹說的，這間公司之所以成立，一切都起因於我偉大的發明，但要將這項偉大的發明讓更多人受惠，也需要你們接下來的努力……就像彼得．帕克也說過，能力愈強，責任愈大，未來要將這項偉大發明推廣出去的你們，也要有所自覺，將伴隨著重大的責任……」

「學長，不好意思——」

為井有預感，這將演變成一場冗長的演講，趕緊開口打斷。

「幹嘛啦？」

暢所欲言的繁村賞了為井一記白眼。

「啤酒的泡沫快消退了，總之先乾杯好嗎？之後可以再慢慢聆聽學長的高見……」

「嗯，好吧。畢竟啤酒要有泡沫才好喝。」

繁村坐下來，舉起面前的啤酒杯。晶子跟里紗也跟著舉起酒杯。為井瞥了旁邊一眼，只見町田依舊將雙手交叉在胸前。為井用手肘撞了他一下，町田只好也無奈舉起酒杯。

「那麼，祝公司前途光明。」

「乾杯——」

眾人一起高舉酒杯輕碰。

「繁村學長，您剛才說那位彼得．帕克是什麼樣的人物呢？我太孤陋寡聞，對這個名字沒什麼印象……」

里紗一問，繁村露出開心的表情，滔滔不絕說起蜘蛛人的豐功偉業。

「今天的啤酒特別好喝呢。」為井喝乾了啤酒大大嘆口氣。

「是啊。沒想到這麼快就能靠自己創業，真的到現在都不敢相信……想想兩個月前，還只是很遙遠的夢想呢。的確是因為有了繁村學長的重大發明才會有這間公司，而為井對於創業也有強烈的熱情，不過，能在這麼短時間內真的成立公司，說不定功勞最大的是町田。」晶子看著町田說。

的確，能這麼快實現創業，或許有很大一部分要歸功於町田，但看著晶子那般陶醉的眼神，讓為井心裡有些不是滋味。

「現在開心還太早了吧？」

町田冷冷說完，所有人的目光都集中到他身上。

「公司雖然已經成立，但具體業務內容根本什麼都還沒決定。」

「這倒是……」

辦公室弄好，器材也送進工廠安裝完成，但到現在都還沒決定要用那款合成樹脂打造什麼樣的產品。

町田的一句話，將眾人從慶祝的氣氛一瞬間拉回現實。

「町田你也還沒想到什麼具體的點子嗎？」晶子問他。

「嗯。我只想到，用那款合成樹脂應該能做出連外觀都很精巧的義手。除此之外我毫不在乎，我已經講過很多次了，我的工作就到公司成立而已。」

「不要再講這種話了。」

為井一說，町田就眼神犀利瞪著他。

「我剛才說過啦，你是公司的一份子。之後你也要一起幫忙才行。再說，如果公司經營得不順利，且不論眼前，日後一定會牽連很多人。」

就算一次付清了一年份的租金，但如果往後繳不出房租，最後還是會拖累到前原製作所。這一點町田自己應該也很清楚吧。

「從這款合成樹脂的特性看來，我想說不定能用在石膏上。」町田低聲說。

「石膏……是骨折時要上的那個東西嗎？」

為井一問，町田點點頭。

「對啊……外型跟硬度都能任意變化，而且兼具透氣跟透水性的合成樹脂，說不定真的很適合用在石膏上。這麼好的點子居然到現在才講，町田你也太會賣關子了吧。」晶子露出促狹的笑容。

「石膏啊……的確很值得研究看看。繁村學長覺得怎麼樣？」
為井在引以為傲的記事本上寫下「石膏」，同時詢問繁村。
「嗯，還不錯啊。」
繁村正跟里紗聊得起勁，似乎沒什麼興趣，隨口答道。
「況且，不只義手或義指，也可以用在燒燙傷或受傷之後有傷疤的患者身上。比方說，在傷疤上貼上片狀的合成樹脂就不會那麼醒目……」
為井想煽動繁村對町田的競爭心理，晶子聽了用力點頭。
「對耶……不只傷痕，說不定有刺青的人也需要。」
「刺青？」
從晶子口中聽到意想不到的話，為井忍不住反問。
「嗯……這年頭很多人身上有刺青啊，像是玩音樂的、運動選手還有藝人，當然也有愈來愈多人嘗試刺青。不過，我聽朋友說過，有不少溫泉或游泳池會拒絕身上有刺青的人入場。說不定這種狀況下就能使用……而且這款合成樹脂又不怕水。」
「原來如此。」
「呃……我可以說一下嗎……」
為井轉過頭看著發言的里紗。
「妳想說什麼？」
「我才剛加入，實在不太適合發表什麼意見……」里紗有些客氣。

「別這麼說，想到什麼就盡量講。」

「那個……大家剛才提到的義手、義指，或是遮蓋傷疤，這樣的產品的確對社會很有貢獻，不過……怎麼說呢……我不知道怎麼講比較恰當，但有很多人需要這類用途嗎？」

「妳說的倒也有道理……」

「當然我認為有這樣的產品也很好，但如果不只這些，能有適合更多人的產品，這樣是不是對公司也比較好呢？」

「比方說？」為井要她繼續說。

「一時之間還沒想到，不過……像是日常用得到的……貼身使用或是化妝用具之類的？」

「這樣啊……不過，講到化妝用具，我們可不太懂。」為井轉頭看看晶子，尋求她的意見。

「這個嘛……我第一個想到的是用在美甲吧。如果能有更輕便拆卸的假指甲，應該很不錯。」

「你們居然想把我偉大的發明用在美甲、化妝用品之類的五四三上面？」先前不發一語的繁村似乎無法接受。

「居然說五四三……」

「這對女生來說很重要耶！」

遭到晶子跟里紗同聲譴責，繁村頓時氣勢全消。

「我也能了解繁村學長的心情啦……不過，相原說的也有道理。」

為井覺得繁村有點可憐，趕緊打圓場。

「就公司理念來說，我們想打造有益社會的產品……尤其是受傷或者有肢體障礙的人，希望創造出前所未有的劃時代產品來幫助這些人。不過，開發這樣的產品應該需要龐大的研發費用。為了實現繁村學長跟我們的崇高理想，還是需要打造出讓更多人能接受的熱門商品啊。」

為井說完，繁村雖然一臉不情願，也點了點頭。

「講到女生用的東西，還有胸罩嘛。現在不是有那種緊貼著胸部的胸罩嗎？妳們也會穿嗎？」

繁村露出色瞇瞇的眼神，看著晶子的胸口。

「你說的是 NuBra 吧。我是沒在穿啦……」

晶子稍微側了一下身子，像要閃避繁村的視線。

里紗說，「我也沒有。」然後跟晶子一樣背對著繁村。

「使用這款合成樹脂的話，應該能呈現出更完美的胸部線條。話說回來，要開發這項產品，就得請女性員工合作，獲得實際的胸部數據統計才行。」

晶子跟里紗隔著繁村相視了一眼，同聲嘆氣。

「對了……町田呢？」

聽晶子一說，為井才發現旁邊的町田不見蹤影。

「該不會重要的會議開到一半他就跑了吧？」繁村立刻垮下臉。

「不是吧，會不會去洗手間了？」

町田的包包還掛在旁邊的椅子上。

「洗手間也去太久了吧？從剛才就沒看到他了耶。」

「難道我們強迫他喝酒害他喝醉了嗎……」晶子憂心忡忡盯著町田的位子。

「但他只喝了烏龍茶黑醋栗調酒耶。」
「為井，你去看看啦。」
被晶子點名，為井無奈起身走向洗手間。一走進去，看到隔間的門開著，町田背對著門，蹲在馬桶前面。
「欸，你不要緊吧？」為井走過去問他。
町田似乎抱著馬桶蹲在地上。好像在吐。
「受不了耶……」
為井拍拍町田的背，跟他說幾句話，但町田只是痛苦低吟，沒什麼反應。
為井先行離開洗手間，回到位子上。
「不行，完全不省人事。」為井搖搖頭。
「怎麼辦？要叫救護車嗎？」里紗說。
「再過一會兒酒就自然退了吧。在這裡已經待很久，先解散吧。我送他回去，其他人就自行離開。」
「我也一起吧。為井你一個人不好應付吧？」晶子率先起身說道。
「不要緊。」
「可是……」
「這種狀況不會想要讓女生看到啦。我帶他待會離開，就麻煩你們先結帳了。」
為井說完，就拿起自己跟町田的隨身物品再次往洗手間走去。町田依舊維持同樣的姿勢。為井留在洗手間裡照顧他一會兒，但始終沒看到他有酒醒的跡象。這段時間裡有好幾個顧客進到洗手間，看著兩人占用其中一間廁所都露出不耐煩的表情。

「好啦，先離開再說。」

為井硬拉著町田站起來。讓腳步搖搖晃晃的町田撐著他的肩膀走出洗手間。

真是的，不能喝酒的話就一開始講清楚嘛……

走出餐廳，為井發現與其讓町田搭著肩膀拖他走，不如背他回去比較快，於是直接背起町田。

一開始町田還發出痛苦的呻吟，沒多久後開始響起悠哉的鼾聲。

為井雖然因為背上的沉重而疲憊，但似乎第一次發現町田也有弱點，心情倒也不壞。

「稔……稔……」

為井聽見町田的囈語。

稔——是誰啊？

雖然相處不是很久，但第一次聽到町田提起的名字，還是讓為井有些好奇。

總算到了前原家，為井一步步小心謹慎走上樓梯。

突然聽見開門聲，為井嚇了一跳轉過身。站在樓下的楓抬起頭看著他。

「晚安。」為井打招呼。

「怎麼搞的？」

看到在為井背上的町田，楓驚訝問道。

「他好像喝醉了。不好意思，可以麻煩妳開門嗎？」

為井說完，楓便走上樓梯。楓從町田的長褲口袋裡掏出鑰匙，走在前面上到二樓打開門。

進到玄關，楓先幫町田脫下鞋子。為井也脫了鞋走到町田的房間，總算在把町田放到床上後，忍不住嘆口氣。

「真受不了耶……」楓看著躺在床上的町田低聲喃喃。

「不過，雖然說事先不知情，但他明明不能喝我們還讓他喝酒，我們也有錯啦。」

「我去樓下拿水吧？」楓說道。

「不用，辦公室的冰箱裡有瓶裝水。」

町田還在說夢話。

「稔……稔……對不起……」

聽到不像是町田會說的話，為井忍不住跟楓相視了一眼。

「稔……這傢伙居然會跟他道歉耶，到底是什麼厲害角色啊。」為井不禁苦笑。

「不曉得……」

楓的表情有些陰沉。

看來，她似乎知道稔這個人。

「我下去了。」

就在為井猶豫要不要開口詢問時，楓轉身走出房間。

「謝謝妳。」

關上房門，為井頓時感到好疲勞，一屁股坐在地板上。

他看著躺在床上的町田，好一會兒。

那個叫稔的，究竟是什麼樣的人呢——

就算這麼問，町田大概也什麼都不會說吧。

不如就把這個當作今後的一項目標，讓彼此的關係能達到他願意自然而然說出口。

看看時鐘，已經超過十一點半了。再不離開就趕不上末班車。

為井振作起沉重的身軀，起身離開房間。鎖好二樓的門，下了樓梯，往車站走。卻在巷子裡轉彎時停下腳步。

慘了！包包放在町田的房間忘了帶。

為井折回辦公室，卻看見有人上了樓梯，於是停下腳步。在相隔一段距離之外緊盯著二樓的樓梯間。

是晶子——

晶子開了門走進去。

怎麼搞的？難道有東西忘了拿嗎？不過，這麼晚了，這個時間要趕不上末班車了。

為井也想上去辦公室看看，雙腳卻不住顫抖，動彈不得。

為井凝視著町田房間窗戶透出的燈光，努力把那些莫名其妙的想像趕出腦袋。

在這股鬱悶的情緒拉扯下，等候超過三十分鐘，但晶子仍然沒出來。

最後，終於看到町田房間裡的燈光熄滅。

走進公園，看到茂密蒼翠的樹木。

小杉張望四周，在寬廣的公園裡到處四散著幾處紙箱小屋。有幾個遊民在樹蔭下吃飯，還有人躺在草叢間。

小杉似乎看到要找的人，便走過去。

「藤本——」

小杉一開口呼喊，一名跟同伴一起吃便當的男子抬起頭。

「杉哥。」名叫藤本的人放下便當站起來。

「辛苦啦。我想找那個知道稔的消息的人談談。」小杉說。

「他在那邊。」

藤本指著公園更裡頭。有個拿著相機對著樹木的男人。

「他叫老宮。骨子裡是個藝術家，身上沒半毛錢，興趣卻是拍照。」

雨宮和小杉跟在藤本身後。

「老宮，可以問你一下嗎？」

藤本一開口，就聽到鳥兒飛走的聲音。雨宮抬起頭往上看。

「好不容易才等到按快門的時機，就被你們毀啦。」

聽到這個聲音，雨宮回過視線，看到老人的目光離開相機，瞪著他們。

「不好意思……」藤本低下頭。

「真抱歉，我們剛好有件事想請教……你這相機很棒啊，是徠卡嗎？」小杉指著老人手上的相機，似乎很佩服。

「是啊，老相機了。我只對底片機有興趣，連照片也都自己洗，就在那邊。」

老人望向紙箱小屋。

「太厲害了。待會兒一定要參觀一下。」

「對了……你說有事情要問我，是什麼事？」

聊起相機跟拍照心情似乎好一些，老人走了過來。

「我們一直在找一個叫小澤稔的人。」

「小澤稔……」

小杉對雨宮使個眼色，意思是接下來由你說明。

「他跟我的塊頭差不多大……年紀二十三、四歲，不過行為舉止像小孩子一樣……」

「你說的這個人，大概一個禮拜前在這裡。不過怎麼問他都不肯說自己叫什麼名字，所以我們就隨便叫他小哥。」

「為什麼離開了呢？」

「不知道。不過他很好相處，大家都對他不錯。」

聽老人的敘述，雨宮覺得這個人非常像小澤稔。

「可以請您看看這個嗎？」雨宮從包包裡拿出稔的照片給老人看。

「感覺很像啦……不過這麼模糊的照片實在很難講。你過來。」老人挺了一下下巴往前走。

到了紙箱小屋，老人走進去翻找一下，拿了個東西出來。是相簿。雨宮接過相簿翻閱，裡頭的照片好像都是拍攝公園的風景，還有其他遊民夥伴。

「這張！」老人指著一張照片。

照片裡有好幾個人，但旁邊有個特別大塊頭的人，特別顯眼。

雨宮盯著照片裡的那個人。

「怎麼樣？」小杉在一旁湊過來看著相簿問。

錯不了——

雨宮看著小杉，用力點點頭。

「沒見過耶——」

看著照片的人邊說邊搖頭。

「這樣啊……」雨宮低喃著看看旁邊的小杉。

「要是看到他可以跟我們聯絡嗎？會有謝禮。」

小杉遞給對方一張寫有手機號碼的便條紙，對雨宮使了個眼色表示「走吧」，兩人往公園出口走去。

「沒那麼簡單啊。」

「是啊，真是的……」小杉也面露難色點點頭。

當初從老宮那個人口中問到小澤稔的消息時，還以為可以輕鬆就找到人。

雨宮確定照片上的人就是稔，接著請老宮多洗了幾張照片。然後這四天之內，已經跑遍了仙台市的鬧區、公園，詢問各處的遊民，卻問不出稔之後的行蹤。

「先吃飯吧。」小杉指著公園旁邊的拉麵店。

雨宮看看離開赤城的豪宅後買的一只廉價手錶。已經下午一點多。一早出了旅館就一直到處打聽稔的消息，到這時真的餓了。

雨宮點點頭，跟小杉走向拉麵店。

兩人找張桌子坐下後，點了拉麵。小杉攤開地圖直盯著。這是仙台市區的地圖，已經到過的地方用紅色圈圈做了記號。

「他會不會已經離開仙台了呢……」雨宮看著密密麻麻的紅色圈圈說。

「也有可能。」小杉的語氣有些氣餒。

又回到原點了嗎——

雨宮強忍著衝口而出的嘆息。

「對了……」

聽見小杉開口，雨宮抬起頭。

「要是找到小澤稔，你有什麼打算？」

答不出來。

假設就算找到稔，對於接下來該怎麼辦也毫無頭緒。

背叛組織之後，他仍持續找尋稔，就是為了當作和室井談判的王牌。不過，現在室井決定臣服於赤城了，等於沒必要繼續找稔。

「你會告訴町田博史嗎？」小杉問他。

有段時間不曾在記憶中出現的人突然閃過腦際。

「沒這個打算。」雨宮斬釘截鐵拒絕。

可沒道義為那傢伙做這種事。他之所以繼續尋找稔，不過就出於好奇心。拉麵端來的時候，小杉從口袋裡掏出手機。好像有人打電話來。

「喂……」

小杉打個手勢，要雨宮先吃。雨宮卻很好奇是誰打來的，直盯著小杉。

「是……現在還在仙台。好的，要回去嗎？是……好的……那就待會見……」

「怎麼了？」掛掉電話後，雨宮問小杉。

「今天晚上就是那場會面。」

那場會面——

聽到這句話，讓雨宮心頭一驚。

今天晚上，室井終於要跟赤城那群人見面。室井會當場向赤城等人臣服，解散組織吧？

這麼一來，一切都將結束。

如同自己的期望，美香也能脫離室井，恢復自由之身。

然而，為什麼……

說什麼都無法克制心裡萌生的這股不舒服的感覺呢？

聽到這件事，突然毫無胃口，筷子拿在手上不動，直盯著那碗拉麵。

「接下來要回去赤城家嗎？」一走出拉麵店，雨宮問道。
「不用。好像已經在仙台機場安排好了直升機，待會直接到見面地點。只要下午五點前到機場就可以。」
「這樣啊……」
「怎麼樣？要繼續找人嗎？還是找個地方喝一杯，稍微放鬆一下緊張的心情？」小杉笑著問。
「都可以……不過，我沒什麼好緊張的。」
「但你看起來沒什麼胃口啊。」
小杉又笑了。這時他的手機鈴聲響起，小杉掏出手機。
「喂……嗯……是啊。真的嗎？」
小杉的表情變得嚴肅，瞄了一下手錶。
「好。就在宮城野的公園吧。」
雨宮在一旁聽著小杉的對答，大概了解這通電話的內容。
「好的。那就麻煩你了。」
小杉掛掉電話後，看著雨宮。
「找到稔了嗎？」雨宮興沖沖問道。
「還不能算找到。不過，好像有個看到他的人，聽說他跟一個叫昆叔的人在一起，昆叔落腳在宮城野的公園裡。」
一走進公園，就看到角落草叢間坐著三個人。

雨宮睜大眼睛一邊走過去，卻無法判斷棯是不是就在其中。

「打擾一下。」

小杉一開口，在場所有人都大吃一驚轉過頭，盯著雨宮跟小杉，表情顯然帶有戒心。棯並不在其中。

「不好意思，我想打聽一件事，請問有位叫昆叔的……」

「我就是。」看起來最年長的人回答。

「我們在找這個人……聽說他在這裡。」小杉把照片遞給昆叔。

「嗯，他之前在這裡哦。」昆叔盯著照片，點了點頭。

「之前？」

雨宮忍不住反問。

「現在不在這裡了嗎？」

小杉一問，昆叔點點頭。

「是啊。」

「他去哪裡了？」

「住進收容機構了。」

「收容機構？」

「對啊……星期五晚上那裡的工作人員都會來發放食物，有一次看到他就把他帶回去了。」

「什麼樣的收容機構啊？」

「好像是個救護機構吧。」

雨宮看著另一個回答的人。

「那個機構收容的都是身體或精神有障礙，不方便打理日常生活的人。那小子有點智能障礙吧？社服人員聽說遊民裡有這號人物，就來把他帶走了。」

「知道是哪個機構嗎？」

雨宮一問，幾個人面面相覷。

「叫什麼……記得有個『光』……然後什麼『莊』的吧？」

小杉拿出手機，似乎上網搜尋。

「是叫光之丘莊嗎？」

小杉看了看手機，抬起頭來問道。幾個人紛紛回答，「對啊對啊，好像就是這個名字。」

「在青葉區的一所機構。」

雨宮在照片背面寫下「光之丘莊」。

「沒時間嘍。」小杉看看手錶說。

雨宮點點頭，把照片收進口袋裡，對這群人道謝後便離開。

「真可惜。」往公園出口走的路上，小杉對雨宮說。

「不過，問到稔在什麼地方也是一大收穫。」

總之，現在已經知道收留稔的機構是哪一間。明天再去看看就行了。

「這倒是。」

盯著黑漆漆的海面，看到稍遠處有隱約的亮光。

「是那個嗎？」

雨宮伸手一指，小杉點點頭。

見面的地點竟然在赤城持有的一艘遊艇上。

「你喜歡海嗎？」小杉問。

「不喜歡。我是旱鴨子。」

「這倒是令人意外。」

「這是萬能的我唯一一項弱點。」

小時候被寄養在舅舅家，那個人在浴室狠狠虐待雨宮，按著他的頭沉到浴缸裡，好幾次他差點就這樣死掉，所以變得很怕水。

光點愈來愈大，等到看清楚船的全貌後，雨宮忍不住笑了。

以個人持有的遊艇來說，這艘船也太大了吧。

光是露出海面的部分就大概是四層樓建築物的高度，最上面還看得到直升機的起降台。

直升機一降落到起降台，小杉就打開機門。

「小心別被風吹走啦。」

雨宮聽從小杉的提醒，也跟著走下直升機。

「這邊。」

穿過甲板，走向通往船艙的艙門時，直升機又飛走了。

進到船艙後，曾在赤城豪宅中見過的七名保鏢走過來，所有人都身穿西裝，但從隆起的胸膛就看得出胸前口袋藏了危險武器。

其中一名保鏢將無線電通話器遞給小杉。

「人到齊了嗎？」小杉戴上無線耳機，同時問道。

「只剩室井。」

「那傢伙，不知道會動什麼手腳。千萬別掉以輕心，繼續監視。」

「是！」

幾名保鏢四散離開。

「往這邊。」小杉看了雨宮一眼往前走。

通過長長的走廊，在一扇大門前停下腳步。門上也裝設了跟在豪宅房間裡同樣的攝影機。

「我是小杉——」

小杉對著攝影機表明身分，門應聲打開。

「打擾了。」

雨宮跟著小杉走進去，突然有好幾對眼睛直盯著自己，讓他頓時全身僵硬。

除了赤城，另外還有四個人，圍著大理石茶几坐在沙發上。每個人的背後都跟著一名孔武有力的男子。

「這個小伙子是幹嘛的？」

坐在赤城對面的人露出質疑的表情。

雨宮不知道他的名字，但曾在電視新聞裡看過這個人。

「我給大家介紹一下。這位是雨宮一馬，他是我的密使。你也坐吧。」赤城比了比旁邊的沙發。

雨宮跟小杉相視一眼，然後就走向赤城。在赤城旁邊的沙發坐下後，小杉過來站在他後方。

「這幾位是溝口先生、權藤先生、角田先生、菅井先生……細節我就不多說了，總之，這幾位就是實質上在背後控制日本的有力人士。我話說在前頭，今天在這裡的一切記憶，你最好帶著進棺材，不要對其他人透露比較保險。」

「密使是怎麼回事？」

一直帶著懷疑的眼光直盯雨宮的溝口問道。

「為了安排這次的會面，我把他送到室井身邊。他以前是室井組織裡的人。」

「讓這種人一起出席沒問題嗎？」權藤問。

「不要緊。他已經從室井的組織叛逃出來，現在走投無路只能跟著我。」

「不過，背叛室井的組織，會不會只是障眼法呢？為了接近你，讓你安排這次的會面……」

「對啊，室井那個人，不知道有什麼企圖。」

「如果真是這樣，只要好好處理掉就行了。就算萬一這小子到現在還跟室井合作，又能怎麼樣呢？室井也一樣啊。就我們來看，只是個到處躲藏，偷偷摸摸做壞事的小鬼吧？再說，這個房間的窗戶是防彈玻璃，我的手下都持有武器，全程緊盯著，各位不必擔心。」

「室井要怎麼過來？」角田問。

「我要他搭二十噸以下的小船過來。而且告訴他，一旦發現室井跟駕駛員之外的人，就會直接轟成蜂窩。」

「無所謂啦，倒是你會遵守跟我的約定吧？」

雨宮一開口，在場所有人的目光都集中到他身上。大夥兒對於他粗俗的言行都透露出厭惡。只有赤城一人，因為習慣了雨宮的舉止，只是輕輕冷笑。

「我已經依照你的吩咐去見了室井，把命都豁出去了。所以你也要遵守約定，跟在座的所有人講好。」

「約定？」

四個人聚集在雨宮身上的目光一下子轉向赤城。

「就是要放過這小子的姊姊。」

「他姊姊是……」

權藤代表其他幾個人問道。

「這小子的姊姊也是室井組織裡的人，是坂口現在的情婦。」

「坂口……這怎麼可能……」

赤城點點頭，四個人的表情都變得很難看。

「答應我啊。」

雨宮說完，卻沒有人回應。

「欸！難道你反悔了嗎！」

「有船開過來了——」

小杉打斷了雨宮的話。

所有人的目光再次從雨宮身上轉向窗戶。雨宮一轉過頭，看到漆黑之中有個愈來愈接近的光點。

「我去看看。」

先前盯著窗外的小杉走向房門。

小杉出去之後，赤城起身到了窗邊，似乎有些焦躁地望著窗外。一會兒之後，赤城才像放下心中大石頭，回到沙發上。

「我是小杉——」

擴音器傳出聲音。

赤城拿起桌上的遙控器，按下按鈕，牆邊的螢幕上出現門外的狀況。

是室井——

在他身邊還有小杉跟另外兩名保鏢包夾。

赤城又按了一次按鍵，房門應聲打開。雨宮一轉過頭，跟室井的眼神交會。

看到他冰一般的眼神，讓雨宮瞬間全身戰慄，差點嚇得衝出去，但看到他雙手背在身後，才定了定神。室井被銬了手銬吧。

「好久不見啊。」

赤城對他說，但室井盯著雨宮，一動也不動。

「這傢伙搭的船，看起來已經乖乖離開了？」

赤城問了，小杉點點頭。

「讓我好好看看這傢伙。」

在小杉等人的包夾下，將室井帶進房間。硬押著室井在赤城對面的沙發上坐下後，兩名保鏢就走出去。

「還真是戒備森嚴哪。」室井說。

「讓你在還能說得出話的狀態下面對面，你就該謝天謝地啦。」

聽了赤城的話，室井露出微笑蹺起腳。

「我們終於能面對面啦。這兩年你到底躲哪裡去啦？」赤城瞪著室井說。

室井癟了癟嘴，不發一語。

「到了我們這個年紀，到兩腿一蹬之前，分分秒秒都很寶貴啊。所以呢，也不打算為了你花太多時間。就十分鐘吧。這段時間來討論接下來怎麼讓你繼續活下去。」

「好像跟之前在影片裡講的差很多啊。」室井說。

「你太囂張了。這下子可不是低頭賠罪就能解決的吧？」

「聽說你答應了那小子？只要他把消息帶到，就會救他姊姊。」室井說道。

「就看態度吧。如果像這個小兄弟，當個忠心的奴僕，要我幫忙也不妨。但是，要是背叛我們，當然沒什麼好說了。」

「都說了我對老傢伙沒興趣，我看很難吧。」

室井面帶微笑說完，當場的氣氛瞬間降到冰點。

「你這小子，別太囂張。」

旁邊的小杉賞了室井一記耳光。

「既然這樣，也只能讓你痛苦到極點之後再收拾了。」

聽到赤城這句惡狠狠的話，讓雨宮的背脊發涼。

室井轉頭看著雨宮。只見室井的嘴角滲血。

「你聽到了吧？」

「你難道是來這裡找死的嗎？」雨宮忍不住問他。

「要是不想有這種下場，就趕快拿出那些你說我們多想拿到的資料吧！」

房間裡的所有人都直瞪著室井。

明明是為了求饒才安排這場會面，但室井究竟在想什麼啊？

「根本就沒那種東西。」室井若無其事說道。

「你搞什麼！」

赤城激動之下站起來。

「沒搞什麼啊……就想見見一群不中用的老傢伙。」

「你這小子，知不知道自己在說什麼！」

「躲躲藏藏不敢見人的是你吧！」

「你到底想幹嘛！」赤城怒氣沖天。

「是你從之前躲藏的豪宅搬走了吧？難道你真的這麼怕我？」

「臭小子……」

赤城再也受不了，從沙發上站起來。

雨宮看著赤城走向室井，突然感覺身體不太對勁。

船行速度似乎突然加快，地板劇烈震動，就連桌上的玻璃杯跟菸灰缸都晃動了起來。

旁邊眾人面面相覷的下一瞬間，雨宮又感到一股由腹部直往上衝的力道，讓他跌落沙發。

他左右張望，室內幾乎每個人都倒在地板上，尤其是先前站著的赤城跟幾名保鏢，好像直接受到衝擊，又被家具用力打中，倒在地板上一動也不動。

只有室井一人還坐在沙發上。仔細一看，他的手緊緊握住沙發的扶手。

「不要緊吧——」

雨宮跑到倒在地上的小杉身邊，他立刻站起來。

「這股力道果然很強。」

看著小杉說這句話的表情，雨宮腦中一片混亂。

難道他已經預料到了——

「到底怎麼搞的？」

跌到地上的權藤等人總算站了起來，左右張望。

「這艘船就要沉了。」

小杉說完，立刻從胸口掏出槍指著權藤等人。

「到底怎麼回事！」權藤大吼。

「就是這麼回事。走吧。」

小杉對室井使了個眼色，然後將槍口對著權藤等人，一邊走向門口。

室井踩著輕鬆的腳步走出房間。

「雨宮，快過來！」

聽見小杉的呼喊，雨宮不明究理朝向門口。

一走出房間，小杉就把門關上，掏出無線通話器。

「是我。把門鎖上。」

小杉對著無線通話器說完，就聽見房門上鎖的聲音。

「現在到底是什麼狀況？」

小杉沒回答雨宮的疑問，逕自往前走。

腳步搖搖晃晃在傾斜的走廊上跟在小杉後面，小杉打開了設在走廊上的箱子。

「你說你是旱鴨子？」

小杉笑著把一件救生衣扔給雨宮。然後又立刻往前穿過走廊。

「你，你跟室井一夥的？」

雨宮邊穿上救生衣，對著小杉的背後問道。

「對。你本來就是室井先生對赤城丟下的誘餌。室井先生剛才說過，赤城因為害怕我們躲了起來。要打倒赤城一個人，光憑我也能設法搞定，不過，室井先生的目的是要將那五個人一網打盡。」

「為什麼……」

「這五個人是在背地裡爭權奪利危害日本的害蟲。多年來，室井先生跟我看盡他們做的壞事。」

「那，尋找小澤稔的指令……」

「那個啊，從一開始就不重要。赤城想知道組織的全貌，就讓他監視你的一舉一動。我們只是想，說不定利用這件事，引誘出這群老傢伙。」

一出船艙，就看到眼前有一艘大型運輸船，而且運輸船前端還有嚴重損傷。

甲板上有室井、先前架著室井的兩名保鏢，還有另一名男子。可能就是由他操縱，去撞上運輸船。

「其他人呢？」小杉問保鏢。

「所有人都被關在房間裡。」

「是嗎？雨宮，你過來。」

聽到小杉叫他，雨宮走到甲板一頭。

「你看那個。」

雨宮望著海面，有一艘救生艇。

「你保住了一條小命。我們要坐上那艘運輸船，你就搭上救生艇，先在這一帶漂流，總會有人來救你。我話講在前頭，船上的事不要告訴任何人。你就用你的演技，假裝失去記憶力，當作什麼都不知道。不想死就乖乖聽話。」

雨宮望向室井。

「我姊姊——」

雨宮大喊著，室井轉過頭看著他。

「很遺憾，你不會再見到她了。她還有必須完成的使命。」室井凝視著雨宮說。

「你說話不算話！」

「是你先背叛我的。再說，你想帶她去的世界，你姊姊好像沒什麼興趣。人與人之間維繫彼此關係的，不是靠血緣。你是敗給你自己。」

雨宮被室井的這番話激怒，立刻對著旁邊的小杉臉上使出一記肘擊，然後順勢把手伸進小杉胸口，從槍套中掏出手槍，槍口對著室井。

下一秒鐘，槍聲在耳邊響起。

第三章

◆1

內藤辦了退房手續後離開商務旅館，往步行距離五分鐘左右的酒田車站走去。

看看手錶，剛過早上七點半。一看過時間後立刻把手插進外套口袋裡。

到了車站前面，他張望一下廣場。工廠的交通車好像還沒來，站牌前面站著六名男女等候。所有人都跟此刻的自己一樣，把手插進外套口袋裡，在原地輕輕踏步，等著交通車來。

內藤在稍遠處若無其事觀察，但要找的人還沒出現。

一會兒之後，交通車來了。在站牌前等候的人陸續上車，還有幾個從車站出來的人也跟著上了車。

並沒看到那個人在裡頭。

等到交通車關上車門，看到閃起了準備出發的右轉方向燈，內藤輕輕嘆口氣。

看來他沒搭交通車。可能是開車或用其他方式直接到工廠上班吧。

想到這一點，又想到應該不會是開車或騎機車。

他的戶籍已經好幾年都沒更動，照理說應該沒有駕照。

如果要直接自行到工廠上班，就是騎腳踏車或步行吧。工廠有三處出入口。既然這樣，接下來只能趁上班前跟下班後到每處出入口監視，看能不能找到他了。

內藤也想過，說不定他已經辭掉工廠的工作。不對，說起來也可能是自己在電視上看到的只是個長相神似的人。

不過，就算希望多麼渺茫，也不能就此放棄。因為除了這麼做，再也沒有其他方法能找出這個人了。

決定再回到商務旅館多加訂幾天住宿好了。正當內藤打算回到旅館時，交通車在行駛一小段距離後停下來。

內藤心想，怎麼搞的？轉過頭看看交通車的後方。一名身材高大的男子揮著手跑向停下來的交通車。

內藤一看到那名男子，全身感到宛如遭到電擊般的震撼。

雨宮一馬──

雖然帽子壓得很低，嘴邊還有當年沒留的鬍子，但整個人看起來的感覺讓內藤深信不疑。

車門打開，高壯的男子向駕駛點了點頭道謝，隨即上了交通車。車門再次關上，閃爍著右轉方向燈駛離。

內藤注視著離去的交通車，難以克制激動的情緒。

終於找到雨宮了──

很想馬上找他談談，但就這樣跑到工廠應該見不到雨宮吧。

內藤記得工廠的下班時間是五點半。如果六點左右到這裡來等候下班的交通車，應該就能攔到雨宮。

內藤這樣告訴自己，接著準備找地方消磨時間，等到傍晚再說。

外頭好冷，先找個地方暖暖身子，於是他走進車站前的咖啡廳。

啜口咖啡，叼起一年前又開始抽的菸，依舊沒辦法平復激動的心情。

這也難怪。畢竟持續找了五年的人，這下子總算掌握到他的行蹤。

有好幾件事想問問雨宮，不，是無論如何都非問他不可。

這五年來，內藤不斷受到強烈的悔意打擊。

起因就是五年前，內藤所服務的栃木少年院傳來一則消息。

過去曾進入這所少年院的雨宮一馬，因為意識不清進入了東京都的醫院。

通常曾進入少年院的院生就算遇到意外或住院，也不會特地跟少年院聯絡。但雨宮的狀況比較特殊。

雨宮在太平洋海岸漂流時，被海上保安廳的巡邏船發現後救助。送到醫院時他失去意識，身上也沒有任何能辨識身分的物品。不過在警方調查指紋之後，知道他是曾有殺人前科的雨宮一馬，便聯絡他曾待過的栃木少年院。

在內藤過去指導過的多數院生中，雨宮一馬這個人令他印象深刻。

根據警方的說法，那附近有大型運輸船跟私人大型遊艇發生意外相撞，遊艇因而沉沒。

因為雨宮身穿救生衣，加上駕駛直升機將他送到遊艇上的機師作證，可以確定雨宮先前也在那艘遊艇上。

意外的原因是遊艇無視運輸船發出的警示，還用力撞上去。

幾具打撈上來的遺體還沒確認身分，但問過遊艇持有人之後，判斷當時在船上的很可能是日本具代表性的知名白手套赤城茂，還有其他相關人士。

內藤之前從來不知道這個人，但他好像在檯面下有不容小覷的影響力，好幾個媒體也這樣報導。

雨宮為什麼會跟那種人扯上關係呢——

內藤實在太好奇了，於是到了雨宮住進的醫院去看他。

雨宮依舊意識不清，躺在病床上。任憑內藤怎麼叫他，他都沒反應。

內藤突然發現床邊有張照片，問了主治醫師之後，說原先是放在雨宮外套口袋裡。

內藤隨手拿起照片看看，卻頓時感到錯愕。

那是一張很模糊的黑白照片，看來像是從監視攝影機的畫面截圖列印下來。照片中央是個身材高大的男子。但是，讓內藤感到錯愕的，是高大男子背後的小小身影。

町田博史——？

一開始他還半信半疑，但仔細盯著照片認真看看，確定錯不了。

照片上的是跟雨宮同一時期進入少年院，也是自己負責指導的町田。

為什麼雨宮會隨身帶著有町田的照片呢？

照片背後好像寫了什麼字。不過，墨水受潮暈開，看不太清楚。

好像是個……「光」字。

照片中的町田看起來，應該是在進入少年院之前。但町田跟雨宮在進入少年院前彼此並不認識。

這究竟是怎麼回事？感到疑惑的同時，也再次苦於過去那股不安的折磨。

當初進入少年院時，雨宮曾和同寢室的町田還有磯貝策劃逃脫。

三個人趁著院外教育拜訪老人院時逃走，過程中磯貝卻遇上車禍，內藤在事故現場附近逮到町田跟雨宮。磯貝還因為那場車禍失去了雙臂。

由於大家認為雨宮智能上有障礙，幾乎所有教官都將主導逃走的責任指向町田或磯貝。

不過，內藤反倒覺得，會不會雨宮才是真正策劃逃脫的主謀。

當時町田拚命為磯貝急救，雨宮就在旁邊，而且面對及時趕來的內藤露出帶著憎恨的目光。

就在看到那副表情的瞬間，內藤察覺到過去雨宮沒有讓任何教官發現到的本性。

不只這樣，內藤還認為雨宮趁他不注意時，把冰錐跟手機丟在附近的草叢裡。

逃脫失敗又被帶回去的雨宮，後來跟町田分開，轉到其他的少年院。做出這個決定的就是內藤。

轉院之後，接手的教官捎來報告，說雨宮像是變了個人，不再是之前在內藤等人面前那副怯懦的模樣，而是異常暴戾。令人懷疑他是不是真的有智能障礙。

一聽到這個消息，內藤更覺得先前自己的懷疑錯不了。

對町田來說，小澤稔這個人很重要，雨宮是不是刻意為了讓自己很像小澤稔，所以裝作智能障礙，甚至還殺了人，目的就是進入少年院。

一切都是為了接近町田，安排好有計畫的行動嗎——

況且，三人逃走的那個晚上，內藤遇到的幾個人也一直讓他想不透。那幾個人假扮刑警，也在到處尋找町田一行人，身上好像還帶著槍。

那些人究竟是什麼來路？

如果不是警方的人，為什麼會知道町田他們逃走，而且還到處搜尋呢？

想到這幾點，就忍不住懷疑，是有人刻意安排，讓進入少年院的町田逃脫。

因為這個想法實在太過天馬行空太可笑，內藤從來沒告訴其他人。不過，後來證明在雨宮進入少年院的同一段時期內，日本全國有將近十個都是有著輕度智能障礙，而且體型跟雨宮類似的人進入各地的少年院。

然而，再更深入想像，就會感到揪心的恐懼。

如果這些想像全是事實，表示有一股內藤無法理解的強大邪惡勢力，在町田的周遭蠢蠢欲動。

內藤心想，照片中跟町田一起出現的大塊頭，會不會就是稔呢？

離開少年院已經一年多了，雨宮究竟為什麼要隨身帶著這張照片呢？

雨宮到底發生什麼事？

想了解町田背後那股不明的勢力，卻又無法跟雨宮交談。

內藤只好先用手機的相機翻拍那張照片，回到栃木。幾天之後，醫院打來電話，告訴他雨宮不知去向。

無論如何都要找到雨宮問問。

內藤為了掌握雨宮的行蹤，還走訪他的家人。不過，無論是來過少年院探視的姊姊美香，或是雨宮中學時曾有段時間一起生活的舅舅，都下落不明。雨宮又沒有其他親戚。內藤到他的老家問了幾個熟人，沒人知道他離開少年院之後的消息。

找到有人知道雨宮進少年院之前的狀況，交談之中內藤深深感到自己先前的懷疑逐漸變成確定的事實。

原來雨宮從小學高年級之後就沒上學，生活上幾乎跟外界沒有接觸，因此家事法庭的調查人員只聽到他姊姊、舅舅，以及犯案同夥等人的說詞，無從查證，但雨宮並沒有智能上的障礙。

此外，他也不是個受到壞朋友煽動就犯罪的懦弱個性，反倒他自己過去才是不良少年集團的首領。

內藤又聽說，雨宮在案發後進入少年院的一年多前，好像就進入某個組織。

雨宮似乎從那時候開始，就對一些很熟的夥伴吹噓，說他跟隨的人物就像神明，而他就是神之子。

神之子——

至於雨宮所屬的那個組織究竟是什麼樣的性質，沒有人知道。

不過，無論如何，當年在察覺到雨宮背後那抹詭異的陰影時都應該要徹底調查才對。

美香也銷聲匿跡，這麼看來，或許她跟那個組織同樣脫不了關係。

照理說，家屬在少年院探訪院生時都必須要有教官在場，但當時雨宮裝作智能障礙，個性十分怯懦，所以才讓他跟姊姊獨處。

一想到說不定那時候兩個人就在討論逃脫的相關細節，內藤就對自己的天真感到無比懊惱。過了沒多久，內藤就辭去法務教官的工作。

這個想法之前倒也不是沒有過。剛好這時內藤又接到調任到青森的人事命令。只要繼續擔任法務教官，就必須輪調到全國各地。

他常想，就在兒子和也長眠的橫濱找個地方定下來。辭掉工作的兩年前跟他離婚的靜江，之後再婚搬到名古屋。他想代替前妻，每天到和也的墳前探望，也算是自己對和也微不足道的贖罪。

此外，對於長久以來心中抹不去的那些疑問，他也想以一己之力繼續調查，這也成為辭職的動力。

內藤辭掉法務教官後，就搬到橫濱。他找了一份警衛的打工差事，一有時間就四出奔走，想找出雨宮背後那股勢力的真面目。

他在調查雨宮離開少年院之後的行蹤時，了解到幾件事。

雨宮在海中被尋獲之前，好像一直在找人。就是雨宮手上那張照片裡的人，而且正如內藤猜想，那人就是小澤稔。

一邊當遊民，一邊尋訪小澤稔下落的雨宮，自稱名叫「信二」，而且身體右半邊行動不便。不過就先前看到雨宮的模樣，什麼右半身不遂也是裝出來的吧。

內藤在調查雨宮的同時，也一併訪查跟雨宮同一時期進入各地中等少年院的那些智能障礙人士。

多數人都下落不明，但內藤也成功接觸到其中幾個人。內藤隱瞞自己是前任法務教官的身分跟他們攀談，沒有一個看起來像是智能有障礙。

但一問到為什麼要佯裝智能障礙進入少年院，所有人都立刻閉嘴，然後飛也似地立刻離開。想要再進一步問個詳細，之後卻都銷聲匿跡，下落不明。

他也去找了雨宮犯案時的同夥。好不容易從其中一個人口中問出當時的狀況。

據那個人說，案發前幾天，有好一陣子沒往來的雨宮突然跟他聯絡，要找以前的夥伴出來。接著雨宮就提議要去工地偷金屬管線，在場的幾個人都興趣缺缺，卻都因為畏懼雨宮而不敢拒絕。

動手之前，雨宮提出一個莫名其妙的要求。

他要故意被警方抓到，然後命令其他人必須為他作證，告訴警方還有家事法庭的調查人員，說他有智能障礙。雨宮威脅他們，如果不照辦，就準備接受可怕的制裁。

這個人提心吊膽問雨宮，會受到誰的制裁時，雨宮先交代「這件事絕對不能說出去，否則後果不堪設想，」然後告訴對方，「是室井先生的組織。」

室井——

結果這個人好像嚇得完全不敢對任何人說出真相，直到幾年來都沒見到雨宮，才放心告訴內藤這件事。

這個室井，莫非就是雨宮崇拜得跟神一樣的人物？

此人竟有如此強大的邪惡力量，能讓這麼多人佯裝成智能障礙者，還傷害無辜的人，為的就是被送入少年院。

這麼可怕的人又跟町田有什麼關係呢？

去問町田的話，應該就能知道室井是個什麼樣的人，內藤好幾次都想問他，但每次都作罷。

內藤定期會從悅子口中聽到町田的近況。聽說他跟大學的幾個朋友開了公司，經營得很成功。

町田靠自己的力量揮別不幸的過往，追求幸福的生活，內藤實在不希望讓他再感到無謂的不安。

內藤旁敲側擊向悅子探聽，看來這幾年來在町田身邊也沒發生什麼令人擔憂的狀況。

於是，內藤決定靠一己之力調查室井這個人，然而一無所獲，就這樣過了五年。

在安穩的日子裡，腦子裡就快將雨宮還有室井這個名字忘了，直到四天前看的一個電視節目，把內藤一下子又拉回五年前的記憶。

電視節目介紹在各個企業工廠裡製作產品的過程，其中有個畫面拍攝到的作業員，長得神似雨宮。

雖然只是一閃而過的鏡頭，內藤也不是百分之百確定，他仍請了假立刻前往那間工廠。

那是一間位於山形縣鶴岡市區的食品加工廠。內藤心想，當然不可能這麼唐突直接上門，於是當天他先埋伏在工廠的出入口附近等員工下班。不過，這天卻沒看到雨宮。

這個工廠很大，一共有三處出入口。加上老是在工廠附近徘徊可能會啟人疑竇，隔天內藤就改變策略。

他發現工廠每天會派交通車在鶴岡車站跟酒田車站往返，接送員工上下班。由於工廠跟車站有一段距離，多數員工都會搭乘交通車。所以昨天早上內藤就在鶴岡車站前尋找雨宮。

然後，今天——終於讓他找到雨宮了。

內藤在稍遠處，盯著昏暗的車站前廣場上駛入的交通車。

他心急地盯著魚貫走下交通車的乘客，終於看到了雨宮。好像是最後一個，雨宮一下車，交通車的車門便關上，隨即揚長而去。

雨宮絲毫沒發現內藤，頭低低地走向車站。

內藤保持一段適當的距離，跟在雨宮後頭。通過驗票口，來到月台上，不一會兒電車就進站。

內藤上了車，跟雨宮隔了一節車廂，透過車窗的倒影若無其事觀察。雨宮搭了三站，在遊佐車站下車。

出了車站，內藤一直跟在雨宮背後，尋找適當的開口時機。

看到內藤之後，雨宮會有什麼反應呢？說不定他會想逃跑。內藤雖然做了心理準備，或許難免會有肢體上的衝突，但對方可是體型高大的二十幾歲年輕人，真要動手，就算自己練過幾年柔道，也不知道有沒有勝算。

但無論如何，一定要從這人口中問出點什麼，不能讓他白白逃掉。

想到這裡，看見雨宮走進旁邊一間掛著燈籠的店家。

內藤稍等一會兒，讓心情平靜下來，隨即也撩起居酒屋的門簾走進去。

空間不大的一間店，裡頭只有吧台座位跟兩張桌子。桌子已經有人坐了，吧台區卻只有雨宮一人。

內藤也在吧台前坐下來，但雨宮似乎對旁邊的客人毫不感興趣，悶著頭喝著自己的生啤酒。

內藤向面前的老闆點了杯生啤酒。

「好久不見啊。」內藤啜口生啤酒，朝著隔壁開口。

雨宮轉過頭來，似乎一下子沒發現對方是內藤，露出一臉狐疑。幾秒鐘之後，兩人四目交會他才驚覺。

「你……怎麼會……」雨宮一時語塞。

下一秒鐘看到他想直接起身，內藤伸手搭住他的肩膀。

「我可是大老遠專程來找你。這攤我請客，慢慢喝。」

內藤說著，同時搭在雨宮肩上的手更用些力，壓著他坐下，一邊讓雨宮知道自己強烈的決心。

「到底有什麼事？」雨宮不再抵抗，冷笑說道。

「在電視上看到你，突然很想見見你啊。」

內藤一說，雨宮輕輕咋了下舌。

「真是失算。早知道會被拍到上電視，那天就該請假的。話說回來，少年院的教官還真閒哪。」

「我辭職嘍。」

雨宮似乎對這句話感到意外，眼神出現些微反應。

「是嗎？那你現在是做什麼？」

「警衛。」

「搞不好很適合你啊。」雨宮說完別過頭。

「我是來跟你聊聊五年前沒機會說到的事。」

「五年前？」

雨宮又轉過頭來。

「我最後一次見到你是七年前吧。嗯……那時候你把我轉到其他少年院了。」

「後來我又見到你啦。就是你在海裡溺水住院那時候。不過，當時我說了很多，但你始終昏迷不醒。」

「這樣啊。」雨宮冷冷答道。

「為什麼會搞成那樣？究竟發生了什麼事？」

「天曉得。」

「你搭的遊艇跟運輸船發生衝撞吧？但你為什麼會搭上那艘遊艇呢？」

「哪來什麼遊艇啊？我明明在海水浴場玩得很開心，好像一個大浪來就被捲走。之後的事情我完全不記得。」

雨宮裝傻說道。

「原來你在海水浴場會穿救生衣啊？看來你沒變，一樣是個騙子。」內藤直盯著雨宮說。

「講騙子真難聽，說我演得像吧。你已經發現我當時在少年院的樣子是裝出來的吧？」

「是啊。不過，在你們逃走之前我完全沒注意到。你的演技實在精湛，要不是誤入歧途，說不定能在演藝界大紅大紫呢。聽說你搭船出海之前也演了一齣啊？角色是……右半身不遂的遊民嗎？」

內藤一說，雨宮睜大了雙眼，一臉錯愕。然後直盯著內藤。

「你為什麼要找小澤稔？」

內藤從口袋裡掏出照片，扔到雨宮面前。那是當年內藤翻拍雨宮的那張照片後列印出來的。

「你當初裝成那副模樣進到少年院，為的就是接近町田吧？所以才裝得跟稔很像，因為町田很重視這個人，這樣才能吸引他的注意。」

「聽不懂你在講什麼。」

「那段時間，全國各地的中等少年院有好多個像你一樣裝模作樣的人進去，都是跟你在同一個組織裡的人吧？」

雨宮的臉色愈來愈難看。

「快告訴我！那個叫室井的究竟是什麼來頭！」

雨宮似乎對這個名字很敏感，一聽到就全身顫抖。

他盯著內藤，臉色突然變得蒼白沒有血色。握著啤酒杯的手抖個不停。

「他跟那個叫赤城的白手套有什麼關係？你認識他吧？當時你們在同一艘遊艇上吧？」

雨宮不發一語。

「室井該不會就是赤城的別名？你是奉赤城的命令混進少年院的嗎？」

內藤提出從五年前一直思考的可能性，雨宮聽了卻嗤之以鼻。

「他比赤城來得可怕多了。」

他終於開口了，但嘴唇止不住顫抖。

「室井為什麼要你做那種事？那個人跟町田到底有什麼關係？你告訴我啊！」

內藤不顧旁邊有其他人，用力抓著雨宮的肩膀搖晃。

雨宮眼神空洞，直盯著內藤，一會兒之後總算回過神，甩掉內藤的雙手起身。

「我跟你不必講什麼道義，但既然讓你請客，我只給你一個建議。要是還想活久一點，最好馬上忘掉那個名字。」

說完之後，雨宮就飛也似地逃離居酒屋。

◆ 2

在機場停車場停好BMW之後，為井瀟灑走下車。

雖然拿到駕照上路才半年的時間，但最近覺得上下進口車的自己愈來愈有模有樣了。

到了入境大廳，看看時刻表，發現時間還早。心想不如買本雜誌到大廳等候，隨即走向旁邊的商店。

雖然只打算買雜誌，但一走進店內就忍不住到處看。每次到了便利商店或藥妝店就是這樣，已經是四年來養成的習慣。

這間小店裡也放了幾項ＳＴＮ的商品。看到之後心滿意足，這下才買了雜誌走向大廳裡的長椅。

一翻開雜誌，就看到整頁大篇幅的ＳＴＮ新產品廣告。無論在店面、街上或雜誌裡的廣告，每次看到自家公司的產品，就覺得感慨萬千，到現在還是會感動得想哭。

為井等人成立ＳＴＮ，至今已經過了五年。

最初開發產品到流通上市的第一年，雖然歷經種種艱難，但產品發表之後就一帆風順，不斷成長。

四年前，ＳＴＮ第一波打進市場的就是「親膚貼片」跟「親膚眼罩」兩款商品。

使用的就是ＳＴＮ擁有專利的合成樹脂，而現在ＳＴＮ又開發出難以計數的商品。

最先上市的親膚貼片正如其名，是將繁村發明的合成樹脂直接做成貼片狀。

根據加工方式自由改變外型及硬度，具有貼在肌膚上不容易脫落的吸附性，另外還有透水性的合成樹脂——

主要是運用這項特性，讓消費者針對各種用途來使用。

有人用剪刀剪成需要的形狀貼在傷口或遮掩傷疤，也有人當作眼罩，甚至可以用吹風機加熱來改變外型跟硬度，做成假指甲，總之用法千變萬化。

不過，剛發售時親膚貼片賣得並不是太好，但在產品一推出，依舊吸引很多美容醫療相關的廠商來詢問。

正如為井他們當初想到的，這款合成樹脂後來在假髮、石膏等各式各樣的產品上都加入運用，成為ＳＴＮ重要的營收來源。

親膚眼罩當初就是由為井的創意產生的商品。

為井多年來苦於嚴重的花粉症。每年一到花粉飄散的時期，他就淚流不止，甚至出門一定得戴著護目鏡。

他心想，能不能把合成樹脂加工到透明，製成護目鏡呢？

長時間戴著護目鏡，接觸肌膚的地方會變得很痛。而且一直戴著真的會覺得麻煩得不得了。如果能做出類似「超人七號（UltraSeven）」⑦裡的諸星隊員戴的那種小型眼鏡，也就是直接貼在肌膚上，一定能減輕這種煩悶的感覺。

然而，其他人不顧為井靈感乍現的激動，反倒表現得很冷淡。

誰要戴著這麼丟臉的東西走在大街上啊——？

為井以外的四個人都表示相同的意見，為井卻出現罕見的堅決態度，認為這個產品一定會熱賣。

後來就如為井的預測，親膚眼罩出現爆炸性的銷售量。

這款合成樹脂貼在肌膚上的附著性大概在使用一週後就會失效。花粉飄散的時期甚至熱賣到很多店家陸續缺貨。

很多人戴著親膚眼罩走在大街上，成為日本特殊的景觀，連國外媒體都爭相報導。當然，現在這項產品就連國外也掀起一場搶購風潮。

此外，這款親膚眼罩也有將透明合成樹脂染色的應用版本問世，可以當作不需要掛在耳朵上的太陽眼鏡，馬拉松選手跟棒球選手等多數運動員都愛不釋手，因為這樣，也成了年輕人流行的一項時尚配件。

五個人從在民宅二樓分租的小辦公室起家，到現在已經擴大到成為一家擁有超過兩百名員工的優良企業，新辦公室還是位於品川高層大樓的一整層樓。

身為這間公司的社長，為井也攀上人生巔峰。

在他獲得了自己追求及嚮往的很多事物之後，再也不會像過去那樣，被人輕視，或當作傻瓜。

然而，打從某個時間點，他的內心一直有個空洞，讓他感覺好空虛。

為井自己很清楚原因在哪裡。

因為他覺得並沒有得到最想要的。

晶子——

開始創業後，他再次察覺到自己最想追求的目標。

其實不是當上公司社長受到眾人景仰或變成有錢人，更不是為了讓父親或明刮目相看。

他追求的，只是希望身為一個男子漢能獲得晶子的青睞。

「為井——」

聽到那個聲音，為井抬起頭，看到拉著行李箱走過來的晶子。

已經有兩年沒這樣跟晶子面對面。

⑦一九六七年日本的電視台所製作播映的特攝影集。

兩年前，她前往美國，然後再也沒回來過。

不僅如此，晶子還說見到熟人會讓她更寂寞，說不定導致留學半途而廢，也不准為井去看她。

這兩年來，他們只靠電話跟電子郵件往來，但先前晶子明確接納自己的心意，成了為井心靈上的支柱。

「妳好嗎？」

聽到晶子回國的消息後，為井想了好多一見到面要說的話，結果最後出口的竟然是這句不痛不癢的台詞。

「嗯。大家都好嗎？」晶子笑著問。

「還不錯，都是老樣子。」

雖然為井希望晶子先問候的不是大家，而是身為男友的自己，但他還是露出微笑回答。

為井幫晶子拖著行李箱往停車場走。

「你挑了BMW啊。」來到車子前面時晶子說道。

「考慮了很久，結果覺得這個最穩重最好。」為井一邊把行李箱塞進後車廂。

其實也想過挑輛保時捷或法拉利跟明抗衡，但考量可能會引來員工側目，最後放棄了。

「回家之前我想先繞到一個地方。」一坐上駕駛座，為井就對副駕駛座上的晶子說。

「要去哪？」

「東京鐵塔。」

「為什麼？要去還不如去晴空塔。」晶子說。

「晴空塔改天帶妳去。今天先去東京鐵塔。」

晶子從以前就這樣，對男生的心思特別遲鈍。為井沒說出來，逕自發動引擎。

「話說回來，聽到繁村學長要跟里紗結婚，我真的嚇一大跳耶。他們倆什麼時候交往的啊？」

「這我也不清楚。我猜就是這幾個月的事吧。」

其實原本里紗喜歡的是町田。當年創業時她甚至願意當不支薪的義工，為的就是想接近町田。但三個月前公司聚餐時里紗卻跟為井抱怨，說自己花了將近五年時間，町田卻沒有任何表示。

為井想到自己跟晶子交往了兩年也毫無進展，但繁村跟里紗才交往幾個月就開花結果，實在無比羨慕。

兩年前他向晶子表白了。其實他早就想表明心意，但那個夜晚的心傷一直未能痊癒，花費三年才讓他下定決心。

公司成立的那個晚上，五個人去喝酒慶祝，為井把醉得不省人事的町田送回住處。卻在前往車站的路上想起自己有東西忘了拿又折返時，看到一個人走進辦公室的晶子。一開始以為晶子也是回去拿忘了的東西，但在外頭等了超過三十分鐘也沒看見晶子離開。最後連町田房間的燈都熄了。

回想起當時，至今仍感到內心的糾結。

那件事之後，為井持續觀察兩人的互動，看起來不像在交往。

好幾次他想向晶子表達自己的心意，總是舉棋不定。才剛創業，無論晶子接不接受，他都害怕會公私不分，而且他也希望在更有自信之後才表白。

為井提出構想的墨鏡版親膚眼罩爆紅熱賣，還成為那一年最具話題性的商品，獲得年度產品大獎，對自己也稍微有了信心。

頒獎典禮那一晚，他邀了晶子，趁著兩人獨處時終於表明心跡。

晶子接受了為井的心意。兩人決定交往，但沒多久晶子就突然說她想去美國。

她說創業夥伴之中只有她一個人什麼忙都沒幫上，想到美國進修，多些歷練，才能對公司更有貢獻。

為井聽到晶子的心願後沒能阻止她，但同時也感到強烈的不安。

他心想，晶子是不是根本就對他沒興趣呢？

雖然礙於情面不得不接受為井的心意，但會不會在她內心深處其實還有忘不了的人呢？

還是她怕自己拒絕了為井，從此在公司的立場變得難堪，所以才無奈答應跟他交往？

晶子是不是想離開ＳＴＮ，藉此和町田完全斷絕交集呢？

因為這樣才提出要出國？

這些想法一直在心中盤旋，折磨著為井。

是時候該做個了斷。

如果晶子說什麼都忘不了町田，那也沒辦法。但他希望清楚告訴晶子，不需要為此離開公司。

花個半年時間，傷心多多少少能痊癒吧。

「這次打算回來多久？」

「我把那邊的學業提前結束，回來就待下來了。」

「真的嗎？」為井驚訝反問。

「嗯。我聽里紗說，ＡＳ計畫現在正漸入佳境吧？」

Artificial Skin（人造皮）計畫——

三年前，由繁村率領的ＳＴＮ研發部門開始進行劃時代的人造皮研究。

雖然已經聽繁村解釋過好幾次那套理論，但為井至今仍如鴨子聽雷。

不過，聽起來好像就是利用豬的基因以人工方式製造出極其接近人類的皮膚，這是原先繁村跟町田討論時做出的結論。

起初繁村提出要在ＳＴＮ研究人造皮時，身為社長的為井面露難色。因為光聽繁村的說明，感覺就要花上一筆相當龐大的研發費用。似乎沒辦法光靠ＳＴＮ的財力維持下去。

但繁村不斷強調，只要這項研究成功，實際運用，將會創造相較於投資幾百倍，甚至幾千倍的利潤。更重要的是，還能拯救多數因皮膚疾病所苦的人。因此繁村始終不肯讓步。

這番話的確打動了為井。

創造造福社會的事物，然後推廣出去——

這就是大家當初成立公司的心願。

不過，光靠心願是籌不到資金的。

為井思考自己能做些什麼，只想到唯一的可能。不過，他卻不想這麼做，因為得去拜託他父親。

那時候他跟父親的關係已經不像過去那麼僵。為井成了公司社長，又推出熱銷商品，父親也對他刮目相看。話雖如此，他還是有股志氣，不希望得走到拜託父親這一步。

然而，為了公司的未來，還有實現大家想造福社會推廣產品的心願，為井終究拋棄了那份自尊。

他拜託父親找來一些熟識的企業老闆，請繁村針對人造皮研究做了一場簡報。包括父親在內的幾位老闆似乎都對繁村的研究有濃厚的興趣，結果就請 TAMEI DRUG 跟其他幾家公司共同支應這筆龐大的研發費用。

父親滿心期待ＡＳ計畫成功，卻在一年前因罹患胃癌過世。

回想起來，父親之所以為了ＳＴＮ盡心盡力，或許不是為了自己的公司獲利，而是把這當作是給為井最後的禮物吧。

「接下來會很忙吧？」

聽見晶子的話，為井回過神來點點頭，「是啊。」

「總不能只有我一個人為所欲為。從下禮拜開始，我會努力，好報答這一年半來的為所欲為。」

聽到這句話，為井先前的決心又動搖了。

「里紗穿婚紗的樣子一定很美。好羨慕哦！」

為井在情緒起伏之中仍沒錯過這句話，深深烙印在心底。

在投幣式停車場停好車，他跟晶子並肩走向東京鐵塔。

來到瞭望台上，展現在眼前的是一片夜景。

「我們之前也一起來過吧？」

「是啊。就是年度產品大獎頒獎典禮之後。」

為井答道，暗示晶子這是兩年前他表白的地點。

剛才晶子說留學生涯提前結束時，為井的心情有些起伏，但來到這裡，他重新再次下定決心。
果然機會只有這一刻。
「晶子……我有事想跟妳說。」
「什麼事？」
「我……我希望妳嫁給我。」
一瞬間，晶子的表情沒有變化。
儘管為井認真觀察，也不明白晶子在想什麼。
「謝謝你。」
晶子盯著為井好一會兒，終於露出微笑。
「好開心。不過，現在是公司最重要的階段吧？得全神貫注在工作。畢竟，你肩上可是負擔了超過兩百名員工的生計呀。」
晶子說完拍拍為井的肩膀。

◆ 3

楓從一早起來就坐立難安。
看看時鐘，才剛過中午。婚禮是三點開始，現在出門還太早吧。

話雖如此，她卻已經準備好了，從剛才就在鏡子前面來來回回照過好幾次，仔細檢查。

又不是自己要結婚，為什麼這麼緊張呢？自己也覺得好納悶。

見證這種喜慶的時刻，無論跟當事人之間是什麼關係，都會讓人的心情不平靜啊。這是二十歲的楓第一次經歷到的感覺。

兩星期前，楓跟媽媽接獲這個意想不到的消息。知道是婚禮喜帖，但看到新人的名字時，楓還懷疑是自己看錯。上面寫的是繁村和彥與相原里紗。

這兩個人楓當然都很熟。

雖然三年前公司從自家樓上搬走之後，見面的機會少了，但在那之前的兩年之中，幾乎是每天都碰面。

兩個都是令人印象深刻的人。尤其繁村個性更是鮮明得驚人，想忘也忘不了。

楓印象中的繁村總是一頭膨鬆亂髮，而且還亂翹，戴著一副鏡片很厚，鏡框還用膠帶補強的眼鏡。每次楓在家門口或附近見到他，他總是口中喃喃自語，好像一名夢遊症患者走在路上。

這個人渾身上下散發出詭異的感覺，讓人不想靠近，獨自走在路上的女性想必不願意跟這種人擦肩而過。實際上，附近居民也報警過好幾次，說有個常在附近晃來晃去的可疑人士。

不僅如此，繁村還有無藥可救的被害妄想症，老想著 CIA 之類的組織盯上他的發明，據說楓家裡二樓的辦公室還裝設了如銅牆鐵壁的防盜設備。

但根據社長為井所說，繁村是個公司不可或缺的發明家。

當年楓心想，得靠這種怪咖的發明，這間公司的未來也令人憂慮。

至於里紗，是另一方面的令人印象深刻。她經常在下班後到楓家裡幫忙做晚餐，或是在町田忙的時候代替他當楓的家教。楓的母親很喜歡好相處的里紗，在公司幾個人之中也跟她的交情最深。

一開始感覺她把楓當成妹妹疼愛，對她百般照顧，但後來發現好像不是這麼回事。其實里紗是對町田有意思。她知道町田會當楓的家教，也經常到前原家一起吃飯，所以她才來到家裡，想跟町田打成一片。

就連吃飯時，里紗也會對町田很體貼，設法黏在他身邊。

這種狀況下，町田雖然保持一貫冷冷的表情，但楓發現自己每次看到里紗那副模樣就心煩，真討厭自己這副模樣。

不只繁村跟里紗，就連看到晶子也讓楓很心煩。

晶子就是那種很多男生會喜歡的理想女孩，但她的容貌、行為舉止，楓都覺得好礙眼。

每次聽到從天花板上方傳來那群人的歡樂交談聲，楓就感到心浮氣躁。

話說回來，當初就因為楓向町田求救，希望他解決前原製作所的破產危機，後來才會有這家公司，但楓有時甚至希望這家公司也趕快消失。

前原製作所的負債，已經在他們一併付清辦公室跟工廠租金後得以解決。

那個怪人的發明怎麼可能賣得出去，最好趕快破產，搬出自家二樓。

然而，楓的預測落了空，繁村發明的合成樹脂讓公司一下子有了大幅成長。

接下來，她長期以來的願望也同時實現。

公司在親膚眼罩這項產品熱銷之後，擴編聘用了很多員工。這下子二樓辦公室不敷使用，在三年前搬到隔壁大井町車站前的大樓。接著更在一年前，把總公司遷進位於品川的高層建築，還占地一整個樓層。

這群曾經讓自己感到那麼心煩的人，一旦不在之後，楓也覺得有一絲孤單。

為什麼會有這種感覺呢？仔細想想才發現，兩年來位於二樓的辦公室裡總是充滿歡笑。

就算在學校裡有什麼不愉快，回到家裡總能聽到天花板上方傳來笑聲。即使考試成績很差，或是在羽球隊的比賽落敗，意志消沉時，一上樓就會有人來安慰她。

告訴她，只要努力，總有一天會有成果。

打從那群人開始創業，町田也逐漸慢慢改變。

以往幾乎沒有變化的僵硬表情，偶爾會出現笑容；令人感到冰冷的眼神，也展露一絲祥和。

在過去的日子裡，楓從來沒看過町田這般人性化的表情。

當辦公室搬走之後，楓才想到，之所以對那群人的厭惡，該不會因為他們改變了町田而讓自己感到嫉妒吧。

現在繁村要跟里紗結婚了——

雖然這組合太出人意表，讓楓震驚了好一會兒，但此刻她誠心祝福兩人。

上一次參加婚禮是念幼稚園時表姊結婚，所以今天她好興奮。此外，也很期待見到好久不見的大夥兒。

快要一點了，差不多該出門。

楓拎著小提包走出房間，到媽媽房間去。敲了敲門打開，看到媽媽躺在床上。

「我要出門了……還好嗎？」楓問媽媽。
「不要緊。只是沒什麼精神，休息一下就好。」
「嗯……」
看著媽媽微笑中仍透露一絲勉強的表情，讓楓有些憂心。
大概三個月之前，媽媽的狀況不太對勁。下班回來之後總是一臉疲憊，然後就睡了。雖然她笑著說只是更年期障礙，但楓這陣子實在很擔心她。
本來媽媽也要一起出席繁村跟里紗的婚禮，但三天前身體很不舒服，決定打消念頭。
「幫我問候他們倆啊，說我真的很抱歉沒辦法親自去祝福他們。禮金記得帶了嗎？」媽媽問。
「帶了。」
「我好想看看里紗披婚紗的樣子，拍照片給我看啊。」
過去這麼疼愛里紗，卻沒能參加她的婚禮，看來媽媽很遺憾。
「我知道。妳也好好休息啊。我想應該不會太晚回來，等我回來做飯。妳想吃什麼？」
「不用這麼麻煩啦。我又不是病人，自己隨便弄了吃。」
「可是……」
「好不容易辦喜事，妳好好玩，不用趕著回家。這件洋裝很好看哦。」
聽媽媽這麼說，楓露出微笑。
「我出門嘍。」楓關上房門，走向玄關。
穿好鞋出了家門，爬樓梯上到二樓。對著門邊的指紋感應器按了一下，門鎖解開。在町田房門外敲了敲，沒有回應。

到底在哪裡啊——

楓心想他該不會在那裡吧，於是回到玄關下了樓梯，直接往工廠走。

一到了工廠，果然不出所料，鐵捲門拉上一半。星期天工廠休息，也不會是德山。

楓低下身子鑽過鐵捲門進入工廠，裡頭傳來機械的聲音。

「你在嗎——？」楓朝著裡頭問。

一會兒之後，機械聲止歇，町田從裡頭走出來。

「幹嘛？」

穿著沾了油漬的長袖襯衫加上牛仔褲，町田愛理不理問道。

「還問幹嘛……再不出發就來不及了啦。」

楓一說，町田露出一臉納悶的表情。

「繁村跟里紗的婚禮——」

「啊……對了，有這回事啊。」町田一副完全記不得的樣子。

不只這樣，他看著楓花了將近一個月的打工薪水、煩惱好幾天終於選定的洋裝，竟然毫無反應。

「好啦，那走吧。」

町田用袖口擦擦額頭上的汗水，走出工廠。他拉下鐵門鎖好，準備朝車站走去。

「喂——」

楓在後面一喊，町田停下腳步轉過頭。

「你該不會想穿成這樣去吧？」

「是啊。不然咧？」町田若無其事答道。

「參加婚禮沒有人穿這樣啦。」

「是嗎？」

被町田這麼一問，楓啞然失聲。

「居然還問是嗎……正常來說男生會穿西裝打領帶吧？」

「我沒那種衣服。」

町田的回答讓楓頭痛了起來。

「有什麼關係嘛，又不是我結婚。」

「問題不是這樣啦。」

楓拉著町田的袖子往車站的反方向走。

「要去哪裡啦？」町田不耐煩問道。

「回家。」

楓印象中在客廳的衣櫥裡還有爸爸曾穿過的西裝。不知道尺寸合不合，但總比町田現在這身打扮要正常多了。

快步回到家中，打開客廳的衣櫥。她記的沒錯，當初留下爸爸的三套西裝當作遺物。楓拿出看來最適合町田的深藍色西裝和白襯衫。

「沒時間了，你就在我們家洗手間換上吧。」

楓不管町田同不同意，直接把西裝跟襯衫塞給他，只見町田一副不耐煩走出客廳。

楓在衣櫥裡翻找，沒看見領帶。算了，領帶待會在路上買吧。

「怎麼這麼吵啊——」

聽到聲音轉過頭，媽媽站在後面。

「婚禮不是三點開始嗎？再不出門就要來不及了耶。」

「哎唷……那個人居然說沒有西裝。」

「博史？」

楓點點頭，同時拉門一開，換好西裝的町田走進來。

「哇，尺寸剛剛好耶。」看著町田的母親似乎有些驚訝。

楓直盯著身穿西裝的町田，目光久久都離不開。

印象中的爸爸應該高大得更多啊。

父親過世的那年，楓才十歲。凝視著面前的町田，體會到父親實際的身型，細細思量著當時的回憶。

「你既然沒西裝，也不會有領帶吧？」

「我們在路上找地方買。」楓才說完，媽媽就走到衣櫥旁。

媽媽打開最下方的抽屜，而非剛才楓找過的地方。立刻從抽屜裡拿出一條領帶，走到町田面前。

「我是我先生最喜歡的一條領帶。你會打領帶嗎？」

母親一問，町田搖搖頭。

「這孩子，真拿你沒辦法。」

母親笑著拉起町田的襯衫衣領，繞上領帶幫他打好。

「總有一天得遇到這類場合，要學起來啊。」

町田避開原先看著媽媽的視線。不是因為要學習怎麼打領帶，而是大概第一次有人幫他打領帶，讓他有些難為情。

「這麼貴重的東西借給我……這樣好嗎？」町田低聲喃喃。

「沒問題。這是我送給我先生的第一份禮物。」

楓凝視著母親開心打著領帶的雙手。

「欸，町田——」

一到婚宴會場的接待處，就聽到有人叫町田。

一轉過頭，映入眼簾的是一套寶藍色禮服。穿著那身禮服的晶子跟為井一起走過來。

楓一看到晶子，立刻把目光移到自己的胸口。

她左思右想，猶豫了好幾天總算決定的這件粉紅色禮服，相較之下好不起眼，楓在心裡暗自懊惱。

「楓？」

聽到為井的聲音，楓抬起頭來。

「哇！嚇我一跳。真的是妳，看起來完全是個大人，害我一下子認不出來。」

為井驚訝得睜大雙眼說。

「好久不見。」楓對兩人點頭示意。

為井的臉不時會在電視或雜誌上看到，倒不覺得有多久沒見，但三年來都沒見到晶子，連兩年前晶子到美國留學也是聽其他人說的。

「變漂亮了哦。身上這件禮服也很好看耶，對吧？」

為井看看身邊的晶子，想尋求她的贊同。晶子笑容滿面，用力點著頭。

「真的很漂亮哦。其實楓以前就很可愛嘛，但穿上這種禮服看起來更亮眼。跟妳站在一起都遜色了。」

「才沒這回事。夏川姐才美。」楓硬擠出笑容。

相隔三年重逢，還是一樣不擅於跟晶子互動。

為什麼會這麼怕跟晶子相處呢？楓自己也察覺到一個原因，但似乎不只這樣。

不單是身為女性的嫉妒，而是楓對晶子的個性上感覺有股無法形容的不信任。

總覺得無論她嘴上說得多好聽，對每個人都展現友善的笑容，但就是摸不清她背後真正的情緒，讓楓有種莫名的不安。

或者，這些都是自己想太多，其實只是單純的羨慕她。

「跟町田也好久不見啦。第一次看你穿西裝，很帥啊。」

晶子直視著町田說。

「在那邊過得怎麼樣？」町田對晶子的話毫不在意，逕自問道。

「很充實哦。不過，我提前結束留學，下星期會回公司。還請多多指教。」

「是嗎？」

「對了，怎麼沒看到阿姨？」為井四下張望問道。

「她身體不太舒服……不然本來她很期待今天的婚禮。」

「這樣啊？真讓人擔心……」為井露出擔憂的神情。

「沒那麼嚴重啦。只是最近好像很容易累，今天就要她在家裡休息。」

楓努力擠出笑容，不讓其他人發現她內心的憂慮。

「該不會因為這樣，所以你最近很少到公司露臉吧？」為井看著町田。

「才不是。我只是不愛去人多的地方。」

町田苦笑著回答，但楓不這麼想。

他是因為代替最近不太有體力工作的母親，一直待在工廠處理剩下的工作。

「婚禮即將開始，請各位嘉賓前往禮堂集合。」

聽到工作人員的提醒，楓一行人就往禮堂走。

禮堂裡有大約二十名來賓，眾人到齊後婚禮開始。繁村一臉緊張，站在禮台前面。楓隔了一段距離看不太清楚，但心想他今天總不可能還戴著那副用膠帶補強鏡框的眼鏡吧。

「原來那個人也跟正常人一樣，會緊張耶。」

聽到為井的低語，楓差點笑出來，但硬是忍住了。
管風琴的演奏開始，里紗在父親的陪同下從後方走進來。
一身白紗的里紗，美得吸引全場的目光，楓也忍不住發出驚嘆。
楓曾經嚮往，要辦婚禮的話就要辦教堂婚禮，看了眼前的景象更讓她下定決心。
爸爸已經不在了，到時得請人陪同自己入場才行吧。該找誰好呢？看著在紅毯上慢慢行進的里紗跟她父親，楓在腦子裡暗自尋思。
終於來到禮台前方，里紗回過頭對眾人露出微笑。
自己也會有這樣的一天嗎？
如果真有這一天，站在自己旁邊的是什麼樣的男人呢？
楓不經意瞥了身旁的町田一眼。
只見町田直盯著禮台，嘴角泛起微微的笑。
這時，楓的腦海裡浮現唯一能找來陪同自己進場的人。
爸爸的好友，內藤——
在喜宴會場中，楓跟町田、為井還有晶子坐在同一桌。其他桌都是新人雙方的親戚，是一場只邀請自己人的小型溫馨婚宴。
沒有冗長的致詞，也沒有唱歌跳舞這些親友團表演，僅僅在切了結婚蛋糕後，繁村跟里紗到各桌向來賓敬酒、致意。

「楓，我記得妳是明年畢業吧？」
聽到為井的話，楓轉過頭看著他。
「對啊。」
「之後的工作有著落了嗎？」
「這個……正在努力，還沒決定。」
楓不知道該怎麼解釋才恰當，當下先這樣回答。
「今年的求職難度變高了啊？」
「呃……我也去試了很多地方。」
楓隨口扯謊。其實她到現在根本還沒開始找工作。
因為內心一直很徬徨。
大概在四年前，母親考慮過前原製作所要不要增聘人員。五年前，原先的債務還清，之後也收到一些訂單，營運慢慢恢復正常，光是母親、町田，還有偶爾來打工的德山三個人，很難應付眼前的訂單。但媽媽終究沒有再聘新人。
楓沒跟媽媽談過是什麼原因，但她似乎能了解媽媽的想法。
她可能是不想綁住女兒的未來吧。
聘僱員工，就表示加重了公司的責任。這麼一來，就會對自己女兒兼接班人的楓心存期待。
直到現在，相信母親仍然百般不願從祖父開創、延續至今的公司就此消失吧。不過，遇過客戶倒閉，連帶著自己也得負債的狀況，因為吃過這樣的苦頭，母親也不想讓楓經歷相同的事。

媽媽告訴楓，別想著繼承前原製作所，找個公司上班吧，甚至還建議楓去念個跟工業毫不相關的大學或短期大學。最後楓進了短期大學，專攻設計。

母親不僅不想綁住楓的將來，對町田也有同樣的想法。

町田跟為井那群人一起創業後，雖然名義上是ＳＴＮ的監查人，實際上他幾乎都待在前原製作所工作。

媽媽似乎認為這是町田回報自己恩情的方式。用這種方法來報恩，感謝自己在離開少年院之後，有人願意當他的監護人，還給他住的地方跟一份工作。

然而，母親察覺到町田的前途無量，不能老是把他束縛在前原製作所這種小公司吧。聘了人，公司的責任重了，楓跟町田就更難離開前原製作所。母親是不是這樣想呢？

母親背負著對祖父以及父親的愧疚，打算在自己這一代結束前原製作所的歷史。

然而，楓一直感到徬徨，這樣的決定真的好嗎？

「來我們公司不就好了？」

聽到為井的聲音，楓回過神來。

「我記得妳是念設計方面的短期大學吧？我們很需要這類人才啊，妳願意來的話我們很歡迎！」

「對耶。楓一定成為公司的重要戰力。而且從公司一成立就跟我們像一家人一樣，又值得信任。」晶子也敲邊鼓。

「我一直想找機會報答阿姨。之所以能有現在這樣的公司，都要感謝當初阿姨爽快答應把辦公室跟工廠租給我們這群一無所有的小鬼。當然，我不只是為了想報恩才說要妳進我們公司，但是還是想找機會看看能幫上什麼忙。如果妳願意來我們公司，我一定提出優渥的待遇。」

為井探出身子到楓的面前，激動地遊說。

「謝謝。聽你這麼說我真的很榮幸。」楓回答。

這時，晶子向楓等人說了一聲就起身，走出婚宴大廳似乎要去洗手間。

「對了，最近有什麼值得矚目的新產品計畫上市嗎？」

町田看著晶子走出大廳的門，轉過頭問為井。

「沒有耶。沒什麼特別的，怎麼啦？」

「這幾個月ＳＴＮ的股價很活絡啊。」

「真的耶，一直都在高點。」

「要不是有什麼特別新產品要上市，會不會是ＡＳ計畫的消息走漏了？」

「不會吧。計畫負責人是那個戒心最強的繁村學長耶。」

「是嗎？」

「今天先暫時忘掉工作吧。」為井說完隨即在町田的杯子裡倒了啤酒。

「楓，最近好嗎——？」

聽到這個聲音一轉過頭，里紗就站在面前。

「謝謝妳今天來。看到妳覺得好開心。」跟楓四目相交的瞬間，里紗溼潤了眼。

「恭喜妳。我媽本來也很想來，不過身體不太舒服……要我幫她說聲抱歉。」

「阿姨還好吧？」

「嗯，沒什麼大礙，不用太擔心。我媽要我拍妳的照片，可以嗎？」

「當然好啊。」

楓拿著相機起身，拍下里紗身披婚紗的模樣。

「里紗姐，你真的好漂亮哦。」楓一邊拍照，發自內心稱讚。

「對吧？我今天超美的。為了要讓甩了我的人後悔，特別精心打扮呢。」

里紗半開玩笑說著，偷瞄了町田一眼。

町田對里紗的發言與目光毫無反應，若無其事端起杯子喝啤酒。

「看起來你酒量變好了嘛。」

里紗一說，「稍微好一點點。」町田微笑答道。

楓不只拍了里紗，還拍了在場其他人的照片。大家都是滿臉笑容，町田的表情雖然稱不上笑咪咪，但也是平常少見的和善。

想到自己也想一起入鏡時，為井主動起身，說可以幫楓拍照。

楓回到自己的座位時，在場人來人往已經有些混亂，楓跟隔壁町田的位子也稍微縮短距離。剛從洗手間回來的晶子來到町田身邊，一起入鏡。

為井拍了幾張照片後，把相機還給楓。望著在另一桌的繁村。

「話說回來，里紗怎麼會看上繁村學長呢？」

為井納悶的喃喃自語。

「喂！為井！」晶子立刻拍了下為井的肩膀，似乎怪他說錯話。
雖然在這個場合或許不該問這個問題，但楓也能理解為井的心情。
里紗即使在年輕的楓眼中也是個大美女，更別說一定很受男生歡迎吧。
「沒關係啦，夏川學姐，其實我自己最覺得莫名其妙吧。不久之前，我根本想像不到自己會嫁給他。這人實在是個超可怕的怪咖，又好難相處，完全不知道他在想什麼……大學時學校裡的人還叫他怪咖繁村。」里紗望著繁村笑著說。
「那，為什麼……？」
為井興致勃勃探出身子。
「正是因為這樣莫名其妙的人，當接觸到他的內心，才更覺得心動。」
「這樣啊。」
為井對這個回答似乎不太能接受，但楓好像多多少少能了解里紗的想法。
「那個人雖然怪到無可救藥，卻有比任何人都強的信念，想要造福眾人。而且他不為金錢，也不是為了出名。當然啦，他還是免不了想接受別人的吹捧，但只為了這點小小虛榮，就百分之百貢獻出自己……就是這點吸引我的吧。」里紗開心地說。
「大家要不要一起去喝個東西？」
走出婚宴會場後，為井走到町田身邊問道。
「我還有工作沒做完，不去了。」町田冷冷回答。

「這樣啊……楓呢？這麼久沒見了，難得有機會想跟妳多聊聊耶。」

「我也還有點事……」

剛才從婚宴上的對話，楓知道了為井跟晶子在交往。如果町田要去，楓會陪他一起去，不過要是只有自己一個人，會覺得好像電燈泡。

「你們倆自己去吧。不是有人一直在抱怨見不到面很孤單嗎？」

「欸，喂！町田……」

大概是不想被提起這件事，為井顯得倉皇失措。

「好啦，聊得開心點。不過，要結婚的話麻煩下個月之後再說，我現在沒空也沒錢。」

「沒有要結啦——」

突然冒出響亮的尖聲回應，讓楓愣了一下轉過頭看著晶子。

「那個……好不容易完成學業剛回來，我想先在公司努力一陣子。」

這句話聽在楓的耳裡覺得好像藉口。

「好吧，我們開車來的。楓，多保重哦。」為井露出有點僵硬的笑容，揮揮手離開。

看著他垂頭喪氣的失落背影，想必剛才晶子的反應及那番話讓他大受打擊吧。

晶子盯著町田好一會兒，之後才彷彿要甩掉什麼念頭，用力轉身快步跟上為井。

町田跟為井他們反方向，朝車站走去。

晶子還忘不了町田——

楓凝視著跟為井並肩步行的背影，同時思索著，但她立刻轉身走到町田身邊。

「里紗姐真的好漂亮哦。」楓走在旁邊，看著町田的臉說道。

「嗯。」

「婚禮真不錯，讓人好嚮往哦。」

楓想延續對話，但町田不發一語。

「欸，你對結婚沒興趣嗎？」楓輕描淡寫隨口問他。

「無法想像。」

「博史哥啊……」

講到這裡，楓突然語塞。

博史哥——

剛認識的時候，記得是叫他「喂」。後來是「欸」，現在這樣的稱呼變得很自然。

照理說一直都不喜歡這個人啊。

結果，怎麼會……不知不覺，自己對町田會有這樣的感覺呢？

楓回憶著，腦中立刻浮現當初轉變的契機。

高二那年，楓到代代木競技場參加一場羽球賽。回程時在附近的公園遇到了一個意想不到的人。

過去曾跟町田進入同一所少年院的磯貝——

磯貝就端坐在公園入口附近，大剌剌露出失去雙手的自己，空虛地望著來來往往的人群。

他面前放了個空罐。看到罐子裡的幾個銅板，就知道他成了乞丐。

楓念中學時曾見過這人兩次左右，磯貝的模樣跟當時實在相差太多，讓楓大感震驚。

經過的楓雖然跟他眼神交會，但磯貝似乎沒發現，立刻別過頭。

當時楓還跟其他朋友一起，也沒開口就繼續往車站走。但說什麼還是想弄清楚，在車站跟朋友道別後又折返到公園。

楓上前攀談，磯貝一副懶洋洋地抬起頭，然後似乎想起楓，表情稍微變了，卻沒有因為被楓看到這副模樣而感到羞恥。

磯貝還對楓說，「好心施捨一點吧。」臉上浮現帶著自嘲的笑。

雖然身上有點錢，但楓實在不願意把錢丟進罐子裡，於是對磯貝說了「等我一下」之後離開。她到旁邊的便利商店買了三明治跟飲料後，又回去找磯貝。

兩人換個地方，到公園裡的長椅坐下來，楓餵著磯貝吃三明治，喝飲料，同時跟他稍微聊一下。

磯貝說他在一年前離開了那個楓也曾經去過的療養機構，之後就成了遊民。

像他這樣肢體上有障礙的人，理論上可以獲得政府補助。

楓問他，為什麼他得搬出療養院呢？磯貝卻說他是主動離開的。

楓不懂，繼續追問，磯貝才告訴她，「這是對自己的懲罰。」

他說他發現，把自己不堪的一面公諸於世，過著這種生活，就是他向某個人贖罪的方式。

楓說她還是不懂，於是磯貝娓娓道出是什麼讓他的心境出現變化。

據說磯貝在進入少年院之前有個女朋友，但當他在少年院裡的那段時期，卻因為他自己曾做過的一件壞事，導致那個女生得背負著一輩子無法痊癒的傷。

因為有個說什麼都想見到的人，於是從少年院逃走——

楓想起來，以前曾聽磯貝說過這件事。

磯貝好像為了想求她原諒，一年前曾去見她。但知道她在過了好幾年仍為了無法痊癒的傷而飽受折磨，最後還是沒能跟她見到面。

對她來說，自己是個不祥之人。尤其現在的自己，根本無法再次面對她，也不能再為她做些什麼。

為了贖罪，憑自己唯一能做到的，就是這輩子過得比她更不幸。

聽完磯貝的話，楓總覺得無法釋懷，但當時的她也不知道該對磯貝說些什麼。

在滿腔的無力感之中回到家，楓把遇到磯貝的事情告訴町田，還說了在對前女友的罪惡感苛責下，磯貝成了遊民。

她原先期待町田應該能幫助此刻的磯貝振作起來，沒想到只換來町田冷冷的一句「這樣啊——」。

當時她對町田的冷漠感到徹底失望。

楓因為擔心磯貝的狀況，不時會再到那個公園看看。後來卻再也沒見到磯貝的蹤影。

磯貝的事她一直放在心上，就這樣過了兩年左右。上了短大之後沒多久，有一次在街上跟磯貝偶遇，楓當下大感錯愕。

面前的磯貝穿著時尚的西裝，袖口還露出一雙手。仔細一看，才知道是幾乎難辨真假的精巧義手。

磯貝跟先前在公園裡當遊民時判若兩人，整個人神清氣爽。

聽了理由之後，楓才知道自己原先對町田感到的失望完全錯了。

當接觸到他的內心，忍不住覺得心動——

回想起剛才里紗說的那句話，與自己那時的情緒不謀而合。

她喜歡町田。

說不定，打從很久之前就曾經好幾次，有過這樣傾心的瞬間，只是自己從來不願意承認。

不過，現在她對町田的情意已經瀰漫了整顆心，再也無法矇騙自己。

「博史哥……你現在有交往的人嗎？」楓終於鼓起勇氣，提了一直沒敢問的問題。

每年的耶誕節、情人節，就連他戶籍上那個不知道究竟是不是真的生日，町田都在工廠裡默默工作。

從來沒感覺到町田有跟女性交往的跡象。

「沒有。與其關心這個倒不如想想剛才那件事。」

「剛才哪件事？」楓反問他。

「進ＳＴＮ工作的事。社長因為妳工作遲遲還沒決定的事很擔心吧。」

楓一直在猶豫究竟要不要接下前原製作所。

自己能不能挑起母親交付的重擔，祖父開創的事業會不會因為自己的關係而得結束，這些都讓楓感到很擔憂。

另一方面，她也知道母親不希望從祖父那一代延續到現在的公司就此結束，為了報答媽媽，是不是該接下來呢？

此外，心裡更強的念頭是希望未來都能跟町田在一起。

「要是……要是我接下家裡的公司……你願意幫我嗎？」楓語帶祈求問道。

「如果妳要以拜託其他人為前提，還是別當社長比較保險。」

聽到町田冷冰冰的回應，楓感覺很失望。

「我只是想待在這裡。只是想要未來也待在一個自己想待的地方。」

町田看著楓說。

◆ 4

「我先下班了——」

內藤在制服上披了夾克，跟交班的警衛打聲招呼後就離開工地。

他直接走向蒲田車站。通過驗票口後，走進廁所的隔間。從包包裡拿出襯衫跟長褲，換好後走出來。

到了月台上，等待往橫濱方向的電車。這時，他忽然看到車站名稱的看板。

下一站是大森——

他想起今天的工地是在前原家附近，腦中閃過町田的身影。

果然還是只能直接問町田了嗎——

內藤盯著站名看板，這陣子的想法變得更強烈了。

大約一個月前，內藤見到了尋找很久的雨宮。不過，當內藤問起室井這號人物時，雨宮顯得異常驚恐。

要是還想活久一點，最好馬上忘掉那個名字——

雨宮丟下這句話，隨即飛也似地逃出居酒屋。

內藤趕緊結帳，但走出餐廳時已經不見雨宮的蹤影。

接下來的一個星期，內藤抱著被炒魷魚的心理準備，又到交通車接送站跟工廠周圍盯梢，再次找尋雨宮。不過，很可能對方辭掉工作，再也沒看到雨宮。

讓雨宮怕成這樣的室井，究竟是何方神聖？

見過雨宮之後，內藤更加感到不安。

往大森方向的電車先來了。就在內藤要上車時，打消了念頭。

他還是不想造成町田不安。就算自己非常想了解室井究竟是什麼人，還有這個人跟町田是什麼關係。

然而，內藤仍斬斷了自己的好奇心，搭上了後面那班往橫濱方向的電車。

正好遇到下班時間，車廂內十分擁擠。到了下一站川崎車站，很多乘客下車，內藤才往座位前面走。

他拉著吊環，盯著一片漆黑的窗外，忽然有股奇妙的感覺。車窗上倒映的車內光景中，好像有個自己認識的人。

跟內藤相隔兩個人的距離外，有一名身穿西裝拉著吊環的男子——

他搜尋著記憶，思考是在哪裡見過，隨即想到一個人。

這人長得很像內藤過去在少年院服務時認識的一名男孩，名叫磯貝。不過，一想起他，內藤就知道自己認錯人了。

因為磯貝在某次校外教育拜訪老人之家時，曾企圖逃跑，結果在路上遇到車禍失去了雙臂。

車窗上倒映的那名男子似乎發現內藤在看他，內藤連忙別過目光。

雖然不是面對面，但這樣盯著別人或許會令人感到莫名其妙。

電車駛進鶴見車站，車上乘客又變少了。

「老師——」

突如其來的聲音，內藤一聽便轉過頭。

剛才那名西裝男來到他旁邊，直盯著內藤。

「您是內藤老師吧？我是磯貝啊，您不記得我了嗎？」

聽到這句話，內藤忍不住望向男子緊抓的吊環。

「這雙是義手。做工很精細吧？連手指都可以活動哦。」

話一說完，就聽到手指在吊環上一抓一放，伴隨著機械運轉的聲響。

就連距離這麼近，質感看起來也跟真正的手沒兩樣。

「在學校那段時間給您添了很多麻煩，真對不起。」磯貝笑著行了一禮。

「要糖跟牛奶嗎？」

內藤在自己的咖啡裡加了牛奶後，問坐在對面的磯貝。

「牛奶就好。」

內藤聽了拿起奶盅，要幫磯貝加牛奶到咖啡裡。

「我自己來，沒問題。」

聽磯貝這麼說，內藤就把奶盅放在咖啡杯旁邊。

「謝謝您這麼客氣。不過，自己能做的事我會盡量想自己來。」

磯貝說完，抬起義手，一邊將手指頭靠近奶盅。

這些動作似乎需要非常專注，只見磯貝的目光緊盯著奶盅。

隨著機械聲響出現，義手的指頭動了起來，抓住奶盅小小的把手。然後拿起來，將牛奶倒入咖啡中，再放回桌上。

內藤雖然感覺到旁邊的顧客開始注意到自己這一桌，但他仍緊盯著磯貝的手。

手指放開奶盅之後，接下來要拿咖啡盤上的小湯匙。經過幾次失敗，最後總算拿起湯匙，動作緩慢地攪拌著咖啡。然後再將小湯匙放回咖啡盤上時，磯貝輕輕嘆口氣。

「有點令人不耐煩啊。」

好不容易啜了口咖啡，磯貝笑看著內藤。

在橫濱車站下車後，兩人很自然地就在車站大樓裡找個咖啡廳喝個東西敘敘舊。磯貝說他住在西橫濱車站附近的公寓。

兩人已經幾年沒見面了呢？

磯貝遭遇車禍住院後，內藤曾經跟町田去探望他，在那之後至少闊別七年了。

磯貝出院之後沒有回到內藤服務的少年院，而是轉到位於關東地區的一所醫療少年院。服刑期滿之後，聽說他回到家裡，但內藤一直很好奇他後來的狀況。

看到面前似乎過得還不錯的磯貝，內藤感慨萬千，從口袋裡掏出香菸。

內藤一叼起菸，發現面前已經有火等著為他點菸。是磯貝拿著打火機。

「這雙手，真的很厲害耶。」內藤直盯拿著打火機的義手。

「對呀。」

磯貝點點頭，把左手拿著的菸叼在嘴裡，隨即也給自己點了菸。

「用Zippo那種要靠摩擦的打火機或是火柴的話的確很困難，不過這種按壓式的打火機，要點火還滿簡單的。」磯貝津津有味地呼出一口菸。

「這該不是町田做的吧？」

內藤想起過去到前原製作所的工廠時看到的義手。

「是啊。基本結構是町田做的。好像叫做肌電位義手。」

「肌電位義手？」內藤反問。

「細節我也不懂，聽說好像是藉由肌肉收縮產生的表面肌肉電位什麼的，利用這個當作開關，啟動內建的馬達。」

磯貝解釋了一番，但內藤還是壓根聽不懂是什麼機制。

「也就是說，你可以自行控制動作嗎？」

「對。如果只是抓住、放鬆，這種簡單的動作，其實很輕鬆。不過，比較瑣碎的作業就需要比較多注意力跟時間。」

「剛才你說你住在西横濱車站附近的公寓，有人跟你一起住嗎？」

「沒有耶。我一個人。」

「很辛苦吧？」

「嗯，的確不輕鬆啦，不過，有這玩意兒還過得去。以前連上廁所吃飯都得靠別人幫忙……但現在用湯匙、叉子就能自己吃飯，拉個褲子拉鍊、綁鞋帶也都能自己來。最高興的，就是走在街上不再像以前那樣被其他人盯著看。」

「我剛才在電車上也完全沒發現。」

「表面是用特殊合成樹脂做的。就是製造『親膚眼罩』的那款合成樹脂，您應該也聽過吧？」

內藤聽了點點頭。

親膚眼罩——是町田他們公司的熱銷商品。

「而且還防水，像這樣裝著直接洗澡也沒問題。」

「這樣啊。看你精神這麼好，我也放心了。其實我一直擔心你的狀況……」

知道磯貝轉到醫療少年院之後，內藤始終放不下心，卻又無法下定決心去探望他。

總是有點愧疚，認為是自己這些法務教官沒盡到責任，才害得磯貝變成這副模樣。

另外，面對接下來得在失去雙手之下生活的磯貝，就算了解他的困境也不知道該說些什麼，於是不斷逃避。

「對不起。」內藤對磯貝道歉。

「怎麼是老師道歉呢？」

「這幾年來我完全沒幫上忙。再說，如果當年我們更盡責，就不會發生這種事……」

「我是自作自受。反倒我才該說對不起，那時候真的給大家製造很多麻煩。」

看著磯貝露出當年在少年院時從未有過的穩重表情，內藤感到欣慰，也終於能鬆一口氣。

「對了，老師……您怎麼會在這附近呢？是轉任到這裡的學校嗎？」

可能是顧忌旁邊有其他人，所以磯貝用了「學校」的稱呼。

「我辭職了。」

內藤一說，磯貝很驚訝地探出身子，「辭職了？」

「我現在回到以前住過的橫濱，當警衛。」

「老師辭職……該不會是為了我們的事情？」

磯貝似乎認為內藤被院方追究起他們逃走的責任。

「不是啦。跟那件事情沒關係，這是我自己決定的。我兒子就葬在這附近，我想了很久要搬回來。」

「這麼說來，您已經不是老師了啊……」磯貝落寞低喃。

「是啊。」

「我真的覺得您是個好老師，非常感謝您。老想著哪天要去跟您道謝，還有道歉……」

「我今天能看到過去的學生變得這麼懂事，也很欣慰啊。在那件事之後一定很辛苦，你也是咬著牙撐過來，可見付出了不少努力吧。」

「一切都要感謝町田。」

「嗯。多虧有他幫你做了這麼精巧的義手。」

町田對磯貝也有些不一樣的情誼吧。當初是一起脫逃的夥伴，卻在路上遇到意外，才成了這副模樣。

「他幫我的不只是做了這雙義手。」

「怎麼說？」

「您剛才說，這幾年完全沒幫上忙，不過，就算那時候您見到我，我想也會覺得很無奈吧。其實離開學校之後，我整個人的狀況很糟糕，我想就算任何人說什麼，想為我做什麼，都打不動我的心。」

「我記得你離開學校之後回到老家了吧？」內藤問他。

「對。不過，沒多久就被送到殘障療養機構。也不能怪他們啦。先是犯了這麼重的罪，帶給家人這麼多麻煩，然後還沒重新做人或是贖罪，就成了這副模樣。我在療養院裡住了將近兩年，但後來也離開……然後就當起遊民。」

「遊民？」

「說遊民還算好聽，我身邊那些人其實還會撿空罐、雜誌去賣錢，自食其力。我呢，就只是個乞丐，讓大家看著我可憐兮兮的模樣施捨我。」

「為什麼要這樣……」

「套用老師的說法，就是……贖罪吧。」

「贖罪？」沒想到會從磯貝口中聽到這兩個字，內藤忍不住反問。

「是啊。現在回想起來實在太膚淺，但當時我可是很認真這麼想。」

「你這是……對被害人贖罪嗎？」

「這是其中一部分。因為我做的壞事，讓很多人飽受折磨，或感到傷心，失去心愛的人……坦白說，當年在學校裡雖然聽老師說了很多，但我連一丁點的罪惡感都沒有，直到心愛的人受到傷害，我才真正了解自己的罪孽有多深。」

「你說珍惜的人受到傷害，指的是……」

「老師還記得有個名叫蛭海的學生嗎？」磯貝問他。

內藤回憶了一下，想起磯貝在少年院時有另一名接受他指導的學生叫做蛭海，印象中跟磯貝起過好幾次爭執。

「其實我跟那傢伙在進到學校之前就認識。當年我們分屬敵對的幫派，我曾經在鬥毆時把對方打得很慘。後來那傢伙為了報仇，竟然趁我進去學校時把她……把我的女朋友……」說到這裡，磯貝哽咽。

內藤大概也想像得到是什麼事，不知道該怎麼回應。

「就因為我，害得我珍惜的人受到一輩子都復原不了的傷害。」

「你該不會是因為這件事……」

為了想見女朋友才企圖逃跑嗎？

磯貝點點頭。

「那時說什麼都想見她一面，想當面跟她道歉。不過，是我害她遇到這種事，她當然不願意來探望我，但我又等不到期滿出去。」

然而，最後選擇逃跑的磯貝，卻付出了極大的代價。

「我待在療養院的期間，好幾次都想去見她。不過，一旦知道無論經過多久，她受的傷始終不會痊癒，依舊飽受折磨，最後還是沒有勇氣見她。所以我心想，唯一能彌補的方式就是過得比她不幸，一輩子不幸到死。」

「所以你才會去當乞丐嗎？」

「是的。待在療養院裡，不需要工作也能獲得政府的補助活下去，永遠有人保護我。但我沒資格接受這些，我覺得自己應該要把悲慘的一面展現出來，當個乞丐，在世人的嘲笑中活下去……」

想像那時候的磯貝，內藤感到心很痛。

「就在那時候，町田突然出現在我面前。」

「町田他……」

「他沒跟我交談，只是用帶著輕蔑的眼神瞪著我。他掏出一張萬圓鈔票，揉成一團丟到我面前。然後用瞧不起人的語氣對我說，『做這種事很開心嗎？』我回他，『你懂什麼！』然後町田丟下這句話，『你做的事根本不是什麼狗屁贖罪，只是自我滿足』。他說，就算我過得多慘，一輩子也永遠不了解她的痛，想要贖罪的話，不是過得比她不幸，而是想著該怎麼樣讓她幸福吧。他說我只是因為覺得太困難，才選擇逃往一條輕鬆的路。這樣根本不叫贖罪。」

「町田說了這些話？」

內藤大感意外反問，磯貝則苦笑著點點頭。

「聽到町田這番話我表面上不以為然，其實心裡大受打擊。他說得沒錯。我的行為根本不是什麼贖罪，狗屁不通。我害怕見到她，逃避面對解救她的痛苦，只會做些莫名其妙的事情來說服自己，是對她贖罪。但是，我這副鬼樣子要怎麼給她幸福呢？我追問町田。結果，他這麼說。」

說到這裡，磯貝閉上眼，似乎在心中體會著那句話，沉默了一會兒。

「他說了什麼？」

內藤等不及問道，磯貝睜開了眼睛。

「你要過得幸福……町田說，如果你不幸福，你所珍惜的人絕對也不會幸福。而且，一個人若是不幸，就永遠無法真正了解，自己犯下的罪行有多痛。」

「這樣啊……」

聽了磯貝的話，內藤的心中不知不覺熱了起來。

雖然有時候會從悅子那裡聽到町田的近況，但實際上已經好幾年沒見面了。

因為內藤顧慮到，町田會不會因為跟自己見了面，又得繼續被那段陰暗的過去糾纏。

原來，在自己不知不覺之間，町田不僅獲得了社會上的地位，在個性上也有了大幅成長。這讓內藤有說不出的欣慰。

接下來町田幫磯貝租了房子住，資助他的生活，同時還盯著磯貝指導他，幫助他考取電腦相關的證照。

「雖然不是正式員工，但我現在接一些ＳＴＮ的案子在家裡做。町田要我多學點東西，希望哪天我可以幫上大家的忙，他還讓我學了游泳、彈鋼琴。」

「鋼琴？」內藤驚訝問道。

「跟我不太搭調吧？」磯貝笑說。

「對了……後來你跟你女朋友……」

「雖然不可能復合，但距離稍微縮短了一點。目前仍然在贖罪的階段……而且不只對她，還有對於被我奪走性命那個人的家人……」

「你去見了被害人的家屬？」

「是啊。兩年前，我第一次上門，到被害人的靈前上香，現在也定期過去拜訪。其實無論做什麼事都無法彌補，但我打算盡自己最大的努力，直到過完這輩子。」

磯貝的表情中流露出對被害人以及對方家屬的罪惡感，同時也散發出邁向未來的強烈決心。

「那小子所做的超出他的承諾了呢。」

聽內藤這麼說，磯貝一時之間不明白什麼意思，露出稍微疑惑的表情。

「那時候……我跟町田一起去醫院探望你，你不是說過嗎？希望町田能找到光明，在他找到之後再說給你聽，因為你說你的人生可能再也沒有光明。」

「對哦，我說過那些話。真的，町田不只把他看到的光說給我聽，還用那一線光照亮了我。這傢伙真是不簡單，雖然年紀比我小，但從當年在那個組織裡，我就覺得他不是等閒之輩。」

那個組織——
聽到磯貝的話，內藤心頭一驚。
「那到底是個什麼組織啊？」
內藤探出身子好奇問道。磯貝卻別過眼神，似乎覺得自己說了什麼不該說的話。
「告訴我啦。你進學校之前就認識町田了吧？那個組織到底是幹嘛的？」
當年在少年院時，內藤本來也想問磯貝有關町田的過去，不過後來陸續發生鬥毆跟逃脫事件，最後就沒機會問了。
但無論內藤怎麼問，磯貝總是默不作聲，眼神飄忽。
「快告訴我！我問這些不是為了評斷町田，我只是想知道他在進去之前的狀況。不！應該說這件事很重要，無論如何我都要了解！拜託你——」
或許發現內藤的態度非同小可，磯貝總算正視著他。
「先換個地方吧？」磯貝似乎很在意四周。
「也好。」
內藤抓起帳單起身。結帳之後走出咖啡廳，心想在車站大樓內邊走邊說。
「我跟町田是在一個專幹詐騙的集團裡認識的。」
聽到旁邊的磯貝說著，內藤轉過頭看看他。
「幹匯款詐騙的集團？」
「是啊。老師不知道嗎？町田殺死的就是那個組織裡的人。町田是組織裡的智囊，專門設計詐騙的腳本，被殺死的那個叫伊達，是執行小組的頭頭。」

根據當初送來少年院的調查紀錄，對於町田跟被害人同屬於詐騙集團一事隻字未提。上面還說町田跟被害人是案發當天才認識。

「町田在那個詐騙集團待了多久啊？」內藤問道。

「這我就不清楚了。我只是其中一個小演員……演員就是打電話給詐騙目標的人。而且我很沒用，大概一個多月就被炒魷魚了。我猜町田從十四歲離家出走之後，應該在那裡待了幾年吧？」

「那時候的町田是什麼樣子呢？」

「什麼樣子啊……就跟在少年院時沒兩樣吧。話很少，完全搞不懂他在想什麼，但非常聰明。一派超然，看起來實在不像比自己年紀小的人。不過，唯有跟稔在一起的時候，偶爾會露出天真的笑容，就像一般的男孩子。」

稔，內藤對這個名字特別敏感。

「是小澤稔吧？」

內藤一問，磯貝點點頭。

「稔不是智能障礙嗎？這種人怎麼會跟町田一起幹匯款詐騙呢？」

「稔不是在那裡工作。町田工作的時候，他就在旁邊玩。兩個人住在一起，町田就像個照顧稔的大哥哥吧。」

「照顧……那時候町田還有餘力照顧人嗎？應該光是一個人生活就很吃緊吧？」

十四歲的男孩離家出走，還沒有戶籍，得自力更生。

「他們倆是施與受的關係啦。」
「施與受？」
「是啊……希望您別因為我這麼說，就對町田有壞印象，但當時他在被警察抓到之前，都是利用稔的身分生活。」
「利用稔的身分……這是……」
內藤聽到這句話一愣就停下腳步，直盯著磯貝。
「他用了稔的戶籍呀。然後用幹匯款詐騙賺來的錢養稔。其實有一段時間，我對町田也很反感，但現在想想，一個沒有戶籍的小男孩要存活下去，也難為他了。」
稔……稔……對不起……
內藤腦中閃過町田在少年院時做惡夢的囈語。
「不知道町田離開少年院之後有沒有見到稔？」內藤問道。
「我猜沒有吧。沒聽町田提過這件事……但町田應該一直在找他。」
「為什麼要找他？」
「剛才我說，町田告訴我的話。『一個人若是不幸，就永遠無法真正了解，自己犯下的罪行有多痛。』……我想，這句話一定不只針對我，也是他想對自己說的話吧。就某種意義來說，町田現在已經成功了，生活無虞。不過，稔在哪裡呢……話說回來，就連他還是不是活著也不確定。雖然町田當年迫於無奈，但怎麼說也是搶走了稔的戶籍。町田雖然沒什麼表示，沒說出口，但我想在他內心應該一直受到對稔的罪惡感所折磨吧。」

磯貝的表情落寞，感同身受。

「我們現在說的這些請不要告訴其他人，當然也別跟町田說。」

「我知道。但我還想再問一件事。」內藤說。

「什麼事？」

「你當時在那個詐騙集團時，聽過『室井』這個名字嗎？」

「室井……」

「我猜有可能是集團的首腦。」

「町田跟伊達之上可能還有更高層的人，但我在裡頭只是個小嘍囉，不太清楚……」

「這樣啊。」

看著磯貝的側臉，內藤差點失望得嘆氣。

先前聽磯貝說出詐騙集團的事時，還心想說不定可以藉此獲得室井這個人物的線索。

磯貝好像想到什麼，只見他突然眼睛一亮，看著內藤。

「對了，之前也有人提出過同樣的問題，問我知不知道町田認識的一個人，叫做室井。」

「誰問你？」內藤激動問道。

「有個叫前原楓的女孩子。就是町田寄居那個家的女兒。」

聽到磯貝的回答，內藤啞口無言。

◆

5

口袋裡的手機傳來震動。為井掏出手機，一看到來電顯示感到很意外。

認識町田超過五年，這是第二次接到他打來的電話。

第一次是創業之前，他打來要為井帶繁村去找他。

「喂……」

為井有些憂心接起電話，不知道是不是有什麼緊急狀況。

「你現在在哪？」

一接通就聽到町田的聲音。

「在目黑。正要回家。」

「可以碰個面嗎？」

「現在？」

「不是什麼緊急的事，只是想盡快跟你講清楚。」

這句話令人好奇。

「那好吧。我過去找你，很久沒去那邊了，想過去看看。」

「不，我去找你。你家前面有個公園對吧？我大概一個小時後到。」

「既然這樣就來我家啊。我肚子餓了，叫個壽司外送一起吃吧？」

「一小時後，公園見。」

町田冷冷講完就自己掛掉電話。

為井在夜晚的公園裡等候，看到町田走進來。

「嘿——」

為井從長椅上起身，對町田招招手。

「究竟有什麼事？」

町田朝為井扔了一罐咖啡當作回答。

「這個時間要是換成啤酒就更好了。」

為井隨口說笑，跟町田一起在長椅上坐下。瞥了町田一眼，他還是跟平常一樣，面無表情。

剛才接到電話時有點擔心，不知道發生什麼事，但看來不是什麼嚴重的狀況，為井暫且鬆了口氣喝著咖啡。

「你把我找出來，難道是要商量感情上的煩惱嗎？」

看著始終沒開口的町田，為井半開玩笑說道。

「你跟 TAMEI DRUG 的關係好嗎？」

町田突然這麼問，讓為井有些納悶。

「嗯……很好啊。」

「跟社長呢？」

為井沒能立刻回答這個問題。

一年前，父親過世之後，由弟弟明接任社長。

父親在過世前，很擔心明雖然跟自己一樣有經營的才能，卻剛愎自用、目中無人。父親拜託為井，希望他能以哥哥的身分幫助明。話雖如此，從明接下社長後，兄弟倆幾乎沒見過。

「普通良好吧。」

為井這樣回答，町田立刻瞪著他，眼神像在問「真的嗎？」

「到底怎樣啊？你把我叫出來就是要問這些事嗎？」為井問他。

「公司有沒有什麼狀況？」

町田這麼一問，為井一臉狐疑瞪著他。

「沒什麼特別不尋常……你發現了什麼嗎？」

「沒有，沒事就好……只是我最後確認一下。」

「最後？」為井皺起眉頭啜了口咖啡。

「我在STN就做到今天。」

聽到這句話讓為井大感錯愕，忍不住噴出嘴裡的咖啡。

「我喝醉那次欠了你人情，我想還你那份人情，咖啡我請。就這樣……」說完町田就從長椅上起身。

「欸，喂……你是在說笑吧？今天不是愚人節耶。」

為井趕緊站起來，伸手搭住町田的肩膀拉住他。

「不是說笑。」町田甩開為井的手。

「你到底有哪裡不滿意啊？待遇嗎？還是你不想當監查人，也想當取締役？這樣的話……」

「不是。」町田冷冷看著為井說。

「該不會有人來挖角吧？」

聽到為井的質問，町田露出冷笑。

「遊戲結束啦。我開始覺得這些事都好煩。」

「什麼嘛。你這是……要拋下我們嗎？」

「打從五年前我就沒考慮過你們。」

這句話讓為井受到強烈的打擊。

「雖然是遊戲，也滿有意思的。不過，一切都結束了，接下來隨你們自己高興吧。我也要隨我高興。」

町田說完後，不理會為井逕自離開。

為井說什麼也無法接受，追上町田後又搭著他的肩膀將他的身子轉過來。

「你講這種話我怎麼能接受啊？我們五年來的交情就只值這樣？你告訴我真話，究竟是哪裡不滿意……」

「我是殺人犯。」

町田毫無起伏的聲音，還有他銳利的眼神，讓為井感到畏懼。

「殺人犯……？」

「對。我到那個家寄居之前，因為殺人進了少年院。」

突如其來聽到這件事，為井的腦中一片混亂。

多年來充分信賴的町田，竟然殺了人還進過少年院，實在難以置信。

「就是這麼回事。再見——」

「等一下！」

為井還不死心對著町田的背影大喊。

「那都是過去的事情啊！就算是事實也跟大家無關啊，因為……我們是好夥伴……五年來朝同一個夢想奮鬥的同伴呀！」

町田停下腳步轉過頭。

「你怎麼這麼蠢啊？別沉浸在這種無聊的感傷，只要認真思考要怎麼保護公司吧。」

町田一句話拒絕了為井的心意，轉身揚長而去。

◆6

關了家門上好鎖，剛好看到町田的背影，正要往工廠走去。

楓忍不住跑過去跟上他。

「早啊——」

從背後打聲招呼，町田停下腳步轉過身。

「嗯。」愛理不理地應了一句。

「昨天謝謝你。」

町田一臉納悶，不太明白楓的意思。

「替我掩護啊。」

說了之後町田好像還是沒搞懂。

「你要去工廠嗎？」楓問他。

星期天工廠休息，但町田很可能會想去做完剩下的工作。

町田點點頭，「反正待在房間裡也沒事做。」聽起來很像藉口。

「我想去書店逛逛。」

還沒決定要買什麼書，但想去找些對接下來的工作有幫助的書。

「是哦。」

「回程可以繞去工廠嗎？」

楓才這麼說，町田就冷冷問她：「來幹嘛？」

「幹嘛……我想在畢業之前稍微學一下怎麼操作工廠的機器。」

「嗯。」

來到工廠門口，町田把鐵捲門拉上一半。

「對了。」

楓突然開口，町田轉過頭看著她。

「你有沒有想吃的東西？晚上由我做飯。」

「我什麼都好。」町田愛理不理回答之後，就彎著身子從鐵捲門下鑽進去。

看著町田消失的背影，楓輕輕嘆口氣，往車站方向走去。

昨天她總算告訴媽媽自己的想法。

晚餐時，媽媽問到她最近找工作的狀況，提醒她再不認真一點，畢業後會沒工作。

正好趁這個機會，楓告訴媽媽，短期大學畢業後想要接下前原製作所。不出預料，媽媽露出苦澀的表情，說了句沒那麼簡單就打回票。

楓試圖說服媽媽，說她已經做好心理準備會很辛苦，但還是想讓祖父開創至今的公司延續下去。

後來她更向媽媽坦承，因為一直考慮這件事，到現在根本沒去找工作。媽媽聽了似乎很頭痛，大大嘆了一口氣。

接著楓很努力說出自己的想法，但媽媽也很堅持，不願意讓女兒受苦，兩個人怎麼講都無法達成共識。

最後扭轉情勢的，就是同桌吃飯的町田的一句話。

讓她做做看不就得了——

町田輕描淡寫對媽媽說。

就算現在開始找工作，也不知道能不能找到好的公司。反正要當無業遊民或是打工族的話，不如到前原製作所幫忙。

與其用勸退的方式，不如讓她親身體驗比較快——

町田最後這句話似乎很有效。媽媽沉思了好一會兒，最後很勉強地答應在有條件下讓楓到工廠工作。

條件是畢業之後半年內，看她的表現，如果媽媽認為她不適合，她就得馬上去找其他的工作。

媽媽跟町田可能都認為楓的決心只是一時的意氣，沒多久就會放棄。但才不是呢！

我只是想待在這裡。只是想要未來也待在一個自己想待的地方——

楓要非常努力做好在前原製作所的工作，打造出一個好公司，讓町田永遠想待在這裡。

這是自己現在的新目標，新願望。

眼前出現個似曾相識的人物走過來。

盯著對方好一會兒，才發現是爸爸的好朋友，內藤。

內藤也看到了楓，表情顯得有些驚訝，對她揮揮手。

「好久不見。」楓先打招呼。

「楓，妳變成大人啦。害我一下子沒認出來。」

內藤露出難為情的笑容說道。

多久沒見了呢？

町田剛來到前原家寄居的那段時期，內藤來看過他幾次，但也好幾年沒打照面了。

雖然他沒再直接到家裡來，但好像到現在也不時會跟媽媽用電話聯絡。

可能在知道町田跟大學的同伴共同創業，生活得很充實之後，對這個過去在少年院的學生沒那麼擔心了。

內藤說他一下子沒認出變成大人的楓，其實他自己跟那時候的氣質相較下也變了很多。

之所以這麼想，大概是過去他沒留那撮鬍子吧。

「您有事找我媽嗎？」

楓問了之後，內藤沒有立刻回應。

「要找我媽的話，她在家裡。」

楓繼續說，但內藤的眼神游移不定，似乎有難言之隱。

難道不是找媽媽，是來看町田的嗎？

「博史哥的話……」

話還沒說完，內藤就直瞪著楓。

「其實我有話想跟妳說。妳有時間嗎？」

出人意表的回答，楓感到有些困惑。

「有話跟我說……？」

內藤要跟自己說什麼？

「真抱歉，突然這樣臨時跑來……如果妳不方便，我改天再來。」

「沒有，呃……我沒什麼要緊的事，時間沒問題。」楓回答。

「那太好了。」

「既然這樣，請到家裡坐吧。我媽看到您一定也很高興。」

然而，說完要轉身回家的楓，卻被內藤阻止。

「方便的話，我希望在外面聊。」內藤面露難色搔搔頭。

「要不然就到附近的家庭餐廳好嗎？」

「這一帶有公園嗎？」

「公園？」楓一臉狐疑，直盯著內藤。

「呃……我想不要有太多人的地方比較好……」大概發現楓覺得不對勁，內藤趕緊解釋。

「旁邊有個公園……」

「不會占用妳太多時間，可以陪我聊聊嗎？」

「好的。」

楓仍舊感到納悶，點了點頭，往公園走去。內藤在公園外的自動販賣機前面停下腳步。

「楓，妳想喝什麼？」

內藤問她，「嗯，奶茶好了。」楓答道。

內藤買了罐裝奶茶跟咖啡，走進公園。兩人在長椅上坐下後，內藤把奶茶遞給楓。

「不好意思，只請妳喝這個。」

「不要緊……」

接著兩人都不作聲。

內藤盯著正前方的鞦韆，默默啜飲咖啡。他似乎有話想對楓說，卻又遲遲未能開口。

到底想說什麼呢？

楓覺得愈來愈緊張，一邊喝著奶茶。

「町田還好嗎？」

突然聽到對方開口後，楓轉過頭看著內藤，只見他露出微笑盯著自己。

「嗯。」

聽到內藤的話，以及他的笑容，讓楓鬆了一口氣。

剛才很擔心內藤找自己出來不知道要談什麼，讓她繃緊神經，但說不定他只是想問問町田的近況。

町田已經在這個地方生活了超過六年。內藤或許顧慮到要是在人來人往的地方談起他的事，萬一被別人發現他是町田過去在少年院時的熟人就糟了。

「他沒什麼變。今天也到工廠工作。」楓回答。

「今天是星期天，我記得工廠休息吧？」

「是啊，不過我媽不太能工作，博史哥就多花點時間幫忙。」

或許是剛放下心中一顆大石頭，話一出口楓就後悔不該太多嘴。

「妳說悅子不太能工作，這是怎麼回事？」

果然，內藤探出身子問道，似乎很擔心。

「呃，沒有啦……大概因為年紀大了，很容易累。沒辦法像以前那樣工作那麼久……只是這樣而已。」

「不要緊吧？」

「嗯，真的沒什麼啦……對了，您既然來了，要不要去看看博史哥呢？」

楓不想讓內藤太擔心，立刻轉移話題。

「不，我就不去找町田了，只要知道他過得不錯就好。」內藤的表情一下子變得有些落寞。

「他要是見到您一定很高興。」

「町田已經走上新的人生，這時候我再出現……」

話說到一半吞吞吐吐，但楓了解內藤的想法。

「您是怕讓他想起在少年院時，還有過去的事嗎？」

內藤輕輕點了一下頭。

「我覺得現在的他，應該完全不會在意這些事吧。」

「是嗎？」

「一些知道他過去的人好像都很小心翼翼，在遠處守護著他……不過，我更希望這些人能靠近看看他現在的模樣呢。啊，我這種小鬼居然講這些，好像很懂的樣子……」

楓希望讓這些人知道，町田已經克服那段沒有戶籍，以及曾進入少年院的過去，現在過得很好。

「一些知道他過去的人……也就是說，除了我之外還有其他人嗎？」

內藤有些不解。

「是啊，不過已經是很久之前的事了……那個人曾經在工廠附近打聽博史哥的事。」

印象中是在準備成立ＳＴＮ那陣子，所以少說是五年前的事了。

一位坐在名車裡、行為舉止彬彬有禮的紳士問楓，「博史最近好嗎？」

那名男子語氣溫柔，跟楓聊了一會兒，提到町田時流露出宛如面對自己孩子的疼愛。

「那個人知道我姓前原，也曉得我是誰。看到博史哥交到朋友很欣慰的樣子……我說要不要去叫博史哥，他說博史哥看到他可能會想到一些不愉快的往事，要我保密。說希望暫時可以保持類似長腿叔叔的身分。」

「對町田來說類似長腿叔叔的身分……？」

聽著楓的說明，內藤露出一臉質疑反問她。

「是啊……他坐的車子還有專屬司機，從穿著舉止看起來，我猜會不會是博史哥被逮捕時幫他辯護的律師呢？」

內藤聽了楓的話，陷入沉思。

「有什麼不對嗎？」

楓以為自己說了什麼不該說的話，有些擔心。

內藤回過神來看看楓，「沒，沒什麼。」同時搖了搖手。

「那個人叫什麼名字？」內藤問。

「我沒問。只覺得他是個很有禮貌，很和善的人。」

「這樣啊……其實我今天來，是有件事非得問問妳不可。」

看到內藤窘迫的表情，楓突然感到喘不過氣。

「楓……妳知道町田認識一個叫室井的人吧？」

室井——

一聽到這個名字，楓的心跳加速。

這是在楓記憶深處的一個名字。不過，為什麼內藤會提起這個名字呢？

「妳聽過吧？」

內藤繼續問，楓卻沒回答。

五年前看過的那張光碟影像，差點又要浮現腦海。長久以來被她封印在記憶底層的可怕光景。

「前陣子我在電車上巧遇磯貝。你認識磯貝吧？跟町田在同一個少年院的……他說，記得妳以前問過他，知不知道町田有個認識的人叫做室井。」

「我不記得了。」楓立刻回答。

楓非常好奇內藤為什麼會提起室井這麼名字，但她認為那段影片的內容不能讓其他人知道。

「妳仔細想想。磯貝說他記得，妳曾經問他知不知道稔跟室井這兩個人。磯貝說他告訴妳稔的事情，但他沒聽過室井這個人。」

「我不曉得。」楓繼續裝傻。

「可以把妳知道的告訴我嗎？妳是在哪裡知道町田認識室井這個人的？這件事很重要啊！」內藤拚命說服她。

但楓心想，無論內藤怎麼求她，她都不能說出那段影片的事。

其實多年來楓也一直感到好奇。那段影片究竟是什麼狀況？那個伊達跟町田在談話中提到的室井，究竟是什麼人。

但直到此刻，她都沒能對町田提起這件事。
她很害怕，萬一問起這件事，被町田知道自己曾偷看過那段影片，至今建立的關係可能會毀於一瞬間。
「內藤叔叔知道室井這個人嗎？」
楓很想裝作一無所知，但她自己一樣對室井這號人物好奇得不得了。
「我只知道這個名字，至於是什麼人就毫無概念。」內藤答。
「您為什麼想知道這個人的事呢？」
楓一問，內藤卻緊閉上嘴，不發一語。
「如果內藤叔叔不肯告訴我，恕我也無可奉告。」
楓回答得很堅決，內藤聽了大大嘆口氣。
「因為我很擔心町田。」內藤無奈說道。
「擔心博史哥……究竟是什麼意思？」
內藤又不說話了。
似乎他還知道很多楓不曉得的事情。
是什麼狀況讓他會擔心町田呢？難道那個室井，還有影片中提到的組織，企圖加害町山嗎？
你要是現在不動手殺了這傢伙，就等於背叛了室井先生。一輩子都休想逃出他的手掌心唷——
楓想起影片中那個男人要町田殺了稔時說的話。
「請告訴我！」這下子換楓大喊。

「抱歉，我沒辦法跟妳說細節。唉……妳還是別問吧。我只能告訴妳，說什麼我都得查查室井這個人。」

「您是不是知道什麼？請告訴我啊！一定是您知道博史哥可能有危險，才想查查室井這個人，要設法阻止他吧？究竟是怎麼回事，如果您知道會發生什麼狀況，就告訴我啊！」

「就我的猜測，室井好像是個非常危險的人物。其實我也不想來問妳，擔心會讓妳受到牽連。但我真的找不到任何有關這個人的線索，只能死馬當活馬醫。妳只要告訴我妳知道的就行了，其他我自己去查。請妳體諒這一點。希望妳把知道的事情跟我說，除此之外什麼都別問。我不能讓妳捲入這場風波。」

「我已經捲進去啦！」

楓放聲大喊，內藤稍微縮了下身子，似乎嚇到。

「從我喜歡上他的時候就捲進去啦！就像您會擔心他，我也……不，我可能更憂心。我也很想知道，包括他的過去，還有他可能會遇上什麼危險。應該說，我非知道不可。事到如今，我已經沒辦法置身事外了！」

內藤一臉錯愕，瞪大眼睛看著楓。

「請您把一切都告訴我。那，我也……我也會把我知道的全部說出來。」

「那好吧。」

內藤做好心理準備，低聲喃喃。

「但我希望妳答應我幾件事。」

「什麼事？」楓問他。

「聽我說完之後，絕對不要再跟任何人講。當然包括町田在內。」

「我知道。」

「還有一點……這些事請妳聽過之後立刻忘掉。千萬別想有什麼行動，這也是為了妳好。萬一妳有三長兩短，我死後也沒臉見我的老友。」

楓點點頭。

「該從哪裡說起才好呢……」內藤尋思。

「慢慢來，我有的是時間。」

倒不是真的想喝，但楓還是啜了口奶茶。過於緊張而讓她覺得口渴。

「五年前我接到通知，說之前跟町田同期進入少年院的雨宮，在海上遇難被尋獲送到醫院。在過去進入少年院的學生裡，他讓我印象特別深刻。因為他就是跟町田、磯貝一起逃脫的其中一人。」

內藤到醫院探訪時，雨宮陷入昏迷。那時，內藤看到雨宮隨身攜帶的照片。那張男人的照片，後方卻出現町田的身影，讓內藤感到納悶。

「後來我才知道，那張照片裡的男人就是小澤稔。妳知道這個人吧？」

楓點點頭。

「就是博史哥進少年院之前跟他住在一起的人吧。」

也就是伊達命令町田殺掉的那個人。

町田卻背叛伊達，想挺身保護稔。

「博史哥在進少年院之前，就是化身成稔這個人吧，擅自搶走他的戶籍……」

當時聽磯貝說起這件事，楓還大受打擊。

町田竟然讓稔遭受到和他自己一樣的狀況，被奪去戶籍，無法在社會上生存。

但光是看到那段影片，又會認為町田挺身而出想保護稔。因此有一段時間，楓相當苦惱，不知道哪個才是町田的真面目。

「不過好像町田也負起養活稔的責任，他們倆處於一種無法光靠一個人活下去的複雜狀態，或許只能彼此互補才能生存吧。」

楓點點頭。

大約一年前，她跟磯貝在路上巧遇時，也聽磯貝說過同樣的話。

第一次見面時，磯貝把町田的行為批評得很難聽，但他說回想起來，也能體諒町田不得不這麼做的苦衷。

「在少年院的那段期間，町田睡覺時經常會說夢話，不斷說對不起……對不起……好像在乞求稔的原諒。不知道是為了搶走稔的戶籍而有罪惡感，還是為了其他的理由……總之，在町田的心裡，稔跟其他人不同。」

楓也曾聽過同樣的夢話。雖然已經事隔多年，但她還記得就是町田喝醉之後為井送他回來的那次。

「回到先前的話題，我很想知道雨宮為什麼會帶著町田的照片，但後來他偷偷出院，下落不明。其實從當年在少年院時，我就對雨宮這個人特別好奇。」

「因為他從少年院逃走嗎？」楓問他。

「不只這樣。雨宮其實是裝成跟稔很像的樣子刻意進入少年院。」

「裝作跟稔很像？」楓不太懂得是什麼意思。

「嗯。稔是個塊頭很大的人，但一方面在智能上有障礙，據說言行舉止跟小孩子一樣。」

一聽到智能上有障礙，楓立刻想到夾著稔的照片的那本書。在《全國身心障礙者中心一覽》那本書中，列出的幾處機構都被打上叉叉。

當時楓以為町田尋找的是磯貝所在的機構，但說不定是……

「外型上接近稔的雨宮，裝作智能障礙還進入了少年院。」

「這種事辦得到嗎？」

「當然不簡單。未成年少年遭警方逮捕之後，會由少年觀護所或家事法庭調查各項細節，包括交友關係、家庭環境、成長狀況等等。正常來說就算假裝也會露出馬腳，但雨宮不只演技好，他還強迫監護人跟認識的熟人配合，捏造一套說詞，是在很縝密的準備下才犯罪進入少年院。」

聽著內藤的說明，楓一時之間還不敢置信。

「為什麼要刻意做這種事進入少年院呢？」她忍不住問。

「我在想……是不是為了接近町田呢？」

「為了接近博史哥？」

「對……我猜對方知道稔對町田很重要，於是裝得很像他來接近町田，博取他的信任最後導向慫恿他逃走。事實上，雨宮的確也跟著町田和磯貝從少年院逃脫，當時院裡的同仁多半認為主導的是町田或磯貝，我卻認為是雨宮煽動町田逃走。」

「但磯貝也有想離開少年院的動機呀。」

磯貝是為了想見因為他而受到傷害的女友。

「是啊。但聽說磯貝只是最後加入，一開始是雨宮慫恿町田，說他想離開少年院。他哭著跟町田說他媽媽病危，想到醫院探望……前陣子我遇到磯貝時聽他說的，但雨宮並沒有父母。」

「可是……為什麼要設法讓博史哥從少年院逃走呢？」楓又問了。

「不曉得……我只能說，這件事應該不是雨宮自己的決定，而是有人在背後操縱吧。」

「有人在背後操縱……」

難道內藤認為那個人就是室井嗎？

「就在町田進入少年院那段時期，有好幾個類似稔的年輕人也進到全國各地的少年院，特徵全都是塊頭很大，卻帶有智能障礙。我認為這不是偶然。我想，會不會是那個人為了網羅町田，刻意將神似稔的年輕人送進全國各地的少年院呢……因為只有少數相關人員才知道町田進入哪所少年院。」

「居然有這種事……」

這狀況太難想像，讓楓感到錯愕。

「我辭去法務教官之後，調查了雨宮還有其他那些帶著智能障礙進入少年院的人。雖然沒能見到所有人，但接觸過的幾個人根本沒有智能障礙，而且在調查過程中發現了他們都隸屬某個組織。那個組織的頭頭……」

「就是那個室井吧。」

楓一說完，內藤用力點點頭。

「雨宮在落海之前一直在找稔。我很想了解他為什麼這麼做，還有室井究竟是什麼人，跟町田有什麼關係，所以後來花了很多時間找他。終於在大概一個月前發現他的行蹤，也見到他了。」

「然後呢？」

「雨宮根本沒回答我的問題。不過，當我問到他室井究竟是什麼人時，他只丟下一句話，說我如果想活久一點就立刻忘掉那個名字。然後又銷聲匿跡了。」內藤說完深深嘆了口氣。

要是還想活久一點，最好馬上忘掉那個名字——

室井到底是何方神聖呢？

「這些就是我到現在知道的所有狀況。就算跟其他人說了，對方也只會覺得這是莫名其妙想太多吧。為了網羅町田，煽動他逃走，居然要將近十名年輕人犯罪進入少年院……妳聽了之後也會覺得很無俚頭吧？是不是覺得我瘋了？」

楓並沒有點頭。

內藤敘述的內容的確遠遠超過她的想像，一時之間無法接受。

然而，對於曾經看過那片 DVD 的楓來說，她也不認為內藤只是莫名其妙想太多。

「只是，我從自己的經驗來看，倒不認為這是無聊的幻想。因為町田的過去的確牽扯著一股我無法想像的恐怖勢力。而且我猜，這股勢力至今仍在町田沒察覺之下繼續蠢動……」

「我不覺得是您想太多。」

楓這麼一說，讓內藤有些意外，轉過頭看著她。

「可以把妳知道的告訴我嗎？」

楓聽了點點頭。

「之前有一次……我偷看了一張博史哥的光碟。」

不知道該從哪裡說起才好，總之楓先開口再說。

「光碟？」

「嗯。裡面……收錄了博史哥那起案子發生時的狀況。」

感覺得到內藤驚訝地倒抽一口氣。

「案發時的狀況是指……？」

「就是造成博史哥進到少年院的那起兇殺案。」

「有人拍下了兩個人起爭執的現場畫面嗎？」

「不是。而且看起來跟報紙上登的內容根本不一樣。」

「什麼意思？」

內藤一臉納悶，不懂得楓的意思。

「拿著攝影機拍攝的是被害人伊達。看起來是在一個昏暗的倉庫還是工廠裡，伊達拿著攝影機拍博史哥跟稔。」

「等一下……妳說稔也在案發現場？」

「對。稔好像在影片拍攝之前就遭受伊達的暴力對待，整個人哭著躺在地板上。伊達威脅博史哥要親手殺了稔，說是室井的命令，還說這是要測試他能不能效忠室井……」

「對方說了『室井』這個名字嗎？」內藤的表情變得嚴肅。

「對。博史哥拿著刀子走向稔，那個伊達就在後面用攝影機拍下整個過程。」

「他想拍下町田殺人的那一刻嗎？」

內藤的表情扭曲，彷彿不敢置信。

「我猜就是這樣。不知道為什麼要做這種事……應該說，我根本不願意去想。但博史哥突然一轉身，拿著刀子指向伊達。」

「竟然有這種事?所以後來……」

內藤好像誤會了。

「不是，博史哥並沒有對伊達出手，他好像想逃離現場，用刀威脅伊達交出車鑰匙。」

伊達扔下車鑰匙，隨即出腳踢掉町田手上的刀，展開反擊。

「這時候伊達好像弄掉了攝影機，所以這段影像看得不清楚。只是畫面裡不斷傳來肉搏、毆打、呻吟的聲音。被打的是博史哥。雖然沒直接拍到兩個人，但從他們的聲音跟身影看來是這樣沒錯，博史哥好像痛到站不起來。後來伊達抓起一根像棍棒的東西走到博史哥面前，他最後還說，雖然可能被室井罵一頓，但還是要敲爛博史哥的腦袋。不過，就在他揮舞棍棒的一瞬間，身影就從畫面上消失了。」

楓努力回憶著當時的記憶描述。

「怎麼搞的？」

「很可能是稔從後面拿刀捅了伊達。」

楓一說完，內藤驚訝睜大雙眼。

「妳是說，殺死伊達的不是町田，而是稔？」內藤露出質疑的眼神盯著楓。

「雖然沒有直接從畫面上看到，但從那個狀況看起來只有這個可能。因為畫面上的博史哥一動也沒動呀。」

「這是怎麼回事……町田是為稔背黑鍋被警察抓到的嗎？」

內藤說著，一邊用力嘆氣。

町田根本沒殺人——

或許是終於說出至今沒能對人說的話，楓深深嘆了一口氣。

這件事一直以來只能埋在自己的內心深處，讓她感覺好苦。

從跟町田接觸的感覺來說，他似乎沒把曾進入少年院的事當作發展的障礙。

然而，得一輩子背負著自己從沒犯下的殺人罪，難道不感到折磨嗎？

「為什麼妳一直沒說出這件事呢？」內藤平靜詢問楓。

他的語氣聽來並不是責備。

「其實我很想說出來。不過……」

長久以來，楓對於沒能說出這件事始終遭受罪惡感苛責。

尤其在她喜歡上町田之後，這股罪惡感更是與日俱增，卻誰也不能說。

「因為妳擅自偷看了町田的光碟，所以說不出口嗎？」

「這也是原因之一。」楓點點頭。

「還有其他原因？」

「總之，從各方面來說就是我沒勇氣。對不起，瞞了這麼久。」

「我沒有怪妳的意思，只是覺得很驚訝。妳可以告訴我接下來的狀況嗎？」內藤要她繼續說。

「稔哭個不停，一直喊著博史……博史……。這時候室井打電話來，博史哥當場向他提出要做個交易。」

「交易？」

「他要室井放過他們倆。這樣的話，就算他被警察抓走，也絕對不會供出室井跟組織的事。接著他又說自己沒辦法再跟隨室井，說完就掛斷電話。不久之後，畫面上出現滿臉是血的博史哥，然後影片就此結束。我知道的就只有這些。」說到這裡，楓深深嘆口氣。

「謝謝妳肯告訴我。」

內藤看著楓放在腿上的一雙手說著。楓也凝視著自己的雙手。大概是那一刻震撼的心情重現腦海，只見自己的手不停顫抖。

「話說回來，町田怎麼會有那張光碟呢？照理說被捕的時候應該沒在他的身上，應該是被他藏起來了吧。」內藤感到不解。

「說不定是為了要尋找稔的下落，需要他的照片。」

「什麼意思？」內藤問道。

「我在博史哥房間裡看到一本列出收容殘障人士機構的手冊，其中有幾個地方都被劃上叉叉，而且書裡還夾了一張從影片截圖印出來的照片。」

「這樣啊……聽磯貝說，町田應該一直沒見到稔，說不定他這麼多年來都在找稔。」

內藤望向遠處的鞦韆，陷入思索。

「博史哥或許有他的考量，當初才會為稔背黑鍋吧。您接下來打算怎麼做呢？」

聽到楓一問，內藤才慢慢轉過頭來看著她。

「光從我講的事好像還是看不出室井到底是什麼人，況且……如果您沒猜錯，他應該是相當危險的人物吧。」

「是啊。看來別再繼續深入追究比較保險。我聽妳媽說，町田周圍也沒什麼怪事，妳也這麼覺得嗎？」

楓含糊地點點頭。

「我們倆都忘掉今天說過的話吧。」

楓看著內藤的表情，覺得他在說謊。

「不過，萬一町田的身邊有什麼不對勁，可以請妳通知我嗎？」

「我知道。請給我您的聯絡方式。」楓從包包裡拿出紙筆。

她先寫下自己的手機號碼遞給內藤後，內藤也在記事本上寫下自己的聯絡方式交還給楓。

「不好意思，占用妳這麼多時間。」

內藤站起身。

「我剛說過了，千萬別有什麼行動。這也是為了妳自己好。」

內藤叔叔也是——

楓把這句話吞下肚，用眼神告訴他。

楓走進工廠時，正在機器前操作的町田一看到她便開口打招呼。

「妳來得真早——」

「嗯……」楓走向町田。

「工作的時候沒什麼時間，等到結束或是休息時間我再慢慢教妳操作方法。」

町田說完就走到另外一台機器前面。

「就從最簡單的機器開始吧。不過，我看妳光用聽的也記不住，好好抄筆記啊。」

聽町田這麼說，楓立刻從包包裡拿出筆跟記事本。

隨便翻開一頁，看到先前內藤寫下的電話號碼。

內藤雖然說，兩人一起忘掉那天說的話吧，但他心裡應該不是這麼想。

內藤一定打算接下來繼續調查室井吧。

自己也一樣，難道像這樣裝做什麼都不知道，就能安安穩穩過日子嗎？

當然不可能——

話說回來，自己也不能怎麼樣。對方為了要讓町田從少年院逃走，可以唆使將近十名年輕人犯罪，這股強大的惡勢力可能就在自己的身邊蠢動。光想到這一點，就害怕得不得了。

事實上，就連此刻也得拚命才能克制體內傳來的顫抖。

「好啦，妳自己試著操作看看——」

聽到町田的聲音讓楓回過神來。

「嗯？」

「我已經說明過了啊，接下來妳嘗試操作一下啊。」町田指著記事本。

記事本上雖然記下町田的解說，但楓完全沒聽進去。

「對不起啊……我今天不太舒服。可以請你下次再教我嗎？」

「真是的……」

町田低聲說道，轉身離開走向先前在作業的那台機器。

「欸——」

楓忍不住出聲叫住他，町田停下腳步轉過頭。

說什麼都想問問他，但在町田凝視的瞬間卻開不了口。

他到現在依然會做惡夢囈語嗎？

到現在仍然持續乞求稔的原諒嗎？

是不是希望能再見稔一面呢？

「你現在覺得幸福嗎？」結果楓這麼問。

「不曉得。」

看著町田冷漠中透露著一絲落寞的眼神，楓知道自己該做些什麼。

她要靠自己的力量找到稔——

◆ 7

在大山車站下車後，內藤從口袋裡拿出寫有地址的便條紙，走向車站前的派出所。

在派出所的地圖上找到增澤律師的事務所之後立即前往。

前天跟楓談過後，內藤回到家就打了通電話給現在還有來往的一位少年院前同事。

內藤說他想查一下當初幫町田辯護的律師，隔天前同事就告訴他律師的姓名及事務所地址。

內藤立刻聯絡事務所，說自己是前少年院法務教官，針對自己指導的學生犯下的案子有些事想請教。

增澤起先對於內藤的請託有些遲疑。他說，就算是少年院的教官，因為涉及當事人隱私，他也不知道能透露多少。

內藤繼續拜託對方，說只要聽聽他的說法也好，最後對方才答應先見面再說。

不確定能問到多少有關室井的線索，但內藤想至少要釐清一件事。

增澤的事務所距離車站步行約五分鐘，就位於一棟大樓裡的四樓。

內藤向接待櫃臺的小姐說明來意後，對方領著他來到會客室。等候了一會兒，門一打開，一名看似與內藤年紀相仿的男人走進來。內藤立刻從沙發上起身。

「不好意思，讓你久等了。我是增澤。」

「別這麼說，謝謝你百忙之中抽空。」

增澤指了指沙發，示意請內藤坐下。自己也在對面的沙發上坐下來。

「我事先跟栃木的少年院聯絡過，確定一下之前的確有位名叫內藤信一的教官。」

「需不需要讓你看一下我的駕照或是其他證明呢？」

「不不不，那倒不用。接電話的那位先生說，是他把我的聯絡方式轉給你。我這麼做或許有點失禮，但實在是因為不少人會冒用各種職業身分來調查委託人的隱私……」

「謹慎一點是應該的。」

「當年我也跟少年院的人稍微聊過，但原來你就是那個無戶籍少年的指導教官啊……」

「你還記得這個人嗎？」

「要不記得也難吧……畢竟是第一次碰到這種事，可以說是我職業生涯中數一數二令人印象深刻的案子。當時一發現他沒有戶籍，就立刻幫他辦理新戶籍，但那個男孩子有種特殊的氣質，讓我非常擔心他進入少年院後能不能好好重新做人。」

「他進了少年院之後你還有見過他嗎？」內藤提出心裡想問的問題。

「沒有。」

「或者沒有直接見面，而是從旁觀察過他離開少年院之後的生活狀況呢？」

「坦白說，我實在不知道他現在在哪裡，過得怎麼樣。」

這句話讓內藤心驚了一下。

町田的長腿叔叔並不是眼前這位律師——

那麼，楓遇到的那個人究竟是誰呢？

那個人似乎很清楚町田的各項近況。

會是少年觀護所的法務教官？還是家事法庭的調查員或法官嗎？但就算這是個特殊案例，也很難想像這些人會在町田離開少年院之後繼續暗中觀察他的狀況。

內藤有些擔心，那個人會不會就是室井呢？

那個人對楓說，町田看到他可能會有不愉快的回憶，希望自己暫時就當町田的長腿叔叔。

那個人口中不愉快的回憶，指的是加入組織的過去嗎？還是伊達命令町田要殺掉稔的那件事呢？

「他在少年院時怎麼樣？」

聽到這個聲音，內藤回過神來看著增澤。

增澤稍微探出了身子，看來他至今仍然很好奇町田的狀況。

「是個很另類的學生呀。」內藤露出苦笑。

「應該是吧。再怎麼說，他在被捕之前的十八年來可以說跟社會完全脫節呀。」

町田無論在警方的偵訊，或是少年觀護所及家事法庭的調查中，都沒提到曾經加入過匯款詐騙集團。

「町田是怎麼說他在被逮捕之前的生活？」內藤問道。

「對哦，我這才想起來，他叫町田。町田的話不多，但他說自己十四歲離家出走，然後就在街上討生活，就靠順手牽羊或搶錢為生。他說他跟被害人是案發當天才認識，對方說要介紹工作給他，他就上了人家的車，結果來到和光市區的廢棄工廠後，對方不分青紅皂白就打他一頓，還威脅他把錢都拿出來。然後町田就用防身小刀刺死了對方……而當警察逮捕到町田時，他也確實就像受到被害人的暴行，肋骨跟鼻梁骨斷裂，身負重傷。」
「用來行兇的刀子上只有町田一個人的指紋嗎？」
內藤一問，增澤露出有些質疑的表情。
「是啊……有什麼問題嗎？」增澤反問。
「沒什麼。」
很可能是稔從後面拿刀捅了伊達——
如果楓的猜測沒錯，應該就是町田在警察抵達之前已經把稔的指紋擦掉了吧。
「町田跟被害人的隨身物品中有攝影機嗎？」
這個問題似乎更啟人疑竇，增澤直盯著內藤，一臉納悶，不知道內藤有什麼用意。
「我沒印象有攝影機。為什麼你會這麼問？」
增澤反問之下，內藤卻不知道該怎麼回答才好。
該不該說出楓看過的影片呢？
如果公開這件事，讓整個案子重啟調查，說不定就能證明町田沒有殺人。但同時也會把町田再拉回當年的往事。
內藤無法判斷該怎麼做才對。
況且，之所以為稔背黑鍋，也是出於町田的考量吧。在未徵得町田的同意下，也讓內藤猶豫是否要說出來。
「不好意思。沒什麼特別用意……對了，印象中町田是自行通報投案的吧？」

內藤一改變話題，增澤就點點頭，「是的。」

「是用手機嗎？」

「不是，我記得是打公用電話。那時他還沒有戶籍，應該也沒辦法簽約辦手機吧？」增澤說道。

町田連他套用稔的身分這件事也沒告訴警方。

為什麼他不跟警方說呢？

雖然事到如今也於事無補，但腦中不免浮現這個疑問。

不過既然町田為稔背黑鍋，讓警方抓到，他的想法也不是不能理解。

如果被警方抓到時，町田說出自己過去用的是稔的身分，那麼町田在獲得新戶籍的同時，也能將原本的戶籍還給稔吧。

這麼一來，或許就不會像磯貝說的，會因為對稔的深重罪惡感而飽受折磨。

當時的町田難道對稔的未來毫不在乎嗎？

還是他沒想到那麼多？

又或者有其他原因？

「被害人身上有沒有帶手機呢？」

內藤暫且克制腦中盤旋的疑問，提出想了解的事情。

他很好奇伊達的手機最後怎麼樣了。

案發當時室井打過電話給伊達。

如果能弄到那支手機，說不定就能獲得跟室井有關的線索。

當然，內藤不認為從發話的號碼就能輕鬆揪出室井的真面目。

考量萬一伊達被警方逮到的狀況，室井聯絡時用的自然不會是能追查到他的號碼。即使如此，內藤依舊期待從手機裡的通訊錄過濾出伊達的交友關係，或許能進一步掌握與室井相關的線索。

「這個嘛……就算帶了，一般來說要搜查死者的衣物口袋，也會讓人卻步吧。對了，你說想談的事情是……？」

可能是淨問一些怪問題，增澤一臉困惑問道。

「我好像有點離題了。其實，我想問的是被害人的家人。」

「被害人的家人？」

大概是內藤的問題令人意外，增澤又好奇地探出身子。

「對。被害人伊達先生並沒有結婚吧？」內藤早就知道，但還是問問看。

「沒有。他遇害當時一個人住在新宿。」

「他父母呢？或是有沒有兄弟姊妹？」

「伊達先生從小由祖母帶大，除此之外並沒有其他親人。」

「有沒有可能請你告訴我，被害人祖母住在哪裡呢？」

「你這是什麼意思？」

增澤看著內藤的眼神變得銳利，似乎想探詢他真正的用意。

「回到剛才的話題……町田進入少年院之後，起初真的很令人傷腦筋。我剛才也說過，對他的教育不比尋常，但雖然辛苦，他在少年院裡也大幅矯正了過去的行為，最後順利離開少年院。」

「他離開之後沒回到父母身邊吧？」

增澤的表情變得凝重，似乎很擔心這件事。

「他沒有回到父母身邊。你也曉得，他母親的狀態實在不適合接回孩子，所以我找了我的好友……說是這麼說，但我的好友已經過世，所以我拜託他太太當町田的監護人。她是個很好的人，而且非常值得信賴。」

「你還親自幫他找監護人嗎？」

一般不太常見到少年院的教官親自為學生找監護人，增澤才會感到吃驚。

「不知道是因為特殊的遭遇，還是令人特別頭痛，總之我對他的關心也比對一般學生來得多……在他離開少年院之後，我也會定期去看看他。那位監護人家裡開了工廠，町田寄居在她家，同時運用在少年院時取得的認證，就在那間工廠認真工作。」

至於町田現在成了知名企業的幹部，內藤則刻意不提。

「這樣啊。想當初他是在連義務教育都沒受過的惡劣環境下長大，竟然也能振作起來，好好重新做人。」增澤露出平靜的表情說道。

「是啊。現在已經能在社會上立足，獨當一面。不過，每次我見到他，總覺得當年犯下殺人罪的罪惡感似乎還一直折磨著他。」

「所以你想讓他去向被害人的家屬賠罪嗎？」增澤問道。

「他並沒有直接這樣告訴我，只是我覺得他可能想要這麼做。」

內藤一邊說著，愈來愈覺得心裡好難過。

就算是為了亟欲獲得室井的線索，但撒這樣的謊也讓他感到強烈的愧疚。
「當然，我也不會讓町田突然登門拜訪，所以想由我先去轉達向對方賠罪的意思，尊重對方的決定。」
「我知道了。我也聽說你是個尊重他人的優秀教官。」增澤從沙發上起身，走向櫃子。
尊重他人的優秀教官——
增澤的這句話更加深了內藤的罪惡感。
「我只知道案發當時的狀況，現在還是不是住在那裡就不確定了……」
增澤邊說邊找起排放在櫃子裡的資料夾。

在桶川車站下車後，內藤拿出手機，打給那位提供增澤資料給他的少年院前同事。
內藤想問問負責町田一案的家事法庭調查員和法官。
雖然楓說的人幾乎不可能是這幾位，但也不能肯定絕對不是。
大概是上班時間，電話直接轉入語音信箱。內藤留言說想打聽町田那個案子的相關人員後，就掛掉電話。
把手機塞回口袋裡，順手再掏出增澤給他的那張紙條，上面寫著伊達祖母的地址。
對照過車站前面的地圖之後，發現跟這裡有一段距離。就在內藤要往計程車招呼站的路上，突然覺得雙腿不聽使喚。
憑著一股想找到室井相關線索的衝動來到這裡，但一想到接下來會見到伊達的家屬，心情不由得感覺沉重。

就連該找什麼樣的理由去見伊達的祖母都還沒想到。

剛才跟增澤說的那番話根本是內藤自己編造的謊話。

他當然不可能告訴伊達的祖母，說町田希望來拜訪被害人家屬賠罪。

況且，就算能找得到藉口談上話，要請對方讓他看看伊達的手機也不容易吧。

伊達的隨身物品一定歸還給他的家屬，也就是祖母。但就算內藤用任何理由說要看那支手機，怎麼想都太牽強吧。

但此刻想要接近室井的話，除了見伊達的祖母問問伊達的事情，也沒有其他方法。

就算拿不到伊達的手機，至少也能問出他的交友關係、平常活動地點之類的吧。

內藤給自己打打氣，再次邁步往計程車招呼站走去。上了計程車後就把便條紙交給司機。

紙條上的地址是一棟非常老舊的公寓。

伊達的祖母住在這棟公寓的二〇三室。內藤上了樓梯走到屋子門口，卻不見二〇三室的門牌上有寫名字。

還沒想好要怎麼說，就憑一股衝動按下門鈴。

「來了——」

一會兒之後，屋內傳出慵懶的女聲。

「請問這是伊達老太太府上嗎？」內藤對著緊閉的房門詢問。

「不是。」

「請問您知道以前住在這裡的伊達老太太嗎？」

「不曉得。」對方的聲音聽來有些不耐煩。

「請問房東住哪裡呢？」

「這棟公寓隔壁。叫齊田。」

「謝謝。」

內藤向對方道謝後就轉身離開下了樓，往公寓隔壁的獨棟建築走去。門牌上寫著「齊田」。

一按下門牌下方的門鈴，就聽見一名女子的聲音。

「不好意思打擾了。我想打聽一下，之前住在隔壁公寓的一位伊達老太太……」

「伊達老太太？」

「是的。住在二〇三室……您不記得了嗎？」

「欸，我記得，不過你要打聽伊達老太太的什麼事啊？」對方的語氣帶著質疑。

「我叫內藤。有些事情想找伊達老太太談談，所以前來拜訪，不過，她好像已經不住在這裡了……您知道她搬去哪裡了嗎？」

「你等一下。」

不一會兒，大門打開，一名中年女性走出來。慢慢走到內藤面前。

「伊達老太太已經在三年前過世了。」

「這樣啊……」內藤頓時感到十分失望。

「你找她有什麼事呢？」

「我想請問她孫子的事情……」

「要問祥平的事？」女子的臉色一變。

「您認識他嗎？」

「當然啦……死者為大，實在不方便批評，不過，那個人還真不是什麼好東西。」

「是嗎？」

「是啊。從念中學時就淨幹壞事，在這一帶簡直被大家當作瘟神。幾乎每天晚上跟他的狐群狗黨在公寓前面騎機車繞來繞去，吵得要命。提醒他不要那麼吵，還會被他罵『少囉唆，臭老太婆！』我好幾次都警告伊達老太太，再這樣就請他們搬走，每次老太太就哭著跟我道歉……」

「祥平的爸媽呢？」

「兩個人都在祥平小時候就過世了，好像出車禍之類。後來就是伊達老太太扶養他，大概也因為從小沒有爸媽吧，奶奶特別溺愛他。結果連高中都沒畢業就退學了。」

「祥平在這裡住到什麼時候呢？」

「就住到他高一退學吧。退學之後他再也沒回來過，對我們倒是好事。」

「祥平離家之後住在哪裡呢？」

「我也不太清楚，聽鄰居的小道消息，好像在大宮一帶吧。」

「大宮嗎？」

「附近有幾個人說，看到祥平在大宮的鬧區跟幾個看來不像什麼善類的人大搖大擺，很威風的樣子……聽說他死的當時不就住在新宿的高級華廈嗎？不知道究竟在幹什麼勾當能賺這麼多錢……不過，就算一天到晚惹麻煩，畢竟還是自己的孫子。祥平死了之後，伊達老太太也變得失魂落魄，整個人好憔悴。」

「他念的中學跟高中都在這附近嗎？」

「中學就在旁邊，高中的話在上尾。」

女子說了學校的名字。

「謝謝您。」

內藤記下了對方告訴他的校名就離開。

就在往車站的路上，口袋裡的手機傳來震動。一看來電顯示是楓打來的。

「喂……怎麼了？」內藤接起電話。

「不好意思突然打擾您。我有些話想跟您說……」

「有話想說……」

有股不祥的預感。

前一陣子他跟楓碰面時，說了要是町田周遭有什麼不對勁就跟他聯絡，才互相交換手機號碼。

「是町田發生什麼事了嗎？」內藤立刻問道。

「沒有，不是……但也不能說跟博史哥完全無關啦……方便的話能不能見個面談呢？您今天忙嗎？」

「不會，我現在可以離開了，時間沒問題。不過，我人在埼玉的桶川……」

說到這裡，內藤就暗道一聲糟糕。

先前自己說了要把室井的事情忘掉，這下子可能會被楓認為自己還在追查。

「在埼玉的桶川啊？」楓的聲音一變，繼續問道。

「今天的工作地點在桶川啦。這家公司真苛刻，還會被分派到這麼遠的地點。」內藤說道。

「這樣啊？」

「到妳那邊大概要快八點了。」

「只要您方便的話，我沒問題。」

反正是回程路上會經過的車站。加上楓說並不是跟町田毫無關係，內藤也想知道是什麼事。

於是，內藤跟楓約好了在大森車站大樓裡的咖啡廳碰面，就掛斷電話。

一走進咖啡廳，看到楓已經坐在裡頭的座位等候。

「抱歉，讓妳久等了。」

內藤一走過去，楓就起身。

「我才不好意思，臨時找您出來。」

「不要緊。」

向店員點了飲料後，楓稍微低下頭。似乎不太好主動開口。

內藤也不催她，只是在一旁觀察她的表情，耐心等待。看來雖然不是什麼嚴重的事，但楓的表情還是有點僵硬。

飲料端來之後，兩人都喝了一口。

「不知道稔現在在哪裡。」楓看著內藤問道。

「不曉得。只聽說五年前好像是遊民。」

「遊民？」

「嗯。我上次也說過，雨宮離開少年院之後就一直在找稔。」

「所以他才會隨身帶著稔那張也拍到博史哥的照片嗎？」

內藤聽了點點頭。

「他好像拿著那張照片到處去問其他遊民，而且連自己都去當遊民。」

「那個叫雨宮的人有找到稔嗎？」

「他沒說，也不曉得，但我想大概沒找到吧。」

「除了當遊民到處問之外，還有沒有其他方法呢？」楓稍微探出身子問道。

「不知道啊。妳怎麼會……」

「我想找稔。」

楓打斷了內藤的話說道。

她眼神中帶有強烈的決心，直視著內藤。

「是為了町田嗎？」

內藤一問，楓點點頭。

「我想讓他不要再受折磨。」

「可以的話，我也想找到稔。可是毫無線索啊，磯貝說過，可能町田也一直在找稔，但還是沒找到。」

「我知道這不容易，但比起一個人，兩個人找到的可能性應該高一點吧？」

「或許吧。三個人找又比兩個人找到的機會更大了。」

「您可不可以把手上稔的那張照片給我呢？」

「我傳給妳。」內藤拿出手機，把那張照片檔案傳給楓。

「謝謝。」

楓看到照片檔案傳到自己手機中之後說道。

「不過，上次我也說過，一定要小心……」

「我知道。內藤叔叔說得很有道理，我也沒打算冒險，只是找人而已。」

「妳一定要答應我。」

楓點點頭。

「其實我還有另一件事想請教。」

「什麼事？」

「可以請您告訴我，博史哥小時候住的地方嗎？我想您應該知道吧。」

「妳為什麼想知道？」

楓這個出乎意料之外的請託，讓內藤忍不住反問。

「我想了解他陌生的那一面。從小沒有戶籍，不能上學，恐怕是多年來都被關在家裡吧……在那段苦不堪言的歲月裡，博史哥的眼中是什麼樣的光景，呼吸的是什麼樣的空氣，我希望也能一起感受，哪怕只是一絲絲也好。」

聽了這個回答，內藤發現楓對町田的感情比他想像中來得更深。

過去內藤當教官時也曾為了想多了解町田而走訪他兒時的住處。

雖然不記得詳細地址，但內藤告訴楓町田跟稔常去的那處公園的地點，還有旁邊那棟公寓的名稱。

之後兩人又聊了兩三句，就離開咖啡廳。

楓送內藤來到車站的驗票口前。

「好啦，晚安。」內藤對楓揮揮手，穿過驗票口。

上了電車，拉著吊環，腦子裡盤算著接下來的事。

既然伊達唯一的親人祖母都過世了，要查看他的手機更是難如登天。

看來只剩下一個方法，就是找到伊達過去的同學，一個個打聽收集相關的資訊。

他邊走回家邊想，這真是一項大工程。

回到公寓，他打開信箱，拿出裡頭的郵件。在報紙、傳單之間竟然有一支智慧型手機。

內藤盯著智慧型手機，感到十分納悶。

為什麼信箱裡會丟了這個東西進來？

他愣在原地，腦中思考各種可能性。

會是這棟公寓住戶的手機嗎？一不小心弄錯才丟進自己家的信箱？但是話說回來，為什麼會把智慧型手機丟進信箱呢？

還是有人忘了或掉了這支手機，而撿到的人發現失主是這棟公寓的住戶，要交還時卻一時弄錯，誤扔到內藤的信箱裡嗎？

手機呈現關機狀態。其實只要打開來看看，應該就會知道這支手機的號碼吧。

但內藤平常用的不是智慧型手機，所以連怎麼開機，該如何操作都不知道。

他心想，先回家再上網搜尋吧。於是拿著那支智慧型手機，走上了公寓樓梯。

一進到屋裡，直接走向放著電腦的桌前。

把那支智慧型手機放在桌上，啟動電腦，但想了想又走向廚房，燒開水準備沖杯即溶咖啡。

自己是個老古板，要查詢新玩意兒的用法總覺得好麻煩。

端著杯子坐到桌子前，啜了口咖啡連上網路，搜尋智慧型手機的用法，依照上面的內容嘗試打開手機電源。接著再試試找出理論上應該登錄在內的用戶資訊。

結果什麼資料都沒登錄。無奈之下，只好看看通話紀錄，撥打上面的號碼說不定能問出這支電話的主人。然而，通話紀錄一片空白。

看起來好像是一支全新的手機。

不知道是不是已經有了簽約門號，他試著用這支手機撥打自己的號碼。

不一會兒，口袋裡的手機傳來震動。內藤掏出手機看看畫面，出現了一串看似這支智慧型手機的號碼。

他掛掉電話，直盯著手上這支智慧型手機。

這時，內心的感覺已經從質疑轉變成詭異。

這支智慧型手機究竟是怎麼回事——

面對這種來路不明的東西很想直接扔掉，但一想到主人可能是公寓裡其他住戶，只是不小心丟進自己的信箱，又讓他遲疑了。

明天還是在公寓信箱上方貼張紙條，公告一下他撿到這支智慧型手機好了。

思考過之後，內藤關掉電腦，走向浴室。

沖澡時一邊尋思明天起的計畫時，突然腦中靈光一現。

難不成——

那支智慧型手機會是雨宮丟進信箱的嗎？

腦中閃過這個天外飛來的想法。

當內藤問他，室井究竟是何方神聖時，雨宮突然變得很害怕，丟下一句話就飛也似地逃離現場。但說不定事後雨宮想到內藤在追查室井，而有什麼話想告訴他。

有話想表達，卻無法在當場說的苦衷。

例如，雨宮保有戒心，擔心自己身邊有室井的耳目監視，所以在場什麼都不能說。

於是他親自將這支智慧型手機丟進內藤的信箱裡，打算日後另行聯絡。

念頭這樣一轉，就能理解為什麼這支手機會在內藤的信箱裡了。

不過，內藤並沒有告訴雨宮自己住在哪裡。

結果內藤依舊想不出任何解答，就這樣關上水龍頭。

◆
8

桌上的電話響起鈴聲，為井拿起話筒。

「TAMEI DRUG 的安浦先生來電。」話筒傳來接待人員的聲音。

「接過來吧。」

為井說完，電話就轉接過來。

「大少爺，不好意思打擾您。我是安浦……」

一聽到這個稱呼，為井就忍不住苦笑。

安浦從過去一直是父親的左右手，從小看著為井長大，無論經過多久還是這樣稱呼他。

「一切都還好吧？」為井問他。

父親的忌日祭拜只有少數自己人參加，因此已經有一年沒聽到安浦的聲音了。

「呃，嗯……」不知道是不是多心，但安浦似乎有難言之隱。

「安浦叔叔很少主動聯絡我，今天是吹什麼風啊？」

「有點事，想找大少爺談談……」

「是AS計畫的事嗎？」

TAMEI DRUG 的專務有事要找為井談，唯一想得到的就是他們提供研究資金的這個計畫。

「不，不是……該怎麼說才好呢……其實是跟我們公司有關……」安浦的語氣中透露出為難。

「我們公司？你是說 TAMEI DRUG 嗎？」

「是的。」

怎麼回事？為井感到納悶。

「我也知道大少爺您非常忙碌，但方不方便撥點時間呢？」

「我是無所謂啦。」

「那請問現在方便嗎……」

「四點鐘約了客戶，在那之前的話……」

「我人剛好就在大少爺公司附近，可以現在過去嗎？」

「呃，我沒問題啊……那就等你過來再說。」

掛斷電話後，為井感到滿腹狐疑。

安浦過去從來沒主動聯絡過為井，而且還要找為井這個局外人談 TAMEI DRUG 的事情。到底是什麼事呢？

況且，安浦那副想要立刻見到為井商量的急迫態度，也讓為井十分好奇。

坐到沙發上心焦等候，不一會兒，傳來了敲門聲。

「安浦先生來了。」聽見接待人員的聲音。

「請進——」

為井說完，房門打開，安浦走了進來。

「不好意思，臨時提出這麼唐突的要求。」

安浦一副惶恐的態度，邊說邊走過來。

「別這麼說，來……請坐。」為井示意他到沙發坐下。

安浦坐下來後，為井先跟他聊些無關緊要的客套話，等接待人員端茶進來。但安浦似乎心不在焉，只是隨口應和。

為井留意到了，果然事態非同小可。

直到接待人員端了茶，走出去之後，安浦還是不切入正題。

「究竟是怎麼回事？」為井耐不住性子自己先開口。

「呃……」

都到了這個地步，安浦還是吞吞吐吐，講不出口。

「你說要找我談TAMEI DRUG的事……」為井繼續問。

「坦白說，與其說是公司的事，不如該說是社長的事。」安浦說完後臉色一沉。

「明？」

安浦點點頭。

「其實我煩惱了很久，不知道這件事該不該告訴大少爺。雖說這是令尊打造的公司，但這件事跟大少爺也沒有直接的關係。再說，您又是ＳＴＮ的社長，非常忙碌……只是，除了大少爺之外我也不知道該找誰商量，所以還是厚著臉皮來了。」

「到底是什麼事啊？」為井探出身子問。

「社長感覺不太對勁。」

「不太對勁？」為井盯著安浦嚴肅的眼神問道。

「呃……該怎麼解釋才好呢……只能說他跟以往判若兩人，言行舉止經常失去冷靜判斷……」

「我這樣說可能不太恰當，但從某個角度來說也無可厚非吧。那小子當上社長還不到一年，剛出社會沒多久的年輕人，一下子要背起社長這個位子的重責大任，我想那小子的心裡也很亂吧。可能他還有很多不周到的地方，可以麻煩你多費心幫幫他的忙嗎？這也是我父親的願望吧。」

「當然，我跟公司裡的其他同仁也都這麼想。我們也能理解，社長要承受非比尋常的壓力跟不安。只是，現在的社長，言行舉止實在有點誇張。我剛才說他失去冷靜判斷是比較含蓄，坦白說，已經有點接近瘋狂了。」

「瘋狂……」為井皺起眉頭。

就算兩人的感情再不好，聽到自己的弟弟被說成這樣，心裡也不是滋味。

「就我們同仁目前的感覺，現在的社長根本是想把公司占為己有。」

「把公司占為己有……我不清楚具體上發生了什麼事，但這樣講會不會有點誇張？的確，家父也說過明跟他自己很像，有時候剛愎自用、目中無人，不過，他同時也認可明的經營才華呀。當初在家父的告別式上，你不也對明的工作表現給予很高的評價嗎？」

「確實沒錯。明少爺接任社長不但是令尊的遺志，也獲得我們全體取締役一致認同，因為在明少爺接下社長一職時，我們所有人也都抱著全力支持他的決心。但是，以社長現在的狀況，我們實在沒辦法繼續為他賣命。」

安浦似乎已經束手無策，頻頻搖頭嘆氣。

「那小子到底有哪裡讓大家不滿意？」為井問他。

「只要不順他的心意，不管再優秀的人才都一個個被調往可有可無的閒差，而且還不只一兩個人。光是這半年內，就有好幾位原本在總公司管理階層的同事被調去當倉庫作業員。社長構思的經營策略也太天馬行空，就連新進人員聽了也不以為然。」

「居然有這種事……」

聽到安浦所說的，為井一時之間無法置信。

「這半年來發生的事，已經讓 TAMEI DRUG 的業績倒退回十年前的水準。」

「你怎麼應對呢？這麼多年來你都是家父的左右手，如果你勸他，那小子也不會……」

「社長對我的話根本充耳不聞。不只我，就連其他高層的意見他也視而不見。何止如此……他似乎把我們都當成敵人了。」

「當成敵人……」這話說得太重，連為井都愣住。

「社長只願意讓對他唯命是從的人待在身邊，打算推動他構思的那些誇張的經營模式。接任社長之後的半年左右，他還願意聽我們的意見，但現在整個人都變了，根本像被人洗腦一樣。」

「被人洗腦……？」

「是啊，沒錯。我並不是要否定社長的作為，但繼續這樣下去，公司可能會面臨倒閉。」

多年來擔任父親左右手，一路支持著 TAMEI DRUG 的安浦，這番話深深刺進為井心裡。

「明怎麼會變成這樣……？」為井抬著頭仰望問道。

「我想到一個可能的原因，就是社長祕書。」

「祕書？」為井回過頭看著安浦。

「是位二十八歲的女性，名叫久保麗子。」

「她是什麼樣的人？」

「明少爺之前在海外業務部時，曾經接下在亞洲開拓新店鋪的業務，據說那時在當地負責接洽協調的，就是這個人。她的外語能力很強，聽說接洽協調的能力非常優秀，明少爺跟令尊報告，說多虧有這個人，讓TAMEI DRUG在亞洲的業績大幅提升。令尊也找她來談過，發現她很有學養，是個傑出人才，非常喜歡她，於是立刻聘她成為公司的正式員工。經過在海外業務部一年左右的資歷，在明少爺接任社長半年後，她就成了社長祕書。」

「你的意思是，明有可能被這個女人洗腦嗎？」

「這也只是我的猜測……不知道是不是她在對社長說三道四……」

看來安浦自己對這個推測也沒什麼信心。

「但家父也很喜歡她，而且肯定她的能力吧？」

「不過，除此之外還真的看不出明少爺變化這麼大的原因。他現在都把自己關在社長辦公室裡，幾乎不會出現在我們面前。要找社長談事情，或是要請社長做決定，全都要透過這位祕書才行。能不能請大少爺去跟社長談談呢？畢竟是親兄弟，說不定社長能從此覺醒。」

「話雖如此……」為井覺得真頭痛。

如果明對安浦等人的話都充耳不聞，自己對他一定更沒轍。

這時一陣敲門聲傳來，為井轉頭看著門口。

「社長——丸本製藥的人已經到了。」門口傳來晶子的聲音。

「好。請他們稍微等一下。」
為井回應之後，轉過頭看著安浦。
「不好意思，我接下來有個重要的會。」
「不……我才感到抱歉，突然跑來商量這種事。」
「這件事我會考慮看看。不過，我想你也知道，我跟明雖然是兄弟，但彼此也不是那種推心置腹的關係。就算我去跟他說什麼……」
「我懂您的意思。只是，也請您體諒我非得來告訴您這件事的心情。」
安浦的意思是，TAMEI DRUG 已經陷入空前的危機吧。
「我了解。」

「那就麻煩各位——」
為井送丸本製藥的幾位高層到電梯之後，轉身要回到社長室。
「社長。」
背後傳來晶子的聲音，為井轉過頭。
「有什麼事嗎？」
在公司裡的互動一切行禮如儀，但晶子好像從剛才就很擔心為井。
「我有件事想跟妳商量，有時間嗎？」
為井指著社長室，晶子點點頭跟在他身後。

「剛才來訪的那位，我記得是 TAMEI DRUG 的安浦專務吧。」

一進到社長室兩人獨處之後，晶子的口氣立刻變得不像剛才那般拘謹。

「是啊。」

不愧是晶子，記性真好。在為井的印象中，應該是兩年前在年度產品大獎的頒獎派對上介紹過安浦給晶子認識。

「他很少來這裡吧？」晶子問。

「什麼很少，根本第一次來呀。」

「有什麼事？」

「公司裡有狀況，跑來找我商量。」

雖然猶豫要不要說出其他公司的內情，但為井還是說了。

「公司裡有狀況……是 TAMEI DRUG 嗎？」晶子顯得有些吃驚。

「聽說明做了很誇張的事情。」

「明……就是你弟弟吧？」

為井點點頭，接著把剛才安浦說的事情告訴晶子。

安浦說除了為井之外，他也不知道能找誰商量，但對為井來說，能講這些心裡話的除了晶子也沒有別人。

「那，你要怎麼辦？」

聽完為井的話之後，晶子問他。

「我要怎麼辦啊……完全沒有頭緒……但也不能不理會吧。總之，我想用自己的方式偵察一下，先看看安浦先生說的是不是真的。」

「偵察？」

「只能去找明，順便探探那位小姐吧……」

「然後你想要我一起去？」

晶子不但記性好，也很會察言觀色。

「那小子一對上我，脾氣就特別拗……要是只有我們倆個，他一定什麼也不肯說。如果有妳居中打圓場，會讓我感激不盡……」

晶子直盯著為井。

「還是妳覺得，硬把妳扯進這種兄弟之間的麻煩事簡直莫名其妙？」

為井深怕遭受晶子的拒絕，在她回答前先半開玩笑自嘲。

「不會啊。」

晶子搖搖頭。

「TAMEI DRUG 出資贊助ＡＳ計畫，萬一他們的經營出問題，對我們也會造成很大的影響啊。」

這聽起來完全是出於一名企業人的擔憂，但的確光有這句話就讓為井感到輕鬆不少。

「多謝。待會兒我就來打電話約時間。」

晶子走出辦公室之後，為井坐到桌子前。

他拿起話筒，撥打了 TAMEI DRUG 的社長室專線電話。
「喂——您好，這裡是 TAMEI DRUG 社長辦公室。」話筒那頭傳來一個溫柔的女聲。
這個人就是安浦口中的社長祕書——久保麗子吧。
「我是ＳＴＮ的為井。」為井強忍著想問她的衝動，報上姓名。
「ＳＴＮ的為井先生是……」
「是的。我有事想找明，他在嗎？」
「請稍等一下。」
話筒中傳來保留通話的音樂。
「你要幹嘛？」
音樂告一段落時，下一瞬間就聽到一個冷冰冰的聲音。
「打個招呼。你最近好嗎？」為井平靜回答。
「你就為這種小事打電話來？我可是很忙耶。」明的語氣顯得很不耐煩。
「不好意思，打擾你了。我這邊也事情很多，一直抽不出時間，不過，我想當面跟你報告一下ＡＳ計畫的進度。看來已經快完成了。」
「不用特地找我吧？去跟負責人報告就好了。」
「TAMEI DRUG 是敝公司重要的金主，在這項研究上提供了高額的資金援助，當然要跟最高負責人詳細報告才行。我配合你方便的時間。」
「那你問問我的祕書吧。」

明一說完，電話又被切到保留狀態。

一走下計程車，為井發現雙腿不聽使喚。

他努力裝作平靜，不讓身邊的晶子發現，一邊走向大樓正門。

TAMEI DRUG總公司位於新宿多數大樓中最顯眼的一棟超高層建築，在高樓層中一共占了四層。

「只不過是跟自己的弟弟見面需要緊張成這樣嗎……？」

聽到晶子有些錯愕的聲音，為井轉過頭看著她。

看來就算如何努力想掩飾，晶子還是明顯感受到為井的緊張情緒。

「我才不是因為要跟明見面才緊張呢，只是好奇那個社長祕書到底是什麼樣的人。」為井逞強說道。

當然，為井的確很好奇久保麗子究竟是什麼樣的女人，但說穿了她也不過是個陌生人。

對為井來說，更在乎的是跟自己身上流著相同血液的弟弟，是怎麼會像安浦說的那樣，完全變了一個人。

搭了電梯，直接上到TAMEI DRUG接待櫃臺所在的五十二樓。

為井跟晶子到櫃臺說明來意後，當場等候了一會兒，就看到一身套裝的纖細女性走過來。留著一頭烏黑長髮，五官清秀，長得很漂亮。

「兩位是STN的為井先生跟夏川小姐吧？不好意思，麻煩你們跑一趟。」

女子來到為井面前深深一鞠躬。

「我叫久保，是社長祕書。」

「我是為井。我弟弟承蒙妳關照。」為井在交換名片時也向對方輕輕點頭示意。

「常聽社長提起大哥，今天總算見到本尊，真是榮幸。」

一見到久保麗子，讓為井有些失望。

看起來實在不像安浦形容的那樣，是個讓明被洗腦的可怕女人。

她給為井的第一印象是應對進退十分得體又很低調。

「我是商品開發部的夏川。請多指教。」

接下來跟晶子交換名片之後，「這邊請。」麗子領著兩人走向電梯。

到了五十五樓走出電梯後，前往社長辦公室。經過祕書的座位直接來到社長室門口，一行人停下腳步後，麗子敲敲房門。

「社長——令兄跟夏川小姐來了。」

不過，裡頭毫無反應。

「不好意思。」

麗子向為井及晶子露出微笑，試圖化解尷尬，同時打開房門。

明並沒有坐在正對面的辦公桌上。走進社長辦公室後，才看到他大剌剌張開雙腿，整個人躺在前面的沙發上。

領帶已經鬆開，連襯衫上的第二顆釦子都解開，露出胸肌，實在不像個大公司社長該有的樣子。

「就算要見的是自家人，這副模樣也太輕鬆了吧？」為井好聲好氣唸了他一句。

「兩位請坐。」

明不發一語，於是麗子請為井跟晶子坐下。兩人跟明面對面坐下後，麗子走出去順便把門帶上。

「明，好久不見。這是一點小心意。」晶子把先前買的一盒點心放到明的面前。

「謝謝。」

明對自己老是沒有好口氣，但對晶子倒是很坦率。

「接下來就報告一下受貴公司資金援助的ＡＳ計畫。這項研發計畫是由一個叫繁村的人負責，不過他的個性比較特殊……所以我請夏川過來說明。」

為井解釋的同時，晶子一邊從公事包裡拿出資料，放在明的面前。

晶子開始說明，明就拿起資料認真閱讀。

「看來進行得挺順利嘛。」

解說告一段落後，明把資料放回桌上說道。

「是啊。雖然說產品化還需要多花點時間，但現在應該算是看得到目標了。」為井說。

「請轉告繁村先生，多多指教。要是我們提供的援助到時沒法回本，可就傷腦筋了。」

一陣敲門聲後，辦公室門打開。麗子走進來，端了茶放在每個人的面前。

「久保小姐——這是夏川小姐帶來的。」明邊說邊把那盒點心遞給麗子。

「真是不好意思，可以拆開來大家吃嗎？」

「當然。」

麗子在徵詢過晶子的同意後就走出辦公室。

「久保小姐真是才貌雙全。」

門一關上，晶子就看著明說。

「是啊，再也找不到比她更好的祕書了。我那些客戶對她也是讚不絕口。」

「應該是吧。……我之前來過幾次，今天倒是第一次見到她。」

「她是大概一年半前進來公司的吧，半年前我升她當社長祕書。有她在真是幫了我大忙，剛接下社長那陣子一片混亂……」

「這也難怪。畢竟這麼年輕就要接下這麼大規模企業的社長嘛。」晶子點點頭。

「其他人根本幫不上忙……我看他們只是礙於我爸的遺囑，不得不讓我當上社長，但只要我一犯錯就準備趕我下台吧？但是只有她，給了我很中肯的建議。」

為井很認真聽著明的話，心中一邊思考究竟是真的假的。

「久保小姐之前是做什麼的呢？」晶子問道。

「她專門幫忙那些想進軍外國的公司，負責交涉、協調。也就是在當地負責口譯、市場調查這些工作。我覺得她實在太優秀，就介紹給家父。」

「原來是這樣。」

晶子好像第一次聽到這回事，配合應和。然後她直視著明，輕輕微笑。

「你們倆該不會正在交往吧？」

晶子用戲謔的口吻一問，明趕緊坐正了身子，似乎有些狼狽。

「沒有，沒這回事……」

「哎呀，不用遮遮掩掩啦。為井太遲鈍了，壓根沒發現，不過，光看到你們倆的眼神就知道啦。」

「真的嗎？」

獲得晶子絕佳的助攻，為井也一副興致勃勃的模樣，探出身子問道。

「沒想到竟然被發現……」明露出隱約的笑容。

很久沒看到他用這麼友善的表情面對自己。

「呃，就是這麼回事啦……不過，希望你們別誤會，我並不是因為這樣才把她介紹給我爸，或是請她來當祕書。她的確很優秀，而且我也真心認為她是 TAMEI DRUG 未來不可或缺的人才。」

「這我理解。如果有時間的話，待會兒要不要一起吃個飯？」

晶子一問，明露出考慮的表情。

「說不定以後大家要相處的日子很長呢，我們也想早點多認識她。對吧？」

晶子說著，一邊對為井露出別具意義的微笑。

「久保小姐真厲害……竟然能一個人在外國這麼多年。我啊，到後來實在忍不住想家，還不到當初預定停留的時間就跑回來了。」

晶子對坐在對面的麗子笑著說。

「我一點也不厲害啊。只是因為沒有其他事可做，一直賴在那裡而已。倒是我才佩服妳的決心呢。雖然已經是創立STN的成員，還為了精益求精遠赴外國留學……要是我的話，一定會選擇繼續待在公司裡過安穩的生活吧。」麗子用崇拜的眼神看著晶子。

或許年紀相仿的關係，一進到餐廳後沒多久，兩人似乎就打成一片。

各自身邊的兩個大男人，花了二十幾年也無法拉近彼此的距離，在這種聚集一堂的場合上，連話也講不到幾句。

「話說回來，這家餐廳好時髦哦。我很久沒進來這種店了。」晶子環顧著金碧輝煌的店內感嘆。

「我私底下也是第一次來。」

「是嗎？」

「只有工作上接待客戶時來過。明不喜歡這種講究裝潢的店，或是太精緻的料理。他每次帶我去的都是拉麵店，或是家庭餐廳……」

「我們也是耶。果然這兩個人是兄弟！」晶子笑道。

兩個男生完全插不上話，只能苦笑。

「樓下有一間酒吧。吧台面前還有一排很大的水族箱。」

「夏川小姐除了葡萄酒之外，也喜歡其他酒嗎？」

「喜歡！尤其我最喜歡蘭姆酒。」

「我也喜歡蘭姆酒，那間酒吧的品項好像滿齊全。」

「真的嗎!?好棒哦。為井，我可以跟久保小姐去看看嗎？」晶子拉著為井的衣袖撒嬌。

「可是甜點馬上就要來了耶。」

「應該可以請服務生送去吧台吧？不然你就把我的份一起吃掉。」

還沒等為井回答，晶子就逕自起身。

「久保小姐，我們走吧。」

晶子邀了麗子，兩人往樓梯走去。

雖然這是很有晶子風格的戰術，但為井好想當場大喊別丟下他跟明兩人獨處。

不出所料，兩個女生一離席，坐在對面的明立刻垮下了臉。兩兄弟間瀰漫著凝重的沉默。

「安浦去找你了吧？」

明冷不防開口，讓為井心驚了一下。

「我看多半是那老不死跑去找你，要你過來探探吧？」明目露精光瞪著為井。

「話別講得這麼難聽呀。」

「要不然你也不會突然說要來找我吧？」

「我不是這個意思。我是說……你怎麼可以叫安浦叔叔是老不死呢？他可是跟爸爸一起打拚，讓 TAMEI DRUG 成長到今天這個規模耶。」

「TAMEI DRUG 原本就是我們為井家的家業，之所以能成長到這個規模，絕大部分也是靠老爸的力量。」

「當然，老爸的確很有才華，但光靠一己之力不可能把公司拓展到這麼大規模。正因為有很多人的努力，才有今天的 TAMEI DRUG。」

「不管怎麼樣，反正都跟你沒關係。」

看著明惡狠狠瞪過來的眼神，為井發現不能再蒙混。

「安浦叔叔確實來找過我，他說你這半年來變得很怪，讓他很擔心。」

「擔心……反正他講起我也不會有什麼好話吧。」明冷笑道。

「不是呀。他說現在的你行為舉止失去冷靜判斷……就算是再優秀的人才，只要跟你意見相左，就會被趕出總公司。」

為井沒有說出其他安浦提到的事情。

「我只是把有問題的人降職而已呀。」

「有問題是指……？」為井反問。

「嗯。就是那些利用自己的地位，讓公司蒙受不利的人。我只是在發現之後把他們調走，這些人沒被立刻開除都該心存感激。」

「真的嗎？所謂讓公司蒙受不利的意思是……？」

「我們公司規模這麼大，很多地方都牽涉到信用問題，關係到幾千名員工的生活。就算我們是兄弟，我也不能把公司內部的事情隨便跟你說。不過，我可以告訴你一件事，從老爸住院到過世這段時間，一堆人都為所欲為，尤其是那群取締役老賊！」

「安浦叔叔說你當上社長之後，所有高層都一心一意，全力支持你呀。」

「我剛才已經說過，那群老傢伙為了一己私利，想把我從社長的位子上拉下來。企圖搶走老爸一手打造的這間公司，也是為井家的家業。但我不會讓他們得逞的，我跟久保小姐拚命奮戰，就是要守住老爸的公司。你這個什麼都不懂的外人少插嘴。」明不客氣地說。

「怎麼啦——？」

聽到聲音為井回過神來，轉頭看看身邊的晶子。

「沒什麼……只是剛好在想點事情。」

「是TAMEI DRUG的事嗎？」

「是啊。」

明跟安浦兩個人，到底誰說的是真話呢？

身為局外人的為井，根本無法判斷。

實在很難想像，多年來獲得父親高度信任的安浦，會為了一己私利想將公司占為己有。話說回來，他也不太相信明會搞垮最尊敬的父親一手努力建立的公司。

接下來該怎麼辦才好呢——

「麻煩在這裡停車。」

晶子說完，計程車司機就停下車。

「今天真謝謝妳。雖然事情還沒那麼容易就解決，但有妳在真是幫了大忙。」

為井對下車的晶子說。

「嗯。」

「我看妳今天一天跟久保小姐處得不錯嘛，連 E-mail 都換到了。」

為井邊說邊想，不知道能不能透過麗子來探出真相。

「感覺她人還不錯吧？」

如果明說的是真話，在孤立無援的狀況下還有一個這樣的女孩陪在身邊，至少也算不幸中的大幸。

「那個女人很危險——」

晶子只說了這句話，就避開為井的目光轉身離去。

◆ 9

「我對伊達先生的確有點印象……不過，已經是好幾年前的事嘍。」

面前的老闆說完，端起先前倒的啤酒啜了一口。

「這樣講可能不太厚道，但我不會想跟那個人有什麼瓜葛啦。」

「不會想跟他有瓜葛……是什麼意思呢？」

一找到了話題切入點，內藤立刻問老闆。

「因為他不是一般正常的客人呀。」老闆苦笑說道。

內藤聽到這句話露出不解的表情。

「說他是來催討保護費的，這樣你就懂了吧？」

原來是這麼回事啊。

「現在這附近已經沒看到了……但當年把這一帶當作地盤的幫派會強迫要我們付保護費耶。雖然不是大搖大擺直接討錢，但會用其他步數，像是要我們用很誇張的價格訂購溼紙巾之類。然後負責收帳的人就是伊達先生。」

「原來是這樣啊……」

「因為他是幫派份子，我不想跟他有什麼牽扯，但現在回想起來，他也不是什麼壞人啦。他私底下來喝酒的話，一定會付錢；萬一我說什麼也籌不出保護費的時候，他也會回幫裡替我交涉，寬限幾天。」

「他那個幫派叫什麼名字？」內藤問他。

「叫做宮路會。不過大概在六年前解散了。還好，在那之後這一帶也平靜多了。」

「伊達先生是那個幫派的成員嗎？」

在內藤詢問了幾個伊達的同學之後，問到有人說曾看到他來這家店。不過，到現在是沒聽過他曾加入幫派的事情。

「不是，我猜還沒正式通過入幫儀式，應該算是儲備成員吧。」

「你知道伊達先生過世了嗎？」

「嗯，我曉得。」老闆點點頭。

「我們大概兩年多沒見，但在報紙上看到他的事，嚇了我一大跳。說是跟一個未成年少年發生爭執之後被刺死吧。而且那個男孩子還因為沒有戶籍，那陣子媒體報得很大……」

「是啊，沒錯。」內藤附和。

「不過事情已經過了滿久，現在還要報導嗎？」

看來對方好像誤會了自己的身分。

「你說你大概有兩年沒見到伊達先生嗎？」內藤也不糾正，繼續發問。

「他跟宮路會斷絕關係之後，就沒再來店裡了。」

「是在幫裡出了什麼狀況嗎？」內藤問道。

「嗯，我也不太清楚……但他好像有很多不滿。像是什麼明明自己很有實力，卻永遠只是個小嘍囉，幫裡淨是叫他做那些小弟做的事……好幾次在這裡多喝幾杯就開始大吐苦水。」

「他有說跟幫派斷絕關係後要做什麼嗎？」

「這我就沒聽清楚了。」

「這樣啊……」內藤低吟之後啜了口啤酒。

「對了，差不多是他最後一次來的時候吧……曾經講過一件奇怪的事。」

老闆似乎想起來了。

「什麼奇怪的事？」

「那天不知道發生什麼事，總之他從一進來就心情特別好，情緒很 high，喝得不少最後還醉了……說什麼他通過檢驗，取得了成為神之子的資格……莫名其妙的事情一直掛在嘴邊講不停。」

「神之子……？」

一聽到這件事，內藤就覺得不對勁。

「所以在案發之前，我一直以為他已經跟黑道切得一乾二淨，加入什麼宗教團體呢。」老闆邊說邊嘆氣。

◆10

「哎呀……不好意思，我沒見過耶。」

男子說完就把手機歸還。

「這樣啊……」楓接過手機塞回包包裡，低聲說道。

「那個公園之前的確有幾個遊民常住在裡頭，不過半年多前區公所強制驅離，大家就鳥獸散了。」

「知道那些人都到哪裡去了嗎？」

「不曉得耶。」男子搖搖頭。

「要是你看到剛才那張照片上的人，或是遇到之前住在那個公園裡的人，可以通知我嗎？」

聽到楓的請託，男子一臉困惑瞪著她。

「嗯，可以是可以啦……不過，像妳這種年輕的女孩子，還是不要跟那種人走太近比較好吧？」

「麻煩你了。」

楓沒理會男子的話，低頭請託之後，從皮包裡掏出筆跟筆記本。

她寫下自己的 E-mail 信箱交給男子，再次行個禮之後走出小酒鋪。

看著店鋪前面的公園，楓忍不住搖搖頭。

其實從一開始就知道，不會那麼容易就問到小澤稔的相關線索。

楓忍住差點衝口而出的嘆息，走向看得到公園另一側的麵包店。

「歡迎光臨——」

一走進麵包店，站在收銀台前的老太太就出聲招呼。店裡沒有其他顧客。

「不好意思……我沒有要買東西，是想打聽點事情。」

楓走近收銀台對老太太說。

「哦？要打聽什麼事？」老太太露出和藹的笑容。

楓從包包裡掏出手機，找到稔的照片給老太太看。

「請問妳看過這個人嗎？」

老太太大概以為是要問路，只見她露出意外的表情，看著手機畫面。

「照片上在前面那個人嗎？」老太太抬頭看看楓問道。

「對……這個人的名字叫做小澤稔，聽說之前有人在那個公園裡看到長得跟他很像的人，所以我來問問住在附近的人。」

「這是妳朋友啊？」

老太太一聽到是尋人，似乎很有興趣，好奇地探出身子問。

「嗯，呃……這張照片已經有點久了，可能髮型跟整個人的感覺都不太一樣。」

「有點久啊，是多久呢？」

「至少是八年前了吧。」

照片是町田被逮捕之前拍的，差不多過了這麼多年吧。

「如果是這附近的人，我大部分都認得呀……但這個人沒印象耶。」老太太露出不解的表情。

「其實他未必是這附近的住戶……」

「什麼意思？」老太太反問。

「前面那個公園裡，不久之前還有遊民吧？」

「妳是說，這個人可能是遊民嗎？」

楓點點頭。

「的確之前一直都有遊民，但要是遊民的話，我就不認識了。因為他們不會來店裡買東西，而且我也不太想跟他們扯上關係……」

「妳知道原先在公園裡的遊民都到哪裡去了嗎？」楓繼續問。

「我不知道那些人去哪了，但聽說附近荒川旁邊河堤上有遊民住在那裡……」

「荒川的河堤上嗎？」

「對呀。鐵橋底下有好幾個紙箱小屋。不過……就算妳想找人，還是別去那種地方吧。就連住在附近的人都不太想走過去唷。」老太太有些擔憂。

「好的。」

楓也還沒勇敢到那種地步。

「要是看到照片上那個人，可以麻煩跟我聯絡嗎？」

楓跟之前在小酒鋪一樣，提出相同的請託，老太太點點頭回了句「好……」，眼神中帶著不知道是同情還好奇。

楓把自己的 E-mail 寫在便條紙上，交給老太太。然後看到店內的麵包。

為了到處打探稔的消息，連午飯都還沒吃，肚子真的餓了。

買了三明治跟盒裝牛奶後，對老太太說「那就麻煩您了」，行了一禮走出麵包店。

走進公園，在長椅上坐下後，楓從袋子裡拿出三明治跟牛奶，吃頓稍晚的午餐。

之前看過跟照片上很像的人──

楓還記得當自己在社群網站裡看到這則留言時，整個人差點跳起來的激動情緒，但這一個星期以來，她深深體會到現實並沒有那麼簡單。

想要為了町田親自找到小澤稔──

當初雖然抱著這股強烈的決心，但實際上該從何找起，要怎麼找，可說是完全沒有頭緒。

左思右想，最後只想到一個方法，就是利用自己平常用的社群網路。

楓登錄的社群網路裡頭有幾百名網友，都會看到她上傳的照片跟文字。她心想，不如嘗試在上頭尋找稔。

話說回來，她先前很排斥用這個方法。

楓對於自己這個陌生人在沒有獲得當事人的許可下，隨意刊登出稔的姓名跟照片有些疑慮。況且，雖然幾百名網友都看得到自己的貼文，實際上幾乎都沒見過面，只在網路上往來過。不知道他們對楓的訴求有幾分認真，可以想見，一定會出現很多冷嘲熱諷，還有不少信口胡說的消息。

另外，最讓楓遲遲不想將稔的資料丟上社群網路的原因，就是顧慮到町田。

町田不曉得楓知道稔這個人。如果他在社群網站上看到楓的貼文，知道她在找稔，一定會問楓是怎麼知道這個人的吧。

然而，就算絞盡腦汁也想不出其他靠自己找到稔的方法。

說什麼都想找到稔，帶他去見町田。

走訪過町田兒時住過的地方後，這股意念變得更強烈，推動著楓。

一星期之前，楓到了內藤告訴他的地點——埼玉縣朝霞地區。

楓從遠處望著町田跟他母親住過的破公寓，也到了附近他常去玩的公園，看著町田兒時見到的景象，憑自己的感覺去想像町田曾有的感受。

同時，她也跟剛好來到公園玩槌球的幾位老人家閒聊幾句。

楓謊稱自己是在大學專攻人權領域的學生，想調查一下因為無戶籍而遭警方逮捕的少年，藉機套出老人家的話。

有幾位老人家還記得町田。町田遭到逮捕之後，警察跟區公所的人曾到附近問過鄰居，他們才知道偶爾在公園裡看到的那個男孩原來沒有戶籍。

另外，眾人也看過好幾次，町田會跟住在附近的另一個智能障礙的男孩子一起玩，那個人叫做小澤稔。

小澤稔——

楓又從老人家口中聽到有關小澤這個男孩更詳細的資訊。

根據老人家的說法，大概已經超過十年沒看過他了。而且這個男孩子其實也不是附近小澤夫婦真正的孩子，他們只是無奈收養了一個沒有其他親戚能收留的孩子。但就算不是親生的小孩，既然曾經收養過，應該會知道年輕人現在在哪裡吧？

楓抱著一絲希望，到了老人家告訴她的那戶人家。

她把稔的照片給應門的中年婦人看了之後，對方說那是親戚的小孩，以前確實有段時間住在這裡。

楓問，知道稔現在在哪裡嗎？中年婦女一副事不關己的態度，只答了句「不曉得」。

據說十幾年前讓稔進到一間包含住宿的工廠，沒想到他還逃跑，從此之後就下落不明。

那麼，稔會不會回到父母身邊了呢？

問這麼私人的問題不知道會不會惹對方不高興，但楓做好心理準備後問了對方稔的親生父母，結果婦人說，稔從出生就是父不詳，至於他母親，把小孩硬塞給親戚收留後就跟來路不明的男人遠走高飛。婦人說著說著又快要生氣。

婦人說稔不可能跟他媽媽在一起，於是楓又問，知不知道他現在可能在什麼地方，結果對方的態度冷冰冰，直說天曉得。

看到婦人對稔的消息絲毫不關心，也感受得到當年他在這裡的生活，完全是被當作眼中釘吧。

婦人接著又不耐煩說，幾年前也有個人要來找稔，最後她再次強調，「我們家跟稔已經沒有任何關係！」說完就轉身走進家裡。

多年來沒有戶籍，連義務教育也無法接受的町田；遭到父母捨棄，親戚也與他疏遠的稔。兩人當年在這個地方過著什麼樣的日子呢？

後來，在逃離這個封閉的地方後，又產生了什麼樣的情誼呢？

他們倆處於一種無法光靠一個人活下去的複雜狀態，或許只能彼此互補才能生存吧——

楓在心中細細體會內藤說過的這句話，隨即產生一股更強烈的意念，說什麼都非要找到稔才行。

從町田他們曾經住過的朝霞回到家之後，楓抛開先前在心上揮之不去的遲疑，立刻在自己登錄的社群網站上貼出稔的姓名及照片，尋求相關訊息。

至於照片上也被拍到的町田，楓事先做了馬賽克處理。此外，楓在網站上登錄的也是另取的暱稱。

其實不需要那麼擔心，因為町田根本不會來看楓的個人頁面吧。

一個星期之內，提到曾經看過貌似稔的人，這類相關留言有三則。只是，楓到這幾個地方走得腿快斷了，到現在還是問不到有關稔的任何消息。

話說回來，楓根本不認識這些留言提供目擊消息的人，也不確定這些資訊的可信度有多高。說不定有人看到她的請託，覺得一時好玩就亂寫一通。然而，此刻的楓能倚靠的也只有這些資訊。

雖然早有心理準備，不會這麼輕易就找得到人，自己也盡量保持樂觀，但回想起這一個星期以來的徒勞無功，還是忍不住嘆了口氣。

楓想起麵包店老太太說的，雖然不確定是不是之前這座公園裡的那群人，但荒川的河堤上的確也住著遊民。

楓也跟老奶奶一樣有些擔憂，對於前往人煙稀少的河堤感到遲疑，但既然已經來到這裡，怎麼可以輕易放棄。

她把紙盒裡的牛奶喝光，接著將還沒吃完的三明治收進袋子裡，從長椅上起身。

走在河堤上，想尋找貌似遊民的人，不知不覺天色暗了下來。

到了這個時候，楓也開始猶豫是不是該回去。這時，看到前方透著亮光，好像是鐵橋上有電車通過。

她想起來，麵包店老太太說過，鐵橋下方有幾處紙箱小屋。

楓決定先到那座鐵橋下方，問了稔的消息之後再回家。

她抱著些許遲疑與防備，慢慢往鐵橋下走去。

到了鐵橋下方，楓環顧四周。這裡比外面來得更暗，伸手幾乎不見五指。不過，的確看得出有好幾個紙箱沿著牆壁搭起來。

「不好意思……」楓有些膽怯，試著出聲。

四周只聽到自己的回音，毫無其他反應。

眼睛稍微適應之後，看到紙箱旁邊還有腳踏車，以及鍋碗瓢盆之類的生活用品，胡亂堆疊。看起來的確像是有人居住，但現在好像外出了。不過，要楓單獨在這麼昏暗的地方等人回來，心裡也有些排斥。

似乎明天白天再來一趟比較好。

決定之後準備轉身離開時，背後傳來個聲音。楓立刻轉過頭。

其中一個紙箱小屋窸窸窣窣有點動靜，裡頭好像有人走出來。下一秒鐘，一道刺眼的光線讓她忍不住閉上眼睛。

「妳是誰……？」

聽到一個男人的聲音，楓緩緩睜開眼睛。

手電筒的亮光朝著自己照過來，看到一名走近的男子，楓往後退了幾步。

只見這名男子頭上綁著毛巾，留了一頭長髮跟沒刮乾淨的鬍子。看起來年紀不是很大，可能不到三十五歲吧。

就在看清男子面容的同時，也發現他一臉驚訝盯著楓。

對方大概心想，像楓這樣的年輕女生為什麼跑來這裡吧。

「呃……不好意思……我在附近找人。」楓邊說邊慌忙打開包包，掏出手機。

找出稔的照片之後，把手機螢幕轉向男子面前。

「請問你知道照片上前側那個人嗎？我聽說有人在旁邊的平井公園裡看過他，所以在這附近打聽消息。」

「妳要找的人，也是過我們這種生活嗎？」男子問。

「現在不太確定，但有可能。」

「所以妳才跑到這裡來啊？」

男子似乎聽懂了，露出苦笑，接著更靠近楓，直盯著手機畫面。

「這個人的名字叫小澤稔，有點智能障礙。不過這張照片有點久了……」

鼻腔感受到一股刺激的酸臭味，但楓在說明狀況時盡可能面不改色。

「我認識他。」

聽到男子的回答，楓大吃一驚看著他。

「真的嗎!?」

「對呀。就是稔嘛。大概半年前還跟我一起住在公園裡，不過現在他在別的地方。」男子回答。

「在哪裡呢？」

「用講的不容易懂啦，又沒有地址。」

「什麼意思？」

「他在河堤草叢裡面蓋了一間小屋，就住在那裡。」

男子指著鐵橋外側。

「這樣啊……」

「要走一段路，不過這個時間他應該在。我帶妳去吧？」

「麻煩你了。」楓難掩激動，立刻回答。

男子就著手電筒的燈光朝鐵橋外頭走，楓也緊跟在後。

在滿心感受著找到稔的高昂情緒中，走了一小段距離，楓突然想到跟一個陌生男子走在暗夜裡似乎不太妙。

「稔他好嗎？」

楓耐不住這股尷尬的沉默，開口問男子。

「哦哦。很好啊。對了，沒想到他會有像妳這麼可愛的朋友，嚇我一跳。你們是什麼關係啊？」

男子看著楓問道。

「他是我朋友的朋友。」

「哦？妳是受那個朋友之託找到這種地方來啊？」男子露出意有所指的笑容。

也不是受人之託才來找人，但楓沒特別解釋。

走了一段路，男子停下腳步。他拿著手電筒往河邊照，只見一整片茂密的草叢。

「那邊。」

楓朝著男子指的方向望去，草叢裡有一條由人走出來的小徑。

「沿著這條小路走，就是那小子的小屋。說是小路，其實大概只容得下一個人通過。怎麼樣？」

男子這樣問，但楓不清楚他是什麼意思。

「真不巧，我只有一支手電筒，但是妳跟在我後面的話，腳邊根本暗到看不見。不然我把手電筒借妳，妳走前面？」

原來是這個意思。

楓看著草叢，起了戒心。

對方感覺是個親切的人，一個人走在這麼茂密的草叢裡雖然不安，話說回來，但她更不願意跟個男人一起走。

「不好意思麻煩你，我自己過去就好了。」

楓小心翼翼，盡量不讓對方發現自己的顧慮。

「是嗎？那我回到剛才那邊，妳見到稔之後可以把手電筒拿來還我嗎？」

男子笑著說道，一邊把手電筒遞給楓。

「好的。真的很謝謝您。」楓接下手電筒。

「昨天剛下過雨，地上可能還很溼滑，要小心啊。」

聽到這句話，楓對剛才仍對男子抱著一絲懷疑的自己感到羞愧。

「請問……你喝酒嗎？」

突然被這麼一問，男子顯得不解。

「嗯，我喜歡喝酒啊。」愣了一會兒，男子才回答。

楓在心裡盤算著，等見到稔之後再去找間便利商店，買罐啤酒當作謝禮。

楓對男子行了一禮，就著手電筒的燈光往草叢間走去。

果然就跟男子說的一樣，說好聽點是小路，其實根本只有窄窄的一小條通道。就算拿著手電筒，兩側的草木實在太茂密，勉強只能照亮腳邊，前方的視線被一片漆黑淹沒。從草叢間一步步往前走，心中愈感到不安及惶恐。

就快能見到稔了——

在一股揪緊心臟的恐懼籠罩下，只能一心一意告訴自己這句話，一步步往前走。

見到稔之後，要先跟他說什麼才好呢？

自己跟町田很熟，町田一直很想你，所以我來找你。

不過，楓又不能帶著稔回去跟町田相見。

看來要告訴稔町田在哪裡，而且還得拜託稔，不能告訴町田自己曾來找過他。

突然一股酸臭味撲鼻而來。楓一轉過頭，看到長髮男就在她身後。

只見他像是變了個人，目露兇光，楓才剛感到驚嚇，下一秒就當場被推倒在地。

手電筒一脫手，眼前頓時陷入漆黑。闇夜之中整個人就受到男子施加在身上的力道，以及難耐的酸臭味壓制。

「你要做什麼啦！」

還不知道發生什麼事，楓只顧著放聲大喊。

「沒關係啦，又不會少一塊肉。一下子就好了嘛。」

耳邊感覺到一股急促的呼吸，剎那間毛骨悚然。

「搞什麼啊！住手！快住手！」

楓的雙手被緊緊抓住，但她仍強力扭動身體抵抗。

「妳讓我上，我就幫妳一起找那個朋友嘛。」

被抓住的右手感覺不痛了，但接下來換到裙底感到不舒服，內褲周圍不停被搔動。

楓在被壓制之下，不停轉著頭找尋光亮，發現草叢前方出現了手電筒的光線。她拚命伸長了還能自由活動的右手，抓起手電筒，然後用力往男子臉上砸下去。

「好痛！」

男子一聲哀嚎下，控制著楓全身的力量也瞬間消失。看來他好像站起身子。

楓拿起手電筒照向他，看到面前的男子用手按著太陽穴。

楓就維持這姿勢，朝男子兩腿之間用力狠踹了一腳。頓時響起異常淒厲的哀嚎。

楓立刻起身，踩過痛得當場昏厥倒地的男子，頭也不回地跑掉。

通過大森車站的驗票口，楓頭也不回地走進車站大樓。

搭乘電車的一路上，她實在難以忍受身上殘留的那股不舒服的臭味及觸感。

好想趕快回家換下衣服沖個澡，但這時才發現，自己的外套背後還有裙子上都沾滿泥巴，褲襪也破了好幾個洞。

要是這副模樣直接回家，可能會讓媽媽莫名擔心。

楓買了一雙絲襪跟一條便宜的裙子，走進廁所。在隔間中換上乾淨的絲襪跟裙子，然後才走出車站大樓。

本來連新外套也想買，卻發現身上的錢不夠。

她把外套跟裙子送到車站旁邊的洗衣店後，拖著沉重的腳步走回家。

真是的，莫名其妙的一天。

腦中又浮現先前那段不願回想的光景，楓忍不住深深嘆氣。

依照自己平常的個性，在那樣的狀況下應該會更提高警覺，卻因為一心想著就快見到稔，才在情緒激動下疏忽了。

就內藤的話聽起來，稔至今很可能還是遊民。

若想繼續尋找稔，接下來還是得到處問這種人。

這種事情碰到一次就夠了，卻也不能因為這樣就放棄。看來得更繃緊神經，提高警覺才行。

包包裡傳來震動聲，楓掏出手機。

來電顯示是內藤打來的——

「喂……」

楓剛好想到內藤，接起電話時感覺還真巧。

「喂，現在方便說話嗎？」傳來內藤的聲音。

「可以，請說。有什麼事嗎？」

「妳最近好像在找稔？我隨手上網搜尋他的名字，就出現某個社群網站的頁面。那個是妳吧？」

頁面上用的是跟內藤要來的照片，一看就知道了吧。

「對。一開始也想過在社群網站上擅自刊登他的名字跟照片會不會不太好，但我實在想不到其他方法……」

「我看好像有好幾則留言提供目擊消息。」

「老實說，目前全都是空包彈。」

「這樣啊，妳千萬別太勉強自己啊。」

彷彿被內藤發現今天發生的事情似的，楓一下子說不出話。

「話雖如此，我這通電話又好像在鼓勵妳一樣。」

「鼓勵我……是什麼意思？」不懂得其中意義的楓反問。

「有個說不定能找到稔的消息。不過，也不是什麼可靠的內容。」

「什麼樣的內容？」

楓感到很有興趣，豎起耳朵認真聽。

「我之前傳給妳的那張照片……其實照片背後好像寫了字，我猜是雨宮寫的吧。雖然被水淋溼無法辨識，但我想起來了，好像有個『光』字。」

「光？」

「對。光線的『光』。說不定是什麼學校或機構的名稱，我猜會不會是雨宮在遇到意外之前查到了稔在那裡，隨手就寫在照片背後……不過，這也只是我的猜測。」

「不，我覺得很有繼續追查的價值。」

突然有了可能找得到稔的新線索，一掃先前沈悶的心情。

「其實我應該自己去查的，但不巧最近工作比較忙，抽不開身。」聽起來很像藉口。

真的是工作忙嗎？

楓有點擔心，內藤是不是表面上叫她別有牽扯，自己卻仍繼續調查室井的事。

「不要緊。找稔的事就交給我吧，我來查查有沒有符合的學校或機構。內藤叔叔也是，千萬別太逞強。」

楓心想，就算問了他也只會含糊帶過，就在言語中表達自己的心意。

「好。等到工作告一段落再找時間碰面。先這樣……」說完內藤就掛掉電話。

楓從包包裡拿出筆跟記事本，趁還沒忘記前寫下了「光」。

把筆跟記事本收進包包後，忽然有人拍她的肩膀。一轉過頭就看到町田，讓楓愣了一下。

他應該沒聽到剛才的話吧——

「怎麼那麼晚？」町田問道。

「呃，嗯……」

之前還去拜託他，說有空時請他指導工廠的工作，結果這一個星期為了找稔，還假借學校功課太忙先回絕了。

「說什麼功課太忙，該不會其實跑去哪裡閒晃吧？」

看著町田意有所指的眼神，楓有點擔心被他發現自己正在找稔。

「我很用功啦。就快畢業了，還有很多事情得忙。」

「是嗎？」

聽起來就覺得他對楓的話沒什麼興趣。

「等學校的事情忙完再請你教我工廠的工作嘍。」楓說。

「我有空的話啦。我也有很多事要做。」

町田冷冷說完後，丟下楓一個人自顧自地往前走。

睜開眼睛，感覺到一陣劇烈的心悸。

楓連忙從床上起身，打開電燈。

做了恐怖的惡夢——

夢見一個男人跨坐在自己身上，胡亂施暴。

楓在椅子上坐下，試圖讓情緒平靜下來。一看到手腕上留下的瘀青，再次體認到那並不是夢。

男人散發出的酸臭氣味、汗水淋漓的雙手觸感、如野獸般的粗重喘息……全都糾纏著自己的五官，甩也甩不掉。

看看時鐘，凌晨一點二十分。躺在床上還不到一個小時。

奔波了一整天，還遇到那樣的事情，心底早就極度疲憊，卻沒辦法就這樣睡著。

楓想做點其他事情轉移注意力，於是打開桌上的筆記型電腦，連上網路。

搜尋有「光」這個字的學校跟機構，其他雖然內藤沒說，但公園跟團體她也一併搜尋。不過，稍微查一下就發現資料數量實在龐大，如果要一一訪查可是個不得了的大工程。

不過，楓心想，照片背後寫的字或許要比社群網站上的留言來得可靠吧。

楓把網路上搜尋到的名稱一一寫在記事本上。

埋頭作業一段時間，突然聽到遠處傳來警笛聲，楓立刻停下來。

發生火災了嗎——

接著多個警笛聲此起彼落，愈來愈響。感覺離這裡好近。

楓起身拉開窗簾，窺探著外頭。

隔著斜對面的住家屋頂，隱約能看到熊熊紅焰搖曳。看起來火勢不小。就方向來看好像是家裡工廠附近。

楓有些擔心，走出房間，剛好在走廊上跟媽媽撞個正著。

「好像失火了？」媽媽的表情凝重。

「嗯……看起來是工廠那邊。」

楓一說完，媽媽的臉色變得更難看，轉身回到臥房。

猜想媽媽是要到外頭看看狀況，於是楓也回房間，把睡衣換下後跟媽媽一起出門。這時聽到樓梯傳來聲響，抬頭一看，町田正從二樓走下來。

「好像在工廠附近耶。」媽媽一臉擔憂望著町田。

「工廠又不用火，不是我們吧。會不會是附近的住家或餐館？」

「對哦。大家不知道要不要緊……」

工廠附近的鄰居都是老交情了，媽媽當然很擔心。

楓和町田緊跟在媽媽後面，往工廠走去。

愈接近工廠，就看到黑漆漆的空中冒出大火柱。朝著火柱前進的同時，感到心裡有股莫名的不安。

來到工廠那條路上，看到停了好幾輛消防車，旁邊擠滿了圍觀的附近居民。

「悅子……怎麼會發生這種事……」

工廠對面的商店老闆一看到媽媽，就露出一臉同情。

一聽到這句話，媽媽激動地撥開人群往前走，楓也連忙緊跟在後。
看到眼前的景象，楓大感錯愕，倒抽一口氣。
同時聽到了媽媽的慘叫。
燒起來的竟是前原製作所。
工廠窗戶爆發出烈焰，周遭冒出一整片濃濃黑煙。
「為什麼！為什麼我們的工廠……」
媽媽像是行屍走肉似地往工廠走去，卻被消防隊員制止，「請不要靠近！」
「媽……」
楓一伸手抓住媽媽，她整個人就像崩潰，當場跪地。
母親強忍著嗚咽，楓的掌心感受到她全身的顫抖，卻只能眼睜睜看著無法置信的景象。
轉頭一看，町田就站在旁邊。
他目露憎恨，凝視著眼前的大火，緊咬著嘴唇。

「已經這麼晚啦——」
一聽到聲音，楓就轉頭看看媽媽。
媽媽像是剛做了一場夢，眼神迷濛，望向窗外。楓也跟著媽媽的目光，看到明亮的陽光從廚房的窗戶照進來。
看看時鐘，已經是早上八點多。

工廠的火勢好不容易撲滅，楓跟町田先回家。至於媽媽，因為消防人員留她下來詢問一些狀況，等到她回來時已經四點多了。然後三個人就圍坐在桌前，不發一語，過了好幾個小時。

「你們也累了吧？快去睡。」最疲勞的媽媽開口。

「消防隊的人有說失火的原因嗎？」

媽媽一回來時本來楓就想問，但看到媽媽那副極度憔悴的模樣，直到現在才總算能開口。

「他們說要等進一步詳細調查才能確定，但很可能是人為因素……」

「人為因素的意思，是有人放火嗎？」

媽媽虛弱地點點頭。

「接下來要怎麼辦？」

「哪還能怎麼辦……我現在根本沒法思考。工廠燒得一乾二淨，裡頭的機器跟人家訂的產品也全毀了。只是……沒有死傷也沒有延燒到鄰居，算是不幸中的大幸吧。」

媽媽擠出最後一絲力氣，只說了這些，就慢慢從椅子上起身。

「不好意思啊，讓我休息一下。你們也快去睡吧。」說完後她就走出廚房。

過了一會兒，町田也站起來往門口走。

「欸——」

聽到楓叫住自己，町田轉過頭，看不出他眼中的情緒。

「前原製作所還能重建吧？」

楓的語氣中帶著祈求，町田卻默不作聲。

「而且有保險，只要大家同心協力，一定可以再讓前原製作所……」

「我勸妳不要。」町田打斷楓的話。

「我不知道保險會理賠多少，但要恢復到跟現在同樣的狀況，我看很難吧。不如拿到保險金之後把那塊地夷平，改建大樓出售比較好。」

「怎麼這麼說……」

完全想像不到町田會說出這種話，楓大受打擊。

「碰巧是個好機會啊。」

「你什麼意思？」町田的話愈聽愈令人暴怒。

「社長又不可能永遠做下去，只因為不願意讓延續了好幾代的工廠在自己的手中結束而已。」

「所以我才想代替媽媽，繼承前原製作所呀！」

「妳能幹嘛？」

町田不屑說道。楓無言以對。

「像妳這種嬌嬌女能幹嘛？妳真以為有辦法靠妳自己的力量從無到有，重建這個工廠嗎？」

「我當然知道，自己現在沒有這種能力。但是……要是我繼承工廠，你不也說過會幫忙嗎？」

「我應該也說過，要靠別人的話，不如別繼承工廠。」町田冷冷回應。

「為什麼你……」

前不久他不是還對楓要繼承工廠的事表現得很積極嗎？為什麼突然變得這麼冷淡？

「你不會嚥不下這口氣嗎？」

「嚥不下這口氣？」

「對呀。我媽剛才說過吧？那場火很可能是有人縱火。光因為個陌生人就把我們寶貴的棲身之所毀了耶！人生被這種人搞得亂七八糟，難道你嚥得下這口氣嗎？」

楓毫不掩飾情緒說完，町田的表情明顯變得不同。

「對你來說，那是一個想要一直待下去的地方吧？所以你才會拒絕ＳＴＮ高薪的工作，寧願繼續待在那個工廠。不是嗎？」

楓想起先前町田瞪著那場火時眼中的憎恨。

「所以我才勸告妳。」町田說道。

「什麼意思？」

町田沒有回應，逕自走出去。

◆11

走出池袋車站西口，內藤從口袋裡掏出紙條。

盯著上面「桃色高校」的店名，還有「本田智子」這個名字，內藤在原地尋思了一會兒。

先前從市川的話裡，就大概猜到這是間做什麼的店家。

剛才內藤去找的市川，是伊達的高中同學。聽說兩人在伊達高中退學成為宮路會儲備成員之後，曾經來往過一陣子。

不過，對方也說打從伊達離開宮路會之後，兩人就沒再聯絡過。

市川說他完全不知道伊達離開幫派的經過。

至於伊達口中「成為神之子的資格」究竟是什麼意思，為此要受過什麼樣的測驗，也沒人曉得。

內藤在四天前去找過酒吧老闆，聽過他的說詞後，就到處尋找伊達認識的人，但沒有人了解這句話的意思。

就在他覺得又走到死胡同感到失望時，市川突然提起他去酒店的事情。

他說到了那家店找的小姐，居然就是伊達的前女友。

市川還苦笑著說，因為他也認識那個女孩子，覺得實在太尷尬就要求換人。

他同時也表示，已經是一年多前的事了，不確定女生是不是還在那家店，但內藤還是問了店名跟女子的姓名，紀錄下來。

市川說，雖然不知道正確的地址，但就是在ROSA會館的附近。

內藤看看車站前派出所的地圖，找到ROSA會館的地點後就朝那裡走。

他在ROSA會館附近找了一下，發現小巷子裡有棟老舊的住商混用大樓，三樓掛著「桃色高校」的招牌。

其實內藤很猶豫要不要進到店裡，但既然他不知道本田智子的長相，也沒辦法在店外跟她攀談，另外雖然聽市川說她的胸口有刺青，卻不知道她穿的衣服會不會露出刺青。

內藤決定進去看看，他走上住商混用大樓的狹窄階梯。到了三樓打開門，正面有個小窗戶。

「歡迎光臨。請問有指定的小姐嗎？」

內藤不知道在這種場合該怎麼辦，愣在原地，只見小窗子後方有一名男服務生露出臉問他。

「那個……呃——」說到這裡忍不住閉上嘴。

在這種場合工作不太可能會用本名，況且說出本名可能只會引起對方無謂的警戒。話說回來，當初也沒聽市川說她的花名。

「朋友跟我介紹有個不錯的小姐，但我不知道名字……」內藤說。

「是什麼樣的小姐呢？」

「他說胸口有刺青。」

「什麼樣的圖案？」

「他沒講……」

市川說因為當初他立刻提出換人，也沒留意到刺青的圖案。

「店裡胸前有刺青的小姐有兩個，現在在店裡的是瑠璃。怎麼樣？」

「請問一下，那位小姐的年紀多大？」內藤又問。

「二十五歲。」

據市川說，本田智子大約三十歲，但她也可能謊報年齡。

「那就找她吧。」

「要選哪個方案呢？」

服務生從小窗戶伸出手，指向貼在牆上的那張紙。看來有從三十分鐘到九十分鐘不等的方案。

上面還寫了很多其他各種加價服務。

「那就六十分鐘的方案吧。」

有這樣的時間應該就夠問出伊達的事情了吧。

「請先付一萬五千圓。」

拿出皮夾付了錢之後，在服務生的引導下進入等候室。內藤在沙發上坐立不安，掏出香菸跟打火機。點了菸，一陣煙霧彷彿受到胸中瀰漫的那股緊張感推擠，用力呼出來。

一開始進來時那種無所適從的感覺逐漸轉弱，但就在他凝視著緩緩上飄的煙霧同時，回想起悅子聽來憔悴的聲音，心情又陰鬱了起來。

前天看到晚報上的報導，內藤不敢相信自己的眼睛。

報導上說，當天清晨位於大森的前原製作所工廠發生火災。

內藤很擔憂，立刻聯絡悅子詢問狀況。

知道沒有人員在火災中傷亡稍微鬆了一口氣，但接下來聽到工廠全部燒毀，而且還很可能是有人縱火後，內藤也不知道該怎麼安慰悅子。

他很清楚悅子在先生過世之後有多辛苦。自己一個女人，拼死拼活努力守住夫家延續好幾代的事業。不僅如此，就連內藤當年厚著臉皮請她收留非親非故的町田，她也二話不說就爽快答應。

這麼好的一個人，為什麼會遇到如此無情的災難呢？讓內藤怎麼樣都無法釋懷。

悅子虛弱地說，雖然覺得對內藤的好友，也就是自己的丈夫，以及多年守護工廠的公婆感到愧疚，但想重建前原製作所恐怕非常困難。

內藤擔心起楓的狀況，一問之下才知道她也大受打擊。

內藤沒進一步追問，但楓似乎原本堅持畢業之後要繼承工廠。

也想過要不要直接聯絡楓，但後來還是作罷。

一方面是想著這時還是讓她靜一靜，再來就是即使跟楓談上話，也不知道該說什麼來安慰她。

「讓您久等了。」

聽到這個聲音，內藤回過神來望向門口。

「三號房間。」站在等候室外的服務生說。

內藤在菸灰缸裡按熄香菸後起身。依照服務生指示，在狹窄的走廊上走到貼有三號門牌的房間前面，敲了敲門。

「來了——」

房門應聲打開，出現一名長髮女子。

在昏暗的店內看不太清楚，但感覺比二十五歲要老一點。

「你好，進來吧。」

身穿水手服的女子毫無防備說道，拉著內藤的手邀他走進房裡。大約一坪的小房間裡有一張床。

「先脫了鞋坐下吧。」

內藤脫了鞋子在床上坐下，女子在他面前蹲下。從衣服縫隙間看到她胸口有玫瑰圖案的刺青。

聽到隔壁房間傳來女人的嬌喘。看來隔間只有一道薄薄的牆壁。

「你是第一次來吧?既然主動指定，請問是誰介紹的呢?」女子邊問邊幫內藤脫下襪子。

內藤不知道該如何是好，就讓女子主導。

對方脫下他的襪子後，接著雙手來到他的長褲皮帶，他忍不住站起來。

「你不喜歡讓女人脫嗎?」女子抬頭看著內藤問道。

「不，不是這樣……該怎麼說呢……其實我來這裡只是有些事情想問妳。」

內藤說完，女子就露出不解的表情。

「不好意思，請問妳是本田智子小姐嗎?」

一問之下，女子一臉錯愕。

錯不了，她就是本田智子。

「你怎麼……你到底是誰?」

智子的語氣中帶著警戒，站起來走向牆上掛的對講機。

「等一下，可以請妳先聽我說完嗎?」內藤顧慮到隔壁房間，低聲說道。

「你要說什麼……我要叫服務生來了哦。」

智子拿起對講機的話筒。內藤聽到傳來的嘟嘟聲。

「請等一下。我真的不是壞人，我只是想請教有關伊達祥平先生的事。」

說完之後，智子似乎對這個名字沒什麼反應。

「我聽說妳跟伊達祥平先生交往過。他在七年前被一名未成年少年用刀刺死了。」

「伊達……伊達祥平……」智子似乎總算想起來，喃喃低吟。

「喂──」

智子手上的話筒另一頭傳來男服務生的聲音。她直盯著內藤，不發一語。

內藤只能一臉誠懇望著智子。

「喂──什麼事？」

聽到那個聲音才讓智子回過神來，看看話筒，連忙把話筒貼在耳邊。

「抱歉，沒事。剛才客人想借打火機，不過好像他發現自己帶了。」

智子說完後把話筒掛上。立刻轉頭看著內藤。

「你說要問祥平的事……你認識他嗎？」智子也顧慮到隔壁房間，壓低了聲音。

「不，我沒見過伊達先生。」內藤坦承。

「你是記者嗎？」

從對方看著自己的銳利目光，想必一定滿腹狐疑。

「我也不是記者，我只是個普通的警衛。」

只能這樣回答。

「普通的警衛為什麼要問祥平的事？」

「我雖然沒見過伊達先生，但間接知道他的事情。」

「我不懂你的意思。」智子冷冷說道。

「我想也是。這很難用三言兩語解釋清楚，但我在調查他的事情之後，發現有很多不太對勁的地方……」

「不太對勁的地方……」

「我想找出伊達先生死亡的真相，所以現在到處詢問認識他的人。」

「祥平死亡的真相……？」

「是的。」

「還有什麼真相……祥平不就是被一個未成年少年刺死的吧？兇手被抓的時候還沒有戶籍，這些新聞都報了啊。」

「案子有一半的真相是這樣沒錯，不過，還有沒曝光的部分真相，這就是我要調查的。」

內藤刻意兜個圈子說，智子果然似乎很有興致，探出身子。

「沒曝光的部分真相，是什麼……」

「這裡的牆壁好像很薄。其他時間也無所謂，方便到外頭談嗎？」內藤瞄了牆壁一眼。

「這該不是什麼新的把妹招數吧？」

內藤搖搖頭。

「我要工作到十點。」

「我等妳。我留手機號碼給妳，方便的時候請跟我聯絡。」

內藤從皮包裡拿出筆跟便條紙，寫下自己的手機號碼後交給智子。

接著從床上起身，穿好襪子跟鞋子。

「還有四十分鐘耶，你不脫嗎？」智子輕輕笑著說。

「不用。雖然很可惜，不過這樣會讓我的說詞變得很沒說服力。我先走了。」

「這麼快就離開，店裡可能會懷疑你是來挖角。」
「那，我就在這裡小睡一下吧。我最近沒什麼睡。可以嗎？」
「反正你付了錢，愛怎樣就怎樣。」
智子看著內藤的眼光，彷彿看到什麼稀奇的東西。

過了十點半，有一通陌生號碼打來的電話，內藤接了起來。
「我現在剛離開店裡，大叔你在哪？」是智子的聲音。
「我在 ROSA 會館附近。」
「好，那你到 ROSA 會館前面等我。」
掛掉電話又等了一下，智子就來了。她換了一套相對保守的服裝，跟剛才差很多。
稍微瞄了瞄智子身邊，看來她是一個人來。
一看到智子走過來，內藤鬆了一口氣。
雖然留給她手機號碼，也不確定智子是不是會聯絡。
自己的行為從別人眼中看來的確很詭異。
直接忽略不理也在所難免，搞不好還會找來店裡的人或其他同伴，教訓內藤一頓再把他趕走，這也不奇怪。
「我對池袋這一帶不熟，有什麼可以安靜談話的地方嗎？」
「要說什麼不方便被其他人聽到的內容嗎？」智子問。

「不需要那麼神經質，但沒人聽到的話最好。」
「這樣的話我有個好地方。身體連續勞動八小時，肚子好餓啊。當然是你請客吧？」
「沒問題。」
看內藤點了頭，智子便往前走。
內藤跟著智子，進入附近的一間居酒屋。店裡高朋滿座，他跟智子在喧囂聲中走到裡頭，在空桌上面對面坐下。內藤的旁邊、後方都有其他客人，實在不是一個能安靜談話的環境。
「先吃點東西再說吧？」
內藤稍微探出身子問道，不讓自己的聲音被周遭的喧囂淹沒。
「在這裡講才好。要是不想讓其他人聽到的話，這種地方最理想。」智子說。
「原來如此。」
店員來點菜時，內藤只點了一杯生啤酒，其他就交給智子。
「對了，我還沒問大叔你叫什麼名字。」
生啤酒端上來後，智子啜了一口說道。
「我叫內藤……內藤信一。」
「你剛才說，你沒見過祥平，是間接知道他的事。那是什麼意思？」智子問他。
「我以前在少年院工作。在那所少年院裡擔任教官，刺死伊達先生的那個少年，剛好就是我負責指導的學生。」
內藤一說，智子眼神出現反應。

「就像妳剛才說的，那個男孩子被警方逮捕接受偵訊時，供稱兇手是他。不過，在他離開少年院之後有些事情令人匪夷所思，所以我開始自己動手調查那個案子。」

「匪夷所思的地方是……？」

「根據少年的供詞，兩人並不認識，只是剛好在案發當天認識，起了爭執之後才將被害人刺死。但就我調查所知，伊達先生跟那個少年其實是同夥啊。」

「同夥？」

「嗯。兩個人是同一個組織裡的人。」

「組織是……？」

「妳知道伊達先生有一段時間曾是宮路會這個幫會的儲備成員嗎？」

內藤一問，智子點點頭。

「那陣子你們還有交往嗎？」

「我們是在他進入宮路會之前開始交往的。那時候我在酒店工作，跟一個死纏爛打的顧客起了爭執……那個客人硬是糾纏不休，還會威脅我，說他跟地方上的黑道有關係，要是不跟他在一起就要我好看……」

「是伊達先生出手幫妳嗎？」

智子點點頭。

「就算我換店家工作，換地方住，那個人還是像跟蹤狂一樣纏著我不放……我不知道該怎麼辦，找了朋友商量，她就介紹祥平給我認識。他雖然不是黑道中人，但就連幫派裡的人也對他另眼相待，後來查到那個跟蹤狂跟黑道沒有任何關係，就威脅對方不准再跟著我，幫我擺平了。因為這件事，後來他就搬進我住的地方一起住。」

大概是在敘述的同時，喚醒腦中對伊達清晰的記憶，智子的表情也愈來愈顯得落寞。

「不過，將近一年後他突然消失蹤影。」

「消失蹤影？是搬出妳的住處嗎？」

「對。我一回到家，發現他的東西已經不見，打他的手機也都打不通……」

「那是在他過世前兩年左右的事吧？」

「應該差不多……」

就是伊達離開宮路會後行蹤成謎的那個時期。

「重點是剛才你說的那個組織是做什麼的？跟宮路會不同的幫派嗎？」

「坦白說，我摸不清頭緒。」

內藤搖搖頭回答。

「我查過那個組織，但愈查愈覺得，那可能是一個來路不明的可怕團體……我猜伊達在辭掉宮路會的儲備成員後，就是加入了這個組織。」

「你的意思是，他不是因為跟人起爭執才被殺，而是被組織裡那個沒有戶籍的少年殺死？」

「我還不敢肯定。不過，他被殺的原因有一部分很可能是那個組織的關係。目前完全搞不清楚那個組織的來路，感覺一切都在檯面下，但我肯定確實存在。絕不能讓那個來路不明的組織為所欲為，所以我才會到處追查伊達先生的事。」

對她來說，這些事情實在太超現實了吧。只見她低著頭，不發一語。

「或許妳會認為這是我莫名其妙的猜測……」

內藤苦笑說道，智子抬起頭，直盯著他。

「所以說，殺死他的那個年輕人怕受到組織的報復，所以才騙了警方嗎？」智子問他。

「不確定耶……」

內藤低喃，一邊心想說不定真是這樣。

如果真像楓所說，殺死伊達的人不是町田而是稔，町田不就是為了讓組織把目標從稔轉移到自己身上，才會背黑鍋讓警察抓到嗎？

然而，組織不會這樣就放過他，才會把雨宮送進少年院，設計煽動町田逃走。

無論是對町田，或是對雨宮來說，為什麼非得做出這些事情呢？

室井──

或許對熟知組織內情的人來說，再也沒有什麼比這個人更可怕。

「我想問妳一件事。」

「什麼事？」

「妳以前有沒有聽伊達說過『室井』這個名字？」內藤提出這個他最想問的問題。

「室井……」

智子說完，眼神緊盯著桌子上的一點。似乎在喚醒她與伊達之間的記憶。

「只有一次，他喝得很醉的時候，我聽過他說起這個名字。」

「真的嗎？」
內藤探出身子。
「因為他這個人幾乎沒稱讚過別人，所以我對這個名字印象特別深刻——室井仁。」
「他有說對方是個什麼樣的人嗎？」內藤問道。
「總之好像是個很厲害的人。」
「很厲害？」
「是啊……他說是總有一天會動搖日本的人。」
「動搖日本的人……這究竟是什麼樣的人物呢？」
「不曉得。只聽祥平說，能認識那個人真幸福……看他好像很崇拜那個人。一開始我還以為他迷上什麼宗教，這樣的話，接下來應該會跟我講很多，要我入教。但他沒有這麼做。」
感覺稍微看出室井這個人的輪廓，但還差得遠。
「伊達先生說過他是在哪裡認識室井的嗎？」內藤又問。
「不曉得耶……沒聽他說。」
「這樣啊。」跟室井相關的線索又斷了，內藤失望地嘆氣。
「那陣子他經常發牢騷，說只能在鄉下地方當個小混混真煩，再也幹不下去。」
「宮路會嗎？」
智子點點頭。
「他喝醉的時候說……想在那個叫室井的人底下工作……要做出改變日本的大事。」

「所以他離開宮路會進入室井的組織嗎？說要做改變日本的大事，結果實際上幹的卻是搞匯款詐騙這種不入流的勾當……」

「真的嗎？」

「是啊。室井一定找來很多像他這樣脫離幫會的年輕人，要他們幹很多不法勾當吧。用要改變日本的說詞來教唆他們犯罪，就像什麼奇怪宗教的教主。不過會相信這種傢伙連篇鬼話的人，我覺得才是白痴。」

內藤不耐煩連珠砲似地說完後，智子低下頭。

再怎麼樣伊達也是智子過去的男友，內藤可能把他說得太壞了。

「不好意思……我沒有詆毀他的意思，他算起來也是被害人……我是對室井太憤怒，一不小心口不擇言。」

內藤說完，智子抬起頭。

「這倒無所謂。只是，這跟我聽到他說的話之後有的印象不太一樣……」

「什麼意思？」

「他說雖然想在室井底下工作，但並不容易，唯有獲選的人才能待在室井身邊。光靠自己的努力也沒用，必須經過認證，是神明的指示才可以。在每一萬人裡只有一個人具備這種能力，只有這種人才能跟室井共同改變日本……」

「伊達先生這樣說？」

智子點點頭。

「他很感嘆，說自己大概沒有這種能力，只能繼續過現在這種生活吧。不過，後來他離開我身邊，又進入那個組織，應該代表他真的具備那個萬中選一的能力吧。但剛聽你說，他們做的事情其實是匯款詐騙，讓我有點失望。」

通過檢驗，取得了成為神之子的資格——

內藤想起來，伊達在酒吧喝得飄飄然時說過的話。

「光靠自己的努力也沒用，必須經過認證，是神明的指示才可以……室井究竟是以什麼樣的標準來挑選同夥呢？」

「我沒直接聽祥平說過，但我猜可能是智商。」

「智商？」內藤反問。

「就在他銷聲匿跡的不久之前，曾經不經意說過類似的話。我們倆看電視的益智節目時，他得意洋洋地說，『我雖然不知道這題的答案，但我比上節目的那些人都還聰明唷』。過去他只會炫耀自己吵架絕不會輸，或是多受女生歡迎，從來沒提過自己腦袋好壞的事。其實我也一樣，因為書念得不好，高中就輟學，所以我們在這方面都很自卑。」

智商——

的確，町田的智商高得驚人。

至於雨宮，不知道他真正的智商有多少。在少年觀護所時做的測驗分數很低，只有57，但這應該是為了讓他自己看起來像稔吧。

不對，應該說能夠自由控制表現出來的智商，表示這個人的智力極高吧。

「如果高智商是進入組織的條件，應該會在某個地方由誰來測驗吧？」

只要能找到那個地點跟人物，就是能進一步找到室井的一大線索。

「不曉得。而且我也不能百分之百確定就是智商……」

「妳還能不能想起來當時的事，或是跟他有關的線索呢？任何小細節都無所謂，人或地點都好。」

「本田……」智子似乎想起什麼，喃喃低吟。

「是妳？」

內藤不懂得其中的意思，隨即反問。

「不是。忘了是什麼時候，他在講手機時我聽到的……好像是跟一個叫本田老師的人講話。」

「本田老師？」

「一方面跟我同姓，再來很少聽到他會提到老師，所以我有點印象。」

「有全名，或是知道對方是男是女嗎？」

內藤繼續問，但智子避開他的眼神沒有應聲。

她似乎拚命在搜尋當時的記憶，沒發現內藤的問話。

「不太可能是學校的老師，但也沒聽說他去醫院⑧……對了，他掛掉電話後好像很開心。我問

⑧日文的「先生」可指老師或醫生。

他有什麼高興的事，他只說了沒什麼，隨口混過去……」

她像是自言自語說完後，才抬起頭看看內藤。

「幾天之後，他就搬出我的住處。」智子說。

「那個叫本田老師的人幫他測量智商……」

「我不敢肯定，但可能是這樣。」

「妳知道那個人的全名，或者是男是女嗎？」

剛才的問題她沒回答，內藤又問了一次。

「這我就不知道了……」智子搖搖頭。

本田老師——

這個姓氏並不罕見，要尋找起來可能又很困難，但無論如何一定要找出這個人。

◆ 12

掛在牆上的時鐘顯示已經兩點多，為井拿起話筒撥打了晶子的分機號碼。

「你好，這裡是產品開發部。」

一個女生的聲音，卻不是晶子。

「我是為井，夏川小姐來公司了嗎？」為井問道。

「沒有，她不在。」

「有聯絡公司嗎？」

「沒有。」

「晶子沒進公司啊？」

「這樣啊……」為井感到不對勁，掛上話筒。

聽到詢問聲後，為井轉頭看著沙發。繁村跟里紗正瞧著為井的反應。

「好像耶。而且也沒聯絡……她從來沒有這樣無故曠職啊。」

「會不會身體不舒服就昏睡啊？」里紗似乎很擔心。

「或許吧……」

「再不出發會來不及哦。五點鐘還得回到研究室呢。」繁村看看手錶。

「再打通電話看看嗎？」

其實從早上就打過好幾次，但晶子的手機都沒人接。

「也對。如果再聯絡不上，就先我們三個自己去吧。」

為井打了晶子的手機，還是沒人接。接著他又打去她家裡，直接切入語音留言。

為井留言說他有點擔心，請晶子跟他聯絡後，掛斷電話起身。

「走吧。」

他告訴繁村跟里紗，三人走出社長辦公室。

「就算見到阿姨，該跟她說什麼好呢……」在走廊上里紗有氣無力說道。

「是啊。總之，只能先鼓勵她。那裡對我們來說，可是從無到有的起點。ＳＴＮ也會盡全力提供支援。」

三天前在晚間新聞裡看到前原製作所遭到祝融之災全毀的消息，為井立刻聯絡悅子，她還很堅強回答，沒有人傷亡，可以放心。

為井不只打了電話，他還提議幾個創社成員一起去看看悅子，為她打打氣。沒有人提出異議，但除了現在是家庭主婦的里紗之外，三個人的工作都排得很滿，很難湊出時間。最後總算配合四個人的時間表，挑到今天的這個時段。

「要不要先去看看工廠？預先了解狀況可能也比較好聊。」

為井在計程車上的副駕駛座轉過頭，詢問兩人。

「我無所謂。」

看到繁村點頭同意，為井就告訴司機變更地點。

車窗外流過令人懷念的景象。但那股淡淡的鄉愁也在一看到前原製作所的建築物後，頓時轉變成撕裂心口的劇痛。

請司機在前原製作所前停下來，為井抱著沉重的心情下車。

在公司成立之前就來過好幾次的工廠，此刻絲毫沒有留下當年的印象，外牆幾乎被燒個精光，只剩支持建築物的鋼筋裸露。

五年前自己寄託夢想的樂園，變成被遺棄在商店街角落的巨大鋼鐵垃圾。

「太慘了……」里紗發出幾近哀嚎的驚呼。

雖然已經聽到全毀，但眼前的狀況比想像的還糟。

「看來只能全部打掉了。」

聽到繁村的話，為井也有相同的感想。

「走吧……」

為井對兩人說完，拚命拖著有如眼前鋼鐵廢物般沉重的腳步往前走。

到了前原家，為井調整一下呼吸，按下門鈴。

「來了——」

不一會兒，聽到悅子的聲音，隨即大門打開。

「好久不見啊。你們幾個看起來還不錯嘛，太好了。來，進來吧。」

悅子笑容滿面，邀為井他們進到屋內。

然而，看得出她是強顏歡笑，更令人感到心痛。

「在這種非常時期，我們還臨時跑來，真不好意思。」

「哎呀，大家幹嘛一副參加告別式的表情啦。好久沒見到你們，我好高興耶。」悅子臉上還是堆滿笑容。

領著為井一行人進入客廳後，悅子忙進忙出，準備茶跟點心，似乎不這麼做心情就無法平靜下來。

「對了，晶子呢？」

悅子總算在為井等人面前坐下來後，開口問道。

「不好意思，她好像剛好身體不太舒服……其實她也很想過來看看。」為井姑且這樣帶過。

「這樣啊。離開日本這麼久，回來後說不定壓力也挺大的。幫我跟她說，要多保重身體啊。」

「好的。那個……現在提這件事不知道方不方便，工廠那邊接下來……」

「就直接歇業了吧。」

聽到悅子異常乾脆的口吻，不只為井，好像就連繁村跟里紗也嚇了一大跳。

「可是，已經經營了那麼久的工廠耶，要是不在了……這怎麼……」里紗像是代表大家說出內心的想法，說完後眼中泛淚。

「你們去看過火災現場了嗎？」

「嗯。」為井點點頭。

「不只廠房，就連花了幾百萬安裝的機器也全部毀了，想要重建實在比登天還難。」

「但不是有保險嗎？」

「我們是個小公司，沒加保全險。也怪我自己太笨，沒什麼多的盈餘，都是勉強打平而已……所以保險金方面，我打算拿來賠償下單給我們的廠商，希望盡量減少人家的損失。」

「我們ＳＴＮ會盡全力提供支援。」

「謝謝你們有這份心……你們已經幫過我一次啦，當年就是因為ＳＴＮ租了那間工廠還有辦公室，才讓前原製作所度過破產危機。可不能每次都這樣依賴你們了。」

「不是的！當時是阿姨幫我們啊。因為有了那間工廠，才有現在的ＳＴＮ，那個地方對我們來說是很重要的根。這次就讓我們報恩吧，千萬別輕易做出要歇業的結論。」

「這不是輕易做出的結論！」

悅子一臉嚴肅說完後，立刻又擠出笑容。

「聽你這麼說，我真的很高興。但我覺得是時候結束了，我年紀大了，沒辦法再像以前那麼拚。這麼多年以來，一直被一股責任感束縛，覺得自己非把這間工廠經營下去才行，但發生這件事，讓我心裡那根緊繃的線突然斷了。只是楓原先好像打算繼承工廠，所以有點受到打擊吧……」

聽到楓考慮繼承工廠讓為井感到有些意外。

「真的嗎？」

「不過，其實她也不是打從心底想做這件事吧……只是為我跟祖先著想，被這個想法束縛住而已。一個女人要維持這樣的家業實在太辛苦，我何必為了綁住女兒特地冒這麼大的風險呢？再說，你們的根不在這裡，是在其他地方呀。看到這個成長到準備邁向全球的企業曾經近在眼前，我就很高興了。」

悅子雖然語氣很乾脆，但表情似乎還是帶著無可奈何的寂寥。

「阿姨很堅持她的想法啊。」

離開前原家之後，里紗脫口說道。

「但她說的沒錯。因為有了STN的成立，一時看起來好像恢復榮景，其實一直以來經營上也陷入困境吧。這是明智的選擇。」

為井看著語氣平淡的繁村。

「或許是啦……但那個工廠不見了，還是讓人捨不得呀……有沒有辦法說服她呢？」為井說出真心話。

「工廠是她的呀。我們光是因為自己莫名的感傷要人家怎麼做，沒這種道理吧。」

「也是……這一定是阿姨考慮很久才做出的結論。」里紗也附和。

「時間太晚了，走吧。」繁村看看手錶邁開大步。

「不好意思，我想去找一下町田。」

「好吧。」

目送著繁村跟里紗往車站走去後，為井自己又走進前原家的大門。

一想到最後見面時町田堅辭的態度，讓為井有些膽怯，但他還是走上二樓的樓梯。把手指頭放在指紋感應器上，門開了之後他走到裡頭，直接往町田的房間。

「町田——你在嗎？」

他邊喊邊敲了門。房門立刻打開。

「幹嘛？」町田的眼神好像帶了刺。

「有點事想找你談，你有時間嗎？」

「沒有。」

為井有些害怕町田那副冰冷的態度，避開他的視線。一低頭看到床邊有一只大背包。

原本就沒什麼東西的房間，這麼大件的行李更加醒目。

「你是要出門旅行嗎？」

「對呀。多虧工廠燒掉了，我也多出時間，可以出去好好享受。」

「就算是你一貫的毒舌作風，講這種話也太超過了吧？」為井出言指責。

「有什麼事快講。」

「我希望你去探探阿姨真正的心意。」

「啥？」町田似乎沒聽懂為井的意思。

「我們剛才去找過阿姨。她說不考慮重建工廠了。雖然嘴上說是繼續工作很辛苦，還有不想用家業綁住楓，但我猜想，最大的問題是不是因為錢？要是這樣，多少錢我們都願意支援。如果阿姨或楓考慮要重建工廠的話……」

「你好天真哪。」町田打斷為井的話。

「天真？」

為井搞不懂，隨口反問，但町田只是冷冷看著他。

「什麼意思？」

「你認為現在的ＳＴＮ還有這些餘力嗎？」

「餘力……當然有啊。經營狀態也一直很穩定。」

「是嗎？那就好。」

町田說完後，轉身面向床鋪。只見他背起大背包，朝為井走過來，然後從他身邊經過後關上房門，直接往玄關走去。

「等一下啦——」

為井追上町田，搭住他的肩膀。

「你到底想說什麼。有話就講清楚啊。」

町田那副意有所指的言行舉止，讓為井好奇得不得了。

「你真的不是經營者的料子。」

這句話讓為井頓時情緒激動。

「這、這到底是什麼意思！」為井直瞪著町田。

「我是說，現在的ＳＴＮ就連救那個小工廠的能力都沒有。」

「你憑什麼這樣說……你發現公司有哪裡不對勁嗎？對了，上次碰面的時候你問我有沒有什麼異狀。欸，為什麼你會說ＳＴＮ沒有餘力……」

「你是經營者，這種事情你自己去想啊。我跟你們公司，還有這裡，再也不相干。」

町田說完後，把為井搭在他肩上的手甩掉，繼續往玄關走。穿了鞋子走出去，把門關上。

過於激動之下，為井連追上町田的力氣也沒有。

為井覺得自己快崩潰了，伸手撐住牆壁。

到底是怎麼回事——

他努力回想這陣子公司的狀況，卻怎麼也想不到任何像町田所說的那類不穩定的異狀。

口袋中傳來震動，為井回過神來掏出手機。

是晶子傳來的簡訊。標題是「給為井」。

「身為一名社會人，這麼做實在令我很羞愧，但還是用簡訊傳達。因為一些個人因素，我要辭去在ＳＴＮ的工作。很抱歉造成你的困擾。再見。　夏川晶子」

看完整封簡訊，為井忍不住當場跪地。

◆ 13

一走進廚房，看到媽媽坐在餐桌前。

「早安。」

楓打聲招呼，正在看報紙的媽媽緩緩轉過頭。

媽媽臉上無法言喻的凝重表情，讓楓不由得差點倒退幾步。

自從工廠失火後，媽媽一直是看來失魂落魄的樣子，令人擔心，但她現在的眼神更比之前還黯淡了。

「怎麼了？」

楓還是忍不住問了，但媽媽不發一語，又低頭看起報紙。

楓走近餐桌，從媽媽背後瞄了報紙一眼。

標題上寫著大大的ＳＴＮ。本來還以為他們又推出什麼劃時代的新產品，但看到後面接著「陸續出現有害健康的投訴」一串文字，楓頓時發出驚呼。

「這是怎麼……」

楓從媽媽手上搶過報紙，迅速看過一次報導。

報導上說，ＳＴＮ銷售的墨鏡款親膚眼罩，有很多使用者的皮膚出現異狀，公司收到大量投訴。

報導中強烈譴責，這半年以來，有許多消費者或診察到有皮膚異狀的醫師都聲稱受害，ＳＴＮ卻刻意不公開這些投訴，放任受害範圍擴大。

「這是，真的嗎……？」楓不敢相信，望著媽媽。

「不知道啊。只是，這些投訴受害的人好像是真的。事態很嚴重啊……」媽媽表情黯淡。

親膚眼罩是ＳＴＮ的主力商品。甚至應該說，就是因為有了親膚眼罩，才讓ＳＴＮ能有現在的規模。如果這款產品真的有這樣的缺陷，對ＳＴＮ來說將會是重大的打擊。

「可是，沒聽過博史哥說過這件事啊。」楓說。

「前幾天為井他們來家裡，也完全沒提到這件事。」

「為井大哥他們來過啊？」

毫不知情。

「是啊。兩三天前跟繁村還有里紗一起來的，幫我打氣。但當時完全沒提到公司出了問題，不只這樣，還說願意援助我們重建工廠。」

「大概是我們工廠才剛發生火災，不想讓妳太操心吧。」

「可能吧。不過……隱匿消費者的投訴，放任受害擴大，這種不老實的態度實在不像為井他們的作風呀。」

「這倒是。」楓點點頭。

「只是……公司大到這種規模，說不定為井他們幾個經營高層也沒辦法照顧到所有小節。」

「接下來會怎麼樣呢？」

盯著社會版上大幅刊登的報導，楓感到很擔憂。雖然跟他們沒有直接關係，但畢竟也有多年的交情。

「不知道啊……博史可能也是被迫因應跑到公司去了。」

這麼說來，這幾天都沒看到町田的人影。

「無論如何，就算我們再擔心，也幫不了任何忙啊。我們還得想想自己接下來要怎麼辦。」

媽媽說得沒錯。

「剛才妳說，為井大哥說要援助我們重建工廠……」楓突然想到這件事。

「難得他有這份心，不過我拒絕了。」

「為什麼？」楓反問說得輕鬆的媽媽。

「剛好是一個結束的時機呀。我這把年紀，在工廠工作也很辛苦。」

「但我不是說我要接手嗎？」

「妳說起來很簡單，但接手工廠非常非常辛苦，更別說現在連工廠都沒了。而且，看看這篇報導，也不清楚接下來他們公司會怎麼樣，應該也沒有餘力支援我們工廠了吧。」

「可是……」

「不確定現在開始找工作能不能馬上有好的公司，不過，妳也要開始認真了哦。」媽媽打斷楓的話說。

雖然心裡還沒放棄重建工廠的念頭，但沒辦法老實告訴媽媽，只好含糊點了點頭。

「我沒準備早餐。抱歉啊，就把昨天的咖哩熱一下吃了吧。」媽媽說完後，懶洋洋站起身走出廚房。

繼工廠發生火災，現在連STN也面臨危機，最近身邊這些一連串的不幸，讓楓忍不住深深嘆口氣。

媽媽說的確實沒錯，就算怎麼為STN擔心，自己也什麼都做不了。重建工廠的事也一樣。雖說不放棄，但現在的自己能做些什麼呢？左思右想也找不到答案。

此刻的自己，能做的事——

在工廠遇到火災後實在沒這個餘力，但正因為如此，楓又想起那件事，走進臥房。

做好外出的準備，從桌子抽屜裡拿出幾張紙。

從內藤那裡聽說之後，上網查了名稱中有「光」的學校跟機構，筆記下來。名稱中帶有這個字的學校或機構全國有好多，不過，楓心想，稔應該不會進到學校吧。另外，如果他跟町田年紀相仿，還可以排除收容小孩或老人的機構，這樣就篩選掉不少。即使如此，在關東一帶還是有五處。

最近的就是位於橫濱市區的「森之光」，這是一個由支持遊民自立的公益團體經營的機構。之前也聽內藤說過，稔當過遊民。

楓決定先到這個地方問問看。

一下了公車，楓掏出寫了地址的便條紙尋找該機構。

走了一段路，就看到大門旁邊的門牌寫著「森之光」。

楓探頭望了望裡頭，在停車場後方有一棟兩層樓高的建築。建築物前面廣場上有幾個男人走來走去。

有人發現楓在大門外探頭探腦，立刻投以不友善的目光。

腦中閃過先前在河堤上被那個遊民攻擊的記憶，讓楓有些卻步，但她還是鼓起勇氣走進大門。在幾名男子狐疑的眼神注目下走向建築物。一進去之後，正面有個像是接待處或職員辦公室的小窗子。旁邊則是一只大鞋櫃，裡頭有好幾雙鞋。小窗子後方沒見到人影。

「不好意思。」楓輕聲問道。

沒有反應。喊了幾聲之後，走廊後方有個頭髮花白的老年人走過來。那人身穿T恤，下半身是類似衛生褲，面對幾乎只穿著內衣的男性，讓楓忍不住別過視線。

「妳有什麼事？」

聽到對方帶著質疑的語氣，楓才轉過頭來看著他。

「呃……我想打聽一下住在這裡的人。請問有工作人員在嗎？」

「現在不在啦。」老人冷冷回答。

「是在這裡嗎？」

「對啦。只是現在去吃午飯，大概一點左右就會回來吧。」

楓拿出手機，找出稔的照片，「請問你認識這個人嗎？」邊說邊把手機畫面轉向對方。

「這傢伙是幹嘛的？」老人看了畫面後瞪著楓問。

「我在找這個人……他名叫小澤稔，塊頭很大，但有點智能障礙。」

「這裡沒這個人啦。不過，我也是一個月之前才來的。」

「請問你在其他地方見過他嗎？」

「什麼意思？」

「那個……這個人好像當過遊民。所以我才猜，他會不會進入哪個機構……」

「哦？所以妳才跑來這裡啊？」

老人這下子搞懂了，楓對他點點頭。

「不好意思，我沒見過啊。」說完之後他就往裡頭走掉。

楓對著老人的背影輕輕點了點頭道謝，看看手錶。十二點半。她心想，先找地方吃個午飯待會再來好了。

楓在便利商店買了三明治跟紅茶，想找個地方坐下來。這時，包包裡傳來震動，一掏出手機看到是內藤打來的。

「是我，現在方便嗎？」一接起電話就聽到內藤的聲音。

「您好。請說。」

已經一個星期沒接到內藤打來的電話。

上次他通知楓，雨宮身上的那張有稔的照片，背後寫著「光」這個字。在那之後發生好多事，感覺好像已經相隔好久好久。

「工廠的事情很嚴重吧？生活有沒有受影響？」內藤的聲音聽來很擔憂。

是因為這樣特地打電話來嗎？

「嗯……火災之後我跟媽媽都受到很大打擊，不過心情已經稍微穩定了。」楓回答。

「這樣啊。」

「火災過後有幾天沒什麼心思去想，但今天起我開始到叔叔說的那些機構去看看。」

「是嗎？」聽起來內藤有些驚訝。

「我自己設了一些條件篩選，但全國還是有不少機構。就算得花點時間，我也想一一去問問看。」

「別太勉強哦。這種非常時刻，身心都很辛苦吧。我覺得妳現在應該跟妳媽一起好好休息。」

「不要緊。反正我原先想好的工作地點已經沒了，這段時間剛好很自由。」楓強打起精神。

「可是……」

「況且，不找點事情做的話反而會很消沉。」

「雖然我之前跟妳講那些莫名其妙的事，但重點是妳千萬別太逞強哦。」

「我知道。」

「町田最近怎麼樣？」

「他這幾天好像都沒回家。可能是為了STN的事……您知道嗎？」

「嗯。今天早上看到報紙跟新聞，我也嚇一大跳。報導裡的內容不確定有幾分正確性，但事情應該鬧得很大吧。」

「就是啊。」

內藤大概是擔心這件事才打來的吧。

「博史哥回來之後要轉告他什麼嗎？」

「嗯，沒有……不需要我多說吧，那小子也會想辦法讓公司度過危機。」

楓也希望這樣。

「對了……妳那邊有町田的照片嗎？」

「博史哥的照片？」

意想不到的問題，讓楓忍不住好奇反問。

「對。有的話，我想請妳用手機傳給我。」

為什麼需要町田的照片呢？

難道是在追查室井的過程中要用到嗎？楓突然感到不安。

「為什麼需要博史哥的照片？」

楓一追問，內藤沒作聲。

「您該不會在追查室井，還有博史哥之前待過的那個組織吧？」

「我不會做出令妳擔心的事啦。」內藤安撫著她說。

「那，為什麼要……」

「我沒做什麼危險的事情，只是需要町田的照片來確認一件事。」

「要確認什麼？」

聽了內藤的解釋也完全放心不下，楓的口吻變得更強硬。

「我午休時間要結束了，下次碰面再慢慢跟妳解釋。總之，盡量看有沒有他以前的照片，不要最近的。麻煩妳了——」

內藤模糊焦點說完之後，逕自掛斷電話，楓只好把手機拿離耳邊。

內藤究竟在做什麼啊——

盯著手機，全身上下感到一股不祥的預感。

走進建築物裡，剛才那個空無一人的小窗子裡頭出現一名男性。

「不好意思。」楓一開口，男子就轉過頭來。

看來年近五十歲、戴著一副眼鏡的男子，看著楓露出一臉狐疑。

「請問你是這裡的工作人員嗎？」

看到對方點點頭，楓隨即拖了鞋，往小窗邊走過去。

「有什麼事？推銷的話我什麼都不買哦。」

「不是。我想打聽一下，請問你認識這個人嗎？他的名字叫小澤稔……」

楓從包包裡拿出手機，讓職員看照片。

「妳在找這個人？」

楓點點頭，職員似乎有點興趣，直盯著手機螢幕。

「塊頭很大，身高超過一百八。但好像有點智能障礙，言行舉止跟小孩子一樣……」

「好像？」
職員抬起頭看著楓。
「這不是妳家裡的人啊？」
「呃。老實說，我沒看過這個人。他是我朋友的朋友，大概從八年前就下落不明……」
「然後妳就跟妳朋友一起找他啊？」
雖然不是這樣，但解釋起來太麻煩了，於是楓點點頭。
「所以這張照片有點久了，他現在外表可能也不一樣。」
「不過，為什麼妳來這裡……」職員露出不解的表情問道。
「有人大概在五年前看過小澤先生，聽那個人說，他當時好像是遊民。」
「所以妳才會找到這裡啊？」
楓點點頭。
「另外，還有一個不太確定的線索，聽說那時候他可能進了一個機構，名稱裡有個『光』字。」
「原來如此啊。不過，我們這裡沒這個人耶。」
「有沒有可能現在不在，但之前曾經在這裡呢？」
「我來這裡大概兩年，之前的事就不清楚了。」
「有沒有知道的人呢？」楓繼續追問。
「現在的員工沒有待超過五年的吧。不過，入住名冊倒是留著，如果他曾在這裡，說不定就找得到他的名字。」

「可以麻煩幫我查一下嗎？」

楓深深行了一禮，聽見椅子挪動的聲音。

一抬起頭，看到那名職員走向辦公室裡頭的櫃子。

他從櫃子上拿出名冊，走回來坐在椅子上。在楓的面前翻頁，一個一個名字瀏覽。翻到名冊的最後一頁後，職員抬起頭。

「可惜，沒看到那個人的名字耶。」

「這樣啊……」

「啊，我幫妳問問其他機構裡的人。」

大概是看到楓那副失望的模樣感到同情吧，職員柔聲對她說。

「可以麻煩你嗎？」

「話說回來，關東地區這種支援自立的機構裡面，名稱有『光』的也只有我們這裡。」

「沒關係。」

如果稔還繼續當遊民，說不定會在某個機構裡。

「有任何發現可以麻煩通知我嗎？」楓把自己的名字跟手機號碼寫在便條紙上，交給職員。

「剛才妳說那個人有智能障礙？」

楓聽了點點頭。

「這樣的話，說不定他進入的不是這類支援遊民自立的機構，而是收容身心障礙者的地方哦。」

印象中在埼玉的飯能有一間「光之丘園」，就是身心障礙者專用的機構。
「謝謝你。」楓向職員道謝後就離開了。

抵達大森車站時已經晚上九點多。
楓穿過驗票口，拖著沉重的腳步回家。
離開橫濱之後，直接到飯能那所機構打聽稔的消息，卻沒問到任何線索。
還有很多地方的名稱都有「光」這個字。楓想藉此為自己打氣，卻發現很困難。
光是一趟路跑到同樣在關東地區的埼玉，就要承受這麼大的無力感。
一想到還要跑到更遠，而且萬一仍完全問不到稔的線索，心情就無比沉重。
回到家門口，發現有個人站在二樓門口。
是誰呢——
楓在昏暗中睜大眼睛一看，只看得出是個男人。
「請問……」
楓一開口，那個人好像嚇了一跳往下看。
「楓！」
一聽到聲音她就知道是為井。
為井慢慢走下樓梯。就著大門外的路燈光線看到為井，他的神情憔悴到令人害怕。
「到底怎麼回事啊？」

楓心想，這時候你不該出現在這裡吧。

「町田去旅行還沒回來啊。」為井望著二樓說。

「咦？他去旅行？」

「幾天前我來找他時，他說要去旅行。我實在很想聯絡他，但打他手機始終沒人接。妳知道他去哪裡嗎？至少如果能告訴我住宿地點……」

楓搖搖頭，表示不曉得。

「我還一直以為他到公司去了。畢竟是非常時期啊。」

一聽到這句話，為井整個人搖搖晃晃差點不支跪地。

「你還好吧？」楓趕緊扶住為井。

「好慘……」

為井沉重的嘆息掠過耳邊。

或許是對於讓女性攙扶心生抗拒，為井勉強站直了身子，不需要靠楓的支撐。

「你說很想聯絡博史哥……是因為媒體報導的那件事嗎？」

為井虛弱地點點頭。

「到底是怎麼回事，我完全沒頭緒。」

「沒頭緒……報導的內容不是事實嗎？」

「所有媒體都寫得那麼肯定，我想應該不會全部都是捏造的。只是……我根本什麼都不知道啊。」

「什麼意思？」

很難想像公司的最高層會一無所知。

「昨天傍晚突然有一大群記者到公司來，質問我那件事情。告訴我有很多親膚眼罩的使用者皮膚出現異狀，還拿了證詞，以及當作證據的照片跟醫師證明給我看。他們說，受害者跟診察的醫生一再到我們公司投訴，但我從來沒聽過這些事情。」

「可能有這種事嗎？」

一時之間真的很難相信。

「身為社長，我當然不能用一無所知來替自己辯解。要是這樣告訴記者，一定會被繼續追問STN整個公司的運作是不是等於停擺。所以我當場說，需要一點時間來釐清詳細狀況，要他們先離開。」

「然後呢……」

「公司裡本來就設有處理客訴的單位，專門因應這些問題，我把那個單位的人找來，問他們是不是有這回事。他們說，的確收到不少類似的投訴，但他們也依照規定向單位主管報告，主管還說會轉達給社長，也就是我，之後討論因應對策。」

「但其實他沒告訴你？」

為井點點頭。

「這麼重要的事情居然會忘記……」

對一個單位的主管來說實在是致命的失誤。

「我不確定他是不是忘記。」為井低喃的同時，眼神變得犀利。

「什麼意思啊？」

「那個部門主管在一星期前離職了。我想聽聽他的解釋，去了他家，才發現他已經搬走，現在人也不知道在哪裡。」

「難道是為了陷害公司刻意不告訴你？」

楓一說完，為井抱著頭猛搖。

「我實在不願意這麼想。那個人雖然不算創業成員，但也是從公司小規模的時期就很有貢獻。不過……我忍不住懷疑，有一股看不見的強大勢力，企圖搶走我們珍惜的事物。」

「看不見的強大勢力是……？」

「辭職後銷聲匿跡的不只這個人，這幾天幾乎所有重要幹部都沒進來公司。」

聽到這個，楓啞口無言。

「這種狀況，不太對勁吧？」

楓點點頭。

「不只這樣……」為井低聲說完，難過得緊咬嘴唇低下頭。

「其他還有什麼事？」

楓一問，為井緩緩抬起頭。

看到他一雙溼潤的眼睛，楓嚇了一跳。

「夏川也不見了。」

「晶子姐？」楓驚訝地反問。

「嗯……三天前，她傳了一則簡訊說要辭職，還說再見。之後就再也聯絡不上她。」為井強忍著淚水，表情都變得扭曲。

看著為井這副模樣，楓無言以對。

「我當然不認為夏川跟這件事有關。嗯，我絕對不這麼認為！但是……我實在怎麼也想不出她突然要辭職的理由。」

「你問過她老家了嗎？」

「我們倆雖然交往，但我從來沒去過她的老家，連地址跟電話號碼也不曉得。」

「這樣啊……」

「現在我能商量的就只有町田一個人了。阿姨會不會知道他在哪裡呢？」

「應該不知道吧。早上看到報紙的時候，我媽還說他大概是因為忙這件事，這幾天才沒回家。」

「是哦……」為井垂頭喪氣。

「繁村大哥呢？找他商量的話……」

「他是個研究人員，對公司的經營跟實務完全沒接觸。接下來到底該怎麼辦啊……」

這時突然聽見開門聲，楓轉過頭望向大門。

「楓，是妳嗎？」

邊說邊走出門的媽媽，發現為井也在。

「哦，為井，你怎麼來啦？」

看到為井異常凝重的表情時，媽媽一瞬間也嚇到，但隨即露出笑容問他。

「媽，博史哥有跟妳聯絡嗎？」楓立刻問道。

「沒有啊，他不是在公司嗎？」

為井不發一語，只是搖搖頭。

「別站在門口啊，進來吧。」

「不用了……我還得趕回公司。」

為井眼神空洞，說完之後踏著虛弱的腳步離開。

「他不要緊吧？」

看著為井毫無生氣的背影，似乎媽媽也非常擔心。

「狀況好像比我們想像中來得更複雜。」楓說著，一邊跟媽媽走進家裡。

「是什麼複雜的狀況？」

媽媽問了之後，楓卻猶豫該不該說出為井剛才講的事情。

「我很擔心啊，快講。」

在媽媽強烈的目光注視下，楓在遲疑之中告訴媽媽為井的說詞。

不過，晶子的事她說不出口。

聽為井說了之後，楓大受打擊，而把幾個創業成員當作自己孩子疼愛的媽媽，想必會更心痛吧。

「真的會有這種事嗎……」

為井說的狀況實在太離奇，楓忍不住問媽媽。
「不曉得……不過，我覺得為井不會說謊啊。」
楓點點頭。
「博史看到報導之後一定也會很快聯絡他。」
媽媽說完後，拖著比早上更無力的腳步走向廚房。
町田現在在哪裡啊——
他真的是外出旅行嗎？之前沒想過這件事，但加上晶子也不見了，讓楓不由得有了詭異的推測。
但她立刻用力甩頭，告訴自己不可能有這種事。
晶子為什麼會突然銷聲匿跡，楓猜不透。或許只是有什麼苦衷非得立刻辭掉工作，也可能晶子本身就跟這次的風波有關。但至少町田不可能出賣為井或是ＳＴＮ。
走進廚房，看到媽媽失魂落魄坐在餐桌前。
這件事情對媽媽來說，果然刺激太大。
我忍不住懷疑，有一股看不見的強大勢力，企圖搶走我們珍惜的事物——
媽媽也是一再被搶走珍愛的事物啊。
想到這裡，腦中突然浮現那時町田的表情。
面對被熊熊烈焰包圍的工廠時，町田那股帶有強烈憎恨的眼神。
連續不斷降臨在自己這些人身上的災禍，難道只是單純的偶然？

還是……

「怎麼啦？杵在那裡做什麼？」

聽到媽媽的聲音，讓楓回過神來。

「沒什麼，只是想到連續有煩心的事情……想請爸爸他們多保佑。」

說完後，楓走到隔壁房間，在佛壇面前端坐好閉上眼睛，雙手合十。

請保佑我們，別再遇到這些惱人的事情了。

楓虔誠地向爸爸及祖先祈求後，睜開眼睛站起身。

「媽，妳那邊有沒有博史哥的照片啊？」

楓一開口，媽媽露出困惑的表情。

「妳記不記得，博史哥剛來這裡的時候，我們三個一起去台場玩？那時候有沒有拍照啊？」

當時楓跟町田都興趣缺缺，但媽媽希望兩人能快點打成一片，就提議一同出遊。

「妳要照片幹嘛？」媽媽不解問道。

「許願啦。看著照片用念力希望他趕快回來。」

媽媽聽了忍不住微笑。

「我記得應該收在客廳櫃子的最上層吧。」

楓打開櫃子抽屜尋找，拿起裡頭的幾張照片看看。照片裡的媽媽滿臉笑容，但楓跟町田都是一張撲克臉。

楓拿了照片走出客廳回到自己房間。挑了裡頭把町田拍得最清楚的一張放在書桌上，用手機的相機翻拍。

在傳給內藤的同時其實內心很猶豫，手指頭離開了傳送鍵。

會不會因為這張照片讓內藤更接近室井或組織核心，而害他遇到危險呢？

楓凝視著手機，始終按不下傳送鍵。

◆ 14

口袋裡傳來震動，內藤掏出手機。

收到簡訊。一打開來，看到是楓傳來的，還附加照片檔案。是町田的照片。

內藤看著面對鏡頭的町田，露出一點都不可愛的表情，同時想到幸好還來得及，不由得笑了。

話說回來，待會要去見的那個人——本田邦義，其實也不確定是不是想找的人。

內藤只從本田這個姓氏，加上對智商研究熟悉的這兩個線索，碰巧找到一個讓他感到好奇的人物。這麼看來，很可能根本不是他吧。不過，在網路上搜尋到本田的論文，看過之後的確讓內藤有些疑慮。

楓不只傳了照片，還附上訊息。

「工作加油，也保重身體。」

三天前才剛丟掉飯碗，看到這句話忍不住苦笑。

大概真的請假過多的關係，保全公司的主管終於要他走路。

聽到新幹線車廂內的廣播，通知名古屋就快到了，內藤把手機收進口袋裡，從網架上拿起包包，往車門走。

出了名古屋車站後，他左顧右盼，先找到沖印店。

把楓傳來町田的照片，還有三天前請智子傳來伊達的照片列印出來後，內藤走出沖印店，往計程車招呼站走去。

「要到哪裡？」一坐上計程車，司機就問他。

「你知道 Sakae 表演廳嗎？」

內藤一問，司機就點點頭關上車門。

待會兒本田邦義要在那個表演廳舉辦一場演講。

這次要是能找到跟室井有關的線索就好了——

內藤望著車窗外，努力克制激動的情緒。

可以容納大約兩百人的表演廳，坐了將近八成滿。

「接下來第六回市民公開演講即將開始。今天的主題是如何面對發展遲緩兒，邀請到演講的來賓是本田邦義老師。本田老師目前任職於京北醫科大學研究所，是醫學研究所的教授。多年來他一心研究自閉症，尤其對於發展遲緩兒的研究和支援，更是不遺餘力。請大家熱烈鼓掌歡迎。」

女主持人介紹完之後，隨著觀眾席響起的掌聲，舞台旁邊走出一名身材矮小、身穿西裝的白髮男性。

內藤一邊鼓掌，一邊盯著走向舞台中央的本田。

「謝謝主持人。我是本田。今天要跟到場的各位分享我在發展遲緩這個領域上研究的各種心得，請各位多多指教。」

本田智子說她從伊達口中聽到的「本田老師」，究竟是不是眼前的這位本田教授呢？

本田教授正如主持人所介紹，多年來專攻發展遲緩方面的議題。

研究發展遲緩的醫生跟學者不少，但本田教授特別著重在發展遲緩跟智商之間的關係，研究兩者是否有相關性。

本田教授的研究室就在東京四谷的京北醫科大學裡頭，據說他除了徵求兒童之外，還找很多人接受過檢測，大量收集跟智商有關的數據。

除非是獲選的人，否則沒辦法進入室井的組織。

光靠自己的努力也沒用，必須經過認證，是神明的指示才可以——

這個標準真的是智子想到的智商上的差異嗎？

另外，跟伊達講電話，幫他檢測智商的會是本田教授嗎？

演講的主題對於多年來擔任少年院法務教官，而且曾接觸過無數青少年的內藤來說，實在很有意思，但或許他腦子裡一直有其他事情，對演講的內容幾乎充耳不聞。

等到他回過神來，演講已經接近尾聲，本田教授在全場掌聲鼓勵下，退回到舞台側邊。

觀眾席上的群眾陸續起身走出去。

內藤也站起來，邊出去邊思索著該怎麼樣跟本田教授說上話。

他在一扇看似通往後台的門前停下腳步。從這裡進去，會不會就是後台休息室呢？不過，被發現有陌生人跑進去，一定馬上會被攆出來吧。

一名身穿西裝的人走過來。看他戴著臂章，應該是會場的工作人員吧。

「請問……」

內藤叫住他，男子停下腳步。

「你是演講會的工作人員嗎？」

內藤一問，男子點點頭回答：「是的。」

「剛聽了本田老師的演講，我覺得非常受用，想跟老師表達一下我的感謝。」

內藤知道就算這麼說，對方也不會輕易讓他見到本田，但還是姑且一試。

然而，男子的態度並沒有自己想像的那麼強硬，而是面帶微笑指著大廳角落。

「待會兒在那邊會有個本田老師的簽書會。老師也會到場，你可以到時候當面跟他說。」

內藤朝著男子的手指望去。桌上堆著一疊疊書，還有兩名貌似銷售員的女子。前面已經有幾個人排起隊來。

「原來有簽書會啊？謝謝你了。」內藤向男子道謝後就走向隊伍。

在隊伍中等候一會兒，本田教授在幾名工作人員的簇擁下出現。

內藤希望能跟他多講上幾句話，就把自己的位子讓給後面的人，自己排到隊伍的尾巴。

排隊的人一一跟本田教授交談、握手，同時購買書籍。等了大概三十分鐘，終於輪到排在最後頭的內藤。

內藤從桌上各式各樣的書籍中挑了兩本，付錢給銷售員。

「聽了老師的演講覺得獲益匪淺，不枉費我從東京跑這一趟了。」

內藤這麼一說，本田教授露出有些驚訝的表情。

「你特地從東京來的啊？太謝謝你了。你該不會從事醫療相關的工作吧？」

「不是。我現在離職了，但以前曾經是少年院的法務教官。」

「哦？少年院啊……」本田教授似乎興致勃勃，直盯著內藤不住點頭。

「是啊。過去也接觸過發展遲緩的青少年，所以對本田老師的研究很有興趣。我在網路上也找到幾篇老師的論文，主要是研究發展遲緩跟智商之間的相關性。」

「這樣啊？真是不敢當……」本田教授臉上堆滿笑容。

很想提起伊達的事，但旁邊還有幾個工作人員，不太方便再進一步深究。該怎麼樣才能發問呢？

「非常謝謝你，特地從東京跑一趟。」本田教授準備結束談話，伸出手來。

在始終抓不到適當的時機下，內藤跟本田教授握了手之後，教授就跟工作人員一起離開。

內藤還不死心，雙眼直跟著本田教授的身影。

只見他跟陪同的工作人員講了幾句話，之後就一個人往大廳後方走。看到他走進洗手間，內藤也緊跟在後。

隔了一會兒，內藤走進洗手間時，本田教授正在洗手台前洗手。一看到內藤走進來，他輕輕點了點頭示意。

「不好意思，我還有點事想請教……」

內藤說完，本田教授盯著他，露出不解的表情。

「其實我有兩張照片想請老師過目。」

內藤從外套口袋裡掏出兩張照片。

「老師認識這個人嗎？」

內藤遞出伊達的照片問道，先前滿臉笑容的本田，臉上出現一絲狐疑。

「這個年輕人是……？」本田教授看看照片後，抬頭望著內藤問他。

「我想老師的研究所裡應該徵求過很多人接受實驗，取得數據，不知道你有沒有檢查過這個人？」

內藤一問，本田的眼神又多了幾分質疑。

「不好意思，因為涉及個人隱私，我不能談論實驗對象。」

這個拒絕的理由早在內藤的意料之中。

對方似乎把自己當成可疑人物，只見本田把照片塞回給內藤。

就在本田要離開洗手間時，他朝鏡子裡瞄了一眼，突然停下腳步，直瞪著鏡中的一點。

內藤順著本田教授的目光，發現他正盯著自己左手上那張町田的照片。

「這張照片嗎？」

他遞出町田的照片，本田教授接過來，看得出了神。

「老師認識他嗎？」
內藤一問，本田教授抬起頭直盯著他。
「你跟他是什麼關係？」
本田教授沒回答內藤的問題卻反問。
「他是我負責指導的學生。」
「你負責指導的學生……難道是，在少年院？」
內藤點點頭。
「我跟老師一樣，都有義務保密。我也很清楚，照理說不應該講這些事情，但我還是有些事非向老師問清楚不可，所以才會到這裡來。」
「有事問我……？」
或許已經察覺到內藤的話非比尋常，本田教授的表情變得嚴肅。
「是跟他有關的事嗎？」本田教授低頭看著町田的照片說。
「跟他也有關係。可以占用您一點時間嗎？」
本田教授盯著町田的照片，思索了一會兒。
「那好吧。不過，我待會兒跟這邊的醫師有個餐會，我想大概九點會結束吧……」
「沒問題。」
「我今天會住在附近的 Sakae 大飯店。九點半在飯店的咖啡廳碰面如何？」
「謝謝。」

內藤比約定的時間稍微早到咖啡廳，卻看到本田教授已經坐在裡頭的座位。

「不好意思，讓您久等了。」

內藤走過去打聲招呼，本田教授抬起頭來。

「沒有，因為喝得有點多，我想該喝杯咖啡解酒才行，就提早離開來這裡。」

「很抱歉，打擾了您難得的聚餐。」內藤行了一禮後，在對面的位子上坐下。

他向走過來的服務生點了咖啡，隨即從包包裡拿出照片跟皮夾。接著又從皮夾裡抽出駕照，連同照片一起放到本田教授的面前。

「我還沒自我介紹，我叫內藤信一。大概五年前離職，之前是在栃木的少年院服務。如果您對這張照片有疑慮，也可以直接聯絡少年院確認。」

照片是過去內藤在少年院工作時，在教官室裡跟同事一起拍的。他事先準備好，希望能盡量減少對方的疑慮。

「我要是不相信你，一開始就不會跟你約了。剛才的照片，可以再借我看看嗎？」

內藤拿出町田和伊達的照片，放在本田教授的面前。

本田教授立刻拿起町田的照片，似乎表示只對這個人有興趣。

「他的名字叫做町田博史。」

「町田博史……」本田教授盯著照片，不斷低吟著。

「您不曉得他的名字嗎？」

「我對這孩子很有興趣，記得他叫『博史』。但不曉得他姓什麼。」

「您是什麼時候見到他的？」

內藤問完，本田教授卻遲遲沒回應。

看來他相信自己曾在少年院工作的事，但這並不表示他對自己完全信任。很明顯看得出來，他還有戒心，不知道該說多少。

「他過去多年來都沒有戶籍，很可能老師見到他時他還沒姓氏吧。」

內藤決定率先出招，讓本田教授稍微願意開口。

「沒有戶籍？」

本田教授似乎大吃一驚，原先低頭看著照片的他立刻抬頭瞪著內藤。

「是的。他被警方逮捕之前都沒有戶籍。是在進入少年觀護所的期間才取得。」

「原來是這麼回事啊……」

「在少年觀護所做了調查，發現他的智商高得令人難以相信。因為沒有戶籍，他連義務教義都沒受過，但進入少年院後不過短短一年多，不但學會了義務教育的課程內容，還獲得高中同等學力證明。」

本田教授聽著內藤的說明，一邊頻頻點頭。

果然本田教授就是幫町田檢測智商的人。

「他為什麼會被警方逮捕？」本田教授問。

「因為殺人罪嫌。」

聽內藤說完，本田教授看著他皺起眉頭。

「被害人就是另一張照片裡的人。」

本田教授將視線轉向伊達的照片。

「他叫伊達祥平。案子發生在大約七年前，據研判是兩個不良少年起了爭執下的犯行。」

「剛才你問……這個人有沒有到我的研究室接受檢查，是怎麼一回事？」

「你不認得這個人？」

本田教授點點頭。

「他在過世之前是個犯罪集團裡的成員。」

「犯罪集團？」

本田教授驚訝地睜大雙眼。

「對。那時候幹的是匯款詐騙。我問過當年跟伊達先生交往的小姐，她說伊達在加入之前好像接受過檢測。因為只有獲選的人才能進入那個組織……還說光靠自己努力也沒用，必須經過認證，是神明的指示才可以……雖然不敢肯定，但我們猜想會不會是智商的意思呢？不知道那個組織的高層是不是在挑選同夥時，就以智商高低為標準。伊達先生的女朋友聽到他曾跟一位『本田老師』通過電話，我搜尋之後猜想會不會就是您幫他檢測。我知道這樣非常失禮，但因為這樣就跑來找您。」

「難道你想說，我和我的研究室都跟犯罪集團掛勾嗎？」本田教授的語氣很不好。

「不是的。我是猜想，老師的研究室可能被利用在這個篩選制度上。」

「豈有此理……」

「事實上，老師您知道町田博史吧。他在被警方逮捕之前確實也是這個組織的成員。」

「你剛才不是說，是因為不良少年起爭執……」

「這是他面對警方的供述，但之後我發現事實不是這樣。町田可能害怕受到犯罪集團的報復，所以才對警方說謊吧。請問老師當初是怎麼認識町田的呢？」內藤問他。

「是透過別人介紹的。」

「那個人是不是叫室井？」

「室井？不是啊。」

內藤仔細觀察本田教授的表情，看他說的話是真是假。

「我跟犯罪集團沒有任何瓜葛，不知道你告訴我這些莫名其妙的事有什麼目的，總之讓我很不舒服。失陪了。」

「請等一下！」

眼看本田教授就要起身，內藤趕緊出手拉住他。

「這件事情非同小可。我剛才說，這個集團幹的是匯款詐騙的勾當，但我猜實際上的規模不僅如此。這個組織的領導人以智商為標準來篩選集團成員，很可能是企圖做出一些非常危險的事。就像過去撼動全日本的組織……」

「一派胡言！」

「您可以聽完我的話再判斷嗎？」

看到服務生端來咖啡，內藤不由得鬆開本田教授的手。

「麻煩您。」內藤低下頭懇求。

「我要續杯咖啡。」

本田教授一臉無奈，對服務生說完後，從口袋裡掏出香菸點燃。

在本田教授的咖啡端來之前，內藤啜了口咖啡，暫時沒作聲。

他在腦中整理接下來要說的話。

兩個人之間籠罩著凝重的沉默。

服務生端來一杯咖啡放在本田教授面前後離開。內藤也放下咖啡杯，稍微探出身子。

「我之所以察覺到有這個犯罪集團，就是因為町田企圖逃跑。」

本田教授露出一臉不解的表情。

內藤解釋了町田在少年院院外活動時逃走的狀況。

「這到底是什麼意思……」本田教授有些不耐煩，在菸灰缸按熄了香菸。

「他們逃跑之後，我追上去找人，路上碰到帶著槍的刑警，告訴我如果發現町田他們幾個，不要通報一一〇，直接打手機給他。後來發現根本沒有叫那個名字的刑警。」

「也就是說，假扮刑警的人是那個組織的成員，為了幫助町田逃跑才這樣跟你說的嗎？」

面對一臉困惑發問的本田教授，內藤點點頭。

「不只這樣。町田在被捕之前只有一個推心置腹的朋友，不過那個人有點智能障礙。」

「智能障礙的朋友……」

本田教授似乎對這句話有反應，打斷了內藤的話。

內藤從包包裡拿出稔的照片遞給本田教授。

「他名叫小澤稔。」

「我沒印象……」

「這樣啊……町田進入少年院之後沒多久，就有一個體型跟小澤稔相仿，而且有智能障礙的男孩子也進來。不過，其實這個人的心智根本沒問題，只是為了接近町田假裝智能不足，騙過少年觀護所的調查。煽動町田逃走的應該就是這個人。」

「就為了這樣故意犯罪進入少年院？」本田教授也不太相信。

「我猜是組織幕後黑手下的指示吧。我更進一步調查，發現同一個時期在全國各地都有體型跟小澤稔類似而且有智能障礙的年輕人進入少年院。」

內藤很努力想解釋清楚，但本田教授聽了卻忍不住笑出來。

「你講的事情太荒唐、太莫名其妙了，我實在聽不下去。」

「請您告訴我當初介紹町田給您認識的人。這個人說不定就是組織的幕後黑手。」

「他才不是什麼犯罪組織首腦。不好意思，我實在不相信你說的話。」本田教授說完就伸手要拿帳單。

「我完全能了解您不相信我的心情。不過，這是我拋下珍貴的工作，經過五年調查的結果，所以我深信這就是事實。」

內藤一說完，本田教授放下要抓起帳單的手，轉過頭看著他。

「既然你都這麼說了，我回研究室之後查查看接受檢測的人吧。實驗對象的姓名跟出生年月日我都有留底。那位叫伊達先生吧？你有他的出生年月日嗎？」

「現在手邊沒有，但我問到之後立刻跟您聯絡。」

只要問本田智子或增澤律師就知道吧。

「我只是覺得這樣子下去你跟我都會睡不好，所以才查查看。但如果查了之後確定這個人不是實驗對象……」

「我知道。萬一這樣，就請當作一切都是我的幻想。不過，要是真的有他的紀錄，到時候請告訴我是誰介紹町田給您認識。」

本田教授對這個條件似乎還有疑慮，沒有明確回答。

「還有另一個人……名叫雨宮一馬，也請您查一下。」

「他是誰？」

「就是我剛才說的那個假裝智能障礙進入少年院的人。我沒有他的照片，但知道出生年月日。」

之前因為對雨宮起疑，看過他的紀錄好幾次，也記得他的出生年月日。

「好吧。」

本田教授勉為其難點點頭。

◆
15

一掛上話筒，電話鈴聲又立刻響起。
「喂。這裡是社長辦公室。」為井不耐煩地接起電話。
「我是公關部的田邊。各個媒體都在催促社長開記者會，我們該怎麼說明比較好呢？」
昨天臨時被升上公關部主管的田邊，說起話來都快哭了。
站在第一線的公關部一定受到媒體嚴苛的批判吧。
雖然能理解她身負重任，但前一名主管棄械脫逃，為井也情非得已。
「就說我們還需要一點時間來釐清事情真相……」
「我也一直這樣說，但媒體就是無法接受。要是不趕快開記者會，恐怕接下來的報導會造成更大傷害啊！」她飛快說著，語氣顯得十分急迫。
這一點為井最清楚。但是現在要開記者會，實在說不出什麼任何能讓社會跟媒體接受的內容。
因為身為公司最高層的為井本身，都還沒能掌握目前的狀況。
在這種情形下召開記者會，只會被一群記者窮追猛打，最後造成STN的信譽掃地。
「總之再等一下。就說一旦釐清事情真相會馬上召開記者會啦！」為井只能這樣回答完就掛斷電話。
他想要暫時在不受電話打擾下好好想一想，於是把話筒拿起來，陷入苦思。
打從媒體揭露親膚眼罩有害健康一事，STN整個公司的運作完全停擺。

為了因應媒體詢問以及消費者的投訴，得增加很多人手，剩下的員工則忙於到處向交易廠商說明。至於繁村領導的研究室，為了盡快找出有害健康的原因，已經暫停所有目前正在進行的研究。各部門的領導階層中除了繁村之外都不見了，必須全部由為井一個人包辦。

這三天來他完全沒睡覺，腦袋昏昏沉沉。

不經意看到放在桌上的照片，心中很不是滋味。

那是五名創業成員的合照。

為什麼晶子跟町田在這種時候都不見人影呢——

為井不願意去想兩人跟這次的風波有關，但他們和其他高層一起銷聲匿跡，這時機未免也太巧。

我是說，現在的ＳＴＮ就連救那個小工廠的能力都沒有——

町田早就預料到ＳＴＮ此刻的困境嗎？如果這樣，為什麼那時候他一句話也不說呢？

搞不懂。町田到底在想什麼，晶子又是為什麼離開，為井想破腦袋也想不透。

看看時鐘，已經快七點了。

因為實在太害怕，完全沒看今天的新聞，不過還是非常在意媒體會怎麼報導。

為井坐到沙發上，拿起遙控器打開電視。

七點的整點新聞剛好開始。頭條果然就是ＳＴＮ產品有害健康的報導。

主播語氣嚴厲，說明事情的始末，以及ＳＴＮ至今還沒有打算召開記者會。

畫面從攝影棚一切換，為井大吃一驚。

螢幕上出現了明，看起來是他跟祕書久保麗子走出公司時被一群記者團團圍住。

「針對這次的問題，ＳＴＮ社長為井純的弟弟，也就是知名藥妝連鎖企業 TAMEI DRUG 的社長為井明，提出這樣的看法。」

「站在同樣為人體健康著想的業界立場來說，這次的事情讓我感到非常遺憾。」

明對著攝影機，一臉嚴肅行了一禮。

「ＳＴＮ的社長是你的親哥哥，針對這件事他有什麼表示嗎？」

記者的問題此起彼落。

「沒有……家兄跟我完全沒有聯絡。」

聽到明的這句話，為井感覺心中一股苦澀。

事情發生後，他不知道打了明的手機多少次，卻一直打不通。打到公司給他也是永遠都不在，沒有人代為轉達。

「TAMEI DRUG 接下來打算怎麼因應呢？」

「TAMEI DRUG 目前所有店鋪都已經將ＳＴＮ的產品下架，在今天的高層會議中也決定，未來不再銷售ＳＴＮ的產品。」

盯著畫面中的明，為井一臉錯愕。

「未來不再銷售，以兄弟來說是個非常艱辛的決定吧。」

「正因為是兄弟，才得做出這麼艱難的決定，否則很難取信社會大眾。」

說完後，明就跟久保麗子一起上車。

畫面切換回到攝影棚，但在那之前鏡頭帶到麗子的臉，為井看到之後不寒而慄。

那個女人很危險——

麗子在笑！思索著在腦中久久沒有散去的那抹冷笑，為井突然想起晶子說過的話。

結果他還沒問那句話是什麼意思，晶子就從自己眼前銷聲匿跡。

究竟是什麼意思呢？

是當初四個人一起吃飯時晶子感覺到的嗎？還是晶子之前就認識麗子了？

多年來擔任父親左右手的安浦說過，自從麗子擔任祕書，明整個人都變了，就像被洗腦。

跟明見了面之後，為井也有這種感覺。

事到如今，才察覺到晶子那句話的意思，以及想起麗子這個人。

為井從口袋裡掏出手機打給明。

「喂——」

原本心想，這次也不會有人接，所以一聽到明的聲音還有點手足無措。

「是我……我剛看到新聞了。」為井重振一下精神說道。

「是嗎？我應對得很不錯吧。」

聽到明的話有股衝動想罵他一頓，但為井還是努力克制自己的情緒。

要是現在掛斷電話，不知道下一次是什麼時候才能跟明說上話。

「我有事想跟你談。」為井壓低聲音說。

「好啊。」

明很爽快回答，倒讓為井愣了一下。

「我也有事要跟你說。我待會去你公司，你一出來的話，就會像捅到蜂窩，又會引起一陣騷動吧。」

「好，我等你。」

為井掛斷電話後深深嘆口氣。

強忍著心中的煩悶，等了將近一個小時，外頭響起敲門聲。

「TAMEI DRUG 的為井先生來了。」

「請進。」

為井一回應，房門便打開，明走了進來。

「我馬上就走，不用送茶進來了。」

明冷冷對祕書說完，關上房門走過來。

「剛才那段訪問……是怎麼回事？」

為井強忍著滿腹怒火，盡量保持冷靜說道。

「什麼怎麼回事？」明露出輕浮的笑容。

「你說跟我完全沒聯絡……我可是打了好多通電話找你耶。」

「我可沒說是你都沒聯絡唷。」

但恐怕所有看到那段訪問的人，都會認為是為井刻意避開跟明聯絡吧。

「為什麼一直都不接電話？」

「我們那邊也因為你們公司的事情忙得不可開交耶。」
「還有，未來不再銷售ＳＴＮ的產品，這是你的意思嗎？」
「是公司高層的共識。」
「安浦叔叔他們也這麼認為嗎？」
「老頭們的意見沒人要理。那些人只要維持現狀就心滿意足，根本不考慮將來的事。話說回來，反正那些老傢伙就快隱居了，跟他們也沒關係。今天的高層會議上除了未來不再銷售ＳＴＮ的產品外，還做成幾項決議。」
「決議？」
「從現在起停止對你們的資金援助。」
「你……」
為井直盯著明，啞口無言。
「你要終止對ＡＳ計畫的資金援助？」
「對。」
「這時候要是 TAMEI DRUG 終止援助的話，ＡＳ計畫就得半途而廢耶。」
「干我屁事啊。」明冷冷答道。
「別鬧了！這個計畫也是老爸的心願耶。再說，提供資金援助的不只 TAMEI DRUG，其他還有老爸找來的幾個熟識的公司。要是ＡＳ計畫受挫，等於丟老爸的臉耶。」
「那又怎樣？都已經不在這個世界的人了，我還顧得了嗎？」

看著明冷冰冰的眼神，為井深信安浦說得沒錯。

明被洗腦了——

過去他就算對為井的態度多惡劣，但提到父親絕對展現出百分之百的尊敬。

「我可不想跟ＳＴＮ同歸於盡。」

「你以為這樣行得通嗎？你要是違反老爸的意思，做出這種事情……不只你個人，就連整個TAMEI DRUG都會跟老爸交好的公司為敵唷。」

「跟老爸交好的公司……你以為經營公司是在玩嗎？」明似乎覺得很可笑。

「我沒有覺得在玩。只是，我很珍惜身邊一切的關係。光靠一個人能做什麼呢？」

「身邊一切的關係？不過全都是蝦兵蟹將一樣的小公司，我要是想對付他們，那些人全會自己先亂了陣腳崩潰。」

這人已經瘋了——

就算TAMEI DRUG是個大型藥妝連鎖企業，但跟其他公司敵對的話，要怎麼做生意呢？

「TAMEI DRUG就要跟GIGA DRUG合併了。」

聽到這句話，一時之間還搞不懂是什麼意思。

「你連GIGA DRUG都沒聽過嗎？」明不耐煩地反問。

「GIGA DRUG……是美國的？」

為井半信半疑一問，明立刻點點頭。

GIGA DRUG是目前全球最大的連鎖藥妝集團。

「為什麼……為什麼 TAMEI DRUG 要跟對方合併？又不是業績不好。」

跟 GIGA DRUG 相較之下，TAMEU DRUG 確實微不足道，所以表面上說合併，實質上根本是被吸收吧？

「GIGA DRUG 雖然是全球最有名的藥妝連鎖，唯有在亞洲地區被其他企業圍攻得很慘。藉著吸收 TAMEI DRUG 就能站穩腳步，正式進軍亞洲地區。」

「對 TAMEI DRUG 來說有什麼好處？」

「什麼好處……？就能成為全球第一的藥妝集團呀。」他的口吻聽起來好像在諷刺為井怎麼問這麼蠢的問題。

「這樣老爸辛苦建立起來的 TAMEI DRUG，名號就從此消失了耶。」

「無論再怎麼拚，TAMEI DRUG 就只是日本的第二、第三大企業，這種招牌有什麼價值？我之後可會成為全球第一藥妝連鎖的日本分公司執行長耶。」

「你是因為跟莫名其妙的女人交往，才會變得這樣腦袋怪怪的嗎？」

為井脫口而出這句話，明一瞬間變了眼神。

「你被久保麗子洗腦了。變得不正常……」

「你在亂講什麼啊！」

「我不怪你。你趁早離開那個女人，然後把 TAMEI DRUG 的實際經營權交給安浦叔叔。要不然我們家族這麼重要的公司就要沒了啊。」

「是安浦拜託你這麼說的嗎？」

「不是。除了你之外，所有正常人都會這麼想，大家都覺得那個女人當了祕書之後社長變得怪怪的。」

「搞什麼鬼！不准你說她的壞話！」

「晶子也說過，那個女人很危險。一定是女人的直覺。」

為井一說完，先前怒氣沖沖的明，臉色突然變得緩和。

「女人的直覺是吧……既然這樣，我告訴你個消息當作報答你好了。你自己還不是被那個女人利用？」

「那個女人？」為井直瞪著明。

「夏川晶子呀。你跟她在交往吧？」

「那又怎麼樣？」

「除了麗子之外，我不知道該相信誰，所以我雇了徵信社徹底調查過身邊所有人。結果出現了挺有趣的結果。」

看著明露出輕薄的笑容緊盯自己，突然感到一股莫名的不安。

「夏川晶子還在襁褓階段就被父母拋棄，住在育幼院裡。到了十二歲才被人收養。這件事你知道嗎？」

太強烈的打擊讓為井說不出話來。

「你果然不曉得。」

聽到明的聲音，為井才回過神。

「這……這又怎樣……」

晶子沒告訴自己這件事，的確讓為井感到莫名的寂寥，但這種事情並不會改變他對晶子的心意。

誰會喜歡提起自己被親生父母拋棄，只得在育幼院長大的往事呢？

「你該不會跑去追問晶子這件事吧？」

為井感到憤恨，直瞪著明。

他覺得晶子突然辭職，從自己面前消失，可能就跟這件事有關。

「我才不做那種事呢。」明帶著戲謔的口吻說。

「她是不是養女又怎麼樣？我對她的心意不會改變。」

「那很好啊。」

「我跟你已經沒什麼好說了，你走吧。」

為井發現，這時候跟明說什麼都沒用。

ＳＴＮ產品有害健康一事只能靠自己的力量來解決，但TAMEI DRUG的事情還是跟安浦等人討論比較好吧。

「我難得在百忙之中跑來這裡，你就聽我講完吧。」

「我比你還忙。要是你再不走，我就叫警衛來請你走了！」為井說完後就逕自走向辦公桌。

「夏川晶子的父親好像在澀谷開了一家設計事務所吧。」

「那又怎樣？」

她曾謙稱是個包括父親在內只有五名員工的小公司。

「你知道他在兩年前關了那間公司，離開在成城的家嗎？」

為井皺起眉頭。

「聽說夏川晶子的父母從此不知去向。究竟去了哪裡呢？」

聽到這句話，為井如墮入五里霧中。

◆16

口袋裡傳來震動。內藤掏出手機，一看到螢幕上顯示來電的是「本田邦義」，他立刻接聽。

「喂，我是內藤。」

「呃……我是京北醫大的本田。不好意思，隔了這麼久才聯絡。」

內藤從本田智子那裡問到伊達的出生年月日之後，前天傳了簡訊給本田。

「別這麼說，查證的結果……」

「兩個人都曾經是實驗對象。」

雖然沒有面對面，但內藤也能想像本田教授扭曲的表情。

「那麼，可以請您告訴我介紹町田的那個人了吧？」內藤的語氣強硬。

「你方便來京北醫大的研究室一趟嗎？」

「沒問題。幾點過去好呢？」
「可以的話，就一點左右吧。到時候大家都出去吃午飯。」
內藤看看時鐘，現在是十一點半。四谷的話，一點以前應該到得了。
「好的。」
內藤掛斷電話後，迅速做好準備離開住處。

抵達京北醫科大學時是十二點五十分。
他問了校園裡的學生，找到本田教授的研究室。
一到研究室時，門剛好打開，有幾名男女走出去。看起來應該是待在本田教授研究室的研究生。
「我叫內藤，請問本田老師在嗎？」
內藤一問，就聽到裡頭傳來一個聲音。
「請進。」
聽到本田教授的聲音後，內藤走進研究室。本田教授坐在研究室中間的一張大桌子前，視線從面前的電視轉向看著內藤。
「請這邊坐。」
本田教授請內藤在旁邊的位子上坐下。
內藤坐下後瞄了電視螢幕一眼。只見畫面上有兩名男性在一張桌子面對面坐著，看來攝影機是從上方拍攝。

其中一人拿著碼錶，另一個人則在紙上書寫。那個在寫東西的人感覺有點面熟。

不就是雨宮一馬嗎——

「這是雨宮吧？」內藤一問，本田教授點點頭。

影像不是太清晰，但跟內藤認識的雨宮印象差很多。

「根據出生年月日，他是在十七歲三個月時來這裡接受檢測。」

「他為什麼會成為這裡的實驗對象呢？」內藤問。

「透過別人介紹的。」

「那個人是……」

「一個名叫木崎一郎的人。」本田教授直視著內藤。

「木崎一郎——？」

內藤反問。

「是的。」

「介紹町田博史給您的也是這個叫木崎的人嗎？」

本田教授點點頭。

「這位木崎先生是什麼人呢？」

內藤問完，本田教授卻沒開口，只是直盯著內藤，似乎在思考要說明得多深入才好。

「先前已經講好了，我從這裡問到的事情絕對不會告訴其他人。至少讓我相信我猜測的方向沒有錯。」內藤正視著本田教授說。

「你還是認為他是那個犯罪組織的首腦嗎？」本田教授問。

「根據我蒐集到的資訊，組織的首腦名叫室井。不知道是木崎先生用了室井這個化名，或者根本是不同的人。不過，他介紹給老師的町田、雨宮跟伊達，的確都跟這個組織有關，從事犯罪行為。理論上他跟這個組織也脫不了關係吧。」

內藤說到這裡，本田教授嘆了口氣，稍微低下頭。內藤直視著他好一會兒，他終於抬起頭，似乎下定決心。

「我去沖杯咖啡吧。」本田教授起身。

「不用麻煩。」

「是我想喝。大概思考他的事情讓心情有點緊繃，想稍微放鬆一下。」

本田教授露出苦笑，從架子上拿了兩只馬克杯，走向研究室裡頭的流理台。他在馬克杯裡放了即溶咖啡粉，注入熱水，一手各端了一杯走回來。把其中一杯放在內藤的面前後又坐下來。

「謝謝。那我就不客氣了。」內藤道謝後啜了口咖啡。

「我跟一郎認識，已經是三十三年前的事了。」

把馬克杯端離嘴邊後，本田教授嘆口氣，低聲說道。

原來這麼久以前就認識啦。

「當年我還不是教授，但已經跟現在一樣，研究發展遲緩相關的內容。隨著研究進展，我開始把重心放在發展障礙跟智商之間的相關性，找了很多兒童來檢測，收集跟智商相關的數據。」

「其中一個人就是木崎一郎嗎？」

內藤一問，本田教授點點頭。

「起初我是找一些疑似發展障礙的兒童當作實驗對象，收集數據。後來為了要有對照組，就找了一般兒童收集數據。接著更擴大範圍，會找在各種不同環境下的孩子。」

「各種不同環境的意思是？」

「比方說，被父母遺棄、遭受虐待，必須進入育幼院的孩子。我獲得在千葉縣的一處機構協助，讓我收集裡頭那些孩子的智商數據。在那裡認識的其中一個男孩子就是一郎。」

「那時候他幾歲呢？」內藤問。

「十歲，念小學四年級。」

三十三年前的話，木崎一郎現在就是四十三歲了。

「檢測智商有很多方法。我們以育幼院裡的所有兒童為對象，採取了其中兩、三種測驗方式。我看到一郎的檢測結果時，實在不敢相信。因為數值高得離譜。我們起初還不相信，覺得可能只是他矇對的。話雖如此，這樣的結果也不可能視而不見。所以我等到他放暑假時，找他來東京一星期，就住在我家，然後再進行其他不同的測驗。最後發現，根本不是矇對的，而是他的智商不折不扣真的高得嚇人。」

本田教授驚訝的程度，大概就跟內藤當初在少年院裡看到町田智商測試結果時差不多吧。

「除了智商特別高之外，他是個什麼樣的男孩呢？」內藤很有興趣。

「怎麼說呢……雖然跟發展障礙不同，但他給人一種特殊的印象，在其他孩子身上感覺不到。」

「特殊的印象……」

「我跟他住在一個屋簷下一星期，覺得他是個極度缺乏感情的人。交談時雖然對答如流，或者甚至比同年齡的孩子懂事。不過，聽著他說的話，看著他的表情或一舉一動，我卻感覺不到其中有一絲感情。那時候當然還沒這種東西，但現在回想起來，就跟設定好程式的機器人一樣，以偵測對方的言談跟表情來做出適當的反應……感覺就像這樣吧。話說回來，後來聽育幼院的人說起他在進去之前的遭遇，多少也能理解了。」

「是因為被父母遺棄，或是受到虐待，造成心靈創傷嗎？」

「其實在那所機構裡的孩子，幾乎都曾經在那樣的環境裡生活。只不過，他的狀況有點特殊。」

「怎麼說呢？」

「他在兩年前被警方找到後就進入育幼院。不過，問到在警方找到他之前，住在哪裡，怎麼生活，他完全不知道。」

「他沒跟警方說父母的事情嗎？」

「好像只說了什麼都不記得，就連自己的名字也是。警察徹底調查過他的身分，也查過有沒有針對同年紀的人發出的協尋申請。不只在他被尋獲的附近地區，還包括全國的學校跟育幼院，但最後好像什麼都沒找到。」

「那木崎一郎這個名字呢？」

「最後只好幫他申請一個新的戶籍。他被尋獲的那個地方，市長就姓木崎。至於一郎嘛……就是個好記的名字吧？」

在申請新戶籍這一點上，感覺跟町田的遭遇很類似。

話說回來，町田是自行離家出走，木崎一郎卻是連之前自己住在哪裡，怎麼生活都不記得。

「我對他非常感興趣，雖然覺得這跟我本來要研究的發展障礙不太一樣，我還是很希望能更進一步多了解他。但是，沒多久他就離開育幼院了。」

「離開了？」

「對。警方搜尋過了，卻依舊沒有他的消息。我對一郎實在難忘，不時聯絡全國各個育幼院，詢問有沒有收容像他這樣的男孩，但直到十五年前都沒找到他。」

「所以，你們十五年前是在什麼狀況下重逢……？」

「突然有個身穿西裝的男人來找我。在他報上名字之前我根本認不出來，可見他變了多少，已經是個大人了。我在他年幼時跟他接觸，後來對他下落不明一直很擔心，不過，當他再次出現在我面前時，完全沒有當年的一絲不安，反倒有一股由內而外散發的自信。只是當我問起他為什麼離開育幼院，之後怎麼生活時，他只露出一臉痛苦的表情。所以我也不再追問他的過去，只要知道他還活著，我就很高興了。」

「木崎先生是為什麼來找您呢？」

「他來拜託我，能不能為他的事業提供協助。」本田教授的表情變得有些淒苦。

「他做什麼樣的事業？」

一聽到跟室井組織有關的資訊，內藤不由得好奇探出身子。

「他說他做的事業是要救助那些在育幼院裡的孩子。」

「救助孩子的事業……」內藤不解。

「多數狀況下，在育幼院的孩子都只能待到高中畢業，之後就得搬出去。但他們的經濟狀況都不好，就算本身有能力，多半也沒辦法上大學，或是找到自己想要的工作。所以他創設這個團體，目的就是讓孩子們離開育幼院之後能受到更好的教育，為社會培養更有貢獻的人才，提供孩子們在精神上及經濟上的援助。不曉得他那幾年來過什麼樣的生活，但好像在財經政界都建立了一些人脈，也有充足的資金。然而，他也感嘆實際上不可能幫助所有的孩子，無奈之下他希望以智商來當作篩選援助對象的標準。於是，問我能不能在這個研究室幫他檢測。」

「您就答應幫他檢測孩子們的智商嗎？」

內藤一問，本田教授含糊點了點頭。

「坦白說，我對於用智商來篩選的這個想法不太認同。但對他的說詞又無法反駁，最後還是幫他的忙。」

「他說了什麼？」

「他說，不培養那些有能力的人就沒辦法改變這個不合理的社會。他沒有父母，沒有家，也沒有錢，唯一能做的就是用神明給他的能力，站在救人的立場。如果能培養多一點這種人，創造更好的社會，到時候就算先前沒有被選上的人，從最後的結果看來不也一樣得救嗎？他在全國的育幼院奔走，只要找到出色的人才，就會帶來這裡接受檢測。有時候還有年紀不到十歲的兒童。」

「他帶這麼小的孩子來，就算智商很高，只要孩子還在育幼院裡，他也沒辦法提供什麼特別的援助吧？」

如果是他自己成立的團體倒另當別論，但在公家機構裡不能接受個人的特別待遇吧？

「這種狀況下，他會為孩子找收養家庭。給孩子一個比較好的環境，進一步提高能力。我對這件事雖然覺得不太對勁，但我並不懷疑，他是想為跟自己有相同困苦遭遇的孩子盡一份力……」

光看表面的話，的確看似為了孤兒盡心盡力，但脫去外衣就會發現，他的思想充滿危險的優越感。

「町田也是其中一人嗎？」

本田教授點點頭。

「他是八年前被帶來的吧。這孩子雖然跟一郎小時候不一樣，但也是給人特殊的印象。如果說，一郎是設定好程式的機器人，博史就像個冷冰冰的蠟像。他幾乎不說話，從頭到尾面無表情。不過，就連我已經見識過一郎的案例之後，看到博史極高的智商還是不免感到錯愕。」

「他跟木崎先生比起來，誰比較高呢？」內藤問。

「坦白說，到了那個程度很難判斷誰高誰低。我把結果告訴一郎時，問他這孩子是誰，他一臉心滿意足回答，是我的弟弟。」

「他說町田是他弟弟？」

「應該是開玩笑的吧。他的意思是兩人都是神之子。」

「神之子……」

「我聽到這句話，心裡多少有點擔憂。一郎跟博史的確在智商上都很出眾，這一點毋庸置疑。

不過，我不認為這能決定一個人的價值或人品優劣。」

如果木崎就是室井，這下子就了解為什麼他會不擇手段堅持要讓町田從少年院逃脫。對木崎來說，這輩子大概再也遇不到第二個像町田博史這樣智商超乎尋常的人了。

「話說回來……沒想到……他會跟犯罪組織有牽扯，這實在……」

本田教授似乎還是不願意相信，頻頻搖頭。

「他成立的團體叫什麼名字呢？」內藤問他。

「叫做『神共生會』。」

「與神明共生的會——？」

本田教授點點頭。

這名字聽起來還真詭異。

「地點就是赤坂一棟高層建築裡，有間很大的辦公室。不過現在已經沒了。」

「為什麼？」

「可能搬走了，也可能換了名字。不過，幾年前一郎跟那個團體的人就再也沒跟我聯絡。」

「大概多久之前呢？」

「嗯……差不多七年前吧。」

「在那之後木崎先生完全沒聯絡嗎？」

「是啊。其實我也有點好奇……是他已經實現了當初的目的嗎？或者可能後來太難籌措資金，團體就解散了。」

「知道他現在在哪裡，做什麼嗎？」
「完全不清楚。不過，他老是神出鬼沒，我常想，說不定他哪天又突然現身。」
「有沒有他的影片或照片呢？」
內藤問道，本田教授露出考慮的表情。
「如果他真的是犯罪組織的首腦，得防止他繼續變本加厲。」
內藤堅決地瞪著本田教授後，他默默起身。
本田教授在櫃子裡翻找了一會兒，拿著一支錄影帶走回來。
「這是博史檢測時的影像。」
本田教授從面前的放映機裡抽出先前看的那支帶子，同時放進手上的錄影帶。
畫面上出現跟剛才看到雨宮的狀況差不多。鏡頭從上方拍攝兩名面對面坐在桌子兩側的男子。町田坐在桌子前，非常專心在紙上書寫。對面身穿白衣的男子則手拿碼錶，盯著町田。在白衣男子後方站著一名穿西裝的男子。西裝男注視著町田，不時還露出微笑。
「他就是木崎先生嗎？」
本田教授表情複雜，看著電視畫面點點頭。
「麻煩讓我翻拍下影片。」
內藤從口袋裡掏出手機操作，還沒等本田教授回應，就擅自將手機對著電視畫面。
離開研究室，走在走廊上，內藤一邊思考接下來該怎麼做。

好不容易問出看似跟室井組織有關係的團體——「神共生會」，結果現在在哪裡，或是根本還在不在都不確定。

本來以為就要逮到室井的狐狸尾巴，結果喜悅只有一瞬間，想到得又重新回到起點，就感到好失望。

不過，能知道帶町田來的人叫做木崎，而且了解他的過去還知道他的長相，光是這樣也是一大收穫。

接下來就到「神共生會」先前辦公室所在的赤坂，到附近的公司或店家問問看，有沒有人知道木崎或組織內其他人的消息。

木崎的容貌已經錄起來，實際曾存在過的團體名稱也知道了。

要找到曾經擔任團體領導人的木崎現在在哪裡，做些什麼事，應該不會太難吧。

想到這裡，內藤發現自己一直緊握著手機。這時才收進長褲的口袋裡。

大概是聽到本田教授的一番話感到太過激動，掌心全是汗水。他找到旁邊的廁所，走向洗手台。

一直在町田身邊蠢動的那股莫名黑暗勢力，再過不久就能揭開真面目。

內藤邊洗手邊盯著鏡子，在心中默禱。

自己的確一步步接近中。

這時，他發現鏡子裡的自己表情好緊繃。

背後突然傳來個聲音，讓內藤嚇得回過頭。

原來是隔間裡的沖水聲。門一打開，有個染褐色頭髮的學生走出來，沒洗手就直接走出廁所。

內藤再次望著鏡子，捧了水洗把臉，想把恐懼從自己的內心趕走。

走出建築物，內藤停下腳步，往本田教授研究所的方向望去。

這些對本田教授來說或許很殘忍。

本意是為了援助育幼院的孩子貢獻一臂之力，沒想到卻被利用來為犯罪組織篩選成員。

結果不但讓伊達送命，雨宮也殺了人進入少年院。

內藤感到有些不捨，看看研究室之後又回過頭往前走。

感覺到一股震動，讓他立刻停下幾步。但震動不是來自長褲口袋裡的手機，於是他打開肩上的背包，伸手進去翻找。

一個多月前不知道誰把這支智慧型手機誤投進自家信箱，之後他就充飽了電，隨身攜帶。發出震動的就是這支手機。

「喂……」

內藤小心翼翼接聽電話。

「到赤坂去也是白費工夫。」話筒傳來男子的聲音。

「咦？」

聽不懂對方的意思，內藤直覺反問。

「他們老早就清除掉所有線索了。」

對方到底在說什麼啊。

「請問……」

「那群人就是這麼可怕的組織。」

在對方打斷他的話時，內藤猜到了他是誰。

「你是雨宮嗎……？」

對方不作聲。

「你是雨宮對吧！」

用強硬的口吻質問時，內藤腦中也冒出一個疑問。

為什麼雨宮會知道他接下來想去赤坂？

「我記得應該勸過你，要怎麼樣才能活久一點吧？」雨宮的語氣中帶著嘲諷。

「真不巧，我居然還活著。你偷偷摸摸躲在哪裡？就在附近吧？」

「你轉過頭看看呀。」

一轉過頭，看到不遠處有名男子。

一頭染色的褐髮，眉毛修得細細的，乍看就是時下的學生，正拿著手機貼在耳邊直視自己。就是剛才從廁所出來的那個學生。

內藤仔細打量著學生，才驚訝地發現，雖然跟之前見面時感覺截然不同，但他就是雨宮。

「你在這裡頭裝了竊聽器嗎？」

內藤把智慧型手機拿離耳邊，面向雨宮走過去，一邊對他說。

「不只竊聽器唷，還有ＧＰＳ。」

雨宮也把手機拿離耳邊，露出輕浮的笑容說道。
「你是怎麼查到我住的地方？」內藤問。
「這還不簡單？一直跟蹤你就好啦。從你走出請我喝啤酒的那間居酒屋，我就盯上你啦。」
「居然有這種事……」內藤愣住，喃喃自語。
「你忘了嗎？我最擅長的就是演技跟偽裝耶。剛才在廁所遇到，你也完全沒認出我吧？」
「幹嘛給我這玩意兒？」內藤遞出智慧型手機問他。
「當然是為了讓你當誘餌呀。」
「誘餌……？」
「我看你到處打聽組織的事，所以很期待不久之後過去那群老朋友來攻擊你。」
「原來是想要躲起來看我受攻擊，以此為樂嗎？居然為了這種事準備周到啊……你這人的品味還真怪異。」內藤不客氣地說。
「我可沒這麼好興致。只是想見到組織裡的人罷了。那群人現在全躲到檯面下，完全猜不到躲哪兒去了。」
「你見到組織的人之後有什麼打算？」
「我要找到線索，搶回被奪走的東西。」
「你被奪走了什麼？」
「我曾認為最重要的東西。」
說這句話的時候，雨宮的眼神中似乎多了一抹憂鬱。

「既然你要讓我當誘餌，引出組織的人，現在為什麼又露臉？」
「因為已經沒必要啦。我應該不會再見到你了吧，你有什麼問題，我最後一次回答你。」
「既然這樣，我有幾個問題。」
內藤從口袋裡掏出自己的手機，走到雨宮面前。
「這傢伙就是室井嗎？」他讓雨宮看先前自己錄下電視畫面的那段影像。
雨宮冷冷盯著手機畫面好一會兒。
「沒錯。」他回答得很乾脆。
「是室井下令要你進入少年院的嗎？目的是幫助町田逃走。」
「對。」
「室井為什麼這麼想要把町田拉回組織裡？他到底有什麼企圖？」
「天曉得。那個人在想的事，沒有任何人能真正了解吧。是個孤獨的人。」
「尋找小澤稔也是室井的命令嗎？」
「嗯。」
「結果你找到他了嗎？」
「問到他在哪裡了，可惜就在感人面對面之前，我被室井丟進海裡。」
「可以告訴我他在哪裡嗎？」
「仙台市區一個叫做光之丘莊的機構。」雨宮回答。
「室井為什麼這麼在乎町田？據說他跟町田的智商都超乎常人，所以是出於一種惺惺相惜的感情嗎？」

「他不是說町田是他弟弟嗎？兩個人都是神之子……」雨宮笑著說，似乎覺得不以為然。

「是啊。」

「自己具有異常的能力，卻沒辦法跟任何人有共鳴，一輩子活得孤獨的人，好不容易遇到一個或許能了解自己的人，就是另一個也有異常能力的人。不過，這個人卻二話不說就離開自己身邊。室井會在乎町田到這種程度，我也一直認為原因就是出於一種惺惺相惜的感情。因為可能花一輩子都再也找不到第二個這樣的人。不過，我最近終於發現，看來應該不是這樣。」

「什麼意思？」

「室井根本不會愛人。」

完全聽不懂這句話是什麼意思。

「這麼說未必正確，但有一種愛，是非得用破壞才能證明。好比說因為太愛一個人，最後只能毀了對方的一切。不過，室井的心裡就只有破壞，在破壞之中沒有一絲愛。」

「你的意思是，室井會毀掉對町田來說很珍惜的事物嗎？」

雨宮沒作聲。

但是，他左右張望，看著走在校園裡的學生。

「町田離開少年院之後上了大學吧？」雨宮突然開口。

「是啊。」

「他在學校裡跟一群認識的人開了公司吧？就是現在很夯的那間ＳＴＮ。社長聽說是TAMEI

DRUG的小開。」

「嗯。這些又怎樣……」

「如果可以重新來過，我也想過一次這樣的生活啊。跟個笨蛋一樣什麼都不想，跟一群夥伴無聊笑鬧，從來沒想像過搞不好自己幾個小時之後就要死了……真想過過這樣的生活啊。要是沒認識那個人，我也能過這種生活嗎？」

雨宮看了一圈校園，目光最後停留在內藤身上。

「人生永遠都能重新來過。」內藤說。

「你果然是少年院的教官。我要走啦。」雨宮露出苦笑，轉身背對著內藤。

「你不去搶回重要的東西嗎？」

聽到內藤大喊，雨宮轉過頭。

「只要我們同心協力……」

「要我跟臭老師一起行動？免了吧。」雨宮說完掉頭就走。

◆17

塞進換洗衣服後，楓提著包包走出房間。

到了廚房，媽媽還是那副失魂落魄的模樣，望著電視發呆。

「媽──」

楓一出聲，媽媽抬起頭看著她。

「我要出門了。」

「玩得開心點。路上小心哦。」

「要什麼伴手禮？」

「什麼都好啊。妳不用花太多心思，好好去玩吧。」媽媽說完後，視線又轉回到電視上。

但就連旁觀者也很清楚，她只是茫然盯著電視，對於節目的內容根本沒看進去。

打從工廠失火已經過了十天。火災當時造成的打擊已經逐漸平復，但同時媽媽的身心狀態似乎急速衰退。

雖然自己不是出門去玩，但對於在這個狀況下把媽媽一個人留在家裡，楓還是猶豫了很久。

「媽──」

媽媽又轉過頭看著楓。

「下次我們一起去溫泉旅行吧。」

「好啊。先等妳找到工作再說。」

楓點點頭，又說了一次「我出門了」，走向玄關。

前天她在社群網站上收到一則留言。

對方說他知道有個人跟那張照片很像，只是不確定名字是不是叫小澤稔。

而他是在仙台市區一個叫「光之丘莊」的機構裡看到那個人。

留下這則回應的人楓並不直接認識，所以也有可能是假消息。不過，實在令人好奇，說什麼都想親眼去看看。

查了一下，附近的福島縣伊達市區也有一處名稱裡有「光」的機構。

她盤算著，萬一是假消息就住一晚，順便繞到福島那邊看看，於是騙媽媽說朋友找她去旅行。走出家門，上了樓梯到二樓。來到町田的房間敲了幾下門，還是無人回應。

町田到底在哪裡呢？

晶子突然辭職，從為井等人面前銷聲匿跡，還有ＳＴＮ產品遭到舉發有害健康的事情，這些都跟町田毫無關係嗎？

從為井的話聽起來，這次ＳＴＮ產品有害健康的問題，以及連帶後續的危機，很可能是公司內部人士刻意引發的。

尤其晶子在這個時候辭職，行蹤成謎，在楓的心中實在很難消除對她的疑慮。

楓實在不認為町田會做出什麼有害ＳＴＮ的事，更不太可能跟晶子聯手。不過，ＳＴＮ的問題經過這幾天新聞大幅報導，他卻離家將近一星期，音訊全無，的確也很奇怪。讓楓無法克制心中愈來愈多不祥的猜測。

這次她藉口出外旅遊的目的當然是為了尋找小澤稔，但其中也有一部分是再也受不了待在家裡痴痴等著町田，一方面心驚膽顫。

現在自己該做的事，就是先找到稔。

楓勉強甩開那股不安的情緒，走出房間。

在前往車站的路上，手機鈴聲響起。是內藤打來的。

「楓，今天有時間碰面嗎？」一接起電話內藤劈頭就說。

接下來要去仙台了，但聽到內藤急切的口吻，似乎有什麼重要的事，讓她一時無法婉拒。

「叔叔現在在哪裡？」

「其實我已經在大森了。」

「那沒問題，我剛好也要到車站去。」

楓跟內藤約好就在之前去過的那家咖啡廳碰面後，便加快腳步。

一走進咖啡廳，內藤已經在裡頭的座位上等候。

「先點餐等飲料來吧。」

點了兩杯熱咖啡等著端上桌後，楓啜了一口咖啡，直盯著內藤。

「妳看看這個。」內藤掏出手機放在楓的面前。

他操作一下手機，畫面中出現影片。看起來好像在一個房間裡，有兩個人面對面坐在書桌前，後方還站著一名男子。

男孩趴在書桌上，在紙上寫東西，對面那兩個人似乎在觀察他。

「這是……？」楓的視線從手機上移到內藤身上，同時開口問他。

「我要妳看的是站在後面穿西裝的那個人，而不是坐在書桌前的那兩個。放大後會不會清楚一點呢？」

的確，手機畫面的大小勉強能辨識出人的模樣，但看不出穿的衣服或是表情。

楓把畫面放大，直盯著那名身穿西裝的男子。

好像在哪裡看過。

搜尋一下記憶，楓想起來了！感覺跟大概五年前在工廠附近打探町田消息的那個人很像。

「怎麼樣？有印象嗎？」

聽到內藤一問，楓抬起頭。

「嗯……好像有交談過，有點像是五年前在工廠附近打聽博史哥消息的那個人。」

「就是那個町田的長腿叔叔？」

楓點點頭，內藤隨即嘆了口氣。

「這個人到底是誰？」

內藤不作聲。

畫面裡的房間只放了一張桌子。看起來就像電視劇裡常看到的警局偵訊室。

「是承辦博史哥那個案件的律師嗎？」

內藤稍稍避開視線。

「該不會是……室井？」

看到內藤點了頭，楓忍不住直瞪著他。

當初他對楓說兩人都不要再深入追查室井跟犯罪集團了，結果內藤之後依舊持續調查室井。

「我本來要瞞著妳這件事，但又想跟妳確認當年打探町田消息的人到底是不是室井。另外，也想提醒妳留意，我不是想嚇唬妳，但說不定他哪天又會出現。」

內藤的說詞聽來像辯解。

楓低頭看看手機畫面，盯著那段影像的同時還是很難相信。

畫面上的男子——

露出一臉和善的微笑，柔聲打聽町田的近況，就像疼愛自己孩子一般的紳士——

竟然是率領恐怖犯罪集團，命令町田殺掉稔的人嗎？

「太離譜了……」

手機畫面出現劇烈搖晃。努力克制雙手的顫抖，卻怎麼也止不住。不只是握著手機的手，全身都抖個不停。

「對不起，妳好像受到很大的打擊。但這是真的，這個人就是室井。」

聽到內藤的話，楓抬起頭看著他。

「這是什麼地方？組織的大本營嗎？」楓問他。

「這是大學的研究室。」

「為什麼會到那裡……？」

「室井篩選組織成員的標準是用智商高低，這個研究室裡有人懂得檢測智商。在紙上寫東西的男孩子就是八年前的町田。室井帶他到那個研究室接受檢測，之後他才進入犯罪集團的吧。從時間來看，應該是町田被捕的一年前左右。」

楓用顫抖的手指移動畫面，盯著畫面上專心書寫的町田。

「為什麼室井在五年前會出現在我面前呢？」

「應該是想了解町田的近況吧？對室井來說，町田很特別。」

「因為智商很高嗎？」

「室井跟町田是同一類人。」

同一類人——

這句話引起楓的反感，望著內藤的眼神變得犀利。

「當然不是說在個性上的雷同，而是室井也具備不輸給町田，甚至比他還高的智商。加上童年時期的遭遇也跟町田類似。」

「什麼意思？」

「兩人都是光憑腦袋一個人生活。」

「博史哥不是一個人了……」

「是啊。町田已經不是孤身一人了。」內藤用力點點頭。

「室井是什麼樣的人？」

面前的內藤似乎非常猶豫，只是凝視著楓，默不作聲。

「您剛才說，他跟博史哥一樣，只憑腦袋一個人生活。意思是說，您知道了很多有關他的事嘍？」

楓說了這些，內藤還是沒開口。

「您是擔心我對室井知道得太多，會遇到什麼危險嗎？」

內藤什麼也沒說，但楓相信自己說得沒錯。

「我很感謝您這麼為我著想。但是……對我來說，一無所知才更可怕，會讓我擔憂得不得了。不管喜不喜歡，我都已經跟這些事情扯上關係了。」

是啊——

從認識町田博史這個人，到對他有了好感的那一刻起，自己就再也無法不管他人生之中的種種。

就算是再可怕的事也一樣。

「當然，就算我知道室井的事，也不會做出任何危險的事情讓您擔心。只是我覺得您聽到的事情，我也應該知道。可以告訴我嗎？」

楓說著低下頭，接著聽到內藤嘆了口氣。

「剛才我讓妳看的那個人，叫做木崎一郎。」

楓抬起頭時，內藤開口說了。

「木崎一郎……那個人是室井吧？」

「對。我拿那個人的影片給雨宮看，他說是室井。」

「您見到雨宮了？」

楓驚訝反問，內藤點點頭。

「嗯。昨天他突然出現。」

「為什麼……」

「他說，應該不會再見到我了，最後我有什麼想問的事情，他可以回答我……但我不確定他真正的企圖是什麼。」

「叔叔是怎麼知道木崎一郎這個人呢？」

雖然好奇雨宮跟內藤說了什麼，楓還是先轉回正題。

「我之前跟妳說過，我們倆都不要再深入追查那個組織的事……不過，這一陣子我都在調查跟伊達有關的事。我查到伊達在進入組織之前好像接受過智力測驗，一路追查到剛才說的那個大學研究室。據說原本做的是發展障礙兒童的研究，但同時也從很多實驗對象收集智商數據。不只伊達，還有町田、雨宮，他們都在那裡接受過智力測驗。而帶他們過去的人，就是木崎一郎。」

「木崎一郎究竟是什麼人？」

「只知道名字，但這個人包含出生都是個謎。」

「包含出生……」

「木崎小時候被警察尋獲時只有一個人，然後就進入育幼院住了一段時間。」

「是被父母棄養嗎？」

「唉，就連這個也不知道。」內藤搖搖頭。

「什麼意思啊？」

「木崎不只自己的名字，就連他的父母，還有之前的生活，全部都說他不記得。聽說警察也全面搜查他的身分，最後仍一無所知，只好幫他取了個新的名字，又申請新的戶籍。從他的發育狀況判斷大概是八歲，戶籍上就這樣記載，但想也知道，他也不知道自己正確的年齡。」

沒有戶籍的孩子——

雖然原因不同，但町田的確也有類似的遭遇。

「兩年後，木崎成為那個研究室的實驗對象，也接受智力測驗，結果顯示他的智商高得誇張。」

「他跟博史哥比的話……」楓興致勃勃問道。

「我也問了那個幫町田和木崎檢測智商的大學教授同樣的問題，但他說，到了那個程度已經很難判斷誰高誰低。」

「但木崎為什麼要成立犯罪組織呢？有這個好的腦袋，應該不愁沒有好的出路吧？」

「不清楚木崎成立那個組織的始末，也不知道他在成立組織之前的生活……因為木崎在接受智力測驗之後就從育幼院銷聲匿跡。」

「銷聲匿跡？」

「嗯。原因不明，而且也很難想像一個十歲左右的孩子要怎麼生活……直到十五年前，原先毫無音訊的木崎突然去到研究室。後來他更帶了很多年輕人到那個研究室，讓他們接受智力測驗。表面上的名義是為了援助這些孤兒。」

聽不懂最後一句話，楓一臉納悶。

「木崎成立一個號稱援助育幼院院童的團體，還擔任領導人。這個連名字都很詭異的團體，就叫做『神共生會』。當時木崎似乎在財經政界有些人脈。他走遍全國的育幼院，找到高智商的年輕人，給他們洗腦，吸引他們進入自己的組織。」

沒想到內藤竟然對於一個摸不清來路的組織查得這麼清楚，楓大感吃驚。

「那個團體現在還在嗎？」楓激動問道。

「很可惜，現在好像解散了。而且連木崎也從七年前又失去消息。」

「這樣啊……但雨宮跟伊達並沒有進到育幼院吧？」

「嗯。育幼院收容的都是十八歲以下的孩子，加上很多都是舉目無親，對吸納進組織來說是非常適合的對象。不過，可能沒那麼多人符合木崎想要的高智商，所以他一定也從其他地方尋找人選。」

「其中博史哥的智商又特別高吧？」

內藤點點頭。

「應該是異於常人吧。所以教授也問了町田是誰，據說木崎心滿意足笑著說，是他的弟弟。還說他跟町田都是神之子。」

「神之子……」

「他的意思是，都是神明親自挑選，與眾不同的人吧。」內藤語中帶著不屑。

「木崎在工廠附近打探博史哥的近況時，那副模樣真的很像疼愛自己的小孩。」

楓回想起木崎問起町田時那副和藹的表情。

「疼愛嗎……」

楓聽到內藤似乎話中有話，使了個帶有詢問的眼色。

「木崎根本不會愛人。」

楓聽不懂內藤的這句話。

「這是雨宮說的。他過去一直認為，木崎之所以這麼在乎町田，一定是因為町田跟自己很像，有一種惺惺相惜的感情。但他最近發現，或許不是這麼回事。因為木崎不會愛人，他只是一味破壞，而在破壞之中不帶一絲愛。」

那傢伙的心裡就只有破壞，在破壞之中沒有一絲愛——

楓從這句話裡思考著木崎的個性。

「如果不是因為感情，又是為什麼呢？」

「不知道他對町田有什麼樣的企圖。不過……」內藤支吾其詞。

「不過？」

「呃……沒什麼。不知道其中究竟是什麼樣的情感，但木崎對町田特別在乎，這一點錯不了吧。」

「木崎現在還是在暗中觀察博史哥嗎？」

明知道內藤也無法回答這個問題，但楓還是忍不住想問。

「不曉得。但我最希望的還是他已經不存在。」

「不存在……是死了嗎？」

楓一問，內藤點點頭。

先前一直沒想到這一點，但這也不是不可能。

木崎對町田在乎到不惜找人進入少年院煽動町田逃走，結果，這五年來町田的身邊卻沒發生任何異狀？

「或許也有這個可能性。因為木崎對博史哥這麼在乎，結果五年來什麼都沒做，只是在暗中觀察他，怎麼想都覺得怪怪的。說不定他是五年前發現自己得了什麼病，想在死前了解博史哥的近況，才到工廠附近偷偷觀察。」

「要是這樣就好了……更進一步說，如果木崎一死，他的組織也跟著瓦解，那就更值得高興了。」

嘴上這麼說，但聽起來似乎不這麼認為。

「有什麼事讓您不以為然嗎？」楓很好奇問道。

「倒也沒什麼事。只是心裡還是有股感覺不太對勁，妳不用太在意。」

內藤說完啜了口咖啡。

「對了……我知道稔待在哪間機構了。」

一放下杯子，內藤似乎突然想起來。

「真的嗎？」

「我聽雨宮說的。是在仙台市區，叫做『光之丘莊』。」

就是在楓的社群網站上留言裡提到的地方。

「其實我待會就打算去那裡。」

楓一說，內藤就納悶問道：「為什麼妳會去？」

「前天有人到我的社群網站上留言，說在那裡看到跟我登的照片上很像的人。雖然我也懷疑是不是假消息，但還是想去探探……就說要跟朋友旅行。可以請您別告訴我媽嗎？」

「我知道。既然這樣，妳也差不多該出發了吧。」

內藤拿起帳單，楓也跟著起身。

「叔叔接下來呢？」走向收銀台時楓問他。

「回家暫時好好休息一陣子吧。偵探遊戲告一段落。」

騙人的吧。再來他應該會去調查過去以木崎為首的那個團體。楓希望他別涉險，但說了內藤大概也只會當成耳邊風。

「對了，町田好嗎？」走出咖啡廳時內藤問道。

「這個嘛……他大概一個星期都沒回家。」

「因為那場風波都窩在公司裡嗎？」

「不是耶。他好像跟公司的人說要去旅行，但手機怎麼打也沒人接……公司出了這麼大的事，他到底跑去哪裡，在幹嘛呀？」

內藤先前心中的不安再次浮現。

「他那個人就是這樣。一定只是一副事不關己的態度，悠哉悠哉到哪裡玩了吧。」

內藤笑著說，大概是為了安撫楓。

下了公車，楓用手機上的地圖對照著收容機構的地點，邊看邊走。

據說光之丘莊收容的都是身體或精神上有障礙，不易自理日常起居的人。好像沒有特別規定入住年限，所以稔現在應該還在那裡吧。

馬上就能見到稔——

由於彼此都很難一個人活下去，因此町田和稔就像兄弟一般互相扶持。當時，稔是當年唯一能讓町田敞開心房的人，而現在也是他最想見的人。

看到類似收容機構的圍牆了。沿著圍牆來到大門口。旁邊有塊門牌，就寫著「光之丘莊」。

楓凝視著門牌，思考很久待會兒見到稔之後，第一句要對他說什麼。但實在想不出來。

她又想，到時候就讓情緒自然流露好了。於是穿過大門，朝兩層樓的建築走去。

一進到建築物裡，面前就是個接待櫃台。有一名身穿白衣的年輕女子，正看著櫃台上的一疊資料。

「妳好。」

楓走進櫃台打聲招呼，女子立刻抬起頭。

「妳好。」對方微笑回應。

「呃……我叫前原楓，想來找一位住在這裡的小澤稔先生。」

楓一說完，女子有些納悶，「小澤稔先生嗎……」

「是的。我聽說他住在這裡，所以才過來。」

「這樣啊……不過，住戶裡沒聽過這個名字耶。」女子露出困惑的表情。

「就是這個人。」

楓從包包裡拿出手機，讓女子看看稔的照片。

「這裡沒有這位先生哦。」

「或者現在沒有，但以前住過這裡呢？」楓又問了。

網站裡的留言並沒提到是什麼時候看過稔。

「哦哦，我差不多一年前才來這裡……妳稍等一下。」

女子說完後，把手機還給楓，轉身走到裡頭的辦公室。等了一會兒，跟另一名年長的女性一起回到櫃台前。

「請問這個人之前住過這裡嗎？他的名字叫做小澤稔。」楓把手機上的照片遞到老太太面前問道。

楓滿心擔憂直盯著望向照片的老太太，「哦哦哦……是小澤先生吧。」對方用力點著頭，然後抬起頭看著楓。

「您認識他嗎？」

「是啊。我記得，他是兩年前離開的。」

聽到老太太的回答，楓終於鬆了一口氣。

「他現在在哪裡呢？」

「回到親人身邊了。」

「親人身邊？」楓顯得不解。

「是啊。稔在五年前當遊民時被志工找到，進了這間收容機構，但他一直不知道自己的身分。可能是他先天就有智能障礙，加上長時間生活在惡劣的環境下，罹患了嚴重的健忘症……他連自己的名字、住在哪裡、有沒有家人，這些事情完全想不起來。」

先前楓去查訪當年收留稔的親戚時，聽說他已經沒有親人了。

親戚說，稔從出生就是父不詳，母親則是硬把稔塞給親戚後就跟男人不知跑哪去了。

「親人……是他的母親嗎？」

「不是耶，是他的弟弟。」

「弟弟？」楓驚訝反問。

從來沒聽說稔還有弟弟。

「他弟弟是什麼樣的人呢？」

「因為沒有直接見到他弟弟，所以問我是什麼樣的人……」

老太太搖搖頭，意思是不知道。

「這是怎麼回事？」

「因為來這裡的是他弟弟的太太。大概兩年前，就跟妳一樣拿著他的照片，來問這個人是不是住在這裡。因為他們是在稔失蹤後才結婚，所以稔並不認識這位弟媳，不過，當他弟媳給稔看了他弟弟的照片，稔似乎很開心。」

「他弟弟怎麼沒一起來呢？」

「聽說是在那半年前左右生病住院了。之前他弟弟好像一找到時間就在找稔，住院之後就由他太太到各個機構去打聽。這下子我們才知道原來他的名字叫小澤稔。」

「知道那個人的聯絡方式嗎？」楓感到一股焦躁。

「我想應該有留下來。妳稍等我一下。」

老太太說完後就走進裡頭的辦公室。

等待的同時，楓不斷感覺胸口糾結，有股不祥的預感。一會兒之後老太太回來。

楓看著老太太遞給她的便條。

一看到上面寫的地址，她震驚到差點當場跪地。

是家裡的地址。

楓緊抓著時刻表的柱子，撐著身子等候，好不容易看到公車慢慢駛來。

公車在楓的身旁停下來，打開車門。她拖著沉重的腳步上車，在駕駛座後方的空位上整個人癱坐下來。

打從看到寫著自家地址的便條那一刻，就覺得呼吸急促，快喘不過氣。

老太太說看過稔的弟弟的照片，於是楓拿了町田的照片給她看。她說就是這個人。

但楓怎麼也想不透，町田會託人來把稔帶走。

這麼說來，答案只有一個。

是木崎要組織裡的人把稔帶走。

確定這一點的同時，卻也有想不透的地方。

把稔帶走，是因為木崎打算藉此當作要町田回到組織裡的籌碼嗎？

因此，五年前才會要雨宮去尋找當了遊民的稔。

如果是這樣，為什麼稔被帶走了兩年，木崎對町田卻沒有任何行動呢？實在太奇怪了。

或者只是楓沒發現，實際上町田早就已經被找回木崎的組織了？有沒有可能呢？

平常在前原製作所裡工作，一方面又背著楓他們擔任木崎的左右手，參與犯罪……

想到這裡，楓趕緊掏出手機，想把這個念頭趕出腦袋。她立刻按下按鍵，畫面上隨即出現一張照片。

那是里紗婚禮上拍的照片。站在楓身邊的町田露出淺淺的微笑。

不可能！

他不可能跟楓和她母親這麼多年來過著相同的生活，同時又背地裡回到木崎的組織中幹些可怕的非法勾當。

盯著畫面上的町田，楓對於先前一瞬間的無稽猜測感到歉疚。

那傢伙的心裡就只有破壞，在破壞之中沒有一絲愛——

不經意想起雨宮說過的那句話，緊握著手機的手劇烈顫抖。

該不會——

木崎的目的並不是要讓町田回到組織，而是要毀掉町田珍惜的一切？

木崎應該很輕易就猜到，町田多年來一直在找稔。

哪天町田找到了那個收容機構，發現有人假借自己的名義早就把稔帶走的話……

到時候町田就會知道木崎奪走了自己珍惜的事物吧。

一切都是為了要毀掉町田珍惜的東西……

想到這裡，一瞬間楓的腦海中浮現這陣子在町田身邊發生的數起災禍。

我忍不住懷疑，有一股看不見的強大勢力，企圖搶走我們珍惜的事物——

明顯是因為有人動手腳才釀成的ＳＴＮ產品有害健康的問題，還有前原製作所的火災，難道一切都是木崎搞的鬼嗎？

楓想起町田凝視著烈焰熊熊的工廠時，那雙充滿憎恨的眼。

當時町田已經知道工廠火災是木崎幹的嗎？

火災過後，楓拚命說服他重建工廠，町田卻堅持反對。之前他對於楓要繼承工廠還積極給予支援，後來翻臉像翻書一樣，態度突然變得冷淡。

楓還不死心，追問町田難道工廠不是他最珍惜的地方嗎？所以他才推掉了ＳＴＮ高薪的工作，選擇留在工廠。

所以我才勸告妳——

町田一臉落寞，說完這句話就離家，從楓等人的面前消失。

或許他發現了，只要他還在這裡，即使重建工廠，也只會讓木崎再次毀掉。

ＳＴＮ的狀況也一樣，只要自己牽涉在內，災禍會一個接一個，難以收拾。是不是有這樣的考量，町田才決定離開楓跟為井等人呢？

楓看著町田的照片。

就算有什麼災禍也無所謂——

只要大家同心協力，一定都能面對。希望町田能早日歸來。

聽到敲門聲，為井抬頭看著房門。

「請進──」

為井回應後，門一打開，公關部的田邊立刻衝進來。

「社長，您看了新聞嗎？」田邊神色倉皇。

「沒那個心情看。發生什麼事了？」

反正又是產品危害健康的問題，被媒體進一步窮追猛打吧。為井覺得好煩。

「TAMEI DRUG 的社長出意外了。」

一聽到田邊的話，為井大感錯愕。

「意外？」

「不知道該說意外還是人為……總之，您先看看新聞。」田邊說著，拿起遙控器打開電視。

為井摸不著頭緒，起身轉向看著電視。

「今天中午在新宿 Rising 大樓正門玄關附近，發生一起小貨車衝突事故。」

畫面上出現 TAMEI DRUG 所在的那棟大樓正門玄關。鏡頭帶到撞上柱子燒得焦黑的小貨車車尾，以及散落一地的碎玻璃。

「小貨車衝撞正從大樓走出來的兩人後，就直接撞上牆壁起火。駕駛車輛的男子確認死亡。受到撞傷的是 TAMEI DRUG 的社長為井明，以及同公司的員工久保麗子，兩人已經送往醫院救治。

至於這是否是一起蓄意衝撞兩人的殺人未遂案，警方正深入調查……」

看著畫面上令人不舒服的景象，為井的眼前差點變得一片黑。

一出電梯，他快步通過走廊，看到安浦。

「安浦叔叔——」

為井一開口，安浦立刻轉過身。一臉嚴肅。

「我媽在裡面嗎？」為井問他。

「剛才……大概聽到社長沒有生命危險，鬆了一口氣之後就暈倒了……現在在另一間病房接受治療。」

「這樣啊。」

離開公司前為井跟安浦聯絡過，知道明雖然全身有多處骨折，幸好沒有生命危險。

「現在可以看看他嗎？」

為井看著面前的病房。房門上掛出「為井明」的名牌。

「呃……現在剛好有警察在裡頭。」

「要詢問案情嗎？」

安浦點點頭。

「久保小姐的狀況呢？」

「聽說剛才已經不治身亡。」

聽到這個消息，為井深深嘆了口氣。

「為什麼會搞成這樣呢……」

雖然之前對久保麗子有點意見，但面對她死亡的事實，安浦依舊露出沉痛的表情。

「知道兇手是誰嗎？」為井問他。

「聽警方說，那個人身上好像沒什麼能證明身分的物品。小貨車也是贓車，接下來就要驗指紋，看看能不能從前科犯裡找出符合的人。」

房門打開，有兩名身穿西裝的男人走出來。

「我是為井明的哥哥。」為井對兩人點點頭，打聲招呼。

「原來是為井先生……這陣子你也辛苦了。」

老刑警說完，也輕輕點了點頭。

「我弟弟的狀況怎麼樣？」

「感覺整個人驚魂未定，我們明天再來請教他一些問題。」

「我弟在這裡會不會還有危險呢？」為井有些擔心。

「不能說完全不會，所以我們派了員警。人待會就過來，我們先告辭。」

兩名刑警跟為井還有安浦簡單致意後，就走向電梯。

為井看著病房門，猶豫著自己該不該進去。

「去問候他一下吧。看到自己的哥哥，也會讓他稍微放心吧。」

聽安浦這麼說，為井點點頭，敲了一下門。

「我是大哥。」

裡頭沒有回應，為井逕自打開門。

躺在病床上的明看著另一側的窗戶。為井關上房門，走到病床旁邊，明也不轉過頭。

為井繞到病床的另一側，直盯著明的臉。兩人面對面，明還是毫無反應，空洞的眼神游移，不知道聚焦在哪裡。

「碰上這種事真是運氣不好，還好沒有生命危險。」

不知道該說什麼才好，為井先隨口這麼說。

「麗子她……」

明依舊面無表情，只有嘴稍微動了動。

看來剛才那兩位刑警還沒告訴他。

「聽說剛才過世了。」

話一說完，明之前不露一絲情緒的眼神突然變得異常激動。

「為什麼……為什麼我們會遇到這種事？」明整個身子劇烈顫抖。

「你猜得到是誰幹的嗎？」雖然很難過，為井還是問了。

「猜得到啊。」

聽到明的回答，為井心跳加速。

「是誰？」

「不就是你？」明一說完，雙眼直瞪著為井。

「你、你在胡說什麼啊！」

聽到明的回答，加上他銳利的眼光，讓為井一下子倉皇失措。

「除了你跟安浦那票老頭哪還有別人？」

「別鬧了！我們幹嘛做這種事。氣死我了！」

「你們全都把麗子當作眼中釘呀。所以找人來殺了麗子對吧？但要是只針對麗子一個人，兇手的目的很快就被發現，所以才鎖定她跟我在一起的時候。」

「什麼鬼啊……兇手下手的目標是你耶，她是受到波及吧？」

實在不想把話說得這麼重，但被明一激之下就脫口而出。

「為什麼會要置我於死地！」

「因為你作風太強硬呀。要是 TAMEI DRUG 跟 GIGA DRUG 合併，會有很多人蒙受其害吧，其中有人想要你的命也不奇怪。可能對方原本只是想嚇嚇你，結果運氣不好，兇手跟她都死了。」

「開車的傢伙是盯著她，不是我耶。然後直接朝著她衝過來，我是為了保護她才被波及。」

「真的嗎？」為井驚訝反問。

「真的啊！剛才那兩個刑警也說，從監視攝影機看起來就是這樣。」

這究竟是怎麼回事？

為什麼要攻擊手中並無公司實權的社長祕書。

「反正你們遲早會被抓走。等著瞧吧！」明狠狠說道。

◆19

盯著螢幕上那名女性的大頭照，倒抽一口氣。

久保麗子——

「她是我最忠誠的同志。」

聽到這聲低喃，原先望著螢幕的視線轉向木崎。

木崎似乎也因為這段新聞大受打擊，眼神空洞直瞪著螢幕。

猶記第一次見到她是大概五年前。到木崎的事務所時，她跟一名看似跟自己年紀相仿而且塊頭很大的男子一起進到辦公室。

那時她的容貌、髮型跟氣質都跟現在完全不同。不過，帶著對某些事情厭惡的深沉靜謐眼神，倒是一點都沒變。

「她的本名叫雨宮美香。」木崎的語氣平淡。

「是嗎？」

木崎自己對組織裡的人都自稱名叫「室井仁」。然而，對自己來說，他永遠都只是木崎一郎。

這個人將自己從黑暗中拯救出來，還給了自己過去從來不曾擁有過的生命喜悅。

為什麼要用化名呢？自己也能了解那種心情。

因為那個本名並不是個樂見自己來到世上的人為自己取的。自己也並不喜歡自己的本名。不過，姓氏因為是珍惜自己的木崎給的，所以格外中意。

那個女人用木崎給她的名字死去，有什麼感想呢？
「這是你以前說過的報復嗎？」
木崎不否定也沒有肯定。
換了下一則新聞後，木崎先前盯著螢幕的雙眼移到自己身上。
「為什麼回來？」木崎問道。
「因為我想待在你身邊。」
「不是為了要保護珍惜的事物嗎？」
木崎彷彿看透內心的目光，令人一時之間無言以對。
「難道不是在什麼影像中看到了她，才決定回來嗎？」
就算真是這樣，內心也無怨無悔。
「我想報恩。就只是這樣……」
「我不希望妳不幸。」
木崎的話深入心底。
「不想變得像她這樣，就快回去吧。」木崎接著又說。
「為什麼……為什麼到現在還是不讓我進入組織呢？」
早從很久之前就已經發現了。
木崎會找來一些跟自己差不多年紀的年輕人，要他們做些事。也知道那些人對木崎當神一樣崇拜。

話說回來，因為不在組織裡，或許這樣，自己是把木崎當人看而不是當神看。

「因為妳很特別。」

這回答令人意外。

「我的腦袋沒有町田那麼好。」

對木崎來說，和他有同等智商的町田才特別吧。

第一次知道這個人是在八年前。擁有高得可怕的智商，名叫博史的男孩子。而且這個男孩子還沒有戶籍。

自從談起這個名字，木崎明顯變了。

過去的木崎，從他穩重的言行舉止中透露出內心一股深不可測的絕望與孤獨，當年自己雖然是個孩子也能感受得到。

或許正因為自己是個孩子，正因為知道木崎跟自己的人生有類似的際遇，才能感受到他心中那股深沉的闇黑。

然而，一提到博史這個名字，木崎表情中的那抹闇黑就會倏地消失。

那模樣彷彿是聊起自己親生孩子的父親，是自己從來不了解的那一面。

想起自己每當聽到他談起博史，心中就會有股強烈的嫉妒盤旋。

「對我來說，妳跟町田是不同方面的特別。」

「怎麼說？」

實在很想知道他的理由。

「妳跟我唯一愛過的人很像。」
木崎說完後，嘴角微微揚起。
「我嗎？」
「第一次見到妳，我就聯想到那個人。」
認識木崎時，自己十二歲。
「那個人……」
「死了。」
木崎低喃。凝視著他的雙眼，感覺觸碰到他內心絕望及孤獨之下的真實。
「十一歲的女孩，自己結束了生命。」

◆
20

「神共生會啊……」
「大概五年前就在對面大樓有一間辦公室，有聽過這個名字嗎？」
內藤一問，簡餐店的老闆搖搖頭。
「或者有沒有來這裡的客人中，曾經有人提到什麼機構的事情呢？」
「機構？」

「是的。就是收容一些被棄養或是被虐待的孩子那類機構。」

「不曉得耶。我才不會一直去聽客人講什麼咧。」

「這樣啊，不好意思，百忙之中打擾。」內藤低頭道謝後就往店門走。

正要走出去時，聽到一個名字讓他轉過頭。

他望向電視，正在播出新聞。播報員在一棟大樓前連線報導。這陣子類似的畫面不知道看了多少。

內容是有一輛小貨車在新宿某棟大樓前衝撞兩個人的案子。令人難過的是，被撞的一名女性跟後來直接撞上建築物的駕駛，兩人雙雙死亡。

由於遭到衝撞的目標是TAMEI DRUG的社長，從昨天就引發社會震驚。

正當內藤以為自己聽錯，或是剛好同名同姓時，畫面切換了。

一看到螢幕上出現的男子面容，內藤倒抽一口氣。

畫面上的人竟然是雨宮。

「發生在昨天的TAMEI DRUG社長遇襲一案，兇手的身分已經確認……雨宮一馬，二十五歲。警方正追查雨宮攻擊為井明以及久保麗子的動機，並進一步釐清是否還有共犯。」

為什麼？為什麼雨宮會做出這種事……

內藤聽著主播的聲音，愣在原地盯著電視螢幕上雨宮那張臉。

「請問，還有其他事嗎？」

忽然響起的聲音讓內藤轉過頭。

只見簡餐店的老闆在櫃台裡一臉狐疑看著自己。

「沒事，不好意思。」內藤賠了一禮就走出餐館。

面對這個打擊過大的事實，頓時也沒力氣再繼續追查神共生會的事了。

他往車站走，想先回家再說。

雨宮攻擊 TAMEI DRUG 的社長，結果自己撞死了——

內藤滿腦子都在思考這件事，一片混亂，怎麼樣都找不到合理的答案。

他看到網路咖啡店的招牌，遂停下腳步。

在回家之前實在耐不住被這股剪不斷理還亂的情緒糾結，想了解更多跟案情有關的訊息。

內藤走進大樓，搭了電梯。到了網咖所在的三樓，一出電梯直接往櫃台走。

「請問有能看電視跟用電腦的房間嗎？」

內藤一問，櫃台小姐點點頭。

「要用幾個小時？」

「先定三小時好了。」

從櫃台小姐手上接過帳單，內藤往裡頭包廂走。看到雜誌架上的報紙，他隨手抓了幾份，進入包廂。

他把報紙放在面前的架子上，立刻打開電視。切換頻道後發現有談話性節目正在報導那個案子。內藤戴上耳機，緊盯著畫面。

「……犯案用的小貨車車主是中野的一家貨運公司，司機在九號案發當天早上就發現貨車不在停車場，已經報警備案。調出停車場的監視錄影帶，確認在前一個晚上十點左右，有人把貨車偷開走。至於那個人是否就是雨宮，目前正在加速分析辨識。至於司法解剖的結果，從雨宮體內並沒有檢測出酒精或藥物反應，看來也沒有疾病臨時發作的跡象，由此判斷是刻意襲擊兩名被害人，目前正進一步釐清他的動機……」

八號晚上的話，表示他是在學校跟內藤碰面之後就去偷小貨車。

在那個時間點，雨宮已經計畫好這次的行動嗎？

不過，從內藤跟他的互動中，看不出任何引發這起案子的徵兆啊！

這麼說起來——

雖然不覺得跟這起案件直接相關，但內藤想起從雨宮口中不經意提起 TAMEI DRUG 的名字。

他問，町田離開少年院後進了大學，還跟 TAMEI DRUG 的小開一起成立了ＳＴＮ這家公司吧。

當時沒什麼特別的感覺，但回想起來有個不尋常的地方。

雨宮怎麼知道這件事？

ＳＴＮ的社長為井純是 TAMEI DRUG 創始人的兒子，而且為井純跟 TAMEI DRUG 的現任社長為井明是親兄弟，這件事很多人都知道。網路上的人物事典裡也有提到，為井純在接受電視或雜誌訪問時，也不時會提及他跟 TAMEI DRUG 的關係。

不過，知道町田參與ＳＴＮ創業的人應該不多。

町田雖然擔任ＳＴＮ的監查人，但他似乎堅決不願意站在第一線，也不想讓大眾知道他跟ＳＴＮ有關，因此外界幾乎不知道町田這號人物。

內藤能夠理解町田選擇這麼做的心情。

不確定社長為井純或其他一起創業的大學夥伴們知不知道町田的過去，但如果社會大眾知道他曾因為犯下殺人罪進過少年院，恐怕會影響公司的形象。

案發當時因為少年法的關係，並沒有報導出町田的名字，不過，同樣待過少年院的人一下子就認得出來吧。

雨宮會知道町田也參與了ＳＴＮ的創業，表示也經過一番調查。

雨宮為什麼要調查這些事呢？

是在調查町田生活的過程中知道ＳＴＮ的事嗎？還是調查ＳＴＮ時發現町田也牽涉在內？但無論哪種因果關係，都還是無法解釋雨宮襲擊 TAMEI DRUG 社長的動機。

「在這起案件中遇害身亡的久保麗子，是大約一年半前進入 TAMEI DRUG，在現任社長為井明上任後擔任他的祕書……」

內藤看著畫面中的被害人照片。

五官秀麗的美女，要說是女明星或模特兒也有人相信。內藤深表同情，卻在仔細端詳著那張照片時有種說不出的感覺。

好像在哪裡見過這個人，卻又想不起來。

畫面切換到在警局前採訪的景象。

「根據為井明向警方的說明，那天他跟久保小姐要去跟客戶開會，兩人走出大樓要去取車時，一輛小貨車突然朝他們倆衝過來。至於是否有人對 TAMEI DRUG 心生怨恨，或是推測可能犯案的人，為井明則表示一概不清楚。另一方面，為井明的哥哥，也就是ＳＴＮ社長為井純，今天仍然沒有在媒體前現身，但透過公關部表示，希望久保小姐能就此安息。也希望案情能盡快水落石出，並祝弟弟早日康復。」

畫面切回到攝影棚。男主播跟評論員排排坐。

「提到為井明，前幾天針對ＳＴＮ產品有害健康一事曾公開宣布，今後不再銷售該公司產品，在警方的聲明中有提到這一點嗎？」

攝影棚內的主播問。

「沒有。警方聲明中完全沒提到ＳＴＮ的問題，根據為井明的證詞以及案發前的監視攝影機影像，兇手要襲擊的對象很可能不是為井明，而是久保麗子，目前正針對久保麗子的交友關係展開調查。」

嘴上雖說跟ＳＴＮ沒關係，畫面上卻出現當時為井明受訪的畫面。

為井明面對記者的提問，宣布ＳＴＮ的產品已經在 TAMEI DRUG 的所有店鋪下架，幹部會議上更決定，未來也不再銷售。

內藤發現畫面中出現這起案子中受害的祕書後，注意力反倒集中到她身上，而不是為井明。

內藤盯著祕書看得出了神，還是覺得在哪裡見過她，卻又沒能進一步喚醒記憶，只是確定自己一定認識這個人。

「未來不再銷售，以兄弟來說是個非常艱辛的決定吧。」

「正因為是兄弟，才得做出這麼艱難的決定，否則很難取信社會大眾。」

為井明正氣凜然回答之後，跟祕書雙雙鑽進車內。就在車門關上瞬間，祕書轉過頭望向鏡頭，一看到她的眼神，內藤腦中靈光一閃。

沒錯！自己真的看過這雙眼睛！

確定之後，他在腦中拚命搜尋著記憶。

腦中浮現的場景是在少年院的會客室。

老師，一馬就麻煩您多多照顧了——

邊說邊用一雙溼潤的眼看著自己的雨宮姊姊——美香，和祕書久保麗子的雙眼不謀而合。

雖然五官、髮型完全不同，但眼神跟那時候一模一樣。

錯不了！為井明的祕書久保麗子就是雨宮的姊姊。

內藤回想起案發前一天在大學校園裡遇到雨宮的情景。

雨宮說，為了要搶回被奪走的東西，他必須掌握線索，因此設計讓內藤當作誘餌，要引誘組織的人出面。

內藤問他，是被奪走什麼時，雨宮回答是對他來說最珍貴的東西。

雨宮被那個組織、被室井搶走的，會不會就是他的姊姊美香？

美香應該知道雨宮是裝作智能障礙進入少年院。

根據少年觀護所製作的調查紀錄，姊姊美香也證明過雨宮有智能障礙。

五年前，內藤想打探雨宮的消息時，也尋不著美香的下落。

美香就算是組織的成員也不奇怪。

但如果是這樣，雨宮為什麼要親手殺了他最重視的親生姊姊呢？

正確說起來，雨宮用的是過去式——他曾認為最重要的事物。

內藤再次回想跟雨宮最後一次碰面的狀況。

有一種愛，是非得用破壞才能證明。好比說因為太愛一個人，最後只能毀了對方的一切——

當時內藤不太懂得雨宮這句話的意思，但現在想起來，說不定這就是他對自己姊姊的感情。

不過，室井的心裡就只有破壞，在破壞之中沒有一絲愛——

雨宮會不會也跟內藤一樣，在電視或其他媒體上看到了擔任 TAMEI DRUG 社長祕書的人，立刻確定她就是自己的姊姊美香呢？

在調查姊姊為什麼到 TAMEI DRUG 工作時，發現社長為井明的哥哥為井純開設的ＳＴＮ，原來跟町田也有關係，便猜到姊姊是受室井的命令進入公司。

雨宮跟室井不同，他愛自己的姊姊。但他卻沒辦法讓姊姊回到自己身邊，此刻的自己也無力將姊姊從組織中搶回來。

雨宮是用毀掉一切的方式把姊姊搶回自己身邊嗎？

用自己的命交換。

或者真相跟內藤猜測的完全不同？

如果可以重新來過，我也想過一次這樣的生活啊。跟個笨蛋一樣什麼都不想，跟一群夥伴無聊笑鬧，從來沒想像過搞不好自己幾個小時之後就要死了……真想過過這樣的生活啊。要是沒認識那個人，我也能過這種生活嗎——

回想起雨宮的話，內藤覺得自己的猜測很接近真相。

有一點想不透的是，美香怎麼會在 TAMEI DRUG？

如果依照內藤的猜測，目的是要毀掉町田珍惜的事物，為什麼她不是進入ＳＴＮ而是 TAMEI DRUG 呢？

町田跟 TAMEI DRUG 倒也不是完全沒關係。ＳＴＮ的社長跟 TAMEI DRUG 的社長是親兄弟。但就算是兄弟，兩家公司並非家族企業，而是各自獨立。

難道 TAMEI DRUG 裡有什麼是左右ＳＴＮ的關鍵，只是沒有公開，不為人知？

室井……應該是木崎一郎，究竟打什麼算盤？

很想跟這兩名社長談談，釐清這些謎團，但素昧平生的內藤要約見到他們應該不容易吧。而且才發生這麼多事。

不對——

要見到為井明或許很難，但ＳＴＮ的社長為井純說不定還有辦法。

內藤抱著微乎其微的機率，起身走出包廂。

走到可以講電話的樓梯間，從口袋裡掏出手機打給楓。

「喂……」聽見楓的聲音。

「我是內藤，妳還在仙台嗎？」

昨天傍晚楓捎來聯絡，說到了仙台市區的收容機構，但稔已經不在那裡。

聽說大概兩年前，有個女人謊稱是稔的弟媳來把他帶走。那個女人好像帶著町田的照片，稔一看到就非常開心，收容機構裡的職員也不疑有他。
「呃……有什麼事嗎？」
「妳知道 TAMEI DRUG 那件事嗎？」
「嗯。不過，我跟社長還有死者都不認識……」
「其實我有件事想拜託妳。我想找ＳＴＮ的社長談談。」
內藤說完後，楓一時之間卻沒有回應。
「要跟為井大哥……？」楓語帶質疑。
「嗯。不過我就算打去跟他約時間，對方也不會理我吧？我是想，如果妳幫我轉達，會不會比較有可能……」
「您想跟他說什麼呢？」
「妳看了白天的新聞嗎？」
「沒有。」
「TAMEI DRUG 一案的兇手身分已經查出來了。是雨宮——」

◆21

剛聽到這個名字時，楓一時之前沒反應過來。

的確聽到內藤說了雨宮，但完全無法理解雨宮怎麼會做這種事。

「妳聽得到嗎？」

大概楓一直沒作聲，內藤問道。

「有，聽見了……但為什麼雨宮會對 TAMEI DRUG 的社長……」

「我猜雨宮的目標不是社長。」

內藤的回答讓楓感到不解。

「什麼意思？」

「我跟那個過世的社長祕書以前曾在少年院見過面。臉部雖然因為整形變得不一樣，但一看到她的眼睛，我就確定是當年來探望雨宮的那個姊姊美香。既然她謊稱叫做久保麗子，很可能也是木崎組織裡的成員吧。」

聽了這番話，楓更是不解。

「叔叔剛說，您認為雨宮要攻擊的不是社長，這麼說的話……」

「雨宮攻擊的不是社長，而是他姊姊吧。我回想一下案發前一天見到雨宮的模樣，覺得應該是這樣。」

「為什麼會這樣對親生姊姊？」楓無法理解。

「我猜測了幾個可能性，但既然雨宮已經死了，真正的答案永遠無從得知吧。只是這一點很清楚，就是疑似木崎組織成員的雨宮姊姊，成了 TAMEI DRUG 的社長祕書。」

「您認為是木崎要她進去的？」

「嗯。不過，我不懂要她進入 TAMEI DRUG 的目的是什麼。」

「不就是為了搞垮ＳＴＮ嗎？」

楓認為木崎的目的不是為了把町田找回組織，而是要毀掉一切町田珍惜的事物。包括ＳＴＮ產品有害健康的問題、前原製作所的火災，還有稔被人從收容機構帶走都一樣——

「TAMEI DRUG 的社長好像說了，未來一概不銷售任何ＳＴＮ的產品。對待親哥哥的公司也太狠了吧。但如果是那個祕書鼓吹社長這麼決定……」

「的確如此。TAMEI DRUG 所有店鋪都不銷售的話，對ＳＴＮ來說是一大致命傷。不過，我一方面也懷疑難道就只是這樣嗎？木崎會不會還有進一步的企圖呢……」

「所以您才想找為井大哥談？」

「嗯。可以幫我牽個線嗎？」

「只是……我不知道該怎麼解釋您的事情比較好……」

楓心想，就算跟為井聯絡，在這種狀況下他也未必想跟個陌生人碰面。

「如果告訴他，我認識這起案件的兇手，他應該會有興趣吧。就說我說什麼都想跟他聊聊。」

「好。我先跟為井大哥聯絡之後再跟您說。」楓掛斷電話深深嘆口氣。

繼ＳＴＮ產品導致陸續有人健康出問題，跟著又是弟弟遭到攻擊，可以想像為井大哥有多憔悴。

想到要跟他聯絡，心情就很沉重。但楓還是撥打了為井的手機，立刻轉進語音信箱。

「我是楓。不好意思這時候打擾你，但有點事非通知你不可。我會再打過去。」

楓掛斷電話，把手機收回包包裡繼續往前走。不久之後，看到像是她尋找的一棟兩層樓建築。接下來要到福島市區的收容機構打聽。

楓小跑步來到建築物前方，看到大門旁邊掛著「兒童養護機構 常盤園」的門牌。

楓推開門，走進園內，輕輕做個深呼吸後按下門鈴。

不一會兒，門一開，有位老太太探出頭。大概以為是快遞，一手上還拿著印章。

「不好意思，百忙之中打擾。我叫前原楓，有點事情想請教。」

「什麼事啊？」老太太一臉狐疑。

「請問您知道在東京有個叫神共生會的團體嗎？」

「神共生會……」

「這個團體主要援助在兒童養護機構裡的孩子。」

「聽妳這麼說，好像有個類似的團體耶。很久以前，那個團體的人曾經來我們這裡。」

「真的嗎？」

「說想看看孩子們的適性，或許能援助他們在離開這裡後繼續升學或找工作……結果因為都不符合標準，最後沒人獲得援助。那個團體怎麼了？」

「其實……我在找我的救命恩人……」

「救命恩人？」

「是的。大概一年前，我要過平交道的時候突然一陣暈眩就昏倒了。等到我醒來時已經在醫院裡，不記得自己在昏倒那段時間的事。但聽說就在平交道柵欄放下來，電車快要經過時，有個女孩子不顧自己危險救我一命。她在千鈞一髮之際把我拉出平交道外，還叫了救護車，最後卻沒跟救護人員告知身分就離開了。」

「那個女孩子跟神共生會有關係嗎？」

楓很擔憂這個揑造的故事會不會聽來很牽強，但老太太似乎大受感動，繼續問道。

「對啊。聽急救人員說，他們在當場跟那女孩說，妳這樣太亂來了，結果她說自己也曾受人幫助，她只是做該做的事。她好像從小在兒童養護機構長大，因為接受神共生會這個團體的援助，後來順利升學也找到現在的工作……我實在很想當面跟她道謝，想到神共生會的事務所問問去哪裡能找到她。沒想到事務所已經沒了……」

「所以妳就到各個兒童養護機構打聽線索？」

「我想，就算沒辦法直接問到那個女孩子的事，至少也要找到曾在神共生會工作的人，說不定能問出一二……」

這是楓揑造的故事，為了找到跟神共生會相關的線索。

離開稔被帶走的那處收容機構後，在公車上楓就下定決心。她先聯絡媽媽，說要多玩幾天，接著就開始走訪各個兒童養護機構。

「那個女孩子大概幾歲？」

「我只知道大概二十多歲……」

將年齡設定在二十幾歲並沒有特別的意義，只不過腦中閃過帶走稔的人是假借町田妻子的名義。

「我可以幫妳打電話問問看，附近其他機構有沒有符合條件的人。」

「謝謝。不一定是女性，也可以幫我問問有沒有男性或神共生會的職員嗎？我想盡可能找到線索。」

「好。可能要花點時間，妳要不要進來裡面等？」

老太太邀她入內，這時包包裡傳來震動。

「不好意思，我剛好要接一通電話，方便等一下再過來嗎？」

老太太點點頭，楓道謝後先離開。從包包裡掏出手機，看到來電的人是為井。

「喂……楓？」

一接起電話，就聽到為井悶悶不樂、無精打采的聲音。

「嗯。謝謝你特地回電。」

「我已經被吵到快神經衰弱，就乾脆關機了。抱歉啊……」

「別這麼說，我才不好意思，這時候打擾你。」

「町田有消息了嗎？」為井問。

「沒有。好像也還沒回家。」

今天早上跟媽媽通電話時，她說町田還沒回家。

「這種時候他到底在幹嘛啦。」

楓沒有回應，眼神左右張望。

前方稍遠處停了一輛廂型車。之前跟內藤講電話時，附近也停了一輛外型類似的車。

「令弟的狀況還好嗎？」先前望著廂型車的楓別過頭說。

「沒有生命危險。」

話雖如此，為井的口氣聽來不像放心。

「那太好了。」

「妳是擔心我弟弟才打來的嗎？」

「這也是原因之一，不過……其實我有件事想拜託你。」

「拜託我？」

「這種時候真的很不好意思，但有個人想找你談談。」

「是誰？」

「一位叫內藤的叔叔，他是我爸的老朋友，很值得信賴。幾年前還在少年院當教官。」

「少年院的教官？」為井的語氣中帶著質疑。

「攻擊令弟的兇手是個叫雨宮一馬的人吧。」

「嗯。」

「內藤叔叔對雨宮很了解，他說很想找你談談……」

「要跟我談什麼？」

「這我就不清楚了……不方便嗎？」

「我已經關在公司裡好幾天了。與其說是關住，應該說這個狀況下根本出不去。妳可以轉達嗎？如果他想找我談，請到我公司來。」

「好的。」

掛掉電話後，楓立刻打給內藤。

「怎麼樣？」內藤一接起電話就問。

「他同意了。不過，因為不方便外出，要請您到公司去。」

「謝謝妳。」

「不客氣。那就先這樣……」

「楓——」

正要結束通話時，內藤叫住她。

「妳真的在仙台嗎？」內藤的語氣有些生硬。

「為什麼這麼問？」

「沒什麼，因為妳剛才說話的口氣吧。」

「是啊，我在仙台。」

「所以今天晚上會回家嘍？」

「難道休假，我想再多玩幾天。反正回去只是面對一些讓人沮喪的事。」

要是他跟媽媽聯絡就露餡了，所以楓這麼說。

「妳該不會去兒童養護機構到處打聽木崎的消息吧？」

被猜中了！一時無言以對。

「我果然沒猜錯。」

「不是。我真的只是單純旅行。」

「楓……拜託妳聽話，萬一妳有個三長兩短……」

楓轉過頭看看剛才的方向，那輛廂型車不見了。

之前以為可能有人在監視自己，看來是想太多。

「不要緊。與其擔心我，不如您自己多小心。」楓說完後就掛斷電話。

到了兒童養護機構按了門鈴。一會兒門打開，剛才那個老太太走出來。

「喜多方市跟白河市那邊說曾經有孩子接受過神共生會的援助。兩位都是女性，時間有點久了，但好像是透過神共生會的介紹找到收養家庭。兩人的年紀現在分別是二十三歲跟二十六歲。不知道是不是妳的救命恩人，希望妳能順利找到。」

老太太說完後，交給楓一張寫了地址的便條紙。

◆ 22

桌上的電話響起鈴聲，為井拿起話筒。

「警察先生過來了。」接待人員生硬的聲音在耳邊響起。

「好，請他們進來。」

為井放下話筒起身，拿起掛在椅子上的外套披上。有點緊張朝房門走去時，響起了敲門聲。

「請進。」

他帶著略微顫抖的聲音說道。門一打開，接待人員領著兩名身穿西裝的男子走進來。是先前去醫院探望明時見過的刑警。

「不好意思，還讓兩位特地跑一趟。」為井低下頭，想掩飾自己的緊張。

今天早上警方聯絡他，想詢問一些案情相關的內容，問為井方便的時間。他說隨時都可以，但希望最好對方能來公司，警方也表示同意。

「不用介意，我們也知道你現在外出很麻煩。再次自我介紹，我是警視廳的林，這位是長戶。」

「兩位請坐。」

為井招呼兩人後，林跟長戶並肩坐下。為井在兩人對面坐下後，忍不住嘆口氣。

「你看起來很累，不要緊吧？」林稍微探出身子看著為井說。

「各種狀況實在太多……要不是現在這個處境，還真想換我住院呢。」為井苦笑道。

身心上的疲憊的確也到了極限，但現在面對警察展現出更多的緊張情緒。自己並沒有做任何虧心事，但對於在病房中明跟他說的話仍耿耿於懷。

就是兇手開車衝撞的目標並不是明，而是久保麗子。

他有點怕如果這是真的，警方不就會懷疑起視麗子為眼中釘的安浦，甚至連自己也曾被盯上嗎？

又在一陣敲門聲後房門打開。接待人員端了三杯咖啡，放在桌上後就走出辦公室。

「我想你應該看過新聞知道了，我們已經確定兇手的身分。那名男子叫做雨宮一馬，今年二十五歲。是從指紋查出他的身分。」

林啜了一口咖啡說道。

「從指紋查出來，表示他有前科嗎？」為井問。

「十八歲的時候犯過殺人罪。他跟一群同夥從工地要偷金屬管線，結果被警衛撞見，他就把對方打死了。進入少年院將近一年，中間還有一次企圖逃走，但是失敗。」

「聽起來是個很壞的人啊。」

「被警方逮過就這麼一次，但其實追查下去發現愈來愈弄不清他的底細。」

「弄不清底細？什麼意思？」

「青少年在犯罪之後會進入少年觀護所，接受很多調查。不只家庭環境、交友關係，還有健康狀況跟智力測驗等等。雨宮在接受智力測驗時被診斷出有輕度智能障礙。收養他的舅舅、他的姊姊，還有朋友，也告訴調查官雨宮有智能障礙。事實上，就連他在一開始進入的栃木少年院裡，那些教官也這麼認為。不過，在他企圖逃走失敗後被轉入另一所少年院，據說就像變了個人，之前態度怯懦的他，個性轉為粗暴，教官也說從言行舉止看來根本不像有智能上的障礙。」

「意思是他假裝智能障礙進入少年院？」

「從資料跟相關人士的證詞歸納起來，很可能是這樣。」

「為什麼……」

需要做這種事呢？

「搞不懂。大概五年前，雨宮又跟警方有過一次牽扯。呃，不過這次他並不是犯罪，而是在太平洋海岸遇難被漁船救起來。因為當時他的身分不明，加上本人又昏迷不醒，對照指紋之後才知道他是雨宮。」

「為什麼會遇難呢？」

「在失事現場附近發生一起私人遊艇跟大型運輸船的衝撞意外，遊艇當場沉沒。推測雨宮可能搭乘那艘遊艇吧。」

「為什麼是推測？」

「雨宮從醫院溜走，從此下落不明。其實他當初不只落海，還受到槍傷。因此也派了員警在醫院監視，但最後還是被他乘機逃掉。這下子你能了解，為什麼會說弄不清他的底細吧？」

「呃，嗯……」

「唯一能肯定的是，這個人是混黑社會的吧。只要錢夠多，殺人的勾當他也幹。」

「意思是有人雇他犯下這起案子？」

「你見過死者久保麗子小姐嗎？」

為井拚命克制心中的情緒起伏問道，林含混地點點頭。

「嗯。見過一次……」

「在哪裡？」

「我弟弟的公司。」

「你們談了什麼？」

「就隨便閒聊。」
「你對久保小姐的印象怎麼樣？」
「覺得她很聰明。」
「對了，你跟令弟感情不怎麼好吧？」
「為什麼這麼問？」
「不是啊……就算產品出了問題，對自己哥哥公司的產品竟然從所有店鋪全面下架，還放話說以後也一概不販售，我覺得這實在太過分了啦。」
「為了贏得消費者的信賴，這也是不得不的決定吧。敝公司產品的確出了問題，對這件事我沒什麼怨言。」
「如果令弟沒有認識久保麗子小姐，還會做出這樣的決定嗎？」
為井一臉納悶，不太懂得這個問題的意義。
「你認為這個決定是令弟的本意嗎？會不會是因為受到其他人的影響才做出這樣的判斷呢？」
「什麼意思？」
「我們問過 TAMEI DRUG 裡的人，有幾位表示自從被害人久保麗子擔任祕書之後，令弟像是變了個人……對於其他人的意見充耳不聞，很明顯讓公司的處境變得危險。」
「的確我也覺得他有些改變，但他以前就滿任性，也經常會跟別人起摩擦……」
「如果說是你這個哥哥，或是身為令尊左右手的安浦先生策劃了這起案子，你覺得這個說法如何？」
「是我弟弟說的嗎？」

林點點頭。

「警方也這樣認為嗎？我跟安浦叔叔把她視為眼中釘，所以委託雨宮這個人幹掉她？」

「我們並沒有這麼想。」林搖搖頭。

真的是這樣嗎？

「從監視攝影機的影片看起來，雨宮的確是朝著她衝過去，感覺他衝撞的目標不是令弟，而是久保麗子。」

「兇手為什麼要攻擊久保麗子呢？」

「目前還不清楚。只有一點很清楚，就是她並不是久保麗子這個人。」

林的這番話讓為井摸不著頭緒。

「戶籍上的確有久保麗子這個人。她舉目無親，住在福岡的養護機構。十八歲離開機構到東京後，她就在新宿郊區的一家特種營業工作，但有一天突然從原本的住處銷聲匿跡，過去有來往的人也聯絡不到她。這是大概五年前的事。不過，我們找到養護機構的人，還有她後來的同事，拿了這次遇害身亡的女性照片給他們看，大家都表示跟他們認識的久保麗子長得不一樣。」

「會不會整形過？」

「久保麗子身高超過一百七十公分，中學跟高中時期據說在排球隊裡很活躍。但過世的那位女性身高一百六十公分左右，到了那個年齡偶爾會看到有人還會長高，但縮水這麼多的不太可能吧。再說……這部分不太想曝光，可以請你不要說出去嗎？」

林探出身子徵求為井的同意。

「好的。」為井點點頭。

「五年前，有個政治人物在自己的一處別館離奇死亡。」

「離奇死亡？」為井聽到這麼聳動的事情，皺起眉頭。

「死因是服毒身亡。因為現場有遺書，判斷是自殺。不過，到現在警界內部還有很多人認為是遭到謀殺。」

「有什麼原因嗎？」

「遺書的筆跡太完美了。鑑定的結果確實是當事人的筆跡，但鑑識專家也說了，字裡行間完全看不出任何恐懼或疑惑的情緒，實在不像一個即將赴死的人。」

「如果是遭到謀殺，有可疑的兇手嗎？」

「那位政治人物的情婦。名叫華原恭子的女人。政治人物一死，這個女人也從此不見蹤影。」

「不過，光是這樣也未必代表她就是兇手……」

「其實從過去的熟人口中，證實了這個人也跟剛才講的例子一樣，是其他人冒名頂替。有其他相關人士證明，華原跟那位政治人物常在那個住處幽會，但屋裡連華原的一根頭髮都沒找到，這太不尋常了吧。雖然無法證明華原就是殺人兇手，之後她又行蹤成謎，但過去為了不時之需，我們曾到華原在當情婦之餘工作的夜店，從她摸過的酒瓶上採到指紋，建檔儲存。結果發現跟謊稱是久保麗子的人是同一個。」

「那個叫華原的人冒用久保麗子的身分嗎？」

「不是。她既不是久保麗子也不是華原恭子。華原恭子也有戶籍，但從過去的友人口中也說不是這個人。」

聽完林的話，為井覺得一陣目眩。

那個女人很危險——

晶子為什麼會有這種感覺？

「這些事情，你們跟我弟弟說了嗎？」為井勉強擠出這句話。

「說了。不過，他看起來還沒辦法冷靜接受。」

「這樣啊……」

這當然。自己深愛且信任的女人，結果根本是另一個身分不明的人，還可能是殺人兇手。聽到這種事怎麼可能保持冷靜。

「我們認為在她背後或許有個反社會組織。而她因為某種原因，被組織雇來的雨宮殺了。但不懂的是，她為什麼要接近你弟弟。這一點你有什麼看法嗎？」

「完全沒有……不過，這聽起來不是非常荒誕無稽嗎？為什麼 TAMEI DRUG 會被這種不明來歷的組織盯上呢？這太沒道理。這句話也許不太恰當，但不就只是個 TAMEI DRUG 呀！」

說這話的同時，發現很想告訴另一個自己，你真的這麼認為嗎？

自己在這一刻之前，不也認為有股不知名的強大勢力要吞噬這個公司嗎？

為什麼不乾脆承認這件事呢？

把自己感覺到的威脅一五一十告訴刑警不就好了嗎？

「我現在沒辦法冷靜聽兩位說。不好意思，今天可以先請回嗎？」為井垂頭喪氣說道。

「那好吧。一來就說了這麼難以置信的事，我們也很不好意思。」

看著兩位刑警站起來，為井也要起身，但一陣暈眩讓他趕緊撐著沙發扶手。

「不用送了。」

林揮揮手，跟長戶一起走向房門。

沒等兩人走出辦公室，為井就癱坐在沙發上。

聽到敲門聲，他緩緩轉過頭。門一打開，女性接待人員走進來。

「有位內藤先生來找您……要請他回去嗎？」

她看著為井的模樣，有點擔心。

「不。請他進來吧。」

為井說完，接待人員就走出辦公室，立刻領著一名看似五十多歲的男子進來。

「謝謝你在這麼操勞的時候還特地撥時間見我。」

內藤走向為井，行了一禮。

「不好意思，讓你看到我這副模樣。剛才跟警方的人談話，感覺有點累……」為井坐在沙發上說。

「還是我改天再來拜訪？」

內藤擔憂問道。

「沒關係，不要緊……請坐。」

聽楓講了之後，為井就一直有股強烈的衝動，覺得非跟內藤這個人談談才行。

接待人員把原先桌子上的杯子收拾乾淨，立刻又端來咖啡放在兩人面前，然後離開。

「聽楓說，內藤先生之前是少年院的教官？」為井看著內藤說。

「是的。我是在五年前離職。」

內藤一臉穩重，對為井點點頭。

「聽說你對雨宮一馬很了解，是在少年院嗎？」

「對。我是他的指導教官。」

「町田博史也是你的學生嗎？」

為井問道，內藤先前穩重的表情突然變得僵硬。

「他親口告訴我的。說自己殺了人進過少年院……我想了解他陌生的那一面，才決定跟你見面。」為井坦然說明。

「這樣啊。其實我之前也很煩惱，該怎麼在不提到町田之下說明這次的事情。接下來可能會有很多有關町田的事，是你從來不知道的那一面。不過，我希望你答應我一件事。」

「什麼事？」

「我希望你繼續跟町田做朋友。」

內藤望著為井的眼中充滿溫情。

「只要他願意當我是朋友。」為井點點頭。

為井語氣堅定回答，同時也首肯，內藤卻遲遲沒說話。

看著內藤避開為井的視線，還沒打算開口，為井感到很不安。

「請問你到底要跟我說什麼？」

耐不住這股沉默，為井問了之後，先前目光游移不定的內藤直視著為井。

「很抱歉，耽誤你寶貴的時間。但我很苦惱不知道該怎麼說才好……因為你聽了之後，恐怕只會覺得是無稽之談。」內藤搔搔頭說。

「時間我多的是。再說，現在我就算聽到什麼也不驚訝了，這陣子我遇到的全都是些離譜荒唐的事情。」

為井雖然這麼說，似乎沒能消除內藤的疑慮。

「可以請你先說說町田的事嗎？在我認識他之前的事。」

「是指他在少年院的時候嗎？」

「是的。他為什麼要殺人？殺了什麼人？就算是過去的事，但我還是說什麼都不相信町田會犯下殺人罪……」

「據說他殺的人，是一個叫伊達祥平的年輕人，當時二十三歲。」

「據說他殺的……？」

為井對內藤這樣的說法不太理解。

「這個待會再解釋。町田十八歲的時候遭到警方逮捕，接受警方偵訊時，他說自己跟被害人是碰巧在當天認識，起了爭執之後他用刀刺死了對方。被捕後，警方才發現町田沒有戶籍。」

「沒有戶籍……是什麼意思？」

為井聽不太懂，探出身子問道。

「就是這個意思。町田自出生後就在沒報戶口之下被養大，嗯，『被養大』這個說法可能不太正確。他沒能上學，可能連三餐也吃不飽，飽受有毒癮的母親跟她的同居人虐待，在這個社會上根本等於不存在吧。町田十四歲時拿刀子刺傷他母親的同居人，離家出走。後來在他涉嫌殺人遭到逮捕時才發現這件事，幫他申請了新的戶籍。」

現在才知道町田的生長背景，讓為井受到很大打擊。

「在少年觀護所的調查結果顯示，町田有超乎常人的智商。他完全沒受過義務教育，卻在少年院生活將近一年的時間內學習完義務教育的所有課程，還順利取得高中同等學力證明。」

「從十四歲離家到十八歲被逮捕，這幾年來他是怎麼過活的？」

「我是後來才知道，他加入某個犯罪集團。」

「犯罪集團……？」

聽到這句話嚇了一跳，為井反問。

「町田在那個集團裡好像擔任智囊的角色。被害人伊達也是組織裡的成員。」

「也就是說……町田對警方的供述是假的，是因為犯罪集團中的爭執才會引起這起案件嗎？」

聽著內藤敘述這段令人反應不及的往事，為井在困惑之中勉強理出頭緒。

「町田在被警方逮捕之前，跟另一個叫小澤稔的人一起住，這個人有智能障礙。你聽過町田提起這個名字嗎？」

「這麼說起來……」

很久以前，有一次為井送爛醉的町田回家時，曾聽過他像在說夢話，提到這個名字。

稔……稔……對不起……

為井告訴內藤這件事。

「這樣啊……當年沒有戶籍的町田頂替了小澤的身分，才能辦理租屋之類的手續。反過來說，他也照顧小澤的日常起居，兩人彼此互補扶持活下去。對那時候的町田而言，這是他唯一能相信的人吧。根據我的推測，組織命令町田殺了小澤，町田卻抗命，最後才釀成那起案件。」

「組織命令他殺人……為什麼要做這種事……」

「不曉得。我沒親眼看到，但確實有人看到當時留下的影像。據那個人說，組織的首領要町田完成這項任務，表示他的忠誠，然後要案件被害人，也就是伊達錄下整個過程。」

雖然內藤一開始就說過這或許會被當作無稽之談，的確為井一時之間也很難接受。

一想到在社會上的某個角落竟然有這麼可怕的犯罪集團，而且自己的朋友町田曾經跟這個集團扯上關係，實在無法置信。

「要町田殺人……這到底是什麼意思？町田不是自願殺人，而是在不得不的狀況下最後殺了那個叫伊達的人嗎……」

「據看到影片的那個人說，甚至連是不是町田動手殺人都不確定。說不定是小澤為了拯救遭受伊達暴行的町田，才拿刀刺死被害人……」

「這個組織……到底是……」為井驚恐到說不出話。

「町田實際上牽涉的是匯款詐欺的勾當。他負責的工作好像是製作劇本。只是這個組織很可能不單只限於從事匯款詐欺這類犯罪，而變得更龐大、更可怕。」

「不惜殺人的犯罪組織嗎?」

內藤聽到為井的話,含混地點點頭。

「這個組織完全令人摸不清,也不確定實際上做些什麼事,但有幾點已經知道的,就是組織幕後黑手是個叫木崎一郎的人,木崎篩選集團成員的標準就是智商高低。他以援助育幼院兒童為名目,成立了一個團體,從裡頭選出高智商的孩子,吸納入組織。另外,獲得木崎個人青睞的孩子,他甚至還幫他們尋找收養家庭。」

「為什麼要用智商高低來當作篩選的標準……?」

「就是扭曲的優越感吧?聽說木崎本身的智商也奇高,甚至跟町田不相上下。後來他派組織的成員進入町田所在的少年院,那個人就是攻擊令弟的雨宮一馬。」

「這……」

聽了內藤的話,為井啞口無言。

「雨宮一馬在少年觀護所的檢查中,被診斷為輕度智障。但其實那是他裝出來的。裝得跟町田唯一信任的小澤稔很像,為的就是引起他的注意。木崎派雨宮來煽動町田從少年院逃走,只是最後失敗了。」

「對木崎來說,町田就是這麼重要吧?」為井好不容易擠出一句話。

「應該吧。不知道究竟有什麼目的,但木崎對町田的強烈執著的確毋庸置疑。不惜要雨宮裝模作樣,甚至犯下殺人罪,就是為了進到少年院來鼓吹町田逃走。」

「雨宮為什麼要攻擊我弟弟?難道我弟被那個組織盯上了嗎?」

為井把先前刑警提到久保麗子的事告訴內藤。

「假冒久保麗子之名的那個女人也是組織的成員嗎？」

「令弟的祕書很可能就是組織裡的成員吧。其實，我認為久保麗子的真正身分，就是雨宮的姊姊。」

「雨宮的姊姊……？」為井表示不解。

「雨宮在少年院時，她的姊姊曾來探望她，當時我也見過她。雖然現在五官跟髮型看似另一個人，但那雙眼睛讓我確定兩者是同一個人。只不過，我覺得這起案子的目的可能不是為了攻擊令弟，應該是跟組織毫無關係，而是雨宮憑一己的情緒引發的。」

「不過，身為組織成員的她的確來當了我弟弟的祕書啊。為什麼會進入 TAMEI DRUG 呢……」

「我猜想，那個組織……應該說木崎的目標不是 TAMEI DRUG，而是ＳＴＮ。」

「我們公司？」

為什麼ＳＴＮ會被這種犯罪組織盯上呢？

「正確說來，應該是町田。」內藤直視著為井回答。

「町田……」

「木崎對町田異常在乎。雖然不知道為什麼得做這種事，但我猜想，木崎是不是想奪走一切町田珍惜的事物呢……我聽了楓說到最近身邊接二連三發生莫名其妙的事。像是前原製作所失火，還有ＳＴＮ產品危害健康的問題……這些事情會不會都是木崎的組織成員在搞鬼呢？」

「這……」

的確，自己也忍不住感覺有一股莫名的強大勢力，想奪走自己珍惜的事物。

不過，實在不願意相信，那些自己信任的高層會是犯罪組織的成員。

而且其中還有晶子。

另外，獲得木崎個人青睞的孩子，他甚至還幫他們尋找收養家庭——

一想到剛才內藤說的話，為井心中一片黯然。

明之前說過，晶子還在襁褓階段就被父母遺棄，進了育幼院，到十二歲時找到人收養。

那個女人很危險——

難道因為跟冒稱久保麗子的那個女人屬於同一個組織，晶子才會說出這句話嗎？

「有一件事一直想不通，她為什麼要進入 TAMEI DRUG 呢？」

聽到這個聲音為井才回過神來，望著內藤。

「如果要攻擊町田……或者說ＳＴＮ好了，為什麼她要進入 TAMEI DRUG？你跟 TAMEI DRUG 的社長是親兄弟，這件事眾所皆知。但以公司來說是各自獨立的呀。這一點我怎麼都搞不懂，才想來問問你。」內藤解釋。

「就公司來說的確各自獨立。不過，從某個角度來說，我們跟 TAMEI DRUG 的關係其實像命運共同體。」

「怎麼說？」

「我們公司正在研發的人工皮，就是受到 TAMEI DRUG 的大量資金援助。前幾天我弟弟已經說要停止援助。如果是在產品爆發健康問題之前，就算少了TAMEI DRUG的資金我們還能撐下去，但現在這個狀況下，已經變成公司存亡的問題了。」

「停止資金援助是令弟的決定嗎？」

「我不知道……但聽了你的說明後，有些事情我總算理解。我聽說自從她擔任祕書，我弟弟對於其他人的意見都充耳不聞。在他身邊的高層都很擔心，覺得我弟弟好像被人洗腦一樣。」

難道是木崎這個神祕的侵略者，一方面派組織成員潛入STN內部搞鬼，導致公司信譽掃地，同時再對握有TAMEI DRUG實權的明洗腦，給予致命一擊嗎？

而這一切只為了一個無聊的理由——奪走一切町田珍惜的事物。

「如果真像你說的，目的在於搞垮我們公司，的確擔任社長祕書對我弟洗腦是最有效的手段吧。」

為井垂頭喪氣說道，內藤也嘆了口氣。

「町田有跟你聯絡嗎？」

為井搖搖頭。

我跟你們公司，還有這裡，再也不相干——

他想起町田最後說的那句話。

說不定，當時町田之所以這麼說，不是因為不想再跟STN或前原家有關，而是知道不能再跟他們有牽扯。

「在你現在處境這麼艱難的時候，我好像來雪上加霜了。真的很抱歉。」內藤似乎感到很惶恐。

「別這麼說……」

「那麼，我告辭了。」內藤站起身。

「我們再也見不到町田了嗎……」

為井忍不住問。

「你是怎麼想的呢？」

「我想再見到他。」

「即使因為町田，害得過去這些努力的成果化為泡影，你還會想見他嗎？」

為井也站起來，直視著內藤點點頭。

「我想你們總有一天會再見。」

內藤露出微笑說完後，就往房門走。

「請留步，不用送了。」

內藤走出辦公室，輕輕點頭致意。一關上房門，為井拖著沉重的腳步回到辦公桌。

整個人癱坐在椅子上，看著桌上的照片。ＳＴＮ當初成立時幾名創業成員的合照。

為井拿起相框緊握著，心中千頭萬緒還沒理清。

他直盯著照片裡晶子的笑容出了神。

不願相信晶子是那麼可怕的犯罪集團中的成員。

早在成立ＳＴＮ之前，晶子對為井來說就與眾不同。

實在無法想像，晶子跟大夥在一起這麼久，目的只為了要陷害町田。

的確，事實上是當初晶子的積極推動才開始了這個創業的計畫。但他們幾個人會認識町田，是透過高垣教授的介紹，可以說完全出於偶然，這裡應該沒有晶子或那個組織插手的餘地。

為井抓起話筒，想確定這一點。

敲敲研究室的門，裡頭傳來回應，「請進——」

打開門走進去，看到高垣教授坐在裡頭的座位上。

「不好意思，您這麼忙還來打擾。」為井走向高垣教授，向他行了一禮。

「沒有，我也想看看你。還好吧？」

高垣教授一臉擔憂，同時要為井在面前的椅子上坐下。

「是啊，情況有點棘手……」為井邊坐下來邊說。

「這段時期會很難熬，但千萬不要太鑽牛角尖啊。」

高垣教授帶著試探的眼神，似乎很擔心為井會想不開。

以前好像聽高垣教授說過，有人因為創業失敗走上自殺一途。

「我沒事。今天來是有件事情想請問教授。」為井切入正題。

「什麼事？」

「當初我來找老師商量創業的計畫，老師介紹町田給我認識吧。」

高垣教授點點頭。

「教授最初又是怎麼認識町田的呢？」

「我之前可能也說過，我們研究室使用的機材是跟前原製作所訂購的，因為這層關係我才認識他。」

「研究室從以前的機材都是跟前原製作所訂的嗎？」

「那倒不是，大概是我介紹町田給你認識的一年前吧。」

「為什麼會轉向跟前原製作所訂購呢？是因為老師研究過前原製作所嗎？」

高垣教授盯著為井，露出一臉不解。

可能對於這些怪問題感到狐疑吧。

「或者是有人介紹呢？」為井又問。

「對啦……我是從一名研究生那裡聽到前原製作所的。」

「那位研究生又是從哪裡聽過前原製作所的呢？」

「這我就沒聽說了。我跟幾個研究生討論，想打造這樣的機材，不知道該去哪裡訂購。後來就有個研究生告訴我前原製作所。這有什麼問題嗎？」

「沒什麼……那位研究生還在這裡嗎？」

「在啊。午休時間外出了。」

「這樣啊。」為井低下頭。

「對了，接下來你有什麼打算？」

「坦白說，我真不知道該怎辦才好。」目光低垂的為井搖了搖頭。

「算我多管閒事，但身為社長，還是該開個記者會把事情交代清楚比較好。」

「當然我也這麼認為。」

「對公司來說，這或許是一次危機，不過，町田似乎也很努力在找出突破僵局的方法啊。」

聽到這句話，為井整個人像被擊中，猛然抬起頭。

「您說這是什麼意思？」

為井一問，高垣教授顯得滿頭霧水。

「您最近遇到町田了嗎？」

「是啊。前幾天在一場宴會上碰到。」

「宴會？」

「一場企業經營人的聚會，目的是要為大學研究人士籌措資金。他也出席了呀，還跟醫療界幾個公司高層討論得很熱烈呢。」

「真的嗎？」

晴天霹靂。

究竟是怎麼回事——

難道他是為了想幫助ＳＴＮ度過危機，才去接觸那些醫療相關的公司嗎？

但如果真是這樣，為什麼連跟社長為井也不打聲招呼呢？更何況所有人根本聯絡不上他呀。

「他以前在學校時我還很擔心，他完全不懂得跟別人相處，不過出社會之後，身負重任之下，他也變了很多，讓我感到很欣慰。雖然現在對你們來說是非常艱辛的一段時間，但我覺得當時把他介紹給你真是個正確的決定。」

為井聽到開門聲，轉過頭去。

幾名男女手上提著便利商店的塑膠袋走進來。

為井看著高垣教授，表示想問問剛才說到的那件事。

「木村，妳過來一下。」

高垣教授一喊，有個看似比為井大幾歲的女子走過來。

「有件事想問妳。當年我們研究室要訂購機材，是妳介紹我前原製作所的吧？妳是怎麼知道那裡？」

「我問我爸爸的。他從事機械相關的工作，所以我問他哪家工廠比較便宜，他就告訴我前原製作所。有什麼問題嗎？」

聽到女子的回答後，為井安心地嘆口氣。

晶子跟內藤說的那個組織無關——

◆ 23

楓克制自己想轉過身的衝動，繼續往前走。

從剛才就一直覺得有人跟著自己。

坐在公車最後一排時不經意回頭，看到隔著一輛車之後還有一輛黑色廂型車跟在後面。

就跟她昨天到常盤園附近看到的那輛車同樣顏色，款式看來也一樣。只是昨天沒記下那輛廂型車的車牌，所以不敢肯定就是同一輛。但駕駛座上戴著墨鏡的人感覺好詭異，楓也立刻別過視線。

雖然感到憂慮，可能是組織的人盯上了自己，但下了車又不敢直接到後方確認。

看到眼前類似育幼院的建築，楓快步走過去。

穿過掛有「兒童養護機構　櫻園」的門牌，走進園區，楓靠著圍牆不經意偷窺外頭，稍遠處停了一輛黑色廂型車。

果然是衝著自己來的——

楓拚命克制住劇烈的心跳，朝那棟兩層樓建築走去。

「不好意思——」

一走進建築物，楓立刻打聲招呼。不一會兒，一名貌似職員的年邁女性走出來。

「呃……很抱歉來打擾您。我叫前原楓。」

「哦哦，常盤園那邊打來過了。請進。」

老太太拿出拖鞋，邀楓入內。

走進玄關，打開左手邊的門，有個大約十坪的寬敞空間。裡頭並排了兩張大桌子，旁邊有好幾張椅子，看來應該是餐廳。

老太太拉了一張椅子給楓，她便坐下。接著老太太離開了一會兒，回來時端著一只托盤，還拿著一本類似相簿的冊子，把茶杯放在楓的面前後，自己也在對面坐下來。

「沒想到妳這麼年輕就這麼懂禮貌，為了尋找幫助自己的恩人竟然還到每一所機構打聽，真了不起。」老太太微笑說道。

「聽說這裡曾經有接受神共生會照顧的女孩子……」

「是啊。不過已經是很久以前的事了。」

聽到老太太的話，楓心想在這裡可能也找不到線索，差點忍不住嘆氣。

來到這裡之前，她已經先去過位在喜多方市的機構，說那邊的確曾有個女孩子透過神共生會的介紹找到養父母。不過，已經是十多年前的事，加上之後失去聯絡，現在也不知道女孩子住在哪裡。雖然勉強記得是神共生會這個團體的介紹，但團體跟當時的經手人現在的狀況也一概不清楚。

「就是這女孩。」

老太太翻了翻相簿，放在楓的面前。

照片裡有個身穿洋裝的小女孩。看起來是在這所機構門口拍的。

「她叫晶子。十二歲時搬到東京的養父母家，已經是十四年前的事了，現在應該二十六歲吧。不過，這張小時候的照片看不出來是不是幫助妳的人吧？」

「知道這個女孩子現在在哪裡嗎？」楓盯著女孩的照片問道。

「這裡有留下她養父母的地址。不過，如果後來又搬家的話就不曉得了。」

「可以告訴我嗎？」

楓提出要求後，老奶奶走出餐廳。

楓翻閱著相簿，看到剛才那個女孩跟另一名男子的合照。

看到面對鏡頭露出和藹笑容的男子，楓倒抽一口氣。

跟那時候比起來年輕多了，但這就是在工廠附近打聽町田消息的人。

木崎一郎——

楓全身僵住，瞪著照片好一會兒，老奶奶回到了餐廳。

「這位是神共生會的人吧？」

楓指著照片問道，老太太點點頭。

「晶子大概一歲左右，被人發現遺棄在公園的草叢裡，然後帶來這裡。當時她身上到處都是瘀青跟傷口，尤其右肩上有塊一輩子也褪不掉的嚴重燙傷……不知道她受到父母什麼樣的對待，就算長大了也是封閉在自己的硬殼裡，幾乎不說話。但這位先生非常喜歡晶子，為她到處奔走，希望盡可能幫她找到條件好一點的收養家庭。」

照片上的女孩子的確面無表情，完全看不出她的情緒。

盯著照片裡的女孩，感覺不太對勁。

似乎在哪裡見過，卻又不能肯定。

「這就是收養家庭的地址。」老太太遞出便條紙。

楓瞄了便條紙一眼，地址是在世田谷區成城。

「夏川夫婦非常親切，相信晶子應該也過得很幸福吧。」

聽到老太太的話，楓忍不住再盯著那張照片。

夏川……晶子……

照片上的女孩子跟自己認識的夏川晶子也不是完全不像。

不過，照片裡的女孩子毫無表情，實在很難跟晶子聯想在一起。

光靠這張照片無法判斷出到底是不是同一個人。

夏川晶子這個名字並不罕見，就憑這一點不能斷定晶子就是那個女孩。

「可以借用一下洗手間嗎？」

楓感覺到一陣心悸。

「出餐廳之後左轉走到底。」

「不好意思。」

楓提著包包起身，走出餐廳。進到洗手間之後她拿出手機，打給為井。

「喂……」

雖然很好奇內藤去找他談了什麼，但楓有件事得先確認才行。

「不好意思突然打擾。不過我有幾件事想問你……」

「什麼事？」

「夏川姐的老家在哪裡啊？」

「夏川的老家？」

或許是無預警被問起個怪問題，為井的語氣帶著質疑。

「是的。」

「為什麼要問這個……」

「抱歉，得問這麼奇怪的問題。」楓只能這麼回答。

「現在不確定在哪裡，之前是住在世田谷的成城一帶。」

楓頓時感覺胸口一陣悶痛。

「喂……有什麼問題嗎？妳說話啊？」

等了好一會兒楓都沒反應，為井開口問她。

「夏川姐的右肩上有燙傷的傷疤嗎？」

楓繼續問，這次換為井說不出話了。

在一段長長的沉默後，「她曾經講過這件事。」楓聽到為井的低喃。

「不確定是不是在右邊，總之她說肩膀上有一大塊燙傷的傷痕。這究竟是……？為什麼妳會問這些事情？」

聽著為井口氣急切地追問，楓卻不知該怎麼回答。

「該不會跟木崎一郎有關吧？」

聽到這個名字，楓心頭一驚。

「內藤叔叔跟你說了組織的事情嗎？」

「嗯……實在很難讓人相信有這種事。不過……楓，妳告訴我，為什麼妳知道晶子肩膀上有燙傷的傷痕？晶子跟木崎的組織也有關係嗎？快告訴我真相！」說到最後已經類似哀嚎。

「我到處走訪兒童養護機構，想調查木崎的消息，結果問到了木崎曾為一個名叫晶子的女孩子介紹收養家庭，而且那家人姓夏川，就住在成城。」

「騙人……」

楓的耳邊傳來為井絕望的低喊。

「妳是說，晶子是木崎犯罪集團的成員？」

「現在還不能百分之百確定，或許木崎只是幫她介紹了收養家庭……」

其實自己幾乎已經能肯定，卻不能這樣告訴為井。

「為井大哥，我有兩件事要拜託你。首先，請妳傳一張夏川姐的照片到我的手機。」

「晶子的照片？」為井語帶狐疑。

「我這陣子一直都在找個對博史哥來說很重要的人。」

「是以前跟町田在一起的那位，叫小澤稔的人？」

「對。小澤稔一直在兩年前都在仙台市區的一所收容機構，住了好幾年，但有個謊稱是博史哥太太的人把他接走了。」

「妳覺得那是晶子？」

「我不願意這麼猜。但那個女人帶著博史哥的照片，所以我想去確認一下。」

雖然很清楚這對為井來說很痛苦，楓還是說了。

為井沉默了一會兒，最後深深嘆口氣說。「我知道了。」

「謝謝你。」

「另一件事呢？」

「待會兒我會在自己的手機裡安裝一個GPS的APP。為井大哥，可以請你不時確認我手機的位置嗎？」

「什麼意思？」

「我目前人在福島縣白河市。其實從昨天起，我就覺得好像有人跟著我……」

「跟著妳？不會是木崎組織的成員吧？」

「不知道。只是如果有人知道我在哪裡，我會比較放心……可以麻煩你嗎？」

「我馬上去找妳。」

「我接下來要去仙台市區的收容機構。」

只要拿照片給工作人員看，就知道是不是晶子把稔接走。

「好。我也馬上到福島，然後跟妳一起去仙台那個機構。」

「我很希望你在身邊，不過我們還是別見面。」

楓做了個決定，堅定說道。

「為什麼？」

「現在這個狀況對我們來說可能是個好機會。」

「機會？」為井似乎不太了解。

「我們對木崎的組織完全摸不透底細，如果我真的被木崎組織的人跟蹤，又被抓到的話，說不定能一舉知道他們的大本營在哪裡。就算沒找到大本營，也能遇到跟那個組織有關的人。」

「妳在說什麼傻話！聽內藤先生說，那些人都非常危險啊……」

「只有這個辦法了。要不然我們永遠都會對這個神祕的組織感到恐懼。我希望能讓博史哥獲得真正的自由！」楓的語氣強硬。

「可是……」

「我現在動身去那個收容機構，大概七點會回到仙台車站。如果到時候你發現我在其他地點，就報警吧。」

「好。我會在仙台車站。」

◆24

為井把手機貼緊耳朵，一邊將楓告訴他的話筆記下來。

「只要在這個APP上登錄後，輸入妳的手機號碼就可以了嗎？」

「對。麻煩你了。先這樣……」

「楓——」

為井叫住她。

「我也有一件事要拜託妳。」

「什麼事？」楓問道。

「我不希望妳跟那個組織的人接觸，希望看到妳平安無事出現在仙台車站。不過，萬　遇到晶子請妳幫我轉告她。」

「要告訴她什麼？」

「我會一直等她……請轉告她，無論發生什麼事，我都會等她。」為井哽咽說道。

就算晶子曾經隸屬這麼可怕的犯罪組織，自己的心意也不會改變。

他要從木崎那個人身邊把晶子帶回來。

自己也跟楓一樣，為了心愛的人不停奮鬥。

「好的。」楓說完後就掛斷電話。

為井立刻依照著筆記的內容操作手機。登錄了GPS的APP後，輸入楓的手機號碼，畫面上立刻出現地圖。正如楓說的，所在地顯示在福島縣白河市的一角。

他盯著畫面感到煩悶，不知道這麼做到底好不好。

的確，要是楓被組織的人抓到，說不定對木崎這個神祕的人物就能從此掌握到線索。但這樣的作法實在太危險了。

萬一楓的手機被搶走後關機，就找不到她在哪裡了。

我希望能讓博史哥獲得真正的自由——

楓為了町田，甘願冒這麼大的風險。反過來看，町田到底人在哪裡，搞什麼鬼呢？

總之，得盡快到楓的身邊才行。如果GPS上出現不尋常的動向，要立刻報警。

為井披上外套，抓起手機丟在公事包裡往門口走。正把手伸向門把時，就聽到一陣敲門聲。

他立刻打開門，跟站在門口的人四目相交。

町田——

「在這種緊要關頭，這段時間你到底跑去哪裡啦！」為井追問著走進社長室的町田。

「有很多事情要準備。」

町田面不改色，平靜地回答。

「準備？到底是什麼……」

「ＳＴＮ邁向結局的準備。」

町田打斷了為井的話。

「什麼意思？」為井盯著町田的雙眼問道。

「有人盯上這間公司了。產品出現有害健康的問題，這陣子媒體報導成這樣，ＳＴＮ的股價卻沒掉多少。這表示有人大量進貨。」

「意思是遲早會被收購？」

町田點點頭。

「我已經掌握到是哪個基金到處收購ＳＴＮ的股票了，而且安排好今天晚上的ＴＯＢ（公開收購股票）。現在這個公司已經沒有力氣阻止這件事了。」

「意思是我們得屈服於邪惡組織的勢力嗎？」

為井說完，瞪著他的町田眼色大變。

「抱歉……」

第一次從町田口中聽到這兩個字。

「公司的事之後再說。我現在得趕到仙台，你也一起來。」

「仙台？」町田一臉納悶問道。

為井說了楓這陣子尋找小澤稔，還有可能被木崎組織的人盯上的事。

「怎麼幹這種蠢事……」

聽完為井的話，町田整個人愣住，喃喃低語。

「才不是什麼蠢事。她是為了你賣命耶！」

町田回過神來，看著為井。

「那支手機給我，我去接楓回來。」町田伸出手。

「我也一起去。」

「你接下來還有事情得做。」

「要我做什麼？」

為井問環顧室內的町田。

「到外面說。」町田指著門口。

為井走出社長辦公室，跟在朝電梯走去的町田身後。

「你一定找到了解救公司危機的錦囊妙計吧，所以才會回來。」

為井問他。町田停下腳步轉過頭。

「這間公司沒救了。不過，我已經鋪好一條讓你們重生的小路。」町田答道。

◆ 25

看著跟木崎第一次見面的地方，沉浸在懷舊的情緒中，這時門一打開，楓走了出來。

楓穿過育幼院大門之後，朝這裡瞥了一眼，立刻往反方向走。

「接下來怎麼辦？」

聽到這個聲音，看著楓的視線才轉回到駕駛座上。

「跟著她。」

回答完之後，車子就駛動。

慢慢跟在楓的身後。楓頭也不回，一古腦兒往前走。在察覺到被跟蹤之後似乎加快腳步，但沒多久就停下來。

楓轉過頭來。露出下定決心的堅毅表情，慢慢朝車子走過來。

開了後座車門走下車。

當楓跟自己四目相交時，看得出她倒抽了一口氣。

「夏川姐……」

楓停下腳步，一臉同情地盯著自己。

「我來接妳啦。妳想見小澤稔吧？」

楓不發一語，只是睜大眼睛瞪著。

「我不會害妳的。不過，妳大概不會相信我吧。」

「稔還活著嗎？」

點了點頭後，楓似乎像是放下心中大石頭，輕輕嘆口氣。

「怎麼樣？」

楓依舊直視著前方，緊抿著嘴唇。

就算怎麼花心思緩和氣氛，但要她跟著身為組織成員的自己一起走，還是會讓她感到恐懼吧。

「我雖然不相信夏川姐，但我要去見稔。」

楓說完後走過來，推開她逕自鑽進廂型車的後座。她在楓旁邊坐下後，關上車門。

「謊稱是稔的親人把他從收容機構帶走的，就是妳吧？」

車子一行駛後楓問道。

「對。在妳的社群網站上留言的也是我。」

一說完，楓驚訝地睜大雙眼。

「為什麼要這樣……」楓問道。

「為了把妳引過來呀。」

「引我過來要幹嘛？」

楓的表情變得僵硬，似乎後悔跟著上車。

「待會妳就知道了。」

「STN的問題，還有我們家工廠失火，也都是你們幹的嗎？」

「是啊。」

「為什麼……」

楓瞪大了一雙溼潤的眼。

「因為那個人想這麼做。」

「為了滿足木崎一郎無聊的欲望，就可以利用ＳＴＮ的大夥，還有我跟我媽的感情嗎？」

不是這樣的。至少在回到日本之前不是——

楓說得沒錯，此刻木崎的欲望看在他人眼裡，或許無聊之至。不過，對現在的他來說，這是活下去少不了的唯一支柱。

「那個人對我來說很特別。換個說法，我的心中只有那個人。」

「因為妳小時候受到他的幫助嗎？」

「對……」

「木崎不是幫助妳，他只是想利用妳啊。木崎對妳一定沒有任何愛，他是要把妳拉進組織，當作滿足欲望時利用的一顆棋子。」

不是的。

不過，再怎麼解釋，楓都無法了解自己跟木崎的關係吧。

從包包裡拿出一副眼罩遞給楓。

「不好意思，妳可以戴上這個嗎？」

楓一臉不安，接過眼罩。戴上眼罩後，她的臉部表情更僵硬了。

轉個頭，視線從楓的身上移開，凝視著燻黑車窗外的昏暗光景。

「為井大哥大受打擊，整個人快死掉了。」

聽到這個聲音，又轉過頭看著楓。

「他對我失望透頂吧。」

「為井大哥跟木崎不同，他不是利用妳，對妳的心意很單純。所以即使知道妳是利用他，他的心意還是沒變。他說，無論發生什麼事，他都會等妳……這是為井大哥現在的心情。」

聽著這番話，腦中浮現跟為井在一起的記憶，心裡有些疙瘩。

「這人真傻……」忍不住低喃。

「對年紀比我大的人說這種話實在沒禮貌，但我覺得傻的人是妳。」

「在我的心裡，根本沒有跟他在一起的選項。」

斬釘截鐵說出來，像是要甩開緊貼在腦中不肯離去的記憶。

「要說想跟誰在一起的話，只有町田吧。」

話一說完，楓的臉頰突然顫動了一下。

「妳果然喜歡博史哥。」楓嘆道。

「對我來說，他是命中註定的人。」

當年知道學校裡據說是天才的那個學生，就是木崎口中的博史時，當下就覺得這是命中註定。想跟町田在一起。這麼一來，透過町田，自己應該也能跟木崎成為真正的一家人吧。

那是自己，還有木崎，怎麼樣都得不到的事物——

在公司成立的慶祝會後，町田醉倒的那一次，曾經想過可能是個好時機。

就算再怎麼怕跟他人相處，但這跟男性本能絕對是兩回事。先不管用什麼手段，總之只要彼此有了肉體上的關係，之後再花時間拉攏他就行了。

抱著這種心情到町田的房間，還上了床躺在他身邊。然而，在町田醒來了解狀況之後，連自己的一根手指都不碰。不僅如此，還給了她冷冷的眼神，一副要她快滾的態度。

接下來的三年時間，繼續嘗試用各種方法親近町田，終究沒能讓他回頭正眼看看自己。也曾想過，難道是因為自己沒有吸引力嗎，但看著町田對身邊其他人的態度，知道事實並非如此。

町田跟自己還有木崎都一樣，全身有一股深刻絕望與孤獨，讓任何人都無法碰觸到他們的心。

「我絕對不會把他交給妳。」楓說道。

◆

26

「喂——」

走出大樓，準備朝車站方向走去時，為井叫住町田。

「你要答應我兩件事。」

為井對轉過頭來的町田說。

「什麼？」

「絕對要保護楓平安無事。」

町田看看握在手上的手機。

「另外一件事呢？」町田抬起頭看著為井問道。

「回到大夥兒的身邊。」

「被害得這麼慘你還學不乖嗎？」町田冷笑問他。

不過，不見平日那般惹人厭，卻換上帶著傷感的表情。

「我不要求你跟我們一起工作，你過你自己想要的人生。不過，大家還是朋友。」

「我考慮考慮。」

町田露出一抹隱約的笑，往車站走去。

凝視著町田遠去的背影好一會兒，為井也走向停在旁邊的計程車。

敲了幾下病房房門，卻沒有回應。

為井擅自開門，看到躺在病床上的明轉身朝向窗戶。

「可以講幾句話嗎？」

為井開口，明還是毫無反應。

「這可能是我最後一次跟你說話了，可以跟你好好面對面嗎？」

「你是想看著我的臉嘲笑我嗎？」明也開口了。

「我其實還滿想這麼做，但可惜現在沒這個閒情逸致。我只是有幾件事情得來知會你一聲。就這樣。」

「到底有什麼事？」明轉過身子面向為井。

兩人眼神交會的瞬間，為井愣了一下。

明的那雙眼睛，好像死人一樣毫無生氣。

看來聽到刑警說明久保麗子的來歷後，他承受了相當大的打擊。

「待會兒我就要找媒體來開記者會。」為井切入正題。

「記者會？」

「對。這次公司產品有害健康，造成問題，我要公布將負起責任辭掉社長一職。」不僅為井，就連繁村也會針對這次風波負責，辭去ＳＴＮ的工作。然後町田也辭去ＳＴＮ的監查人。

這是町田的提議，為了走向重建的路。

「這當然……搞出這麼大的問題，繼續待在社長位子上，社會大眾也不會接受吧。」

「然後，我想請安浦叔叔擔任下一任社長。」

為井一說，明大吃一驚，睜大了雙眼。

「要安浦接任？」

「沒錯。我來這裡之前已經去找過安浦叔叔，他也願意接下來。不只安浦叔叔，還有其他過去支持老爸的 TAMEI DRUG 高層，我也都要他們來ＳＴＮ。」

明看來神色倉皇，瞪著為井卻不發一語。

「最近有人大量買進ＳＴＮ的股票。根據我獲得的消息，外資今晚還安排了ＴＯＢ。」

一聽到這句話，明隨即冷笑。

「你這是要安浦他們上賊船嗎？」

為井沒有回應，直盯著明。

「只要ＳＴＮ一被外資收購，安浦他們幾個也會被炒魷魚吧。」

「恐怕是這樣。」

或許是為井回答得太過輕鬆，明露出質疑的表情。

町田的主張就是要在ＳＴＮ變成其他公司之前的這段短短時間，託給一個信得過的人來善後。

「不久之後，ＳＴＮ就會變成另一個公司，跟我們當初想追求的目標完全不同。所以，在我辭職到變成另一個公司的短短時間內，我要安浦叔叔來幫忙守住ＳＴＮ的資產。」

「資產？ＡＳ計畫的研究成果嗎？」

「不是。是公司的夥伴。」

過去支持ＳＴＮ一路走來的忠誠員工，為了保障他們未來的生活，接下來就靠安浦他們了。他打算公司方面先做好完善的支援，包括提前優退制度，以及讓員工在理想的狀況下另謀出路。在相關配套準備好後，請安浦等人來執行這項任務。

明凝視著為井，不發一語，似乎已無話可說。

「你呢？接下來打算怎麼辦？該不會到現在還在想著跟 GIGA DRUG 合併的傻事吧？」

「這哪裡傻了！」明氣急敗壞大喊。

「你不是因為受到那個祕書唆使才決定的嗎？你應該聽警方說過，那個女人的來歷有多古怪了吧？」

「這是我的公司！我不需要受到你們指指點點！」

「嗯。那是你握有決定權的公司，你愛怎樣就怎樣。不過，你也該承認了吧？我就已經承認嘍。」

為井努力擺出穩重的表情對明說。

「承認什麼？莫名其妙……」

「承認你跟我在經營上都幼稚得很！」為井打斷了明的話。

明好像還是不肯承認這個事實，惡狠狠直瞪著為井。

「因為這樣，害我們彼此都失去了珍貴的東西。我失去了重要的公司，你則失去了安浦叔叔他們這群值得信賴的員工。安浦叔叔他們一群人被挖走之後，你……應該說整個 TAMEI DRUG 會陷入空前的危機吧。憑你一個人的能力，加上身邊剩下一群只會唯唯諾諾的人，看來往後 TAMEI DRUG 的經營會逐漸走下坡，甚至可能就在市場上消失。」

知道安浦一行人要辭職，明肯定感到極度不安。

「就算你毀了老爸建立起來的一切，我也不怪你。不過，我不以同為經營者的立場，只想以做哥哥的身分告訴你一句。」

明默不作聲，只是緊咬著嘴唇瞪著為井。

「要有一群彼此信賴的夥伴。只要有這群人，就算身陷多艱難的困境，總有一天能從谷底再次翻身。這是我的理念。」

為井說完，便轉身背對著明離開病房。

走在走廊上，為井激勵自己。

就算是依照町田的計畫進行，只要木崎還在，或許對自己的攻擊及災禍永遠不止。

但是，無論發生什麼事，絕對不認輸。

就算對方的底細多麼神祕不可測，就算他是可怕犯罪組織的首領，自己一定會重新贏得晶子的心。

◆27

「可以拿下來了。」

在桌上放了紅茶跟餅乾後，對坐在沙發上的楓說。

楓提心吊膽脫下眼罩。一開始大概防備著炫目的光線，瞇起眼睛，隨即立刻發現這只是間接照明的柔和燈光，就四處張望。

「這裡是……？」她問道。

「是那個人的別墅。」

「木崎的……」

話說到一半，楓的身子看來僵住。

「不用緊張。我剛才也說過，不會害妳。那個人交代了，要把妳當成客人款待。」

雖然這麼說，楓好像也沒放鬆，情緒並沒有平靜下來，眼神依舊游移不定。

這個房間只有沙發、茶几，以及前方牆壁上掛的大型螢幕，除此之外空無一物。

「我帶她過來了。」朝著別在胸口的麥克風說。

一瞬間，大型螢幕上出現木崎朝氣十足的臉，楓嚇了一跳，身子往後縮。

「五年來，妳已經長大不少啦。」

木崎的聲音透過擴音器傳出來，楓環顧室內尋找攝影機。

「不用那麼緊張。坐那麼久的車也累了吧？喝杯茶休息一下。」

楓瞥了桌上一眼，立刻又把眼神移回螢幕上。

「食物裡沒有摻可疑的東西哦。」

即使這麼說，楓還是緊盯著畫面，表情中還帶著質疑。

難道她已經識破這容光煥發的木崎，其實是個電腦合成的影像嗎？

「我不是來這裡休息的，讓我見稔。」楓激動說道。

「晶子，帶她來這裡。」聽見木崎的聲音。

「這樣好嗎？」

再次徵詢木崎的意見，「嗯。」他答道。

「走吧。」

看著楓對她說完，就帶她前往木崎所在的隔壁房間。

打開房門，要楓進去，只見她睜大雙眼。

對楓來說，這是她從來沒看過的詭異情景吧。

將近十五坪的房間正中央有一張床，圍繞在四周就像由近百台螢幕排成的一面牆。除了電視節目之外，還有股價動向、隔壁房間以及屋外的景象，更有設置在ＳＴＮ社長室中的紅外線攝影機傳回的影像，只要動動脖子，就能收集到計畫所需的所有資訊。

楓的目光停留在床邊的小澤稔身上。

「照理說，我應該帶著客人參觀一下，真不巧我行動不方便，只能從這裡導覽，真抱歉。」

打算走近床邊的楓被手勢制止。

「我可以清楚看到妳的臉，這樣就行了。」

「你說行動不方便是……」

楓轉過頭問道。

「我得了一種叫ＡＬＳ的病。」木崎自己回答了。

「ＡＬＳ？」

看來楓是第一次聽到這個名詞。

正式名稱叫做「肌萎縮性脊髓側索硬化症」，是一種全身上下所有肌肉會逐漸萎縮的疾病。

這種病在病發之後會惡化得非常快，據說半數患者在症狀出現後的三到五年內會連掌管呼吸的肌肉都失去功能，而且目前還沒找到有效的療法。

兩年前知道木崎得了這種病。而其實在更早的一年多前他就出現症狀。聽到木崎說了這件事，才知道為什麼那一年來他都沒自己聯絡。

「今天要跟妳道別。」

一碰面，木崎就這樣說。

「妳什麼都別問，盡快離開日本，還有妳父母。我已經準備好足夠的錢。」

「到底怎麼回事？」

無法接受之下一再追問，最後木崎只好說了原因。

正如自己猜測，木崎是個黑社會組織首腦，但他病倒之後，整個組織失去向心力，愈來愈衰弱。加上過去敵對的強大組織盯上他，想要他的命。甚至有傳聞指出，對方下了幾十億的賞金要取木崎的腦袋。木崎說，除非對方確認他已死，否則會持續不斷攻擊組織的成員吧。

因此，木崎解散了組織，只留下少數他真正信得過的人，並且打算幫助她跟她的父母逃亡到國外。

離開日本之前，木崎託自己辦一件事。就是去把町田唯一信任的那個叫小澤稔的人帶來。當時木崎已經掌握到小澤稔身在何處。

把稔從收容機構接出來時，他除了原本的智能障礙外，還有嚴重的健忘症。

搞不懂為什麼要特地找這個人，但轉個念頭又想，或許是想把這個町田想保護的重要人物放在自己身邊吧。

無論如何，町田都不會再回到木崎的身邊吧。

如果在不久的未來，木崎即將離自己而去，那麼町田對自己來說也沒用了。就在這時，為井向她表白。

當時為什麼會接受呢？自己也不懂。

一定只是覺得出國之後反正再也不會見面，回絕反而麻煩吧。

雖然這樣說服自己，卻不知道為什麼，那時候為井看著自己的眼神始終留在腦海裡揮之不去。

視線從楓的身上移到床上，似乎想藉此甩掉緊纏著不放的回憶。

心想著這輩子不會再見了吧，但仍從遠方祝福木崎能安詳迎接人生最後的一段路。

縱使他這輩子沾染上多少鮮血——

然而，大約三個月前，隨興觀看一個日本電視節目時，內容又牽動了自己的記憶。引起她注意的並不是節目中貼身採訪的主角——TAMEI DRUG 社長為井明，而是在他身邊的祕書。

為什麼身為木崎組織中一員的她，會變成 TAMEI DRUG 的祕書呢？

猜得到的可能性只有一個。

莫非木崎連自己生命進入倒數階段，仍要以鮮血來沾染最後一段人生嗎？

為了釐清這一點，自己又回到日本。

「別露出這麼同情的表情嘛。」

聽到這個聲音，原先盯著稔的楓轉過頭看看躺在床上的木崎。

「雖然身體完全動不了，但腦袋沒有任何異常。很諷刺的是，身體變成這樣之後，好像覺得自己的智商變得更高了。只要有手腳，我還是無所不能。對吧？」

木崎一聲呼喚，在床邊的稔點點頭。

「你把稔從收容機構接出來，就是為了讓他服侍你嗎？」楓問道。

「原先我還以為他是個沒用的人，沒想到意外好用呢。雖然是晶子的指導，但他也順利把你們家工廠燒個精光。」

受到這句話的激怒，楓狠狠瞪了旁邊的晶子一眼。

「妳別恨她。多虧有她，才沒造成傷亡。雖然我很想搶走博史最看重的事物。」

楓甩掉晶子的手，走近床邊。

「稔，我們離開這種地方吧。這個人想殺你耶，他要伊達命令博史哥把你殺掉耶。」

楓拉著稔的手要走向房門，稔卻在原地一動也不動。

「沒用的。這個人本來就不善於思考，長久以來的流浪更讓他放棄思考。只要待在這裡，沒有煩心的事情，不會遭到社會的輕視，生活上也沒有任何不便。」

「稔，我們離開這裡吧。外面還有人需要你呀。」

楓凝視著稔的眼睛，拚命說服他。

「博史哥正等著你。」

「博史……」

先前幾乎毫無反應的稔，臉上出現了表情。但他目光的焦點不是楓。稔甩開了楓的手往前走。

楓一轉過頭，發現稔正朝著掛在牆壁上的螢幕走去。

螢幕上出現屋外的影像，楓一看見就差點掉眼淚。

町田就站在大門外。

為什麼他會在這裡？

「他來啦。是追蹤妳手機的位置跟來的吧。」晶子看著楓說。

她根本就知道——

既然如此，為什麼沒把手機搶走呢？

「來得正好。帶他來這裡吧。」

木崎說完，晶子就走出房間。

「妳真是個聰明的女孩子。」

聽木崎這麼說，楓轉過頭看看床上。

「而且妳還很勇敢。不過，可惜這裡是警察進不來的地方。」

警察進不來的地方？是什麼意思？

是陷阱——

為了把町田引到這裡來，才刻意不搶走楓的手機。

有一面螢幕上的畫面是ＳＴＮ的社長辦公室，稍早之前自己跟為井的對話也被竊聽了吧？木崎自己無法行動，但不知道他會命令組織的成員怎麼對付町田。

千萬別來！

楓盯著播放屋外影像的螢幕拚命在心裡暗禱，卻看到町田在晶子的引領下走進大門。

「你想對博史哥做什麼！」楓瞪著木崎。

「隨我高興。」

這句話激怒了楓，一股強烈的情緒從心底升起。

面前這個人帶給多少人不幸，現在還想奪走自己心愛的人，說什麼都要設法整治他。趁現在可以用自己的雙手辦到。

楓朝著木崎的頸部伸出雙手。

木崎微笑凝視著楓。

「楓，快住手——」

聽到那個聲音，楓回過神來停下了手。

一轉過頭，跟晶子一起走進房間裡的町田來到楓的身邊。

町田凝視著楓，對她搖了搖頭，輕輕將楓在木崎頸邊的手拉開。

「嘿，博史。」木崎露出微笑。

「好久不見啊。居然在領事館裡弄了棟別墅，這段時間你已經爬到這麼高的地位啦。室井先生，啊，是木崎先生吧？」

「博史！」
稔高聲蓋過了町田的話，朝著他飛奔過來，緊緊抱住町田。
「你怎麼塊頭變得更大啦？」
町田露出隱約的微笑，對緊抱著自己的稔拍拍肩膀。
「難得兩位重逢，不過好戲好像正要開始了。」
木崎一說，町田將目光轉向牆上那排螢幕。
楓也跟著望過去，幾個螢幕中都出現了為井。畫面一角打著「ＳＴＮ社長緊急記者會」的字幕。
「……對於使用了ＳＴＮ的產品導致健康受損的消費者，我感到十分抱歉。希望各位接受我的道歉。」
看著在畫面中低頭賠罪的為井，楓轉過頭望向晶子。
她看著為井的這副模樣，心裡究竟有什麼感覺呢？
是拚命克制住情緒呢？還是原本就不帶任何感情？從她的臉上完全看不出來。
「包括我本人在內，經營團隊所有成員都將為這次的問題負起責任辭去職務，不過，接下來公司全體上下仍會以最大的誠意來面對受害的消費者。」
「就算經營團隊辭職，你們的危機一樣沒解除。不久之後ＳＴＮ就是我的了。」
聽到木崎這麼說，町田輕輕點了點頭。
「你這麼珍惜的東西輕輕鬆鬆就到我手裡了。」
「是啊。」

「ＳＴＮ的股票全都是稔在電腦上一筆筆輸入下單的。就跟燒掉工廠的時候一樣，你的一切都是由你最重視的人一手毀掉。」

町田沒有任何回應。只是露出極度悲哀的表情望著木崎。

「你一定很恨我吧？」

「為什麼要做這種事？」町田問他。

「為了要喚醒你真正的能力。」

木崎答道。但這是什麼意思呢？

「我剛認識你的時候，你應該有無窮的潛力。不過，現在卻墮落成了一個平凡人。那是因為習慣這種像溫水的舒適生活，你內心裡的憤怒也逐漸消退了吧。」

「為了激怒我，你就做了這些無聊的事嗎？」

「這是前哨戰。」

「前哨戰？」町田一臉質疑反問。

「沒錯。我已經沒有多久好活了，在不久的將來，我會連呼吸也沒辦法，然後就死了吧。這次是突襲，但我們重新決一勝負吧。你用你與生俱來的能力，放馬過來。如果在我有生之年，你能打敗我的話，我就把所有資產留給你，當然包括ＳＴＮ，還有稔。」

「稔不是你的，當然也不屬於我。」

「是嗎？除非我叫他去，否則他不會回到你身邊唷。」

町田看看稔。稔一臉不解，直盯著町田，似乎不懂得兩個人究竟在說什麼。「看看我跟你誰比較優秀，這是第一次也是最後一次決勝負。」

「你跟我都不優秀。」町田冷冷回答。

「什麼意思？」

町田沒吭聲，轉過頭望著牆上。

也跟著望向螢幕的楓啞然失聲。

畫面上竟然出現磯貝，而且還在彈鋼琴！

這究竟是怎麼回事？楓走近螢幕想看清楚。

只見他雙手流暢滑過琴鍵，怎麼看都不像是義手。

「磯貝大哥……」楓忍不住輕聲驚呼。

「ＩＴＳＭ是最近剛成立的小公司，但前一陣子發表的劃時代新型義手，廣受矚目。社長磯貝隼人在十九歲時因為車禍失去雙手，但他殘而不廢，致力研發這款義手，除了盡量減少日常生活上的不便，還能享受運動、音樂等休閒娛樂……」

影像從彈鋼琴切換到磯貝接受訪問的畫面。只見他用右手靈活解開左側衣袖，拆下左腕義手。

「目前已有醫療器材大廠表明將全面支援，邁向商品化也指日可待……」

這是怎麼回事？楓望著町田。

「這是我們接下來要上的船。」

町田說完，看著木崎。

「磯貝隼人……就是跟你一起從少年院逃走的那個？」木崎問他。

「沒錯。在你的眼中，這是一艘微不足道的小船，你想毀掉簡直易如反掌。但反正你一毀掉，我們只是再打造下一艘船。只要還有願意跟我戰下去的夥伴，人生就不可能慘敗。」

「你早就知道我想做什麼了嗎？」

木崎的聲音聽來有些緊張，跟剛才判若兩人。

「我是到最近才發現你的圖謀。不過，我早就知道你跟夏川很親近。」

「怎麼會！」

發出驚呼的不是木崎，而是晶子。

町田轉頭望著晶子。

「從認識到妳出國，這段時間妳一直接近我，表示妳愛我。」

聽到這句話，楓心想晶子果然還是很喜歡町田。

「當時我對於愛是什麼根本搞不懂，但是，這兩年來，我好像稍微懂得去愛一個人是怎麼回事了。」

町田瞥了楓一眼，又立刻看著晶子。

「回想在妳出國之前的行為，我發現妳根本不是愛我。當然，我也知道未必所有人都是因為單純的愛情而在一起。不過，對於沒有錢，沒有地位，而且妳根本不愛的我，妳之所以想跟我在一起，原因只有一個。就是妳愛著另外一個人，只為了愛屋及烏才說愛我。不是嗎？」

晶子無言以對。

只是直盯著町田。

「至於妳是為了誰才會這麼做……這樣的人我只想得到一個。」

楓看看木崎。

「在妳從美國回來之前那陣子，ＳＴＮ的股價走勢有點古怪。所以我有預感，是不是有什麼狀況。不過，我幾乎不曉得公司的內情，也不知道在公司裡誰會是敵人，加上妳又是社長為井的女朋友。不管我說什麼，他也不相信妳會危害公司吧。所以我乾脆消失，找了跟ＳＴＮ沒有直接關係的磯貝，準備成立一間新公司。」

聽到一陣悶笑聲，楓轉過頭看著床上。

木崎正在笑。但他的笑聽來帶著幾分空虛。

「博史……是我一敗塗地嗎？」

木崎像是自言自語，又像在問町田。

「算是平手吧。身邊一直都有比本身更珍惜自己的人，但你跟我卻始終沒發現。在為人方面，我們一樣糟糕。」

「晶子。」

聽到木崎的呼喚，晶子走向床邊。

晶子到了他身邊，木崎對她說：「去吧。」

「我不走。」晶子搖搖頭。

「妳走吧。」

「我不要！」

楓沒看到她的表情，卻是從認識以來第一次聽到她帶著情緒的哭聲。
「稔，走吧。」
町田開口呼喚，稔卻一臉落寞盯著床上。
「去吧。」
木崎說完，稔還是一動也不動。
「你自己自由了，快走啊。」
稔搖搖頭，始終不肯離開。
「我說過了。稔不屬於我，也不是你的。他自願留在這裡。稔——」
稔轉頭看著町田。
「我會等你。」
町田說完後，拉著楓的手往門口走。
走出房間之前，楓停下腳步，轉身看著晶子。
「夏川姐。」
楓一開口，垂頭喪氣凝視著木崎的晶子轉過身。
也有人在等著妳——
很想告訴她這句話，但最後還是什麼都沒說就走出去。
穿過跟主屋隔了一段距離的大門，到了外頭之後，楓幾乎是癱坐在人行道上。到現在全身還不停發抖。

「走吧。肚子餓了。」町田伸出一隻手。

楓緊握著那隻手，勉強站起身，拖著顫抖的腳步跟町田一起走。

「剛才妳想跟夏川說什麼？」町田突然停下來問她。

「夏川姐跟為井大哥……還有相見的一天嗎？」

楓沒回答問題，逕自感嘆。

「誰曉得。不過，那傢伙還真不是普通遲鈍。」

「也對。連博史哥也不知不覺都被感化了呢。」楓笑著說。

「不是被感化，是被擾亂。」

「以後還會繼續下去唷。」

町田露出不耐煩的表情。

「對了，新公司的名字ＩＴＳＮ，就是從ＳＴＮ的創業成員加上磯貝大哥的Ｉ[9]吧？」楓問道。

「有個地方錯了。」

「嗯？」

「不是Ｎ，而是前原的Ｍ[10]。因為沒錢了，辦公室要設在妳家二樓。」

町田一副事不關己的態度，說完後癟了癟嘴又往前走。

⑨「磯貝」的拼音是「Isogai」。
⑩「前原」的拼音是「Maehara」。

終章

正專心看著書本封面時，有人拍了我的肩。

一轉過頭，楓就站在身後。

「你從剛才就看得很認真，到底在看什麼啊？」

探頭瞄了我正在看的書，楓一臉驚訝抬起頭。

「原來你對推理小說有興趣啊？」

「不是。我只是對封面的照片有點好奇。」

看起來好像是個教堂，在群山為背景之下，樹立著十字架。

「感覺好神祕哦。這在哪裡呢？」

楓也興致勃勃問道，但我搖搖頭，「不曉得。」

「妳又拿了什麼？」

楓也抱了一本書在胸前。

「食譜。晚上還沒決定要做什麼。既然是特別的日子，我想多加把勁。」

楓一臉得意，把食譜拿給我看。

「既然是特別的日子，做些熟練的東西比較好吧?妳一加把勁通常都沒什麼好事。」

一說完，她就氣呼呼。

「算啦。」

我抓起楓手上的食譜，跟自己剛才看的那本書，走向收銀台。

「咦？你的原則不是不花錢買書嗎？」

跟在後頭的楓問我。

「凡事都有例外。」我轉身回答。

雙手抱著購物袋走出超市，跟楓一起回家。

「話說回來，會不會買太多啦？」

今天晚上要在前原家二樓，為新公司成立辦一場遲來的慶祝會。

「這樣我都還怕不夠耶。你算算看，我們三個人，還有為井大哥、繁村大哥、里紗姐、磯貝大哥，外加安浦先生他們三位ＳＴＮ的人……總共十個人耶。等下你也要幫忙哦。」

聽完楓的話，我嘆了口氣。

「對了，我昨天收到內藤叔叔的簡訊，說他終於找到一份正職工作。」楓說道。

「做什麼的？」

「居然是偵探耶。」

楓稍稍皺起眉頭，我卻認為還滿適合他的啊。

來到過去前原製作所的那塊地，我停下腳步。

現在成了一塊空地，立起即將施工的看板。四個月後將會蓋一棟新的工廠，這片景象也會不同吧。

在半年之前幾乎每個晚上都會做的夢，跟此刻眼前的情景完全不同。

「怎麼啦？」

聽到楓的聲音，我回過神來轉頭看看她。

「沒什麼。」

又繼續走。

「博史哥，你真的很沒天分耶。」

看著盤子上的飯糰，楓忍不住嘆氣。

「有什麼辦法，我第一次做耶。看不下去妳自己來弄啊。」

「我要準備其他事情嘛。還以為拜託你捏個飯糰應該沒什麼問題。」

楓邊說邊抓起飯糰咬了一口。立刻轉過頭看著我。

「嗯，不過，味道很不賴。」

她笑著說。

「是嗎？謝啦。」

一聽到我的話，她露出驚訝的表情。

「怎麼了？」

我問她，她只是笑著搖搖頭，「沒什麼。」

「好吧，你就照這樣做二十個左右。我要到樓上準備。」

「好好好……」

就在我埋頭捏飯糰的時候，樓上似乎愈來愈熱鬧。看來大家陸續到了。

「博史哥——」

玄關傳來楓的聲音。

「幹嘛？」

「你來一下！」

「我還沒弄好耶。」

「你快來就對了！」

聽她的語氣不太對勁，我邊舔著黏在手上的飯粒邊走向玄關。

穿上鞋一打開門，嚇了一跳。

稔跟楓就在我面前。

「我從二樓一走出來，剛好看到家門口停了一輛車……臉沒看得很清楚，但開車的是個女生。」楓說道。

「是我們上次見面也在的那個女生送你來的嗎？」

稔點點頭。

「她在哪裡？」

「她說接下來要去喪禮……」

我看看楓。

楓也直盯著我，然後又望向二樓。

她是想到了為井吧。

「這樣啊……」

你人生最後的半年，過得怎麼樣？

我在心中追問，忍住差點脫口而出的嘆息。

「你來得正好，來幫忙吧。」

我拉著稔的手走進家裡。

我帶他進到廚房，兩個人捏起飯糰。

應該有很多話想說，但我們倆只是默默捏著飯糰，聆聽樓上傳來的笑聲。

「博史，你技術好爛哦。」

聽他這麼說，我轉頭看看稔捏的飯糰。

不再像以前那樣歪七扭八，而是形狀端正，看起來就好吃的飯糰。

「對啊。我要多練習。」

用兩個盤子各放上十顆飯糰後，我端起一盤。

「幫我端另一盤。」

「做那麼多是誰要吃啊？」

我看著發問的稔，露出微笑。

「一群夥伴啊。」

【本作品曾於《小說寶石》連載】
2008年1月號
2009年1月號、3月號、5月號、7月號、9月號、11月號
2010年3月號～6月號、8月號～12月號
2011年1月號～12月號
2012年1月號～11月號
2013年2月號～12月號
2014年1月號～5月號

出版前已經由作者全文增添內容並修改。

解說／

真正的神之子

舟動

第14屆台灣推理作家協會徵文首獎得主

《慧能的柴刀》作者

解說／推理作家、推理評論人——舟動

真正的神之子

台灣先前已引進作者藥丸岳的小說作品包括《天使之刃》（獲得第五十一屆江戶川亂步獎；2015年被改編成日劇）、《闇之底》和《友罪》三本。其它著作如《惡黨》於2012年改編成單集特別篇日劇，而《刑警的目光》則於2013年被改編成整季十一集日劇播送。作者筆耕不輟，其作品近年來陸續被影視化，受歡迎的程度可見一斑。

作者曾在《友罪》（2013年）出版後的專訪中提及，自己從出道以來持續撰寫和犯罪被害者與加害者有關的小說，直到近來開始稍微偏離原先關注的主題，並提出「想認識人性的求知慾」即是一種推理本質的觀點，因此《友罪》並非一般典型的「揭露犯罪事實真相」的解謎推理作。

如今，於此長篇新作《神之子》中亦可見作者的運筆全力集中在各要角面臨所處境遇而生的心理狀態及內在衝突，動員共約六十多名角色，以人物間錯綜的關係塑造出充滿人性深度的謎團。而本作的靈魂人物町田博史——除了序幕與終章採第一人稱敘事以外，其它三大章目皆以他人視點觀之——十八歲，沒有戶籍，從未就學，擁有超乎常人的照像記憶能力，隨處輕易汲取得以生存的各種知識，卻極度缺乏感情，總是冷淡應對周遭人際，無法對人產生同理心；如此個性之人，竟於故事一開場主動為患有智能障礙的小澤稔頂替殺人罪，被逮捕進入少年院，其言語和行事動機頗能給予讀者一種莫不可測的、半透明的懸疑感。

任職於少年院的教官內藤信一，試圖涉足町田的內心，意欲瞭解他的出生背景，故事於焉展開。面對「為生存可不擇手段」的町田，內藤抱持的教育理念是「思考該怎麼生存下去是靠頭腦，但決定以什麼作為生存的目的，終究要靠心」以及「人生要是沒有目標，取得高中同等學力證明有什麼意義呢？要學習什麼呢？應該說在學習之前，究竟想怎樣活下去呢？如果沒有一個目標，只是徒勞無功。」不過，企圖感化町田的過程困難重重，加上少年院不只町田，還有雨宮一馬、磯貝隼人等問題少年。這時，內藤尚未發現名為「神共生會」的團體所操控的龐巨陰謀，原來該團體領導人木崎一郎（室井仁）憑藉不法管道，派雨宮偽裝潛入少年院，計畫將町田擄出……

時間推移至兩年後，故事焦點轉至理工學院大學生為井純以及發明奇才繁村和彥，連同夏川晶子、相原里紗和町田博史，五人取得一種經研製的新型合成樹脂，計畫合夥開公司，以此專利原料生產各式產品。此時的町田早已離開少年院，他並未進入更生保護機構，而是透過內藤的協助，入住前原家的工廠，和工廠經營人前原悅子與其女楓共同生活。另一方面，「神共生會」的爪牙同時於檯面下蠢蠢欲動，涉及遲緩兒醫學實驗，以及和黑道角頭、財經政界巨擘有關的謀畫，業已鋪天蓋地之勢襲來……

不論在《天使之刃》、《友罪》、《惡黨》，或這部《神之子》當中，「少年犯」一直是藥丸岳描寫的重心：少年何以犯案？其內心對於家庭、社會的怨怒及敵恨如何宣洩？犯案後又該如何在世間的道德檢視下獲得救贖，或一輩子懷抱罪孽而活？——可惡之人或許存有可愛、可憐之處，但犯行者若未共感他人之苦痛，很可能無以懺悔自己的罪行。反過來說，無能體察他人苦痛的人，是否更容易犯下罪行？

《神之子》的第一章，不僅提到日本臨床心理學者春口德雄領先世界自1980年代起，於矯正教育中所引進的一種「角色交換書信法」（Role-lettering Therapy），令加害者反覆站在自己和被害者（或其家屬）的立場來回書寫信件，一人分飾兩角，自寄自收，藉此了解自我，並對他人產生同理心；第二章也在開發義肢的經過，不斷重複提及「痛感的機制」（pain mechanism），假使一個人只經由書本上的知識獲知——所謂「痛覺」是一種內在或外在的物理性刺激，導致身體分泌化學物質，進而生成電流、傳至腦部的訊號傳導過程——而無視「心靈」的作用，那麼究竟該怎麼做才能體會到他人的痛呢？作者刻意藉磯貝之口，向町田質問「像你這種天才，要做出感覺到痛的義手也不是不可能吧。話說回來……那也要你能了解什麼叫做痛吧。」此句好似隱隱攻探町田的心防，激使他表現更多的人性。

隱藏在《神之子》故事背後另一條關於「神共生會」的破題主線，或可從社會心理學研究者朗格尼（Michael Langone）提供的「邪教團體現象中常見之特徵」（Characteristics Associated with Cultic Groups, Revised in 2015）診斷分析表所列出之十五項中，找到許多相符的要點，其中包括「質問、懷疑與持有異議在團體中均不被許可，甚或受到處分」、「團體領導人規定成員該如何思考、行動與感覺」、「團體中存在『非我們即他們』極端劃分界線的心理狀態」、「為使成員服從領導人或團體，要求成員切斷其與親屬和朋友間的聯繫」、「團體奉行精英思想，聲稱組織本身、領導者與其成員享有特殊且崇高的地位」、「團體灌注心力獲取金錢」以及「團體教導或暗示，為達其想像的崇高目標，可採取任何必要手段達成並予以合理化」等等。

現今廣義的邪教團體，其信仰導向不限於自傳統宗教衍生而出，教義可能經創始人變造、融混或自成一格，諸如梅拉凱約克（Malachi York）、查爾斯曼森（Charles Manson）及奧姆真理教教主麻原彰晃等皆是。《神之子》故事中的「神」（團體領導人）以貌似合理的詭辯式洗腦，收納身心無助、脆弱的「子民」（團體成員），指出「神會要求犯罪」、「犯罪讓不幸的人稍微得到一點幸福，讓幸福的人變得有點不幸，是維持這個世間平衡不可或缺的行為。自己的幸福一定會建立在某個人的不幸上」、「我是為了讓幸福的人不幸，讓不幸的人變得幸福而生」，在給予其子民協助、施加反社會的意識形態之後，賦予任務，執行犯罪活動，又同時成立弱勢救助團體，向各地慈善機構捐款，降低成員犯罪後的罪惡感，並合理化成員的犯罪行為，和當代邪教團體的定義顯相吻合。

此外，《神之子》存在一個重要的命題：「什麼形式的愛，才是真愛？」神學領域中，有一派稱為寧靜主義（Quietism），其主張神秘修行的最高境界是摒除外務的絕對寂靜。當內在的人性提升至神性時，人可以回到世間，去關心塵俗的煩惱；此人將彷彿神的機械人偶，他於世間的欲望、行為不再屬於他，外在的遭遇不會擾動他，他受到神的保護，自身不存於自己的欲望和作為之中，他真正的自我已融入神的境界，留存於世間的只剩一個由神所操縱的受造物，誠如德國神學家艾克哈特（Meister Eckhart）所說：「真正的神存擁於心靈之中，而不在於日夜規律地想著神。」愛人的過程亦同，極致的真愛通達出神的狀態時，即不再終日想著所愛之人，因為自身已和對方合而為一。

雨宮一馬開車衝向姊姊美香（華原恭子、久保麗子），最後兩人身亡，雖無能得知他的明確動機，但應該和內心對親人的愛有關；而，成為漸凍人的木崎命人火燒前原工廠、擊潰STN公司，又派夏川晶子將小澤稔留在自己身邊，目的乃要奪走町田周遭的一切，其內心因長期缺乏愛，而選擇用自我認可的形式的愛去破壞對方的所有。

相對來說，町田外在的冷漠，反而掩蓋了旁人所見他心中真正愛人的欲求——此種真愛，轉化成他對塵世的淡然處之——願意為稔頂替殺人罪，為磯貝研製義手，甚而竭心保護STN的夥伴。真正的神之子，或許正是像町田一樣的人吧。

解說者簡介／舟動

英語文研究者、教學者，超過十五年教學經驗，現任「路・自學館」英語文學習顧問。平日喜讀各類懸疑、推理小說，特別針對台推與日推，不定時於個人臉書和部落格「舟動之穿林吟嘯行」發表小說評論，其推薦評析、短文等經常出現於各大出版品。小說作品〈石竹的塵埃〉、〈透納提烏的焰石〉各別入圍台灣推理作家協會第十三屆徵文獎初選及複選；〈進化的引信〉榮獲第十四屆首獎（已出版）。著有長篇推理小說《慧能的柴刀》（要有光出版）。

TITLE

神之子（下）

STAFF

出版	瑞昇文化事業股份有限公司
作者	藥丸岳
譯者	葉韋利
封面插畫	Rum
總編輯	郭湘齡
責任編輯	黃美玉
文字編輯	黃思婷　莊薇熙
美術編輯	謝彥如
排版	謝彥如
製版	明宏彩色照相製版股份有限公司
印刷	桂林彩色印刷股份有限公司 紘億彩色印刷有限公司
法律顧問	經兆國際法律事務所　黃沛聲律師
戶名	瑞昇文化事業股份有限公司
劃撥帳號	19598343
地址	新北市中和區景平路464巷2弄1-4號
電話	(02)2945-3191
傳真	(02)2945-3190
網址	www.rising-books.com.tw
Mail	resing@ms34.hinet.net
初版日期	2016年8月
定價	380元

國家圖書館出版品預行編目資料

神之子 / 藥丸岳作；葉韋利譯.
-- 初版. -- 新北市：瑞昇文化, 2016.08
共兩冊；21 X 14.8公分
ISBN 978-986-401-119-3(上冊：平裝). --
ISBN 978-986-401-120-9(下冊：平裝)

861.57　　105016247

讀小說
Reading Novel